Alan Hlad écrit régulièrement des articles pour différents magazines littéraires. Il est membre de la Historical Novel Society, du Literary Cleveland et du Akron Writer's Group. Il vit en Ohio avec sa femme, ses enfants, ses golden retrievers et le chat le plus têtu du monde. *Nos lendemains retrouvés* est son premier roman.

Ce livre est également disponible
au format numérique

www.milady.fr

Alan Hlad

NOS LENDEMAINS RETROUVÉS

Traduit de l'anglais (États-Unis) par Karine Forestier

Milady

Milady est un label des éditions Bragelonne

Titre original : *The Long Flight Home*

ISBN : 978-2-8112-2189-8

Bragelonne – Milady
60-62, rue d'Hauteville – 75010 Paris

E-mail : info@milady.fr
Site Internet : www.milady.fr

Chapitre premier

Epping, Angleterre
7 septembre 1940

LE JOUR DE L'ATROCITÉ, SUSAN SHEPHERD TRAVAILLAIT dans un pigeonnier, où elle versait des graines – un mélange de sorgho, de blé et de pois secs – dans une longue mangeoire en métal. Quelques pigeonneaux à moitié endormis levèrent la tête de sous leur aile, sans toutefois faire l'effort de quitter leur nid. La plupart des pigeons se trouvaient dehors, volant en cercles au-dessus du pâturage verdoyant ou ornant les bouleaux penchés de la forêt d'Epping.

— Vous allez nous aider à sauver la Grande-Bretagne, chuchota-t-elle.

Le pigeonnier consistait en un abri en bois de quatre mètres sur quatre dont les murs étaient couverts de petits casiers, comme dans une classe d'école primaire. Sauf qu'à la place des bottes en caoutchouc, bonnets ou gants mouillés, les minuscules compartiments servaient de refuge à plus de soixante pigeons. Il était d'origine, construit par son grand-père, Bertie, avant sa naissance à elle. Au cours de l'année écoulée, une bonne dizaine de nouveaux abris avaient été bâtis à la hâte. À l'exception des pigeons supplémentaires, la ferme de son grand-père n'avait pas changé depuis que Susan était partie étudier la zoologie à l'université de Londres. Il y régnait aussi la même odeur de moisi, mélange de plumules, de déjections et de graines. Elle n'avait pas prévu de rentrer si vite à la maison, mais son travail bénévole pour le National Pigeon Service lui avait fait mettre ses études en pause au profit d'une entreprise plus importante : l'élevage de pigeons de guerre.

Alors que Susan débarrassait sa vieille jupe – reprise et rapiécée – des graines dont elle était constellée, son regard fut attiré par les coups de crayon que Bertie avait tracés sur le mur afin de marquer l'évolution de la taille de la petite fille qu'elle était. Elle avait plaqué le dos contre le mur et étiré le cou telle une girafe. Pressée de grandir, elle avait même été jusqu'à bourrer ses chaussures de tissu. Et six mois plus tard, Bertie s'était contenté de rire quand sa petite-fille, ayant oublié le rembourrage, avait rapetissé de quelques centimètres. Durant son enfance, Susan était devenue de plus en plus attachée au crayon qui marquait le sommet de son crâne, au son de la mine de plomb qui grattait le mur et à l'excitation de se retourner afin de vérifier sa taille sous les yeux et les roucoulements amusés d'un public de pigeons. Elle s'agenouilla et toucha la première trace, qui remontait à sa prime enfance, peu après qu'elle était venue vivre avec Bertie.

J'avais un petit oiseau, il s'appelait Enza. J'ai ouvert la fenêtre et le vent l'influença.

Susan secoua la tête pour chasser le souvenir de cette comptine de corde à sauter, puis elle saisit une cuillère en bois qu'elle utilisa pour frotter la paroi d'un bidon, le même qui jadis contenait la peinture désormais écaillée sur les murs latéraux du cottage de son grand-père.

Les pigeons s'agglutinèrent devant un trou percé près du plafond. Un par un, ils entrèrent dans le pigeonnier et s'éparpillèrent par terre. Ils parcouraient le sol en tendant le cou et en grattant des pattes, tandis que leur corps restait élégant et immobile, comme s'ils étaient capables de porter en équilibre un gland sur leur queue. Le dernier oiseau entra, se posa sur le tonneau de grain et inclina la tête.

—Bonjour, Duchesse, l'accueillit Susan.

L'oiseau–unique de par le plumage mauve-vert au niveau de son cou, rappelant plus celui d'un paon que d'un pigeon–voleta au sol et avança de son pas chaloupé jusqu'aux pieds de Susan.

—Je t'ai trop gâtée, commenta-t-elle en versant de la nourriture au creux de sa main, avant de s'agenouiller.

Duchesse picora les graines. Son bec chatouillait la paume de Susan. Elle n'aurait pas dû nourrir un pigeon à la main, ça n'était pas conforme au protocole du Pigeon Service, ni d'ailleurs à celui de son grand-père, et cela causerait des problèmes, sans doute, si on décidait d'utiliser Duchesse. Mais cet oiseau-là était différent. Parce qu'un chat sauvage avait réussi à se faufiler à coups de griffe sous la porte et ôté la vie des chers pigeons de course de Bertie, Skye et Islay.

Trois ans plus tôt, Susan et Bertie avaient retrouvé ce qui restait de Skye derrière le tonneau à grain. Et Islay, dans son nid, avec une aile salement amochée, assise sur un œuf qu'elle avait pondu juste avant l'attaque. Ils avaient essayé de soigner l'aile d'Islay avec du sparadrap et des attelles de bois, mais elle était trop faible pour manger et restait, sans vigueur, à couver son œuf. Cinq jours plus tard, elle était morte. Ils l'avaient enterrée dans l'une des tabatières de Bertie, près de Skye, à l'orée de la forêt d'Epping.

Voyant qu'aucun autre pigeon n'acceptait de couver un œuf entaché par la tragédie féline, Susan avait insisté pour que Bertie la laisse l'incuber, malgré les doutes de son grand-père – les chances que l'œuf éclose étaient infimes, surtout sans l'incubateur calibré qu'ils ne pouvaient se payer. Aussi entêtée que son aïeul, Susan avait pris un bol en céramique bleu, celui dans lequel sa grand-mère mangeait jadis ses flocons d'avoine. Elle avait tiédi le bol à l'aide d'eau chauffée à la bouilloire afin de lui conférer une bonne température de base, puis, délicatement, elle avait enveloppé l'œuf dans une serviette légèrement humidifiée et l'avait posé à l'intérieur du bol. Elle avait placé celui-ci sous la lampe de bureau de Bertie, en ajustant la distance pour atteindre la température souhaitée – qu'elle vérifiait à l'aide d'un thermomètre médical –, telle que mesurée sous une pigeonne en train de couver.

Pendant deux semaines et deux jours, Susan avait tourné l'œuf toutes les huit heures et aspergé le linge de gouttes d'eau pour lui faire garder le même taux d'humidité. Et malgré les risques élevés de devoir enterrer l'œuf à côté de ses parents, elle avait fini par le voir trembloter de bonne heure, un dimanche matin. Omettant d'aller à l'église, Susan et son grand-père avaient tiré des chaises et étaient restés trois heures à observer l'œuf se craqueler lentement. Au moment où les cloches résonnaient sur Epping pour libérer leur congrégation, un oisillon flétri avait fait son entrée dans le monde en passant sa tête par l'ouverture.

— Tes parents et ta grand-maman seraient fiers de toi, avait dit Bertie.

Le cœur lourd, Susan avait souri et caressé le nouveau-né avec délicatesse.

C'était un miracle, pourtant elle savait que cet oisillon n'avait qu'une infime chance de survie sans l'apport du lait de jabot de ses parents. Refusant de se laisser décourager, elle avait entrepris de concasser des graines pour en faire une pâte dont elle nourrissait le petit oiseau à la main. Au bout de quelques jours, il tenait sur ses pattes, dépliait les ailes et picorait. Une semaine plus tard, il mangeait avec les autres au pigeonnier. Et Susan l'avait appelé Duchesse, en dépit de la préférence de son grand-père pour des noms d'îles écossaises qu'ils n'avaient pourtant jamais visitées.

En grandissant, Duchesse était devenue extraordinaire. Et pas seulement physiquement, même si le plumage de son cou scintillait comme de la nacre. Non, c'était l'intelligence de l'oiseau – ou plutôt son comportement bizarre, si l'on se fiait à son grand-père – qui le distinguait de ses congénères. Si les pigeons voyageurs étaient entraînés à coups de récompense sous forme de nourriture, Duchesse semblait poussée par le besoin de comprendre le monde qui l'entourait, une étrange curiosité cachée derrière ses yeux dorés. Au lieu de se joindre au groupe, elle se contentait de regarder manger ses compagnons, perchée sur l'épaule de Susan, répondant d'un roucoulement à ses propos, comme si elle appréciait l'art de la conversation. Plus impressionnantes encore étaient les capacités athlétiques de Duchesse : elle était systématiquement la première à rentrer à la maison après que les pigeons avaient été lâchés sur un terrain d'entraînement éloigné. Bertie se plaisait à insinuer que si Duchesse était la plus rapide à revenir, c'était uniquement parce qu'elle aimait jouir quelques minutes de l'attention pleine et entière de Susan. Ce qui ne manquait pas de faire rire l'intéressée, même si elle savait qu'il y avait un fond de vérité dans les propos de son grand-père.

Alors que, d'un doigt, elle caressait le dos de Duchesse, une sirène retentit. Elle s'immobilisa. La corne entama un grondement grave, qui se transforma vite en un rugissement assourdissant, puis se calma pour mieux recommencer. Susan en eut la chair de poule. Les pigeons s'envolèrent. Les murs vibrèrent. Dans le râtelier, les graines tremblèrent.

La porte s'ouvrit en grand. Son grand-père, jambes arquées et portant un casque en étain terne, cria :

— Luftwaffe !

Puis il attrapa Susan par la main et l'entraîna.

Elle vit la porte à ressort se refermer derrière elle, Duchesse calmement posée au sol au milieu des autres pigeons qui s'agitaient.

— Duchesse !

Se libérant de la poigne de son grand-père, elle rouvrit la porte et ramassa l'oiseau. Alors, Duchesse calée dans le creux de son bras, elle courut avec Bertie en direction de l'abri antiaérien, comme ils s'y étaient préparés, tout en priant chaque fois pour que ce jour ne vienne jamais. Pourtant, ils savaient que ce n'était qu'une question de temps. Tandis qu'ils traversaient le pré en courant, passant devant plusieurs autres pigeonniers, la sirène continuait à gémir depuis l'aérodrome de North Weald, non loin de là.

Bertie marqua une pause pour reprendre péniblement son souffle et réajusta son casque militaire qui ne cessait de lui tomber sur les yeux.

— Dépêche-toi ! cria-t-il.

Avant qu'ils n'atteignent l'abri, la sirène se tut, remplacée par le bourdonnement d'abeilles mécaniques. Susan leva les yeux, déglutit et remonta le rebord du casque de Bertie. Des centaines de bombardiers ennemis et presque deux fois plus de chasseurs assombrirent le ciel de cette fin d'après-midi, telle une nuée de mouches noires. Les tirs antiaériens tonnèrent. Des éclairs noirs explosèrent sous l'armada aérienne.

L'abri consistait en un large monticule de terre dressé sous la voûte d'un immense hêtre. De l'herbe recouvrait désormais le talus, faisant se fondre le refuge dans le pâturage. À l'exception de la porte d'entrée, qui lui donnait des airs de maison pour Hobbit, le sanctuaire était camouflé. Susan avait aidé son grand-père à bâtir cet abri en empilant des brouettées de terre et en y mélangeant du béton par seaux afin d'en crépir les murs intérieurs, renforcés par des restes de briques et de morceaux d'acier en provenance d'une conserverie démolie. En guise d'entrée, ils avaient utilisé la porte d'une vieille remise.

Au moment où ils arrivaient à l'abri, le ventre des bombardiers s'ouvrit. Au lieu de se précipiter dans le trou, ils ne purent s'empêcher – au mépris de leur propre sécurité – de suivre des yeux les Hurricane de la Royal Air Force qui s'élevaient au-dessus des arbres et montaient en flèche vers le ciel. L'escadron de combattants était douloureusement dépassé en nombre, surtout lorsque les chasseurs d'escorte ennemis, portant la croix de fer, plongèrent pour les encercler. La RAF leur opposa un effort bref mais vaillant. Un Hurricane explosa après que des rafales de feu ennemi eurent percé son réservoir, envoyant des éclats d'obus voler jusque sur la forêt d'Epping. Un autre se vit couper la queue et fit un piqué tourbillonnant pour aller s'écraser dans un champ sans qu'on ait vu le pilote s'en éjecter. Un par un, les Hurricane de la RAF furent abattus et les quelques avions qui eurent la chance de ne subir que des dégâts mineurs durent battre en retraite, un nuage de fumée s'échappant de leur moteur.

Susan et Bertie observèrent les envahisseurs s'éloigner vers Londres, à environ trente kilomètres de là, avec pour toute opposition quelques tirs antiaériens imprécis. Les graines de la destruction tombaient du ventre des bombardiers et atterrissaient au sol dans un sifflement.

—Mon Dieu.

Les joues baignées de larmes, Susan assista à l'explosion des premières bombes.

Tandis que la nuit s'installait, Londres rougeoyait à l'horizon de vingtaines, peut-être de centaines de grands feux. Et avec la pénombre arriva une deuxième vague de bombardiers qui lâchèrent leur charge à travers la nuit, s'aidant des feux qui brûlaient déjà pour identifier leurs cibles. Des bombes incendiaires s'enflammèrent, incandescentes. L'écho des explosions emplit l'air.

À 4 h 30 du matin, les bombardements cessèrent. Susan s'approcha de Bertie, assis à même la terre, et l'aida à se relever. Sur des jambes faibles, il se faufila dans l'abri et se recroquevilla sur un lit de camp, son casque en étain lui couvrant le visage. Incapable de se reposer, Susan resta dehors avec Duchesse nichée au creux de son bras et contempla les lumières rougeoyantes à l'horizon. Le grondement mécanique continua tandis que les avions allemands passaient au-dessus de leurs têtes, masquant les étoiles et le croissant de lune. Elle ferma les yeux et pria pour qu'ils ne reviennent pas. Mais ils réapparurent dès le lendemain soir. Et encore une fois la nuit suivante.

Chapitre 2

Buxton, Maine
8 septembre 1940

ATTIRÉ PAR LE GRINCEMENT D'UNE VIEILLE BALANCELLE et par l'arôme de chicorée grillée, Ollie Evans ouvrit la porte moustiquaire. Il trouva ses parents sous le porche en train de se balancer doucement, partageant une couverture de laine et une tasse de café, tandis qu'un soleil orange s'élevait au-dessus des champs de pommes de terre couverts de rosée scintillante.

Ollie remarqua que la tasse dans la main de sa mère était le mug vert crapaud déformé qu'il avait fabriqué aux cours de travaux manuels en classe de cinquième. Il pouffa.

— Tu l'as trouvée où ?

Sa mère haussa ses épaules balayées par des mèches de cheveux bruns délavés. Elle but une gorgée. Un nuage de vapeur s'éleva en tourbillonnant dans l'air frais.

Ollie n'était plus un petit garçon. Il mesurait un mètre quatre-vingt-cinq, à un ou deux centimètres près, avait les cheveux ondulés et les yeux caramel, cadeaux de sa mère. La fossette qui ornait son menton, en revanche, rappelait celle de son père. Lorsqu'il s'installa sur les marches du perron, la sensation désagréable qu'il devrait être ailleurs lui emplit le ventre. Ça n'était pourtant pas inhabituel d'être à la maison à l'automne. Après tout, la plupart des écoles seraient bientôt en vacances « récolte des pommes de terre ». Hélas, sa pause, à lui, était plus permanente.

— Je suis fier de toi, lui dit son père.

— Pourquoi ? s'enquit Ollie.

Son père accepta le mug tendu par sa femme et but à son tour.

— Pour avoir fait passer ta famille en premier. Je suis désolé que tu sois encore à la maison, poursuivit-il en donnant un petit coup à la canne accrochée au côté de la balancelle. Ça n'est pas juste que tu aies dû rester.

— Ça va. La ferme est importante. Et vous aussi.

Trois années plus tôt, la botte boueuse de son père avait fait glisser son pied de l'embrayage du tracteur alors qu'il tentait d'arracher une souche. L'engin avait effectué un tonneau arrière, coinçant la jambe droite de son père, lui brisant la hanche et un fémur en deux endroits. Ollie, incapable de soulever le tracteur, l'avait tiré de là-dessous en creusant à l'aide d'un déplantoir à main trouvé dans l'abri de jardin. Sa mère avait appelé une ambulance et aidé au déblayage en grattant la terre à mains nues. Elle s'était arraché trois ongles. La guérison avait été pénible, comprenant deux opérations et des séances douloureuses de kinésithérapie. Désormais maintenu en un seul morceau par des vis et des fils de fer, son père parvenait à s'acquitter de certaines tâches à la ferme, mais plus des labours et du désherbage. Il n'était plus en mesure d'appuyer sur les pédales, la tension étant trop importante pour sa jambe fragile. Le père d'Ollie ne se plaignait pas de la manière dont il se mouvait à la vitesse d'une tortue, des douleurs constantes de ses articulations ou de son boitement prononcé. Plus que tout, c'était son incapacité à voler qui le faisait souffrir, ses cheveux jadis bruns remplacés au fil des jours passés cloué sur le plancher des vaches par des mèches grises, à croire que la basse altitude accélérait le processus de vieillissement.

La mère d'Ollie ajusta la couverture sur leurs genoux et reprit le mug des mains de son époux pour lui tendre le journal.

Son père fit glisser le bandeau de caoutchouc du rouleau, l'entortilla autour de son index et le lança vers Ollie.

Celui-ci esquiva, même si l'élastique passa à plus de cinquante centimètres au-dessus de sa tête. Le sourire de son père disparut de son visage quand il déplia les pages.

— Dieu du ciel.

Sa mère écarquilla les yeux.

— Ils ont bombardé Londres, expliqua Père en montrant la page à sa femme.

— Ces pauvres gens, commenta-t-elle.

Ollie s'approcha de ses parents et lut le titre : « Les nazis ont frappé ! Des avions allemands bombardent Londres ! »

Il prit une profonde inspiration et expira.

—Les nazis ont pris la France en à peine plus d'un mois. Sans notre aide, ils prendront la Grande-Bretagne en un an, ajouta son père. Et avant qu'on sache ce qui nous arrive, on aura une régate de sous-marins allemands à Casco Bay.

Un énième débat sur la guerre prenait le pas sur la conversation. Ollie croisa les bras. En général, ça commençait par le journal, et ça se terminait neuf fois sur dix par l'affirmation paternelle de leur héritage britannique.

—Le président Roosevelt dit qu'on va rester neutres, intervint Mère.

—On finira par y entrer, dans cette guerre, insista Père. Si je n'avais pas cette patte folle, poursuivit-il en se tapant la cuisse, je serais allé à Montréal à pied pour m'engager dans la Marine marchande. Au moins, les Canadiens ont les tripes de soutenir la Grande-Bretagne. Notre famille a peut-être perdu son accent..., conclut-il en abaissant le journal.

—... mais notre sang est et restera toujours britannique, l'interrompit Ollie. On sait.

La terrasse fut plongée dans le silence, à l'exception des craquements de la balancelle et du croassement d'un corbeau dans le champ de pommes de terre.

—Je te suggère de ne jamais l'oublier, conclut son père en lâchant le journal.

Attrapant sa canne, il se mit debout.

—Papa, je ne voulais pas...

Père leva la main.

—Ta mère et moi avons des courses à faire.

Puis il tourna les talons et rentra, la moustiquaire claquant contre l'encadrement de la porte. Mère poussa un soupir et regarda Ollie.

— Tu as oublié comment ton père a perdu son frère ?

— Je suis désolé.

Ollie se remémora l'oncle qu'il n'avait jamais connu. Henry avait été tué durant la Grande Guerre, deux ans avant sa naissance. Chaque année, à la date d'anniversaire de Henry, le père d'Ollie honorait la mémoire de son frère en allant à la pêche au saumon, leur sport favori durant leur enfance dans le nord de l'Angleterre. Ollie rejoignait souvent son père, ces jours-là, pour pêcher à la mouche dans la solitude des ondulations de la rivière Saco. Bien que son père se montre peu loquace quant aux détails, Ollie avait réussi à comprendre qu'un nuage de chlore avait forcé Henry à abandonner sa tranchée, pour se faire faucher par des tirs de mitraillettes. Henry était mort, et un morceau de son père était mort avec lui dans un champ français sur le front de l'Ouest.

— Tu devrais montrer plus de respect pour les sentiments de ton père au sujet de la guerre. Et pour les miens. (Mère marqua une pause.) Tu veux quelque chose à manger ?

Ollie secoua la tête : il avait l'impression que son estomac était empli d'argile.

— Ton père et toi pourrez poursuivre cette conversation à notre retour de la ville, dit sa mère en se levant. Et j'espère que tu vas t'excuser.

— Oui. (Sa mère posa les mains sur ses hanches.) Promis.

Ollie ramassa l'élastique et le passa à son poignet.

— Bon, faut que je file. J'ai un tas de champs à pulvériser.

— Sois prudent, lui dit sa mère en entrant dans la maison.

Derrière la grange, le biplan patiné jaune canari ressemblait à un oiseau préhistorique qui réchaufferait ses vieux os au soleil matinal. L'avion était rempli, de gasoil et d'insecticide, ou du moins de ce que son père préférait appeler de la « poussière de fée ». Ollie vérifia les câbles tendus entre les ailes supérieures et inférieures, puis il monta dans le cockpit et enfila son bonnet de cuir. Quand il mit le moteur en marche, celui-ci toussa, et l'hélice tourna, envoyant une vibration à travers tout son corps. Il augmenta la puissance, déplaçant l'avion vers une piste de terre cabossée qui traversait le champ de patates. L'appareil accéléra, et sa queue commença à monter. Sentant qu'il avait atteint la vitesse nécessaire, vu que le tableau de bord ne fonctionnait pas, Ollie tira sur le manche et l'avion s'éleva dans les airs. Il tourna au-dessus de la maison en se demandant comment il allait arranger les choses avec son père. Prenant la direction des terres agricoles de l'ouest, il remplaça ses pensées sur la guerre par celle d'aller, un jour, à l'université, comme il en rêvait.

La récolte des pommes de terre dans le Maine serait bientôt terminée, et avec elle une autre saison d'épandage de pesticides ainsi que sa troisième année coincé à la maison pour s'occuper de la ferme familiale et de la culture des patates. En admettant que la récole de cet automne produise un bon rendement et que le prix des pommes de terre ne s'effondre pas, ils auraient peut-être assez d'argent pour qu'il parte à l'université l'année suivante. Il avait déjà été accepté à l'Institut polytechnique de Worcester. Mais avant qu'il ne s'autorise à partir, il faudrait que la santé de son père se soit améliorée. Si tout se passait au mieux, d'ici cinq ou six ans, il aurait son diplôme d'ingénieur en aéronautique, son ticket aller sans retour loin de Buxton.

Non qu'on soit si mal, à Buxton. Par bien des aspects, une ferme était un endroit génial pour grandir, et il ne regrettait absolument pas d'être resté afin d'aider son père. Mais la plupart de ses amis avaient quitté le nid des années plus tôt. Beaucoup coupaient à présent du bois pour une usine de papier ou bien tiraient les filets de crustacés sur le pont d'un langoustier. Les plus chanceux étaient entrés à l'université – notamment sa petite amie, Caroline, qui était inscrite à Bowdoin, d'où ses lettres étaient devenues de moins en moins fréquentes avant de cesser complètement d'arriver. Même ses copains de lycée, Stan et James, étaient partis à l'université du Maine et rentraient rarement pour les vacances. Ils profitaient pleinement de leur vie d'études et de fêtes, pendant qu'Ollie vivait toujours avec ses parents. Ils avaient pris des chemins différents, il ne pouvait pas leur en vouloir de ne pas avoir gardé le contact.

Caroline avait été sa première petite amie. Ils étaient sortis ensemble en terminale. Caroline était jolie et populaire, et sa famille possédait l'une des plus grosses scieries du comté de York. Dans une ville comme Buxton, ils étaient riches. Elle avait été charmée, pensait Ollie, par sa capacité à piloter un avion, une qualité séduisante si on la comparait aux compétences des gars qui se contentaient de conduire la voiture de leurs parents. Au début, il avait pensé que Caroline pourrait bien être la fille avec qui il passerait le restant de ses jours. Mais les choses avaient changé quand le père d'Ollie avait été blessé. Caroline, qui prétendait ne pas se sentir bien dans les hôpitaux, n'avait accompagné Ollie et sa mère qu'à contrecœur lors de leurs visites à son père dans le service de convalescence. Ensuite, elle s'était montrée réticente quand Ollie avait abordé le sujet du report de son entrée à l'université pour s'occuper de la ferme familiale. Au bout du compte, Ollie était resté à la maison, et Caroline était partie à l'université, où elle avait pris ses distances, allant jusqu'à inventer des excuses pour les vacances, expliquant qu'elle était trop occupée pour le voir. Il avait été dépité. *Elle ne veut pas risquer de se retrouver coincée avec moi dans une ferme.* Au fil du temps, néanmoins, Ollie s'était rendu compte que le fait que Caroline et lui aient finalement suivi des voies différentes était pour le mieux. Plus important, il savait désormais que ce qu'il voulait dans une relation, c'était ce que partageaient ses parents. Ils étaient toujours là l'un pour l'autre, quoi que la vie leur propose d'inattendu. *Un jour, j'aimerai une femme aussi fort que papa aime maman.*

Bien qu'ayant vécu toute sa vie dans une ville où il connaissait tout le monde par son prénom, il ne s'y sentait plus à sa place désormais. À Buxton, soit on était fermier, soit on était pêcheur, rien qui s'accorde très bien avec un homme préférant la vitesse d'un avion à la lenteur d'un tracteur.

De plus, il avait toujours été allergique aux crustacés, incapable ne serait-ce que de goûter à une langouste sans faire une crise d'urticaire et courir aux toilettes.

Avec un diplôme universitaire, il aurait certainement des occasions de devenir dessinateur ou constructeur d'avions, qui l'enverraient dans de nouvelles régions du pays, peut-être jusqu'en Californie. Mais ce qu'il voulait vraiment, c'était voler. Il avait été captivé dès la première fois où son père l'avait emmené épandre des pesticides. Il l'avait pris sur ses genoux, lui avait enfilé un bonnet de vol de plusieurs tailles trop grand pour lui, et il l'avait emmené dans le ciel. Ollie, un sourire collé au visage, avait adoré la façon dont l'avion grimpait vers les nuages quand son père ramenait le manche vers lui. Son dos rebondissant contre le ventre paternel, il le sentait rire. Puis son père lui avait repoussé la main vers l'avant afin d'éviter qu'ils ne fassent un looping, une manœuvre dangereuse sur un biplan qui n'avait pas de harnais de sécurité. À l'âge de quatorze ans, alors qu'il était devenu assez grand pour atteindre les pédales, c'était son père qui était passé copilote, lui délivrant peu à peu ses instructions. En l'espace d'une année, il avait appris à voler seul, au grand dam de sa mère qui s'inquiétait toujours qu'il ne se blesse en jouant au football. Pour la tranquilliser, son père avait installé de nouveaux harnais de sécurité, mais vu les acrobaties téméraires d'Ollie, c'était à peu près aussi utile que de donner un parapluie à un équilibriste.

Alors qu'il approchait d'une vaste ferme, Ollie poussa le manche vers l'avant et sentit son corps monter, et le nez du biplan piqua vers le bas. Le moteur rugit. Le vent lui fouetta le visage. À proximité du sol, il ajusta le manche et sentit la gravité qui l'enfonçait à nouveau dans son siège. L'avion se redressa, parallèle à la terre. À un mètre cinquante au-dessus du champ de pommes de terre, il actionna le levier. Un nuage de poussière s'écoula de la queue et tomba comme de la neige. Au bout du champ, il tira à nouveau fermement sur le manche, l'avion s'envola par-dessus une rangée de hauts pins. Il tourna vers la gauche et revint pour un deuxième passage.

Ollie pulvérisa les champs pendant toute la matinée. Une fois sa dernière ferme visitée, il vérifia la jauge à fuel – le seul instrument qui fonctionnait encore – et inclina les ailes en direction du nord. Les champs s'éparpillèrent, puis disparurent, et au loin, il aperçut son endroit préféré : le lac Sebago. Il y avait peu de fermiers dans cette zone, du moins aucun qui ne soit client de son père. Autrement dit, il y avait peu de chances que les pirouettes d'Ollie ne reviennent aux oreilles de sa mère. Sinon elle l'écorcherait vif.

Au-dessus du lac, il effectua un rapide tonneau, qui donnait l'impression que le fuselage tournoyait autour d'une brochette. Il pointa le nez droit vers le ciel, volant en direction des nuages jusqu'à ce que le propulseur perde la bataille contre la force de la gravité et renverse l'appareil en arrière, avant que le moteur ne cale. En pleine chute vers le lac, il tira sur le manche et glissa au-dessus de l'eau, si calme qu'elle lui donna envie de sortir le train d'atterrissage.

Une petite fille à couettes sortit en courant d'une maisonnette – seule habitation sur la rive nord du lac – et alla se poster sur un ponton. Elle agita les mains en sautant sur place. Ollie pencha l'appareil sur le côté, effleurant la berge, et se lança dans l'habituelle performance qu'il offrait à son unique spectatrice. La fillette, qu'il ne connaissait que depuis le ciel, était probablement en âge d'aller à l'école primaire. Attirée par le rugissement du moteur, elle sortait souvent le contempler. Alors qu'elle s'asseyait sur le ponton, Ollie monta haut dans le ciel en effectuant une série de loopings, avant de se redresser. Il réalisa un retournement, un looping intérieur, et puis une suite de vrilles.

En guise de bouquet final, il opta pour une manœuvre moins habituelle et plus compliquée : un glissement sur la queue de l'appareil. Il effectua un quart de boucle qui envoya l'avion à la verticale, à pleine vitesse. Le vent sifflait. Il sentit son taux d'adrénaline monter. L'appareil continua de grimper jusqu'à perdre son élan, alors il resta suspendu une seconde avant de s'effondrer en arrière. Au moment où le nez retombait à travers l'horizon, Ollie poussa sur le manche, et l'avion plongea. Il tira fort sur le manche et retrouva l'horizontale à quelques mètres au-dessus du lac, beaucoup plus proche de l'eau que ne l'exigeait la prudence. Le pouls battant à ses oreilles, il vit la fillette debout sur la berge, qui tapait dans ses mains.

En tournant près de la maisonnette, il sortit de sa poche un message attaché à un petit morceau de bois. Et il jeta le petit paquet, qui tomba délicatement dans une clairière herbeuse à plusieurs mètres de la rive.

La gamine se précipita, délia la cordelette et lut le message.

Merci d'être un super public. Ollie.

L'enfant agita les bras. Et il repartit.

Ollie relâcha l'accélérateur et rentra à la maison en zigzags, histoire d'optimiser son temps de vol avant de devoir reprendre ses corvées à la ferme. Aux abords de Buxton, les épaisses forêts de pins se changèrent en parcelles de maïs, de pommes de terre et de foin à perte de vue. Quand la ferme familiale fut dans sa ligne de mire, il remarqua que le pick-up de son père avait disparu, au profit d'une voiture rutilante, un modèle dernier cri. Se penchant par-dessus bord, il distingua un homme en habits sombres debout sur la terrasse. Ollie pivota vers la piste et atterrit. Ayant coupé le moteur, il sauta du cockpit et s'avança vers la maison. En approchant, il reconnut la Plymouth 1939, avec son toit blanc et ses portières vertes si facilement reconnaissables. L'officier de police de Portland descendit de la terrasse et ôta son képi, révélant un crâne chauve et des favoris gris mal rasés.

—Oliver Evans ? demanda l'homme.

Ollie sentit son estomac se nouer.

—Oui.

—Il y a eu un accident.

Ollie ouvrit la bouche, mais aucun son n'en sortit.

— Ce sont vos parents.

— Ils vont bien ?

L'officier s'essuya le visage à l'aide d'un mouchoir qu'il avait tiré de sa poche.

— Je suis désolé.

Une vague de choc secoua Ollie. Il se pencha, comme s'il venait de recevoir un coup de poing dans le ventre.

— Non, gémit-il, incrédule.

Un bombardement de pensées et d'émotions lui donna la sensation que le sol tournoyait. Engourdi, à peine capable de marcher, il dut recevoir l'aide du policier pour monter dans la voiture. Alors qu'ils démarraient, l'odeur de fumée de cigare dont l'habitacle était imprégné retourna l'estomac d'Ollie.

— Le chauffard avait bu, raconta l'officier, les mains serrées autour du volant. Il a grillé un feu rouge, dévié sur un trottoir et heurté vos parents au moment où ils sortaient de la quincaillerie *Casco*.

— Il doit y avoir une erreur.

Ollie avait terriblement mal à la tête et le cœur ravagé par un mélange de colère et de désespoir. Le policier se racla la gorge.

— J'aimerais vous dire que oui, mon garçon.

Ollie s'effondra sur son siège comme une marionnette dont on aurait coupé les ficelles. *Non, ça n'est pas possible !* D'instinct, il faillit tirer sur la poignée de la portière et sauter dehors, n'importe quoi pour échapper à ce cauchemar. Les yeux gonflés de larmes, il enfouit la tête dans ses mains. Il se mordit la lèvre et sentit un goût de cuivre.

Vingt minutes plus tard, Ollie arriva à la morgue du comté de Cumberland. Une odeur d'alcool désinfectant imprégnait l'air. Le légiste, un homme mince et stoïque qui se lavait les mains au-dessus d'un lavabo, coupa l'eau avant d'emmener Ollie vers un mur de tiroirs à chambres froides, chacun avec sa plaque de nickel. S'étant essuyé les mains sur sa blouse, il tira sur deux poignées et fit apparaître les corps conservés à l'extérieur.

Le cœur d'Ollie se brisa. Ses yeux s'embuèrent. Une image de son père en train de ramasser des marguerites, les fleurs préférées de sa mère. Une image de sa mère déposant un mot écrit de sa main dans la gamelle de son père. Ces petits cadeaux symbolisaient leur affection mutuelle. Mais il n'y aurait plus de fleurs pour sa mère à poser sur la table de la cuisine. Et plus de mots doux pour son père à ajouter à la pile qu'il conservait dans un tiroir de sa table de chevet.

Dans l'encadrement de la porte, l'officier de police détourna la tête.

Le coroner finit de se sécher les mains à l'aide de sa blouse blanche.

— Ce sont bien vos parents ?

Il manquait une chaussure à sa mère, ses orteils étaient d'un bleu terreux. Le torse de son père était enfoncé et son bras gauche salement brisé. Incapable de poser les yeux sur leur visage, Ollie toucha leurs mains, froides et raides. Il se mit à pleurer et hocha la tête à l'intention du légiste. Les tiroirs d'acier se refermèrent. Et ses parents disparurent dans la chambre froide.

Chapitre 3

Epping, Angleterre
11 septembre 1940

SUSAN SE RÉVEILLA SUBMERGÉE PAR UNE ODEUR DE terre mouillée. Elle ouvrit les yeux, mais ne vit que du noir, comme si elle était devenue aveugle pendant son sommeil. Une vague de peur l'envahit. Son cœur se mit à battre à tout rompre. Elle se redressa d'un coup sur son lit de camp.

— Tu vas bien ? chuchota Bertie.

Susan trouva Duchesse nichée près de sa jambe. Elle lui toucha les ailes, éprouva la douceur des plumes sous ses doigts.

— Oui.

Bertie alluma une lanterne qui répandit sa lueur dans l'abri. Il se frotta les yeux.

— Tu es sûre ?

Susan contempla le plafond, mosaïque de briques cassées, de pierres et de mortier. Elle écouta. Pas d'explosion. Pas de sirène. Pas de moteur. Seulement le gazouillis des moineaux éveillés avant l'aurore à l'extérieur.

— Ils sont partis ?

— Je crois bien, répondit Bertie, qui consulta sa montre à gousset. Mais mieux vaut attendre.

Susan caressa Duchesse. Le pigeon roucoula. Les battements du cœur de Susan ralentirent, sa respiration redevint peu à peu normale. Quelques minutes plus tard, une sirène bruyante et monotone retentit de l'aérodrome de North Weald, signal de la fin d'alerte.

Susan cala Duchesse dans le creux de son bras, se mit debout et ouvrit la porte de l'abri. Elle prit une profonde inspiration – mélange d'air frais, de rosée et de poudre à canon. Quelques étoiles résiduelles se dissolvaient dans le ciel, laissant place au soleil levant. Elle regarda en direction de Londres. Des feux rougeoyaient. Des colonnes de fumée montaient de l'horizon, comme si les bombardements avaient fendu la terre en deux, ouvrant un passage vers l'enfer.

Sentant le bras de son grand-père sur son épaule, elle pencha la tête et s'appuya contre lui.

Ils venaient de vivre quatre nuits de bombardements d'affilée. La brume chargée de cendres se dissiperait au fil de la journée, les brigades de pompiers combattant sans discontinuer les incendies qui faisaient rage. La nuit, ensuite, apporterait une autre série de bombardements et de destructions, les obligerait à s'enterrer dans l'abri telles des taupes et à n'en émerger chaque matin que pour apprendre ce qui restait de Londres.

—Est-ce qu'ils vont s'arrêter un jour ? demanda Susan en s'essuyant les yeux.

—Ils finiront bien, répondit Bertie d'une voix un peu hésitante.

Il changea de position dans une grimace.

—Comment ça va, tes genoux ?

Il se frotta les rotules.

—Un peu raides, j'en ai bien peur.

—Tu devrais te servir de ta canne.

Il secoua la tête.

—Je la ménage pour la casser sur le dos de ce saligaud d'Hitler.

Susan exerça une pression sur la main de son grand-père.

—Allez, viens à la maison, que je te passe un onguent.

Dans le salon–un espace confortable avec un âtre en pierre et des poutres de bois au plafond–, Susan aida Bertie à s'installer sur son fauteuil, remonta les jambes de son pantalon et lui massa les genoux avec une pommade tandis que Duchesse se perchait sur le manteau de la cheminée. Susan s'essuya les mains à l'aide d'une serviette, puis s'approcha de la radio dans le coin de la pièce, qu'elle alluma. Un grésillement se fit entendre. Elle régla le bouton jusqu'à trouver le signal.

Ils écoutèrent les informations, qui ne fournissaient que de vagues descriptions de la destruction en cours, sans aucune mention des victimes.

—Pourquoi est-ce qu'ils ne donnent pas de détails ? voulut savoir Susan.

— Les espions. On ne veut pas fournir aux nazis quelque renseignement que ce soit sur les dégâts qu'ils ont causés.

Susan frissonna à la pensée d'espions en embuscade à Londres. Elle désespérait d'en apprendre plus et, surtout, elle brûlait de savoir comment elle pourrait se rendre utile. Une heure plus tard, elle reçut ses réponses sous la forme d'une adresse du Premier ministre à la nation.

Tout en massant les genoux de Bertie avec un onguent dont l'odeur d'eucalyptus emplissait la pièce, elle écoutait avec son grand-père la voix confiante et ferme de Winston Churchill. Churchill parla de l'objectif d'Hitler : conquérir l'espace aérien de la Grande-Bretagne, avant que les Allemands n'entament une invasion terrestre du pays. Et tandis que le Premier ministre évoquait les attaques barbares sur la population civile, son discours traitait bien plus que des bombardements sur Londres. Selon Susan, ces paroles avaient pour but d'allumer un feu dans le cœur des Britanniques, de galvaniser leur désir de se battre.

Sa respiration s'accéléra. Elle remarqua Bertie, la bouche entrouverte, les yeux rivés au poste de radio. Elle s'imaginait les troupes allemandes atterrissant sur les berges britanniques et massacrant tout le monde sur leur passage.

Après la brève intervention de Churchill, appelant tous les hommes et toutes les femmes à leur poste, Susan se leva et éteignit la radio. Elle songea aux Londoniens qui devaient lutter pour recouvrer un semblant de vie normale. Malgré l'espoir contenu dans les mots de Churchill, les professeurs reviendraient dans leurs classes pour constater que la plupart de leurs élèves avaient été envoyés à la campagne, les ouvriers métallurgiques retourneraient à leurs fonderies détruites, les boulangers ne trouveraient pas de farine pour cuire leur pain rationné et les officiers de police patrouilleraient dans des rues désertes. Pourtant, tous accompliraient leur devoir, quel qu'il soit. Et il en irait de même pour Bertie et elle.

— On a du travail, annonça-t-elle.

Bertie acquiesça, resserra les bandages autour de ses genoux et se mit debout.

Susan emporta Duchesse dehors et, après avoir déposé un baiser sur le crâne de l'oiseau, elle lui fit prendre son envol. Duchesse s'éleva au-dessus de la cour et atterrit sur le toit du pigeonnier. Puis elle coinça la tête sous son aile, comme pour faire disparaître de sa vue les braises rougeoyantes de Londres.

Susan leva les yeux vers l'apocalypse qui embrasait l'horizon.

— Ce sera bientôt fini, se chuchota-t-elle.

Elle ignorait que la Luftwaffe bombarderait Londres pendant cinquante-sept nuits sans discontinuer.

Chapitre 4

Buxton, Maine

Les funérailles des parents d'Ollie eurent lieu un mardi. L'assistance était peu nombreuse ; il était fils unique et sa famille la plus proche, qu'il n'avait jamais rencontrée, vivait toujours dans de petites villes éparpillées sur la côte anglaise et dans les Highlands écossais. Les personnes qui y assistèrent furent surtout des fermiers voisins, des hommes et des femmes qui travaillaient dur et avaient enfilé leurs habits du dimanche amidonnés pour rendre un dernier hommage aux défunts. Quelques amis pilotes de son père se tenaient au fond et l'un d'entre eux, un homme maigre aux yeux sombres et enfoncés, affichait fièrement les ailes de la Grande Guerre piquées au revers de son costume trop grand.

La cérémonie fut brève. Ollie, les yeux fixés sur les cercueils, peinait à se concentrer sur les paroles du pasteur. À l'issue du service, il remercia un à un les membres de l'assistance, mais leurs poignées de main interminables, leurs embrassades et leurs mots de condoléances ne parvinrent pas à lui remonter le moral. Il entendit murmurer que le chauffard, désormais sobre, était à la prison du comté, dans l'attente de sa peine, pour avoir écrasé ses parents. Hélas, même la justice d'un long séjour en prison ne les ramènerait pas.

Dès le jeudi suivant, la banque avait demandé à le recevoir. Ollie se leva de bonne heure et, au volant du pick-up de ses parents, il se rendit à Portland. Il baissa les vitres, de crainte que la moindre odeur de l'après-rasage de son père ou du parfum de sa mère ne ravive ses larmes. La dernière chose dont il avait besoin, c'était de rencontrer le banquier avec des yeux rougis par les pleurs.

Une réceptionniste le conduisit dans le bureau du banquier. Un homme grassouillet au nez proéminent et aux cheveux gras, assis derrière un gros bureau dénué de tout papier à l'exception d'un porte-cartes gravé au nom de « Sal Bronson, Président ». Sans prendre la peine de se lever, l'homme fit signe à Ollie de prendre un siège.

— Ollie, commença Mr Bronson, voici Mr Hood, l'avocat qui va nous aider à finaliser quelques petites choses concernant la banque et les biens de vos parents.

Ollie contempla l'homme à la moustache aussi fine qu'un trait de crayon, qui se trouvait assis dans un fauteuil face à lui. Ce dernier inclina son chapeau, sans croiser son regard, et ouvrit l'attaché-case qu'il avait sur les genoux.

— Ollie, êtes-vous au courant du montant des dettes de vos parents ? s'enquit le banquier.

— Eh bien, non, pas exactement, répondit-il en s'agitant sur son siège. Je suis sûr qu'ils avaient des dettes. Après tout, nous sommes fermiers.

— Si j'ai bien compris, vos parents n'avaient pas d'assurance-vie. Est-ce correct ?

Ollie fit « oui » de la tête. Mr Hood lui tendit des papiers et le banquier se cala contre le dossier de son fauteuil.

— Ceci est une liste des dettes en souffrance sur la ferme, la maison, le matériel et l'affaire de pulvérisation des récoltes. Vos parents sont en retard sur les paiements. Pour faire bref, vous croulez sous les dettes et nous saisissons.

Ollie déglutit.

— Et la récolte des pommes de terre ?

Le banquier secoua la tête.

— Ça ne remboursera qu'une infime partie de ce que vous nous devez.

— Même s'ils avaient un peu de retard, mes parents ont toujours remboursé leurs paiements.

Le banquier leva une main.

— Nous avons envoyé une équipe ce matin, qui va immobiliser le matériel de la ferme. Mr Hood se chargera de la procédure de saisie.

— Il y a forcément une solution, tenta Ollie.

Mais là encore, le banquier secoua la tête.

— Il est bien dommage que votre père ait pratiqué des services d'épandage gratuitement, sans parler de la précieuse bande de terrain qui sert de piste d'atterrissage, commenta le bonhomme en passant des doigts épais comme des saucisses dans ses cheveux huileux. J'ai bien peur que votre père n'ait pas été un homme d'affaires avisé.

Ollie se leva, le pouls battant à ses oreilles.

— Mes parents n'étaient peut-être pas assez malins sur le plan financier, mais c'étaient des gens bons et travailleurs, qui se préoccupaient des fermiers de Buxton.

Il jeta la liasse de papiers, qui s'éparpilla sur le bureau du banquier, et sortit. Quand il arriva chez lui, un panneau « À vendre » avait déjà été planté à l'entrée de l'allée. Ollie arrêta le pick-up, arracha le panneau et le balança dans la cour. Une autre affiche avait été clouée à la porte d'entrée. Il la déchira et la froissa. À l'intérieur, tout semblait à sa place, mais derrière la ferme, un autre souci l'attendait. Le tracteur avait disparu. Et le biplan n'avait plus d'hélice. L'équipe de saisie de la banque, pensa-t-il, avait dû retirer l'hélice en attendant de trouver un pilote pour l'emporter. Obéissant à une impulsion, il grimpa dans le grenier à foin où se trouvait la vieille hélice, comme pour rhabiller l'avion que l'on avait laissé nu. L'hélice était éraflée sur la lame, mais elle fonctionnait toujours. Une question, toutefois : où irait-il ? Et que ferait-il une fois sa destination atteinte ? Et s'il demeurait sur la ferme, combien de temps lui restait-il avant d'être expulsé ?

Refusant de s'attarder pour assister à la vente aux enchères de la demeure familiale, il alla dans sa chambre et remplit une valise. Il choisit avec soin les quelques biens matériels qui lui importaient : une photo de ses parents, qu'il retira d'un cadre sur le manteau de la cheminée, son journal de bord et sa lettre d'admission à l'Institut polytechnique de Worcester. Puis il prit la voiture et s'en alla sans un regard en arrière – il n'en avait pas la force. Son premier arrêt fut le cimetière, où il déposa un bouquet de fleurs sauvages dorées, ramassées au bord de la route, sur la tombe de ses parents. Il leur dit « au revoir », sans savoir quand il reviendrait. Au moment de quitter les mottes de terre, il se prit à regretter de n'avoir pas trouvé le temps d'acheter des fleurs artificielles, quelque chose qui resterait joli jusqu'à ce que l'herbe pousse.

Il fit un deuxième arrêt chez un petit concessionnaire de voitures d'occasion de Buxton à qui il vendit le pick-up, ayant besoin d'argent plus que d'un moyen de transport. De toute façon, la banque saisirait le véhicule s'il ne le vendait pas. Il n'en tira que quatre-vingt-cinq dollars, mais sachant que la carrosserie était rouillée et que le moteur faisait un bruit de mixeur rempli de pièces de monnaie, l'affaire ne lui sembla pas trop mauvaise.

Ollie entama son trajet d'une vingtaine de kilomètres sans aucun regret de n'avoir pas choisi un garage plus près de la gare ferroviaire. Il avait besoin de réfléchir. Entrer à Worcester était une possibilité, seulement avec quatre-vingt-cinq dollars ajoutés au peu qu'il avait dans son portefeuille, il n'avait pas assez pour payer les droits d'entrée à l'université. Il lui faudrait se trouver un boulot. Un endroit où vivre. Avec un peu de chance, la marche donnerait le temps au brouillard qui lui emplissait la tête de se dissiper et il aurait élaboré un plan.

Un coup d'œil à sa montre, puis au soleil qui se couchait au-dessus des pins, et il se rendit compte qu'il allait probablement rater le train du soir pour Boston. Mais comme il ne voulait surtout pas retourner chez lui, il continua tout de même à marcher, et tant pis si cela signifiait qu'il devrait passer la nuit à la gare pour prendre le train du matin.

Le trajet se fit dans le silence, hormis le chant des cigales et le bruissement des herbes au passage des véhicules. Quand son bras fatigua, il changea sa valise de main. Et pas à pas, il parcourut la route départementale 22, sentant l'air se refroidir en même temps que le soleil commençait à plonger. Les heures passaient, et il atteignit Congress Street, les lumières de la ville de Portland qui illuminaient l'horizon. À plusieurs centaines de mètres sur sa droite, le scintillement des balises d'une piste attira son attention vers l'aéroport de Portland. Il s'immobilisa, posa sa valise et se frotta le bras. Trois pistes s'étendaient sur une vaste parcelle de terrain, avec un petit bâtiment de plain-pied tout en brique et deux hangars. Il entendit le toussotement de deux moteurs jumeaux. Quelques secondes plus tard, les moteurs vrombirent, puis calèrent brusquement.

Ollie suivit une route de service afin de mieux voir de quoi il retournait et découvrit un moustachu en uniforme militaire vert kaki, avec une ceinture inhabituelle en travers de sa tunique, qui criait au pilote d'un petit avion de ligne de couper le contact. Ollie remarqua les lettres « RCAF » et une cocarde britannique, semblable à une cible circulaire, peintes sur la queue de l'appareil. Le pilote agita la main par la fenêtre, se leva de son siège et descendit de l'avion en compagnie de deux autres hommes afin d'aller examiner les moteurs. Un mécanicien en salopette tachée de graisse sortit pour leur prêter main-forte.

Ayant remarqué Ollie, l'homme moustachu but une gorgée à la flasque qu'il tenait dans sa main et lui dit :

— Qu'est-ce que tu veux, gamin ?

Après un coup d'œil derrière lui, Ollie comprit que l'homme s'adressait à lui.

— Rien, répondit-il, la main serrée sur la poignée de sa valise. On dirait que les moteurs sont noyés.

— Tu y connais quelque chose dans les avions ?

Ollie déglutit.

— Seulement les biplans. Et les appareils beaucoup plus anciens que ce modèle, j'en ai peur.

L'homme sourit, des pattes-d'oie se dessinant à la commissure de ses yeux.

— Dans ce cas, ça te dirait de partager un verre avec moi ? Ils auront réparé cet oiseau en deux temps trois mouvements, ajouta-t-il, voyant Ollie hésiter.

L'homme, trois rangées de médailles scintillant sur le côté gauche de sa veste, s'avança et lui tendit la main.

— Je m'appelle Bishop.

— Ollie.

Ils se serrèrent la main et s'assirent sur un banc près d'un hangar. Bishop passa la flasque à Ollie.

— Santé, mon garçon.

Ollie but une gorgée, sentit la brûlure dans sa gorge et toussa.

— Merci, crachota-t-il.

Bishop rit.

— Alors, dis-moi ce que tu sais sur les biplans.

Ollie lui parla de l'avion de son père, de leur affaire d'épandage, du fait qu'il volait depuis ses quatorze ans. Bishop posa des tas de questions, comme si pulvériser de l'engrais sur les champs de patates était un travail fascinant. Il semblait particulièrement curieux de savoir si Ollie avait plus de trois cents heures de vol certifié à son actif.

Le jeune homme ouvrit sa valise, en sortit son livre de bord coincé sous un pantalon et le feuilleta.

— Je n'ai jamais vraiment compté, mais plus de mille, facile.

— Impressionnant.

Ollie remarqua le coup d'œil de Bishop à sa valise.

— Je suis en route pour Worcester, où je vais étudier l'ingénierie aéronautique.

À condition qu'il trouve un moyen de payer l'université. Il referma la valise et la reposa au sol.

Bishop but à sa flasque, avant de la redonner à Ollie. La deuxième gorgée ne le brûla pas autant que la première, elle lui réchauffa juste l'estomac, laissant dans sa bouche un fort goût de tourbe.

— Tu me bats d'une année complète avec ton premier vol en solo, lui confia Bishop. Quand j'avais quinze ans, j'ai construit un avion à l'aide de cartons de transport, de cageots et de ficelle. J'ai réussi à le faire voler du haut de la maison de mes parents, dans l'Ontario. Deux étages. Plus précisément, j'ai écrasé cette monstruosité dans la roseraie de ma mère. Ma sœur m'a sorti des décombres avec une cisaille à émonder. Heureusement, j'étais indemne, à l'exception d'une vilaine entaille et de la réprimande de mes parents.

Bishop remonta sa manche pour montrer à Ollie une longue cicatrice effilée qui lui remontait du coude, puis il reprit une goulée de sa flasque. Ils passèrent l'heure suivante à discuter de vols, à partager des histoires de manœuvres en biplan : tonneaux, retournements, loopings intérieurs, extérieurs, huit cubains et immelmanns. Quand le pilote s'approcha pour annoncer à Bishop que le moteur était réparé, ce dernier agita la main pour le renvoyer vérifier l'avion encore une fois.

— Et qu'est-ce que tu penses de la guerre, Ollie ? demanda-t-il en se calant contre le dossier du banc.

Ollie repensa à ses discussions avec ses parents et, soudain, un sentiment de perte l'envahit de nouveau.

— Je ne comprends pas qu'on ne soit pas encore entrés en guerre, admit-il. Ou du moins qu'on n'aide pas les Alliés.

Bishop hocha la tête.

— Tu n'as jamais envisagé de t'enrôler dans les forces aériennes ?

— Pour entrer dans les United States Army Air Corps, il faut un diplôme universitaire, ce que je n'ai pas encore.

— Les forces aériennes canadiennes et britanniques n'ont pas de tels critères, dit Bishop avec un sourire. Il suffit de trois cents heures de vol, d'un permis de piloter et d'être célibataire. En fait, on peut même porter des lunettes. (Il but encore du scotch.) Si jamais tu changes d'avis, concernant l'université, je peux m'arranger pour te faire entrer dans la Royal Canadian Air Force.

— Ne le prenez pas mal, monsieur…

— Appelle-moi Bish. Quiconque partage un verre avec moi m'appelle Bish.

Il repassa la flasque à Ollie. Qui en prit une autre gorgée. Il se sentit pris de vertiges.

— J'ai déjà repoussé mon entrée à l'université de trois ans. En plus, si je devais intégrer une force aérienne étrangère, ce serait la Royal Air Force britannique.

— La RAF… Puis-je savoir pourquoi ?

Ollie repensa à sa dernière conversation avec son père. Une vague de culpabilité lui fit monter les larmes aux yeux.

— Mon père me répétait toujours que notre famille avait peut-être perdu son accent, mais que notre sang était et resterait toujours britannique.

Bishop affichait un large sourire.

— J'aime un homme fier de ses racines. Tu as un père bien, mon garçon.

Ollie déglutit.

— J'avais.

Le sourire de Bishop s'effaça.

— Mes parents sont morts.

— Je suis désolé.

Ils restèrent un moment assis à écouter le crissement des grillons qui se raccrochaient aux dernières journées d'automne. Puis Bishop sortit une carte de visite de sa poche, y nota quelque chose au dos à l'aide d'un crayon et la tendit à Ollie, avant de briser le silence :

— Dans l'éventualité où tu changerais d'avis, concernant l'école, voici le moyen de t'enrôler dans les forces aériennes, canadiennes ou britanniques. Il s'avère que je m'occupe un peu du recrutement pour la Royal Canadian Air Force. L'adresse de notre quartier général à New York est imprimée sur le devant. J'ai écrit au dos le nom d'un homme que je connais à Londres et qui travaille à monter un escadron de combat américain pour la RAF. Il te suffirait de te rendre à Londres. Je ne te garantis rien, mais je m'assurerai que ton nom soit sur une liste. Olliiiiiie… ?

— Evans.

— Le reste ne dépendra que de toi, Ollie Evans.

— Merci pour l'offre et le verre, mais je pars pour Worcester dans la matinée.

Le son de deux moteurs noya leur voix. Ollie serra la main de Bishop et l'accompagna au pied de l'avion.

— Bonne chance à toi, Ollie.

Bishop grimpa les marches de l'appareil, son équipage déjà à bord l'attendait.

— Bishop ! cria Ollie, dont la timidité avait été vaincue par le scotch. (L'interpellé se retourna en haut de la passerelle.) Pourquoi est-ce que vous avez piloté un avion en carton du haut de la maison de vos parents ?

Bishop sourit. Il paraissait soudain plus vieux, dans les ombres de la nuit. Un homme, sans doute âgé d'une quarantaine d'années, vieilli par la tension de la guerre.

— Parce que j'étais né pour voler, mon garçon.

Il entra dans la cabine et en claqua la porte derrière lui. Ollie fut balayé par la rafale de vent que soulevèrent les hélices. Une bouffée de kérosène lui emplit les narines. Il regarda l'avion prendre son élan sur la piste, décoller vers la nuit et disparaître dans les étoiles. Le mécanicien qui avait travaillé sur l'appareil s'approcha de lui en essuyant ses mains couvertes de graisse sur sa salopette.

— Tu sais qui c'était ?

Ollie se gratta la tête.

— Il s'appelait Bishop.

— C'était Billy Bishop, général de corps de la Royal Canadian Air Force. Il arrivait de Nouvelle-Écosse. J'ai entendu le pilote raconter que Bishop venait de rencontrer Winston Churchill. Et là, il est en route pour une réunion secrète avec Roosevelt. Tu le crois, ça ? Ils installent un bureau de recrutement de pilotes à New York. Bishop va essayer de convaincre le FBI de fermer les yeux sur les lois concernant la neutralité américaine. (Le mécano donna un petit coup de coude à Ollie.) Qu'est-ce qu'il t'a dit ?

— On a discuté de vol.

Ollie ramassa sa valise et s'en alla.

Quand il arriva à la gare, le portail était fermé à clé. Comprenant qu'il devrait attendre jusqu'au lendemain matin que la gare rouvre ses portes, il se trouva un banc et s'y assit. Ses yeux s'ajustant progressivement à l'obscurité, il découvrit un homme barbu qui fouillait dans une poubelle. Ollie le vit en sortir quelque chose, l'essuyer et le porter à sa bouche. L'homme était-il une victime de la Grande Dépression ? Ou bien, comme son père, une blessure avait-elle modifié le cours de sa vie ? Incapable de rester à le regarder fouiller parmi des détritus infestés de mouches, Ollie sortit quelques pièces de monnaie de sa poche. Alors qu'il s'approchait, le barbu lui fit face avec une bouteille de lait en verre vide. Ollie leva lentement les mains, s'agenouilla et posa ses pièces sur le trottoir.

Le temps qu'Ollie ait regagné son banc, l'homme avait ramassé la monnaie et disparu. Épuisé, Ollie se recroquevilla et ferma les yeux. Quelques minutes plus tard, un coup à la tête le réveilla en sursaut. À moitié vaseux, il tomba du banc. Le trottoir froid accueillit sa joue. Sa tête le lançait. En portant les doigts à son cuir chevelu, il toucha une zone humide. La vision floue, il distingua une silhouette sombre qui explorait sa valise. Il tenta de se mettre debout, mais perdit l'équilibre et retomba. Quand la sensation de vertige s'estompa enfin, il parvint à se redresser péniblement et constata que son agresseur avait pris la fuite. Le contenu de sa valise était éparpillé çà et là sur l'herbe. Et à côté de lui, les morceaux d'une bouteille de lait cassée.

Chapitre 5

Portland, Maine

OLLIE FROTTA SON CRÂNE DOULOUREUX, AVEC l'impression que l'homme qui l'avait détroussé en avait profité pour le lobotomiser à l'aide d'un couteau à beurre. Rassemblant ses forces, il se releva sur des jambes vacillantes et rassembla les restes de ses effets personnels éparpillés sur l'herbe. Il retrouva la plupart de ses possessions, notamment son carnet de vol et la photo de ses parents. Tout ce qui manquait, c'était son argent : le produit de la vente de la voiture et même les deux dollars qu'il avait rangés dans son portefeuille. Il scruta le parc en quête de son voleur, mais il ne le vit nulle part.

Ollie trouva des toilettes publiques près de Longfellow Square et, quoique la porte en fût verrouillée, il repéra une fenêtre qui n'était pas crochetée. Il se faufila à l'intérieur et retomba au sol, les mains sur le carrelage froid. Ayant tiré sur une cordelette fixée à un plafonnier, il se contempla dans le miroir, regrettant de n'avoir pas laissé la lumière éteinte. Une large balafre avait creusé un sillon sur son front, juste au-dessous de la racine des cheveux. Du sang séché couvrait le côté gauche de son visage et avait dégouliné jusque dans son cou comme de la cire durcie, donnant au col de sa chemise blanche une teinte écarlate. Il ouvrit l'eau, se lava le visage et frotta les taches sur sa chemise, jusqu'à ce qu'il n'y reste plus qu'une auréole rosée. Il se peigna les cheveux avec les doigts en songeant qu'il aurait eu bien besoin de points de suture. Mais il n'avait pas le temps et, surtout, pas d'argent.

À la gare, Ollie se joignit à la file des gens qui attendaient de monter dans le train pour Boston, dont la plupart avaient le visage plongé dans le journal du matin. Il tenta de vendre sa montre pour s'acheter un billet mais, ne trouvant pas de client intéressé, il se résolut à mettre sa valise en gage. Hélas, les voyageurs étaient concentrés sur leur lecture, voire agacés qu'il vienne les interrompre pour leur montrer comme les fermetures à ressort fonctionnaient encore bien sur sa valise abîmée.

Un sifflet retentit, et le train entra en gare, ralentit, puis s'arrêta dans un grincement de roues sur les rails. Le moteur couina, les portes s'ouvrirent, et les passagers montèrent, un par un, jusqu'à ce que le quai soit vide. À l'exception d'Ollie.

Les portes se refermèrent et, avec le train qui repartait tout doucement sur les voies, Ollie regarda s'éloigner son avenir. Debout, seul, il tâchait de songer à une manière de gagner un peu d'argent pour le train de l'après-midi, quand une brise apporta un journal froissé à ses pieds. Il le ramassa, curieux de voir ce qui avait tant captivé l'attention générale. Il lut la une : « Les bombardements sur Londres durent toute la nuit ! Les nazis rameutent mille avions ! » Chaque mot de l'article, en particulier le nombre toujours croissant des morts, faisait grimper la colère d'Ollie, au point que sa tête l'élançait. Lâchant le journal, il plongea la main dans sa poche et en tira la carte de visite que lui avait donnée Bishop. Elle indiquait seulement : « *Waldorf Astoria Hotel*, New York, New York ». Pas de nom, pas de numéro. Et au dos, griffonné au crayon : « Charles Sweeny, Londres ».

Ollie se frotta la tête et remarqua que sa blessure était poisseuse. Il regarda le sang sur ses doigts et pensa à son père. *« Notre famille a peut-être perdu son accent, mais notre sang est et restera toujours britannique. »* Ollie quitta la gare, sans prendre la peine de vérifier l'horaire du train suivant.

Le chantier naval de Portland était pratiquement désert, la plupart des bateaux ayant levé l'ancre à l'aube. Les rares navires qui restaient amarrés là étaient soit en réparation, soit en partance pour la mauvaise destination. Ollie trouva cependant un cargo de marchandises qui allait transporter son chargement de grain à Halifax. Une fois le pont libéré, il sauta à bord, souleva une couverture de toile sur un canot de sauvetage et se cacha dessous.

La corne du bateau retentit. Ollie sursauta et se cogna la tête contre la carlingue. Il sentit un liquide chaud couler sur son visage et comprit qu'il avait rouvert son entaille. De sa valise, il tira une chaussette encore imprégnée du parfum frais de la lessive de sa mère. Il s'essuya les yeux et plaqua la chaussette contre sa blessure. Quand il sentit le bateau se mettre en branle, il se demanda combien d'heures – ou de jours, d'ailleurs – il lui faudrait pour atteindre la Nouvelle-Écosse. Bercé par les vagues du large, il se recroquevilla à l'avant du bateau et s'endormit.

Ollie se réveilla, une douleur aiguë au niveau de son crâne, la langue aussi sèche que du cuir durci par le soleil. Cela faisait au moins une journée qu'il n'avait rien bu, hormis quelques gorgées du scotch de Bish, qui n'avaient eu pour seul effet que de le déshydrater et de l'emplir de la confiance imbécile qu'il pourrait dormir sur un banc dans un parc en toute sécurité. Par bonheur, il trouva une boîte de métal sous une pile de gilets de sauvetage, une boîte remplie de rations de survie composées de canettes de lait concentré, d'une gourde d'eau et de biscuits.

Hélas pour lui, le capitaine aimait prendre ses pauses derrière un canot de sauvetage qui l'abritait du vent pour allumer ses cigares bon marché. Or, quand le capitaine porta sa paume à la flamme vacillante de son briquet Zippo, il entendit le son aisément reconnaissable de petits gâteaux salés que l'on croquait.

Alors qu'Ollie attaquait un deuxième cracker, la toile qui le couvrait s'ouvrit en grand. On le saisit fermement par le col, et Ollie porta la main à son cou pour éviter d'être étranglé. En un instant, il fut soulevé du canot de sauvetage et jeté sur le pont.

— T'es qui, toi, nom de Dieu ? cria le capitaine.

Ollie plissa les yeux face au soleil.

— Ollie Evans, monsieur.

— Qu'est-ce que tu fais sur mon bateau ?

Ses yeux commençaient à s'ajuster à la lumière, et Ollie découvrit un homme au torse puissant et aux cheveux gris épais comme du fil de fer.

— Je pars en Angleterre m'enrôler dans la Royal Air Force, répondit-il en essuyant des miettes de son visage. Je suis pilote.

Le capitaine dévisagea le jeune homme amoché, secoua la tête et éclata de rire. Ollie se leva et se rappela alors la chaussette collée à son crâne. Avec délicatesse, il retira le « pansement » de sa blessure et le fourra dans sa poche.

— On a deux châtiments, pour les passagers clandestins. (Le capitaine tira sur son cigare, s'approcha et exhala de la fumée au visage d'Ollie, qui toussa.) On peut te jeter par-dessus bord, énuméra le capitaine en secouant ses cendres de l'autre côté de la rambarde. Vu comme tu saignes de partout, les requins te sentiraient avant que tu aies le temps de te noyer, même si tu ne sais pas nager.

Ollie déglutit.

— Ou alors, on peut te mettre au boulot.

— J'aimerais mieux travailler, monsieur.

— Je me doutais que tu répondrais ça, dit le capitaine, qui grattait la barbe de trois jours sur sa joue. Normalement, je ne te donnerais pas le choix, mais j'ai un matelot qui a démissionné.

Ollie espéra que le capitaine n'était pas sérieux, lorsqu'il avait parlé de le jeter à la mer, mais il ne chercha pas à en savoir plus. Il ramassa sa valise et suivit le capitaine à l'intérieur. En chemin, le capitaine recommença à rire de son projet de devenir pilote pour la Royal Air Force, sous prétexte qu'Ollie ressemblait plus à un chasseur de rongeurs qu'à un aviateur. Ollie ne comprit pas l'humour du bonhomme, ni exactement à quoi était censé ressembler un chasseur de rongeurs, si tant était qu'une telle profession existe. Quoi qu'il en fût, que le capitaine ait décidé de le garder à bord comme manœuvre ou pour amuser la galerie, Ollie acceptait son offre avec gratitude, en échange d'un aller simple pour Halifax.

Dans la cambuse, le capitaine le présenta à un cuistot qu'il appela Beans, un petit homme d'un certain âge qui touillait une marmite de flocons d'avoine fumants.

—Vois ce que tu peux faire pour me le retaper, et ensuite envoie-le en haut, ordonna le capitaine. On lui donnera les corvées de Willie.

Puis, sur une dernière bouffée de cigare, il s'en alla.

De sa cuillère en bois couverte de flocons d'avoine agglutinés, Beans désigna un siège à Ollie. Le cuisinier posa ensuite sa cuillère et sortit une bouteille d'alcool et un torchon d'un placard.

—Laisse-moi deviner : bagarre dans un bar ou fuite face aux autorités.

—Ni l'un ni l'autre, répondit Ollie.

Beans haussa les sourcils.

— Ça va brûler.

Il appliqua de l'alcool sur la blessure d'Ollie et la recouvrit aussitôt de son torchon. Ollie grimaça.

— Qu'est-ce qui s'est passé ? demanda Beans en inspectant sa blessure.

Ollie lui parla de ses parents, de son projet de rejoindre la Royal Air Force, avant de comprendre que Beans l'interrogeait sur l'entaille dans son crâne.

— Je crois que c'était une bouteille de lait, ajouta-t-il alors.

— Je suis désolé, dit Beans en reposant son torchon. Pour tes parents, je veux dire.

Ollie hocha la tête.

Beans recousit sa balafre à l'aide d'un hameçon et d'un fil qu'il avait arraché à l'ourlet de son pantalon. Il s'avérait que le bonhomme avait été tailleur dans ses jeunes années, jusqu'à ce que la boutique où il était employé ferme à cause de la Grande Dépression. Désespérant de retrouver un travail, Beans avait accepté le poste de cuisinier sur ce bateau. Il s'était dit que l'emploi serait temporaire, mais il s'était écoulé une décennie depuis.

Quand il enfonça l'hameçon dans son front, Ollie ressentit une douleur intense.

— C'est quoi, votre vrai nom ? demanda le jeune homme en serrant les dents.

— Ben.

Le cuistot acheva un premier point. Ollie s'agrippa aux accoudoirs de son siège.

— Le capitaine a donné un surnom à tout le monde, sur le bateau. Je ne sais pas trop pourquoi.

Il effectua plusieurs points supplémentaires, puis noua soigneusement le fil et coupa ce qui restait avec des ciseaux, avant de se pencher pour admirer son œuvre.

— C'est pas mal. Si ça se trouve, tu n'auras presque pas de cicatrice.

— Merci, Ben.

Le cuisinier hocha la tête. Ollie voulut lui offrir sa montre en échange de ses services médicaux, mais Ben refusa. Il semblait reconnaissant d'avoir pu faire autre chose que de touiller une marmite de flocons d'avoine, ou peut-être était-ce parce que Ollie était le premier à l'appeler par son vrai prénom depuis dix ans.

Ollie passa le plus clair des deux jours de voyage à récurer le pont, à nettoyer la proue, à graisser les gonds corrodés par le sel et – crème de la crème – à attraper des rats. Apparemment, il était très important de contrôler la population de rongeurs à bord d'un cargo, surtout lorsqu'il était rempli de délicieuses graines. Les « rafles de rats », comme les appelait le capitaine, constituaient l'une des attributions prioritaires du mousse précédent, Willie. Et Ollie comprit pourquoi Willie avait démissionné quand il se retrouva à poser des pièges de la taille de boîtes à chaussures, avec, en guise d'appâts, des morceaux de fromage verts de moisi – même composés de plus de moisi que de fromage – qui sentaient le lait tourné.

Il relevait les pièges deux fois par jour, jetant les cadavres guillotinés à la mer. La vision des gueules béantes des rats le perturbait, avec leurs incisives jaunes aiguisées, leur ventre gonflé de maïs et leur queue serpentine. Ils étaient assurément beaucoup plus gros que les souris de la ferme. Pourtant, malgré leur apparence grotesque, il espérait que les rats n'avaient pas souffert. Et après s'être accidentellement coincé les doigts en installant un piège, il fut assuré que leur fin était rapide et sans douleur. Le pire, dans l'histoire, c'était l'avarice du capitaine, qui rechignait à acheter de nouveaux pièges, si bien qu'Ollie devait frotter les planches ensanglantées dans un seau d'eau salée afin de les réutiliser. Le capitaine appelait ce rituel « faire la vaisselle ». C'était de loin l'aspect le moins agréable du boulot. Mais cela occupait Ollie, qui n'avait plus trop le temps de penser à sa famille ou au fait qu'il avait commis la pire erreur de toute sa vie. Quand le navire accosta en Nouvelle-Écosse, Ollie alla trouver Ben dans la cambuse, et le trouva occupé à récurer une pile de casseroles sales.

— Merci pour les points, dit-il en désignant son front. Vous pourriez être chirurgien.

— Tu ferais mieux de filer avant que le capitaine change d'avis, lui conseilla Ben.

Ollie pensa au capitaine. Il s'avérait que son nom de famille était McCracken et que, nonobstant son côté bourru de marin qui méprisait les clandestins, il détestait encore plus la neutralité des États-Unis. Il tint donc sa promesse de laisser Ollie débarquer en Nouvelle-Écosse, sans quoi le jeune homme aurait pu se trouver entraîné dans une nouvelle série de rafles de rats.

Ben lâcha l'une de ses écuelles dans l'évier.

— Si j'avais trente ans de moins, je démissionnerais et je partirais avec toi.

Sa remarque rappela à Ollie les fréquentes menaces de son père de gagner Montréal à pied pour rejoindre l'effort de guerre. Il enterra cette pensée et serra la main savonneuse du cuistot.

— Prenez soin de vous, Ben.

Ollie ramassa sa valise, monta sur le pont et regarda par-dessus la proue. Halifax ressemblait à nombre de ports du Maine – eaux bleu d'encre, rangées de jetées branlantes et hangars de brique taillés dans une forêt de pins. Ça aurait pu être Portland, à l'exception de deux différences notables : les drapeaux canadiens et les navires de guerre. Les docks et le port étaient remplis de destroyers, de frégates, de croiseurs, de patrouilleurs, d'escorteurs et de dragueurs de mines.

Des gouttes de sueur se formèrent sur son front, qu'il essuya en s'obligeant à monter sur la passerelle. Il venait de se rendre compte qu'il partait en guerre.

Chapitre 6

Epping, Angleterre

Une sonnerie retentit. Conditionnés par plusieurs nuits d'explosions et de sirènes hurlantes, Susan et Bertie tendirent le cou en entendant ce son inhabituel. À la deuxième sonnerie, cependant, ils comprirent qu'il s'agissait du téléphone du cottage. Et, plus étonnant encore, que les lignes téléphoniques fonctionnaient.

Duchesse sous le bras, Susan courut à l'intérieur. Elle posa rapidement le pigeon sur l'assise d'une chaise en bois, où l'oiseau battit des ailes pour conserver son équilibre.

— Allô, dit Susan en décrochant le combiné.

— Bonjour, c'est Jonathan Wallace, du National Pigeon Service. Puis-je parler à Bertie Shepherd ?

— Un instant.

Par la fenêtre, Susan vit son grand-père grimacer de douleur sur ses jambes arquées. Elle pressa l'appareil contre sa poitrine et l'appela. Bertie accéléra le pas, se mordant les lèvres en réponse au gravier qui semblait faire grincer l'articulation de ses genoux. Il atteignit le cottage, essoufflé.

— C'est le National Pigeon Service, lui annonça Susan, la paume sur le combiné.

Bertie s'éclaircit la voix.

— Allô, répondit-il en tâchant de n'avoir pas l'air essoufflé.

Il inclina l'appareil. Susan se pencha, collant sa tête à la joue moustachue de son grand-père afin d'écouter la conversation.

Mr Wallace les informa du projet d'une réunion générale à Londres, la semaine suivante, qui regrouperait le National Pigeon Service, les renseignements britanniques et la Royal Air Force. La présence de Bertie, à l'instar de celle de plusieurs autres éleveurs de pigeons œuvrant pour le National Pigeon Service, était requise. Il tenta de poser des questions, mais Mr Wallace ne fut en mesure de lui fournir qu'une date. Il l'informa en outre qu'un dénommé Clyde Boar, capitaine de l'armée de l'air à la RAF, l'escorterait jusqu'à un lieu secret à Londres.

Susan regarda Bertie noter l'information sur un morceau de papier brouillon, se demandant s'il resterait un seul immeuble debout à Londres, d'ici à la semaine suivante, et pourquoi les autorités britanniques avaient mis aussi longtemps à organiser la mission.

— Bonne journée, Jonathan, conclut son grand-père, avant de raccrocher pour se tourner vers Susan.

— Tu le connais ? voulut-elle savoir.

Bertie hocha la tête.

— On a fait des courses de pigeons ensemble.

Susan ramassa Duchesse.

— Tu n'es pas en état de voyager, objecta-t-elle.

— Mais si, je vais bien.

Susan aida Bertie à gagner son fauteuil dans la salle à manger. Elle lui posa les pieds sur un tabouret et remonta son pantalon jusqu'au-dessus de ses genoux. Ses jambes maigrichonnes ressemblaient à des crayons, ses genoux enflés à des melons. Elle appuya d'un doigt sur la rotule.

— Aïe !

Susan secoua la tête.

— Tu ne peux pas y aller.

Bertie posa une main sur son épaule.

— Je vais me remettre. C'est de courir jusqu'à l'abri qui a réveillé mes douleurs.

Susan ressortit ses linges froids et sa pommade. Délicatement, elle en massa une généreuse quantité sur les genoux douloureux de son grand-père. Duchesse voleta vers eux et vint se poser sur le dossier du fauteuil de Bertie.

— Qu'est-ce que tu regardes ? lui demanda-t-il par-dessus son épaule.

Duchesse inclina la tête et observa les mouvements de Susan, qui enveloppait les genoux de linges.

— Je vais y aller, moi, décréta la jeune femme en coinçant une mèche de cheveux derrière son oreille.

Bertie secoua la tête.

— Trop dangereux.

— Tu arrives tout juste à marcher, alors aller à Londres…

— Je ne peux pas te laisser partir à ma place. Tes parents et ta grand-mère ne me le pardonneraient jamais. (Il posa une main sur le bras de Susan.) Et je ne me le pardonnerais pas non plus.

Susan songea à sa grand-mère. Leurs promenades dans la forêt d'Epping lui manquaient, quand elles allaient cueillir des baies de sureau dont elle dévorait la plupart avant de rentrer à la maison. « Tu diras à ton grand-père que ses pigeons ont volé toutes les baies », lui disait-elle souvent avant de s'en jeter une poignée dans la bouche. Susan souriait, cueillait une baie dans un buisson et la dégustait, se sentant quelque peu espiègle. C'était leur petit secret. Elles rentraient de leurs aventures le ventre plein mais le panier vide, avec des tas de nouveaux souvenirs en prime, même si elles empruntaient toujours le même sentier sinueux. Susan se rappelait le moindre détail de Granny : ses fins cheveux gris, son éternel sourire qui étirait les rides douces de ses joues et le timbre éloquent de sa voix, pareille aux cordes d'un vieux violon.

Granny était morte dans son sommeil par une nuit d'été agréable, à peu près quatre ans plus tôt. Pourtant, elle avait l'impression que cela remontait à une éternité, la guerre ayant creusé un profond sillon entre le passé et le présent.

Susan tenta de se souvenirs de ses parents, victimes de la pandémie de grippe espagnole, mais ne parvint qu'à visualiser des enfants en train de sauter à la corde en chantonnant : « *J'avais un petit oiseau, il s'appelait Enza. J'ai ouvert la fenêtre et le vent l'influença.* » Elle serra les poings pour effacer la comptine de sa mémoire.

— J'y vais, déclara-t-elle.

— Certainement pas, insista Bertie, intraitable. En plus, Wallace a mentionné un certain Clyde Boar. Le seul Boar que je connaisse, c'était le petit diable de ton école primaire qui mangeait les rubans sur le sapin de Noël de la paroisse. Pas question que je laisse un bouffeur de guirlandes escorter ma petite-fille à Londres.

Susan secoua la tête.

— Elle était en maïs soufflé, la guirlande en question. Et puis, je doute que ce soit le même gars.

Chapitre 7

Halifax, Nouvelle-Écosse

Les services d'embarquement canadiens étaient quasi inexistants, vu que la plupart des officiers des douanes étaient partis à la guerre. Ne restaient que deux officiers à travailler sur tout le port – l'un d'eux, affublé d'épaisses lunettes, peinait à lire le contenu de son écritoire à pinces, et l'autre passait son temps à regarder par des jumelles, comme s'il s'attendait à ce qu'un sous-marin allemand émerge des profondeurs du port de Halifax. Ollie débarqua en quittant simplement le navire pour se mêler à la foule.

Ne souhaitant pas tenter le sort une seconde fois comme passager clandestin, il passa trois jours à Halifax à essayer d'embarquer sur un bateau en partance pour l'Angleterre. Il ne reçut que des refus, souvent de la part d'équipages de vaisseaux militaires britanniques ou canadiens, peu intéressés par un jeune homme au front recousu portant une valise en piteux état – comment un type pareil pouvait-il prétendre devenir pilote dans la Royal Air Force ?

Montrer la carte de visite de Bish et son propre carnet de vol n'avait aidé en rien, et il lui apparaissait de plus en plus clairement qu'il avait peu de chance d'embarquer sur un navire militaire sans papiers en bonne et due forme.

Découragé, il marcha jusqu'au bout d'une jetée et s'assit. Les jambes pendant par-dessus bord, il contempla la marée descendante qui, en se retirant, révélait des pylônes couverts de bernaches. Une odeur de marigot lui emplit les narines. Des yeux, il suivit une épaisse corde attachée à un cargo. Sous l'arc, peint en lettres blanches, il lut le nom « *Maaskerk* ».

— « Ma skerque », lut Ollie en se grattant la tête. « Masse queurque ».

Un marin qui passait le long de la jetée s'arrêta derrière lui.

— « Masque eurc »... « mât scouerque »...

Le marin ôta son képi d'officier et secoua la tête.

— « *Maaskerk* », dit-il avec un accent hollandais.

Ollie se tourna vers lui.

— « *Maskèrc* » ?

— « *Maaskerk* ».

— « *Maaskerk* », répéta Ollie.

Le marin fit « oui » de la tête.

— Qu'est-ce que tu fais là, hormis massacrer le nom de mon bateau ?

— J'essaie d'aller en Angleterre, répondit Ollie. Pour m'enrôler dans la Royal Air Force.

— Tu n'as pas l'accent britannique.

— Je suis américain.

— D'où ?

— Buxton, dans le Maine.

— Buckon ?

— Buxton.

— Booksen ?

— Non, Bux-ton.

Tout à coup, Ollie remarqua le grand sourire de l'homme et comprit qu'il se moquait de lui.

— OK, bon, on est à égalité.

Le marin remit sa casquette.

— La moitié de notre équipage est parti faire la guerre. Le capitaine m'a envoyé à terre pour recruter des graisseurs. Si tu bosses, j'arrangerai ta traversée.

Ollie se mit debout et tendit la main.

— Merci. Je m'appelle Ollie.

— Jansen, dit l'officier en lui serrant la main.

Ollie ramassa sa valise, suivit Jansen sur la passerelle et fut mis au travail, à lubrifier des pièces de bateau en mouvement et de l'équipement mécanique. Très vite, il sentit l'huile, ses mains et son chemisier constellés de taches couleur café. Tout en enduisant la dent d'un engrenage, il se demandait comment ce serait, en Angleterre. *Où est-ce que je vais être en poste ? Quel avion je vais piloter ? À quoi ça ressemble, un nazi ? Est-ce que maman et papa seraient fiers de moi ? Est-ce que je vais me faire tuer ?* Il étala un peu plus de graisse et étouffa ses pensées.

Le *Maskeerk* était un cargo hollandais qui faisait partie d'un convoi en partance pour l'Angleterre, espérant une traversée sans danger en la compagnie de navires militaires canadiens et britanniques. Au bout d'une journée de voyage, il connut des problèmes de propulsion et ralentit à sept nœuds. Incapable de continuer sa route avec le convoi qui filait à quatorze nœuds, le *Maaskerk* fut forcé de naviguer seul. Ollie entendit les craintes de l'équipage – ils constituaient une cible facile pour la torpille d'un sous-marin allemand –, certains prenaient même les paris sur leur port de destination, surtout quand la rumeur se répandit que la coque avait secrètement été remplie de munitions, une cargaison largement plus dangereuse que le grain – ou les rats, d'ailleurs. Pourtant, à l'arrivée au port de Liverpool, en Angleterre, Ollie apprit que leur convoi militaire avait été attaqué par une meute de U-boote et avait perdu plus d'une dizaine de bateaux. Il fut attristé par la perte de ces équipages, dont beaucoup lui avaient fait signe de la main depuis le pont au départ de Halifax. Il avait décidément eu une chance folle d'embarquer sur le *Maaskerk*, du simple fait qu'il avait été intrigué par la manière de prononcer son nom.

Il débarqua en Angleterre convaincu de sa bonne fortune, jusqu'à ce qu'il constate le carnage. Le port avait été ravagé. Tout, à l'exception de quelques docks, était réduit à des tas de bois hérissés d'échardes et de béton éboulé. Au nord, un bloc entier de bâtiments était en ruine. Ollie sentit ses jambes se dérober sous lui. Sa bouche se dessécha. Sa valise à la main, il contourna un vaste trou dans le sol, sans doute causé par une bombe qui avait raté sa cible, et s'assit sur une pile de briques. Il regarda passer les ouvriers du chantier naval avec leurs vêtements tachés, leurs yeux enfoncés et les rides de chagrin creusées sur leurs visages. Ils avaient tous l'air d'avoir perdu autant qu'Ollie, si ce n'était plus.

Ses mains se mirent à trembler. Une vague d'incertitude déferla sur lui. Comment un jeune pilote d'avion épandeur de Buxton, dans le Maine, pouvait-il changer quelque chose à la situation ? Il prit conscience de son incompétence. Il tenait plus du garçon de ferme naïf que de l'aviateur. S'il avait cru que la mort de ses parents marquait peut-être la fin de ses malheurs, il comprenait désormais qu'elle n'en était en fait que le début.

Ollie inspira profondément pour se calmer les nerfs. Il ouvrit sa valise et en sortit la photo de ses parents, prise avant l'accident de tracteur qui avait handicapé son père. Ils y posaient, souriants, main dans la main et revêtus de leurs habits du dimanche. Son père arborait fièrement une cravate qu'Ollie lui avait offerte une année pour Noël, et sa mère portait une robe plissée, ses longues boucles lui retombant sur les épaules. Ollie s'essuya les yeux, submergé par la culpabilité en repensant à son dédain face à la conviction de ses parents selon laquelle il fallait soutenir la Grande-Bretagne et pire, de n'avoir jamais eu l'occasion de s'en excuser. Ses parents avaient sacrifié tant de choses afin de lui donner une belle vie, que jusqu'à présent il avait considérée comme normale. Si seulement il avait ne serait-ce que la moitié de leur enthousiasme. Même s'il était fauché, sans abri et idiot d'avoir cru pouvoir devenir pilote pour la Royal Air Force, il se jura d'aller de l'avant. Remettant la photo à sa place, il enfouit sa peur et quitta son tas de briques.

Afin de gagner un peu d'argent, assez pour s'acheter un sandwich grillé et un billet de train en direction de Londres, il passa la journée à décharger la cargaison du *Maaskerk*. Alors qu'il transportait avec précaution les lourdes caisses de bois remplies d'obus d'artillerie, il remarqua plusieurs hangars brûlés, ainsi que les aciéries de Liverpool, dont une aile était détruite. Ollie demanda ce qui s'était passé à un ouvrier du chantier naval répondant au nom de Joseph Burke. La mâchoire tremblante, Joseph lui raconta que, quelques semaines plus tôt, la Luftwaffe avait bombardé la ville. Les mains jointes comme s'il s'apprêtait à prier, l'homme ajouta que sa femme, Millie, et sa fille de deux ans, Christine, avaient trouvé refuge dans l'abri de Cleveland Square, la nuit du bombardement. L'abri avait été frappé et dix-huit personnes étaient mortes, dont Millie et Christine.

— Moi, je travaillais de nuit, ajouta Joseph. J'aurais dû être avec elles.

— Je suis désolé, dit Ollie.

Joseph opina du chef, s'essuya les yeux et retourna au travail. Ollie se remit à décharger les marchandises, plein de rage à la pensée de ce que les nazis avaient fait. Il s'imagina prendre le ciel dans un Hurricane de la RAF, peut-être même dans un Spitfire, et chasser ce mal absolu de la terre natale de ses parents.

Une fois son travail terminé, il alla récupérer sa paie et monta à bord d'un train pour Londres, qui n'était pas si bondé que ça, étant donné le nombre de personnes qui fuyaient les villes. Il comprit d'ailleurs pourquoi quand le train approcha de Londres.

Bien que le port de Liverpool ait été lourdement bombardé, la majorité des zones résidentielles de la ville avaient été épargnées. Ce n'était pas le cas aux environs de Londres. Une brume de cendres surplombait la grande ville. Ollie passa la tête par la vitre pour mieux voir. Le vent lui balaya le visage, lui emplissant les narines d'une odeur de fumée. Et alors que le train franchissait à toute vitesse les limites de la ville, il vit des usines détruites, des bâtiments brûlés, une église à la flèche renversée et des rangées de ce qui avait été des maisons réduites à des ruines fumantes. On aurait dit que Londres avait été incinérée, quartier par quartier.

Quand le train passa le long du premier cimetière, Ollie remarqua des dizaines de tombes toutes fraîches qui souillaient les pelouses jadis tondues à la perfection, avec des dizaines de nouveaux trous creusés pour les cadavres en attente d'être enterrés ou bien en prévision d'une énième nuit de bombardements. Des rangées de caisses en pin appuyées contre le mur d'une morgue formaient une file d'attente macabre. Et juste au moment où Ollie commençait à se sentir engourdi face à tant d'horreur, il les vit. Les petits cercueils.

Il eut l'impression qu'on venait d'aspirer tout l'air de ses poumons.

— Ce n'est pas censé se passer comme ça, murmura-t-il pour lui-même.

Les enfants n'étaient pas supposés s'en aller avant leurs parents. Et les guerres ne devaient pas se dérouler dans les villes. On lui avait appris à l'école que les combats se passaient sur les champs de bataille. Gettysburg. Le front de l'Ouest. Gallipoli. La bataille de la Somme. Les bains de sang, c'était pour les tranchées boueuses, croyait-il. Ça n'était pas ça, les règles ? Mais non, pas pour les nazis. La Luftwaffe avait transporté la guerre au cœur des villes, sans égard pour les civils innocents, y compris les enfants, qu'ils tuaient.

Il suivit le cimetière des yeux jusqu'à ce qu'il disparaisse au loin et se demanda s'il y aurait assez d'arbres dans toute la Grande-Bretagne pour construire les cercueils.

Un enfant geignit. Se retournant, il découvrit une mère, deux sièges derrière lui, qui tentait de consoler sa fille – la petite avait peut-être cinq ou six ans. La femme caressait le visage de l'enfant et s'efforçait au mieux de détourner son attention de la vue effroyable par la vitre.

— Ton papa est en sécurité... La guerre sera bientôt finie, répétait la femme, comme si elle chantait un cantique.

Mais la fillette pleurait de plus en plus fort. Et soudain, sa mère craqua et se mit à sangloter elle aussi.

Ollie fouilla dans sa valise et y trouva le seul vêtement propre qu'elle contenait, une chaussette, la jumelle de celle qu'il avait utilisée pour éponger son front. Il se mit debout, la roula en boule et descendit l'allée. La femme et son enfant levèrent sur lui leurs yeux emplis de larmes.

— J'aurais aimé avoir un mouchoir à vous donner, dit Ollie en tendant la chaussette à la mère.

Elle accepta son geste et tamponna les joues mouillées de sa fille. Ollie retourna à son siège et remonta la vitre pour chasser la mort et la destruction. Il resta assis le reste du voyage, le visage enfoui dans ses mains.

Les rues de Londres étaient pleines de volontaires qui déblayaient les gravats. Ollie découvrit avec surprise que de nombreux magasins étaient ouverts. Il apprit bientôt que la Luftwaffe bombardait la ville tous les soirs depuis quatorze nuits consécutives et que de nombreux Londoniens passaient désormais leurs nuits dans des abris en sous-sol. Ollie admirait leur persévérance, à ces gens qui poursuivaient leur vie normalement malgré les attaques éclair d'Hitler.

Il parvint à trouver le bureau de Charles Sweeny à force de demander son chemin aux gens dans la rue. Apparemment, Mr Sweeny était un individu mondain et un homme d'affaires admiré. Quelques minutes avant 17 heures, Ollie entra dans un grand immeuble de bureaux du cœur de Londres, qui par chance avait été épargné par les bombes. Il monta au dernier étage, où il fut accueilli par une réceptionniste aux cheveux gris qui se préparait hâtivement à s'en aller.

— Je suis Ollie Evans, s'annonça-t-il en lui montrant la carte que Bish lui avait donnée. Bish… Mr Bishop, je veux dire, m'a conseillé de venir me présenter à Mr Sweeny pour m'enrôler dans la Royal Air Force.

La femme secoua la tête.

— Mr Sweeny n'est pas en ville. (Elle jeta une liasse de papiers à la poubelle.) Je m'apprêtais à partir.

Ollie la regarda fermer ses tiroirs à double tour et jeter la clé dans son sac à main.

— S'il vous plaît, j'ai fait tout le trajet depuis les États-Unis.

— Revenez demain. (Une sirène retentit. La femme recula.) Ils arrivent.

Ollie sentit les poils à la base de sa nuque se dresser.

— Dans combien de temps ?

— Quinze, peut-être vingt minutes. Cette sirène indique qu'ils ont été repérés en train de traverser la Manche.

La femme enfila son manteau, passa son sac à son épaule et tourna les talons.

— S'il vous plaît ! la rappela Ollie. Je n'ai nulle part où aller.

— Demain !

— Mais il n'y aura peut-être pas de demain !

La femme s'immobilisa. Puis elle fouilla dans son sac en quête de ses clés.

— Nom.

— Ollie.

La sirène hurlait.

— Votre nom de famille, ordonna-t-elle en enfonçant une clé dans son tiroir à dossiers pour le déverrouiller.

— Evans.

La femme parcourut le contenu du tiroir.

— Je ne trouve pas.

— Vous êtes sûre ?

Elle fit défiler quelques autres dossiers. Puis s'interrompit.

—Oliver ?

—Oui.

Elle sortit une enveloppe et referma le tiroir dans un bruit sec. Puis elle tendit rapidement l'enveloppe à Ollie, avant de remettre les clés dans son sac.

—Prenez un train pour Church Fenton demain matin. Je vous suggère de vous trouver un abri, monsieur Evans.

Sur quoi elle pivota et, dans un cliquetis de talons tout le long du couloir, elle s'en alla.

—Je vais où ?

—Suivez la foule ! lui cria-t-elle par-dessus son épaule.

Dehors, Ollie la perdit de vue dans un groupe de personnes qui couraient sur le trottoir, mais parvint à trouver un abri dans une station de métro. L'endroit était bondé de Londoniens qui faisaient la queue depuis le milieu de l'après-midi pour s'y installer, mais il put se dénicher une place à un emplacement des moins agréables, un coin humide sur un sol pavé et bosselé. La famille installée près de lui jouait à un jeu de société, leur fille cadette tenant une poupée dans une main et un masque à gaz dans l'autre. Quand Ollie se présenta, la fillette se pencha vers sa mère et lui souffla :

—Il parle bizarrement.

Ollie sourit, peut-être pour la première fois depuis des semaines, et leur expliqua qu'il venait du Maine pour rejoindre la Royal Air Force. Malgré son accent inhabituel, la famille partagea avec lui un peu de sa ration de nourriture – de la saucisse sèche et des betteraves au vinaigre.

— Nous apprécions votre sacrifice pour notre effort de guerre, lâcha le père en lui coupant un morceau de saucisse.

— Merci, répondit Ollie en prenant la viande. J'aimerais avoir quelque chose à vous offrir en retour.

— Vous pouvez contribuer à nous rendre notre ciel, dit l'homme.

Ollie acquiesça.

Le grondement des bombes qui explosaient commença après la tombée de la nuit. Alors que le sol tremblait et que la poussière tombait du plafond, Ollie ouvrit son enveloppe. Sous la lumière faible d'une lanterne, il trouva des papiers à son nom, un billet de train et un message.

Mr Evans,

Au nom de la Royal Air Force et des citoyens du Royaume-Uni, nous avons l'honneur d'accepter vos services en ces heures sombres. Mon cher ami, Billy Bishop, maréchal de l'armée de la Royal Canadian Air Force, m'a fait savoir que vous risquiez de venir, en m'indiquant qu'il avait été « impressionné par le jeune gars du Maine ». J'espère que cette lettre vous trouvera et, si c'est le cas, que les papiers qu'elle contient vous conduiront à l'escadron des Eagles numéro 71 de Church Fenton, sous le commandement du chef d'escadrille W.M. Churchill. Je vous souhaite de réussir dans notre bataille.

Que Dieu vous garde,

Charles Sweeny

Ollie ouvrit sa valise, échangea les papiers contre un sweat-shirt, qu'il roula sous sa tête en guise d'oreiller. L'abri résonnait de ronflements. Un jeune garçon toussa. Le sol trembla. Des morceaux de mortier tombaient du plafond. Il essuya son visage couvert de sable, se tourna sur le côté et tâcha de trouver une position confortable sur les pavés. Il pensa à son biplan, qu'il pilotait au-dessus des champs de pommes de terre du Maine, et à ses parents qui lui manquaient tant. Alors que le tonnerre des bombes allemandes s'abattait sur la ville, il remarqua la petite fille endormie, son masque à gaz serré entre ses bras et sa poupée tombée à terre. Alors Ollie se jura d'apporter sa contribution afin de lui rendre son ciel.

Chapitre 8

Epping, Angleterre

Le grand-père de Susan avait raison : le capitaine de l'armée de l'air Clyde Boar était bien le petit chenapan qui était allé à l'école primaire avec elle. L'information fut confirmée quand le capitaine arriva à l'aube, après une énième nuit de bombardements, chargé d'accompagner un certain Bertie Shepherd du National Pigeon Service jusqu'à Londres. Alors que l'officier s'apprêtait à frapper à la porte, Bertie l'ouvrit en grand et demanda :

— C'est toi qui as mangé la guirlande de l'arbre de Noël de la paroisse ?

Susan se sentir rougir de honte. Le capitaine de l'armée de l'air Boar, chef d'escadron de la RAF d'un mètre quatre-vingt-cinq, enfonça les mains dans ses poches.

— Oui, m'sieur. Et d'après mes souvenirs, elle était même assez goûteuse.

Bertie l'invita à entrer, l'air satisfait de la franchise du capitaine ou intrigué par l'idée que manger des guirlandes puisse transformer des petits diables en pilotes de l'armée aguerris.

—Je crains que mes vieilles jambes ne supportent pas le voyage, déclara-t-il en désignant ses genoux cagneux.

Susan posa une main sur l'épaule de son grand-père.

—Je comprends, dit le capitaine Boar. Après la réunion, je prendrai des mesures pour que les ordres vous soient transmis.

—Ça ne sera pas nécessaire, répondit Bertie. Susan va prendre ma place.

Le capitaine haussa les sourcils. Susan lui tendit la main.

—Bonjour, capitaine.

Boar se tourna vers Bertie.

—Il me semble que l'ordre stipule que c'est vous qui devez assister à…

—Jonathan Wallace, du National Pigeon Service, requiert la présence d'un représentant de la ferme de Bertie Shepherd, l'interrompit Bertie.

Le capitaine se frotta la mâchoire.

—Susan aussi est membre du National Pigeon Service, elle sera donc ma représentante.

Susan s'éclaircit la voix, le bras toujours tendu. Boar lui serra la main.

—Je place ma confiance et la sécurité de Susan entre tes mains, dit Bertie en s'approchant du capitaine.

— La réunion est à 11 heures, indiqua Boar. Le train de l'après-midi nous permettra de repartir de Londres avant les bombardements.

Bertie enlaça Susan.

— Tu vaux au moins autant qu'eux, lui chuchota-t-il. Sois forte comme un œuf.

Susan serra son grand-père. *« Sois forte comme un œuf »*, se répéta-t-elle. On pouvait être ramolli par la peur à l'intérieur, mais dur comme l'ardoise à l'extérieur. C'était l'expression qu'utilisait son grand-père pour la motiver, ce qu'il faisait peu souvent, mais chaque fois quand elle en avait vraiment besoin.

Bertie l'avait toujours soutenue dans tous ses efforts, instillant en elle la confiance qu'elle pouvait accomplir n'importe quoi si elle y mettait l'application et la foi nécessaires. Et c'était cette conviction, elle le pensait, qui lui avait permis d'aller étudier à l'université de Londres.

Susan savait aussi combien il était pénible pour Bertie de la laisser partir en ville. Elle aurait aimé que ce soit sa continuelle insistance qui ait fini par avoir raison de l'obstination de Bertie, mais au bout du compte, c'étaient les genoux de son grand-père qui l'avaient eu à l'usure. Elle priait le ciel de le rendre fier.

— Tu es sûr que tu pourras t'occuper des pigeons ? lui demanda-t-elle.

Bertie hocha la tête, les yeux humides.

— Je ne suis peut-être pas en état de voyager, mais je peux quand même bien me déplacer sur cette ferme.

Susan l'embrassa sur la joue et partit.

Elle monta à côté du capitaine Boar à l'arrière d'un véhicule militaire vert kaki. Un soldat s'assit à l'avant, pour leur servir de chauffeur. Alors qu'ils s'éloignaient, elle vit Bertie qui traversait la pelouse d'un pas vacillant – il n'avait pas perdu de temps pour se mettre au travail. Perché au sommet du pigeonnier, elle aperçut un pigeon solitaire au plumage d'une couleur vibrante reconnaissable entre toutes. Par la vitre arrière de la voiture, Susan regarda disparaître Bertie, Duchesse et le sanctuaire qu'était sa maison.

Le chauffeur les déposa, le capitaine et elle, à la gare de North Weald, où ils montèrent dans le train en partance pour Londres. Leur siège se trouvait dans le dernier wagon.

— On est allés dans la même école, dit Susan quand le train démarra. J'étais deux classes en dessous de vous.

Boar leva un doigt.

— Vous étiez la fille qui aimait les oiseaux.

— Les pigeons.

Le capitaine lui offrit une cigarette, que Susan refusa. Il s'en alluma une et tira une bouffée.

— Je suis chef d'escadron, dit-il en soufflant sa fumée. Bombardier Blenheim. (Susan hocha la tête.) Après cette mission, j'espère diriger un escadron de Spitfire.

— Et moi, j'espère sauver la Grande-Bretagne.

Boar toussa et fit tomber des cendres sur la jupe de Susan.

— Pardon, dit-il en lui époussetant ses vêtements, avant de baisser la vitre.

Une brise froide balaya le visage de Susan. *J'avais un petit oiseau, il s'appelait Enza. J'ai ouvert la fenêtre et...* Elle frissonna.

— Ça vous embêterait de remonter la vitre ?

Le capitaine soupira, souffla de la fumée par ses narines. Susan ressentit un soudain besoin de lui expliquer qu'il ne s'agissait pas que du froid, mais elle changea d'avis quand le capitaine jeta sa cigarette d'une pichenette, referma la vitre et renversa la tête en arrière pour se reposer les yeux.

Les autres passagers, incapables de résister au besoin de constater les dégâts causés par les bombardements de la veille, s'amassèrent contre les fenêtres alors que le train approchait de Londres. Des plumes de fumée s'élevaient au-dessus de la ville. Le nombre de bâtiments écroulés augmentait en fréquence et en gravité à mesure que le train s'enfonçait dans le centre de Londres. Des brigades de pompiers bataillaient vainement contre les flammes pour les empêcher de s'étendre aux immeubles épargnés.

Quand elle était enfant, les grands-parents de Susan l'avaient emmenée à Londres tous les ans pour fêter son anniversaire. Ses souvenirs étaient emplis de visites au zoo, de promenades à Trafalgar Square, de pique-niques à Hyde Park et de dîners chez *Filmore Pie* et *Mash Shop*. Contrairement à la plupart des clients de *Filmore*, ils ne commandaient que le dessert – pudding aux raisins et crème anglaise – plutôt que les tourtes savoureuses ou les anguilles en gelée. Une fois, Agnes avait essayé d'essuyer les moustaches poisseuses de crème de Bertie avec sa serviette.

Ce dernier s'en était alors ajouté une goutte sur le nez avant de l'attirer dans ses bras, pour lui dire : « Embrasse-moi, Agnes ! »

Susan regardait par la vitre du train, incrédule. Le Londres avec lequel elle avait grandi ne ressemblait en rien à cette métropole détruite. Les informations à la radio et dans les journaux ne l'avaient pas préparée à l'ampleur des dégâts, à ces ruines calcinées dignes de l'enfer. Sa respiration s'accéléra, sa poitrine s'emplit d'un mélange de choc et d'indignation.

Des files de Londoniens ayant passé la nuit dans les abris souterrains regagnaient leurs maisons, ou ce qu'il en restait. Susan vit deux enfants assis sur les marches d'une rangée de demeures en ruine, l'aînée consolant le cadet, un bébé, en le berçant sur ses genoux. Susan remarqua l'absence de parents et essuya les larmes qui lui montaient aux yeux.

Le train s'arrêta plusieurs pâtés d'immeubles avant d'atteindre leur gare, à cause d'une bombe qui avait arraché les rails, creusant un cratère de la taille d'un bus. Ils sortirent du wagon sous les hurlements des sirènes d'ambulances, de la police et des pompiers. L'odeur de bois brûlé et d'essence donna envie à Susan de retenir sa respiration. Une bibliothèque, de l'autre côté de la rue, avait été transformée en hôpital de fortune : des brancards de blessés étaient roulés à l'intérieur par des ambulanciers. Susan se couvrit la bouche.

— Il n'y a rien que vous puissiez faire, lui dit le capitaine avec un coup de coude. On doit y aller.

À contrecœur, Susan se remit en route. Ils marchèrent sur plusieurs rues, passant devant une succession de scènes de destruction et un parc où des armes d'artillerie antiaérienne étaient placées entre une balançoire et un tourniquet. Jadis sanctuaire des enfants joueurs, le parc était devenu une zone militaire, arpentée par les hommes endurcis empilant des sacs de sable.

Des quartiers entiers de Londres étaient méconnaissables. Des siècles d'architecture décimés. Des milliers de Londoniens morts. Susan sentit ses jambes plier sous son poids. Elle voulait pleurer, mais continua à marcher à travers Westminster jusqu'à ce que le capitaine Boar s'arrête devant le bâtiment du trésor.

— C'est là ? demanda Susan.

Le capitaine baissa la voix.

— Le commandement de la Royal Air Force déménage de Londres. Le bruit court que même les renseignements britanniques vont quitter la ville. Mais Churchill est borné, il a déclaré qu'il dirigerait la guerre depuis les entrailles de ce bâtiment.

— Peut-être qu'il ne veut pas abandonner notre peuple, commenta Susan.

Boar ne répondit pas et ouvrit la porte. Il tendit des papiers et sa carte d'identité à un soldat, l'un des quatre hommes en armes à garder l'entrée. Le soldat déverrouilla un portail d'acier et les guida au bas d'une volée de marches étroites et pentues vers un vaste complexe souterrain, une forteresse de béton composée de cabinets, d'appareils de communication et de chambres. Ils passèrent devant une série de salles d'opération où des hommes en uniforme étaient penchés sur des cartes. Les sonneries de téléphone et le cliquetis des machines à écrire emplissaient l'air. On les conduisit dans une grande pièce au centre de laquelle une imposante table de conférence carrée pouvait accueillir quarante personnes. Alors qu'ils approchaient des quelques sièges encore libres, un officier militaire regarda Susan et lui dit :

— Vous pouvez m'apporter un thé ?

Susan serra les mains pour les empêcher de trembler.

— Je fais partie du National Pigeon Service.

— Veuillez m'excuser, dit l'officier.

Ils prirent place. Susan passa en revue les personnes présentes, mélange de militaires, d'officiers des renseignements britanniques et du National Pigeon Service. Ceux des renseignements, sans doute issus de l'École nationale du code et de la cryptographie, portaient costume et cravate et s'agglutinaient dans le coin le plus éloigné de la table. Le National Pigeon Service était un organisme civil, et même si Susan ne reconnut personne, elle repéra ses membres à leurs cheveux gris et à leur tenue de fermier en laine. En revanche, elle était la seule femme de la pièce. *Sois forte comme un œuf*, pensa-t-elle.

Un militaire décoré se leva au bout de la table.

— Je suis le général de brigade aérienne John Breen.

La salle se tut. Le général écrivit : « Source Columba » à la craie sur un tableau noir, en grosses lettres.

— Voici le nom de code de notre mission.

Susan vit les hommes échanger des regards. Mais elle savait de ses études à l'université que « *columba* » était le mot latin pour « pigeon ».

— Nous avons besoin de cent mille pigeons, expliqua le général en essuyant la craie sur ses doigts. D'ici à la fin de la guerre, il nous en faudra peut-être deux cent mille.

Susan vit les mâchoires des membres du National Pigeon Service tomber tandis qu'ils digéraient l'information.

— L'objectif premier de notre réunion, c'est un engagement de chaque ferme sur le nombre d'oiseaux et les dates de livraison.

De nouveau, le général écrivit sur le tableau. « Ferme… Nombre d'oiseaux… Dates… »

— Une fois que nous en aurons terminé avec ça, les membres du National Pigeon Service seront congédiés.

Des paquets furent distribués. Susan choisit son enveloppe, adressée à Bertie Shepherd. À l'intérieur se trouvaient juste un crayon bien taillé et une feuille de papier sur laquelle figurait le tableau où noter le nombre de pigeons et les dates de livraison visées. Susan posa la feuille face contre la table.

Le général ne tarda pas à commencer à recueillir l'engagement des éleveurs de pigeons, à croire qu'il était pressé par le temps ou frustré d'avoir tiré la courte paille qui l'obligeait à coordonner une mission impliquant des volatiles. Quoi qu'il en fût, elle notait qu'à l'évidence, il était pressé d'en finir avec cette réunion et de passer à des problèmes plus importants, comme la bataille au-dessus de la Manche. Alors, un à un, les vieux bonshommes firent ce que le général exigeait, comme conditionnés par des années passées à grimper hors de leurs tranchées boueuses au son du sifflet de leurs officiers.

L'esprit de Susan était en ébullition. *Qu'est-ce que les militaires vont faire avec tous nos pigeons ? Où seront-ils envoyés ? Qui va s'en occuper ?* Elle leva la main.

— Susan, chuchota Boar. Pas maintenant.

Elle hésita, puis leva la main plus haut. Le général s'interrompit.

— Oui, mademoiselle…

— Shepherd. Je représente mon grand-père, Bertie Shepherd. Il a été empêché de venir à cause…

— Vous avez une question, mademoiselle Shepherd ? l'interrompit-il.

Susan déglutit.

— Puis-je vous demander ce que vous allez faire de nos pigeons ?

— C'est confidentiel. Seules quelques personnes connaissent nos projets, cela afin de limiter des fuites potentielles de nos informations.

Le général se tourna vers un autre éleveur de pigeons, à qui il réclama son quota. Susan balaya la pièce du regard. Ses collègues avaient les yeux braqués sur elle, et elle devina qu'ils pensaient tous la même chose, sans avoir le courage d'ouvrir la bouche. Elle sentit la sueur perler à son front, ses paumes devinrent moites. Son cœur tambourinait furieusement dans sa poitrine. Et elle s'obligea à se mettre debout.

— Asseyez-vous, Susan, murmura Boar.

Sois forte comme un œuf... Sois forte comme un œuf... Sois forte comme un œuf... Elle resta debout. De nouveau, le général s'arrêta.

— Oui, mademoiselle Shepherd.

— Avez-vous des dresseurs de pigeons qualifiés, incorporés à votre mission ?

— Veuillez vous rasseoir, mademoiselle Shepherd.

— Est-ce que vous prévoyez d'utiliser nos pigeons pour des communications en aller simple ou en aller-retour ?

— Asseyez-vous ou je vous fais sortir, tonna-t-il.

— Susan, souffla le capitaine.

— Savez-vous que l'immense majorité des pigeons de nos fermes sont des pigeons en aller simple ? insista-t-elle.

Le général appela un soldat qui était posté devant la porte. Ce dernier entra et salua.

— Faites-la sortir, ordonna le général.

Le soldat s'approcha de Susan. Elle s'agrippa à la table.

— Avez-vous songé que la plupart des pigeons que vous emmenerez reviendront dans nos pigeonniers ? Nous n'avons peut-être pas à savoir quand et où vous projetez de les utiliser, en revanche nous devons savoir comment ils le seront, si vous espérez que Source Columba soit un succès !

Un homme impressionnant portant un nœud papillon à pois s'immobilisa en franchissant la porte. Les soldats se mirent aussitôt au garde-à-vous. Susan se tourna et découvrit le Premier ministre, Winston Churchill, accompagné par deux militaires.

— L'ennemi a envahi ma salle d'opérations ou quoi ? demanda-t-il, son cigare coincé entre les dents.

Susan écarquilla les yeux.

— Tout est sous contrôle, répondit le général.

Un vieil homme tout mince se leva.

— Elle a raison. Je suis Jonathan Wallace, du National Pigeon Service. La plupart des pigeons reviendront bel et bien dans nos pigeonniers. Mes excuses à tout le monde de n'avoir pas pris la parole avant.

Les autres éleveurs hochèrent la tête.

Churchill se tourna vers Susan.

— Puis-je vous demander qui vous êtes ?

Elle déglutit, remarquant que le Premier ministre ressemblait à un bulldog en costume.

— Je suis Susan Shepherd. J'élève des pigeons avec mon grand-père et j'étudie la zoologie. Du moins je l'étudiais jusqu'à la guerre.

Churchill se pencha.

— Et qu'est-ce que vous faites, à défier ainsi un officier de haut rang ?

— Mon devoir, monsieur.

Les bajoues se contractèrent. Des cendres tombèrent du cigare. Churchill regarda le commandant.

— Je suggère que nous prenions le temps d'écouter Mr Wallace et les membres du National Pigeon Service. Leur expérience peut s'avérer d'une valeur extraordinaire pour le succès de notre mission. Ce sont votre intellect, votre courage et votre fibre britannique immuable qui nous conduiront à la victoire.

Sur quoi il inclina son chapeau et sortit. Tout le monde se rassit. Le général serrait sa craie, le visage rougi.

— Putain, Susan, chuchota le capitaine. Je n'en reviens pas que vous ayez fait ça.

— Moi non plus, avoua-t-elle, avec la sensation d'être passée à deux doigts de se faire renverser par un train lancé à pleine vitesse.

La réunion se poursuivit jusqu'à tard dans l'après-midi. Non seulement Susan apprit comment on comptait utiliser les pigeons, mais elle découvrit tout sur Source Columba. Et regretta de n'avoir pas gardé la bouche close.

Chapitre 9

Londres, Angleterre

Susan et le capitaine de l'armée de l'air Boar ratèrent le dernier train au départ de Londres à dix minutes près. Pendant que le capitaine tentait de leur trouver un véhicule militaire pour les reconduire à North Weald, Susan cherchait un téléphone pour appeler Bertie. À l'extérieur de la gare, le crépuscule projetait des ombres d'encre. *Le temps presse*, songea-t-elle. Rapidement, elle localisa une cabine téléphonique, mais les lignes étaient coupées. Au moment où elle raccrochait le combiné, les sirènes annonciatrices des raids aériens retentirent. Susan se couvrit les oreilles. Çà et là, des groupes de Londoniens levèrent les yeux vers le ciel. Les pas se firent plus pressés. Et les rues se vidèrent.

Susan et le capitaine Boar abandonnèrent tout espoir de rentrer chez eux et suivirent une femme accompagnée de ses trois jeunes garçons, chacun avec couverture et oreiller, jusqu'à une station de métro souterraine. Susan était malade à la pensée que Bertie allait s'inquiéter. Cependant, moins d'une heure plus tard elle avait oublié son grand-père, du moins le temps que les premières séries de bombes s'abattent, secouant l'abri et faisant tomber des morceaux de béton dans ses cheveux.

Alors qu'elle secouait ses boucles pour en chasser la poussière, elle remarqua la femme qu'ils avaient suivie dans l'abri en train d'ouvrir un livre pour se mettre à faire la lecture à ses trois garçons. Malgré les efforts de la mère pour distraire ses enfants, les garçons ne cessaient de lever les yeux vers le plafond. Susan vit une autre famille en train de jouer à un jeu de société, jetant tour à tour les dés entre deux époussetages des pièces. Une vieille dame apprenait à tricoter à sa petite-fille, une écharpe qui grandissait peu à peu au cliquetis des aiguilles. En dépit de la destruction de la ville au-dessus de leurs têtes, les Londoniens faisaient de leur mieux pour continuer à vivre, si ce n'était pour eux-mêmes, du moins pour les enfants.

Au bout du compte, les enfants furent bordés sous leurs couvertures, les lanternes tamisées. Le tonnerre des bombes, en revanche, continua.

Susan fixa des yeux la maçonnerie du plafond. *L'abri pourrait-il supporter un obus direct?* Son cœur cognait dans sa cage thoracique. Elle serra les poings, enfonçant les ongles dans ses paumes. L'anxiété provoquée par l'obligation de se cacher sous terre, pendant que la Luftwaffe bombardait Londres, était pire qu'elle n'aurait pu l'imaginer. À chaque explosion, elle se sentait avancer d'un pas supplémentaire vers la mort.

— Reposez-vous, Susan, lui conseilla Boar en s'asseyant à ses côtés. On ne peut rien faire ce soir.

Elle hocha la tête. Le capitaine s'allongea et ferma les yeux.

Susan, le ventre tordu par l'angoisse, resta éveillée, à se demander si les ailes de cent mille pigeons parviendraient à changer le cours de la guerre.

Au petit matin, la dernière vague d'explosions s'éteignit. Une sirène donna le signal, un bourdonnement long et assourdissant qui mit en branle les occupants de l'abri : la voie était libre. Certains s'étiraient, d'autres essuyaient le sable tombé sur leurs yeux. Le crescendo de murmures se changea graduellement en voix normales alors que les gens ramassaient couvertures, oreillers et sacs. L'appréhension de Susan diminua peu à peu. Elle n'avait pas dormi, pourtant elle ne se sentait pas fatiguée, tant l'adrénaline pulsait encore dans ses veines – le grondement des bombes, la proximité des explosions bien plus grande que les distants échos qu'ils entendaient depuis la ferme de Bertie… Peut-être s'y serait-elle habituée, si elle dormait sous terre depuis des semaines comme les autres, peut-être que les explosions assourdissantes et la terre qui tremblait seraient devenues une normalité attendue.

Tandis que les Londoniens se préparaient à quitter l'abri, Susan remarqua une petite fille aux cheveux blonds emmêlés qui lâchait un masque à gaz pour reprendre sa poupée. Et elle se prit à regretter de ne pouvoir les emmener en sécurité à la campagne, cette fillette, ses parents, ainsi que tous les gens de l'abri.

— Bonjour, lui dit le capitaine Boar.

Il recoiffa ses cheveux noirs avec ses doigts, puis passa les mains sur son uniforme de la RAF, tâchant d'en lisser les plis.

— Vous avez réussi à dormir ?

Susan secoua la tête. Elle se rappela s'être réveillée dans la nuit au contact de la main du capitaine sur sa cuisse et de son souffle dans son cou. Elle s'était écartée imperceptiblement, trouvant du réconfort sur le sol de pierre froid, mais avait été incapable de refermer l'œil.

Les portes de l'abri s'ouvrirent. Les gens rassemblèrent leurs affaires et sortirent dans le rugissement des moteurs de camions de pompiers et une odeur âcre tenace, mélange de soufre et de fuel qui brûle. Un pâté de maisons plus loin, un immeuble d'habitations était en partie détruit. Les pompiers couverts de sueur et de suie pulvérisaient de l'eau sur le bâtiment en flammes. Susan s'éloigna dans la direction opposée avec l'espoir de ne plus entendre les cris des résidents qui quittaient l'abri pour découvrir leur foyer englouti par les flammes.

Pour atteindre leur gare, ils durent se déplacer à travers le dédale de rues, dont beaucoup étaient bloquées par des barrières, des pompiers ou des piles de gravats. La gare était bondée de Londoniens pressés de quitter la ville, à en juger par la multitude de malles alignées sur le quai. À l'embarquement, les gens poussaient pour trouver leur place dans un wagon. Le capitaine trouva deux sièges, mais Susan insista pour les céder à un couple portant un bébé. Ils restèrent donc debout dans l'allée avec beaucoup d'autres passagers, tous à la recherche d'un endroit sûr en dehors de Londres.

Le train siffla, la locomotive s'ébranla et Susan trébucha en arrière. Le capitaine la rattrapa. Elle sentit ses doigts s'attarder. Elle essaya de s'écarter, mais l'allée était trop bondée.

—J'aimerais qu'on se revoie, dit Boar en lui posant une main sur la hanche.

—Nous avons tous les deux du travail, répliqua-t-elle en s'écartant.

Boar se pencha vers elle.

—Raison de plus pour apprendre à nous connaître.

Susan perçut son haleine aigre.

—Je ne pense pas que ce serait une bonne idée, capitaine.

—Appelez-moi Clyde.

Susan tapota du doigt son sac.

—Je ne pourrai jamais répondre aux ordres si je prends du temps pour moi, et vous avez vos propres ordres qui requerront votre attention pleine et entière.

—Je suis capitaine d'escadron, lui fit remarquer Boar. Mon grade m'autorise une certaine… (il marqua une pause pour la contempler de la tête aux pieds) flexibilité.

—Je suis flattée. Mais la réponse est non.

Susan pivota. Boar la saisit par le poignet. Elle baissa les yeux vers sa main prisonnière.

— Je n'avais pas terminé, dit-il en resserrant sa poigne.

— Lâchez-la, intervint une voix étrangère.

Susan releva la tête vers un jeune homme aux cheveux bruns ondulés qui portait une valise.

— Occupe-toi de tes affaires, Yankee, siffla Boar.

— Lâchez-la, répéta l'inconnu.

Susan sentit le capitaine lui lâcher le bras. Il s'approcha du jeune homme.

— Qu'est-ce que tu fais ici, Yankee ?

— Je suis en route pour Church Fenton afin de m'enrôler dans l'escadron Eagle, répondit l'étranger en portant la main à l'enveloppe qui dépassait de la poche de sa veste.

— Impressionnant. J'avais entendu dire qu'un escadron d'Amerloques était en cours de formation, mais j'avais cru à une rumeur. Je peux jeter un coup d'œil ?

Il lui arracha son enveloppe.

— Rendez-moi ça, lança le jeune homme en lâchant sa valise.

Le capitaine parcourut la lettre signée par Charles Sweeny, avant de la déchirer en deux pour la jeter par la vitre.

— Rentre à la maison retrouver ta maman.

Alors que les morceaux de papier s'éparpillaient derrière un tréteau pour se poser dans une flaque, Susan observa l'homme qui était venu à son aide. Elle remarqua la rage peinte sur ses traits. Et elle sentit que ce n'étaient pas seulement les paroles ou les actes du capitaine qui l'avaient mis en colère.

Il serra les poings, prit son élan et frappa le capitaine en pleine mâchoire. La tête du militaire fut projetée sur le côté, mais ses pieds restèrent fermement ancrés au sol. Une femme hurla. Des visages se tournèrent. Quelques passagers courageux s'interposèrent entre les deux hommes pour tenter d'empêcher la bagarre.

Boar s'essuya la lèvre. Du sang remplissait les espaces entre ses dents.

— Tu vas regretter ton geste, Yankee, marmonna-t-il en brossant son uniforme, avant de tourner vers Susan un regard calme. J'essayais juste…

Elle croisa les bras, se détourna et regarda ostensiblement par la fenêtre. Boar jeta à l'autre gars un regard noir, puis il se faufila dans la foule, poussant les passagers de son chemin, et entra dans un autre wagon.

— Vous allez bien ?

— Ce n'était pas nécessaire.

— Il vous a attrapée de force par le bras, il a jeté mes papiers par la fenêtre et dit quelque chose sur ma mère.

Elle reporta son attention sur lui.

— J'apprécie que vous vous souciiez de moi, mais je vous assure que je suis capable de me débrouiller toute seule.

— Je voulais juste vous aider.

Elle se frotta le poignet.

— Comment vous vous appelez ?

— Ollie.

— Susan, dit-elle en tâchant de replacer l'origine de son accent. Vous venez d'où ?

— Du Maine… aux États-Unis.

— Eh bien, Ollie du Maine, je vous suggère d'aller vous installer dans un autre wagon, de préférence le plus près possible de l'arrière du train. Et quand il s'arrêtera à North Weald, descendez vite et prenez-en un autre pour votre destination.

Ollie hocha la tête, puis il tendit la main.

Susan la serra, notant que sa poigne était ferme et délicate à la fois. Elle le regarda qui s'éloignait et le vit se glisser vers l'arrière du train avant de disparaître.

Moins d'une heure plus tard, le convoi s'arrêta dans un crissement. Susan descendit et remarqua un groupe de soldats en train de passer les menottes à Ollie. Boar, planté à côté des militaires, aboyait ses ordres. Une vague de culpabilité la submergea. Impuissante, elle vit les hommes faire monter Ollie à l'arrière d'un véhicule miliaire qui démarra aussitôt.

Chapitre 10

North Weald, Angleterre

Les soldats, menés par le capitaine de l'armée de l'air Boar, conduisirent Ollie dans ce qu'ils appelaient « la Serre ». Aux yeux d'Ollie, l'endroit ressemblait plutôt à une prison militaire. Ils lui tinrent les bras et le plaquèrent contre un mur de pierre pendant que Boar le cognait dans le ventre. Les jambes d'Ollie flanchèrent, il se recroquevilla, incapable de respirer. Les soldats le relevèrent du sol et le collèrent à nouveau au mur.

— Pas au visage, indiqua Boar. Je ne veux pas que le commandant le plaigne.

Le capitaine arma le bras et lui balança un uppercut dans les côtes. Ollie haleta, telle une carpe hors de l'eau – bouche ouverte, en quête d'air –, mais rien n'entrait. Ses poumons semblaient incapables de fonctionner.

Une sirène d'alerte aérienne sonna, envoyant les hommes s'affairer ailleurs. À l'exception du capitaine Boar.

— Tu aurais dû rester à la maison, Yankee, ironisa-t-il en lui donnant un dernier coup de pied dans le flanc.

Ollie poussa un grognement, ses membres repliés en position fœtale pour protéger ses organes vitaux. La porte de la cellule claqua, les bruits de pas s'éloignèrent. Dès qu'il fut en mesure de respirer, Ollie se hissa sur le lit de camp, si l'on pouvait appeler ainsi une planche recouverte d'un drap moisi. Dehors, les tirs antiaériens tonnaient. Il tenta de se mettre debout. Sa tête bourdonnait, la pièce tournoya et tout devint noir.

Ollie se réveilla quand sa main tomba du lit et atterrit sur le béton. Il essaya d'étendre les jambes, mais ses pieds et sa tête touchaient les murs de la cellule. Les ombres des barreaux d'acier marquaient le sol. L'air sentait la pierre humide et les doryphores, comme la cave à légumes de la ferme.

On devait être le matin, estima-t-il malgré l'absence de fenêtres. De l'eau fuyait d'un W.-C. Ollie avait la bouche sèche, les flancs douloureux. Il observa les fissures au plafond et se demanda si ses côtes étaient dans le même état. Les bruits de pas de quelqu'un qui approchait résonnaient dans le couloir. Ollie se frotta les flancs tout en se préparant à une nouvelle salve de coups. Il entendit le grincement d'une clé, celui des gonds d'acier, puis le claquement de talons près de son lit. Ouvrant les yeux, il découvrit deux hommes debout au-dessus de lui : un type en uniforme et l'autre en pantalon de tweed retenu par des bretelles, les jambes aussi arquées que s'il montait un poney invisible. La valise d'Ollie était accrochée à la main de l'homme – une main constellée de taches de vieillesse.

— Oliver du Maine, dit une voix rocailleuse.

— Oui, répondit Ollie d'une voix sèche.

Il toussa, éveillant une vive douleur dans son abdomen.

— Venez avec moi.

Ollie se releva lentement et se mit debout sur des jambes flageolantes. Il vit un soldat et fut soulagé de constater qu'il ne faisait pas partie de ceux qui l'avaient frappé. L'homme aux jambes arquées était petit, avec des cheveux blancs, un visage ridé et une montre à gousset accrochée sur son torse.

— Qui êtes-vous ? s'enquit Ollie.

— Je m'appelle Bertie. Bertie Shepherd. Je serai ton employeur pour les trois mois à venir.

Ollie se gratta la tête et regarda le soldat. D'un signe de tête, ce dernier lui fit signe de sortir. Ollie suivit donc Bertie dans le couloir, laissant le soldat derrière eux. Dehors, le soleil lui frappa le visage. Il plissa les paupières et éternua, enfonçant une nouvelle lame de douleur dans ses côtes.

— À tes souhaits, dit Bertie.

— Merci.

Une main plaquée contre son flanc, Ollie suivit le vieil homme jusqu'à une camionnette. Bertie ouvrit la portière côté passager, aida Ollie à monter et jeta sa valise derrière le siège. Puis il prit place au volant.

— On va où ? voulut savoir Ollie.

Bertie enfonça la clé dans le démarreur, se frotta les genoux et lança le moteur.

— Au travail.

— Comment vous m'avez fait sortir ?

Bertie appuya sur l'accélérateur et klaxonna à l'intention d'un groupe de militaires marchant vers un hangar.

— J'ai parlé au commandant et conclu un accord avec lui.

— Pourquoi ?

Bertie baissa ses lunettes et jeta un coup d'œil à Ollie.

— Parce que tu as aidé ma petite-fille, Susan.

Ollie se rappela la jolie jeune femme aux cheveux blond cendré, la main du capitaine serrée autour de son poignet. Il sentit son visage s'échauffer.

Bertie agrippait le volant.

— Si j'étais un jeune homme, je lui apprendrais les bonnes manières à coups de poing, à ce salopard, maugréa-t-il, avant de regarder Ollie. Merci.

Ollie hocha la tête.

— Qu'est-ce qu'un jeune homme du Maine fait si loin de chez lui ?

Ollie songea à ses parents, aux fleurs fanées sur leur tombe.

— Il n'y a plus rien pour moi, là-bas.

Le vieil homme se frotta à nouveau les genoux. Ollie désigna un avion de chasse Hurricane sur le point de se poser.

— Je suis pilote. Je dois aller à Church Fenton pour m'enrôler dans l'escadron Eagle.

— Tu ne pourras pas y aller avant quatre-vingt-dix jours. C'était le marché.

— Quel marché ?

— Celui que j'ai conclu avec le commandant Davies.

Bertie tourna brusquement le volant vers la gauche, quittant la base aérienne de North Weald et obligeant Ollie à se tenir au tableau de bord.

— Nous sommes tombés d'accord : tu travailles pour moi pendant trois mois et moi, j'ai accepté de ne pas porter plainte contre le capitaine de l'armée de l'air Clyde Boar pour sa conduite indigne d'un officier de la Royal Air Force. Je lui ai aussi signalé que je connaissais le général de division aérienne Keith Park et que je l'appellerais après mon départ, si nous ne tombions pas d'accord sur le moyen de gérer cette situation délicate.

— J'apprécie votre aide et que vous m'ayez sorti de prison, mais je dois aller à Church Fenton.

Bertie lui jeta un coup d'œil.

— Oliver du Maine, est-ce que tu connais la peine encourue pour avoir frappé un officier ? (Ollie secoua la tête.) Tu pourrais passer très longtemps dans une prison militaire, jusqu'à ce qu'on remporte cette guerre ou qu'on parle tous allemand.

Ollie déglutit.

— Je soupçonne aussi le commandant Davies de ne pas trop savoir quoi faire de toi. Tu es américain, tu n'appartiens pas à la Royal Air Force – du moins, pas encore – et il a une armada de nazis qui survole cet aérodrome toutes les nuits, avant de s'adonner à la destruction de Londres. Davies a perdu beaucoup de gars bien, ses combattants tombent du ciel comme des mouches. (Bertie soupira.) Il n'aurait peut-être pas pu te garder enfermé jusqu'à ce que tu aies les cheveux gris, en revanche il est certain qu'il aurait très bien pu te compliquer la tâche pour t'empêcher de rejoindre les rangs. Un simple coup de fil à Church Fenton aurait suffi. Je suppose qu'il était soulagé de ma proposition d'accord à l'amiable.

— Merci, Bertie. Je vous dois beaucoup, c'est sûr. Je devrais vous montrer plus de gratitude, à vous et à votre ami Keith Park.

Bertie se frotta le genou en riant.

— J'ai rencontré le général lors d'un défilé à Londres, un jour. Et vu que je l'ai approché d'assez près pour lui serrer la main, je me suis dit que ça ne pourrait pas faire de mal de citer son nom. (Entendre glousser le vieil homme tira un sourire à Ollie.) Tu aurais dû voir les yeux du commandant, quand j'ai mentionné le nom de Park. On aurait cru un gamin que l'on convoque dans le bureau du directeur.

Bertie rit de plus belle, une main toujours sur son genou douloureux. Ollie gloussa à son tour, chose qu'il n'avait pas faite depuis des semaines. Et il porta les mains à ses côtes.

— On dirait qu'ils t'ont un petit peu rudoyé, Ollie. Tes quatre-vingt-dix jours à travailler sur ta mission vont te donner le temps de te remettre.

— C'est quel type de mission ?

— Source Columba. Le commandant Davies montre aussi un intérêt quasi obsessionnel au succès de cette mission ;

c'est sans doute une autre raison qui explique qu'il t'a autorisé à venir travailler pour moi.

Ollie se grattait la tête.

— C'est quoi, « Source Columbia » ?

— Columba. C'est top secret. (Le sourire de Bertie disparut, il baissa les yeux.) Qu'est-ce qui m'assure que tu n'es pas un espion ?

— Je suis juste un épandeur.

Ollie envisagea de sortir son permis de piloter de sa valise.

Le vent sifflait par la vitre ouverte. La camionnette heurta un nid-de-poule et les fit sauter sur leur siège. Bertie rigola.

— Très bientôt, tu en sauras plus sur notre mission. Et tu en apprendras plus sur le vol au cours de ces quelques mois qu'en une vie entière dans le cockpit d'un Spitfire.

Ollie regarda la piste disparaître dans le rétroviseur. Et se demanda dans quel bourbier il s'était fourré.

Chapitre 11

Epping, Angleterre

Susan versa du grain dans la mangeoire, avant de frapper sur une boîte avec une cuillère en bois. Les pigeons voletèrent jusque dans le pigeonnier et se mirent à picorer leur repas. À l'exception de Duchesse. L'oiseau, la tête inclinée sur un côté, se tenait dans l'encadrement et contemplait Susan.

— D'accord, Duchesse.

Prenant une poignée de grains, elle s'agenouilla et ouvrit la paume. Duchesse vint se poser au sol, marcha jusqu'à elle et roucoula.

— Vraiment, tu es pourrie gâtée par ma faute, dit Susan en lui frottant le dos du revers de l'index.

Duchesse s'avança encore. Et après une autre caresse, sur sa tête cette fois, elle consentit à picorer. Quand tous les grains eurent disparu du creux de la paume de Susan, soit avalés par Duchesse, soit éparpillés par terre, elle s'essuya les mains et se releva.

— Allez, file maintenant.

Duchesse s'éloigna lentement vers la mangeoire, s'arrêta et regarda Susan derrière elle.

— Vas-y.

Duchesse baissa la tête, comme peinée, et se faufila parmi ses congénères. En l'observant, Susan ne put s'empêcher de songer que cet oiseau se comportait tout à fait comme le berger des Shetland, Whitby, que possédait son grand-père quand elle était petite fille. Un chien aussi malin qu'un singe et constamment en quête d'affection – venant souvent la chatouiller de sa truffe ou lui voler sa nourriture, de préférence un scone aux baies de sureau encore chaud préparé par sa grand-mère. À présent, Bertie affirmait en plaisantant que s'il avait cru en la réincarnation, il aurait juré que son vieux chien était revenu sous la forme de Duchesse. C'était sa manière à lui d'expliquer le comportement inhabituel de ce pigeon. Car il refusait de croire, même après des années à avoir dressé les meilleures espèces de Grande-Bretagne, que ce pigeon prodige ait pu naître dans leur élevage ou, plus précisément, dans un bol de céramique jadis récipiendaire des céréales du petit déjeuner de sa femme.

Les couleurs vives du plumage de Duchesse la démarquaient de ses pairs, tel un œuf de Pâques dans un panier d'œufs ordinaires. Sur un dernier regard vers son oiseau, Susan sortit du pigeonnier, en faisant claquer la porte à ressort derrière elle.

Alors qu'elle prenait le sentier menant à un autre pigeonnier, elle entendit arriver la camionnette de Bertie, qu'elle reconnut au grincement de la boîte de vitesses tandis que son grand-père se bagarrait avec un levier récalcitrant. La camionnette fut bientôt en vue et Susan remarqua qu'elle transportait un passager. Quand ils furent assez proches du cottage, elle vit la tête de l'Américain ballottée par le freinage brutal de Bertie.

Susan rajusta sa jupe et, apercevant des saletés tombées sur sa chaussure, elle fit pivoter sa cheville et s'essuya le pied dans l'herbe.

Bertie descendit de la camionnette, suivi par Ollie, la main plaquée contre les côtes. Susan le dévisagea, bouche bée. Bertie sortit sa montre à gousset de son veston, sans pour autant y jeter un coup d'œil.

— Oliver du Maine va travailler avec nous pendant quelques mois, annonça-t-il. (Susan haussa les sourcils.) Jusqu'à la fin de la première phase de Source Columba.

En grimaçant, il transféra son poids sur son autre pied.

— Viens donc à l'intérieur, je vais te trouver quelque chose pour tes genoux, proposa Susan.

Bertie hocha la tête et entra.

Susan se tourna vers Ollie.

— Tu aurais dû quitter la gare, comme je te l'avais conseillé.

Ollie s'approcha d'elle.

— J'ai essayé.

Susan remarqua qu'il se tenait le flanc.

— Ils t'ont fait du mal ?

— Ça va aller.

— Super. Vraiment super. Comment est-ce qu'on est censés mener notre mission à bien, si tout le monde est fragilisé ?

Ollie haussa les épaules et suivit Susan dans la maison. Elle alla chercher les serviettes humides qu'elle gardait dans la glacière et en enveloppa les deux genoux de Bertie, son pantalon retroussé jusqu'à ses cuisses flétries. Il s'adossa contre son fauteuil tapissé de tweed.

— Merci, Susan. Je me repose un tout petit peu, et puis j'irai m'occuper du troupeau.

— Prends ta canne.

Bertie secoua la tête.

— Je suis comme un petit vieux, avec ça. C'est pire que la douleur.

Susan remarqua qu'Ollie regardait désormais la canne posée contre la cheminée.

— Allez, viens donc te nettoyer, lui dit-elle.

Emmenant Ollie à l'étage, elle constata qu'il grimpait lentement, séquelle de son altercation avec la RAF. Elle lui désigna une chambre vide meublée d'un petit lit en cuivre, d'une table à laver et dont la fenêtre donnait sur un jardin. Où Susan lui désigna une cabane en bois.

— Là-bas, c'est les cabinets.

— Les quoi ?

— Cabinets. Je pense que tu désignes ça sous le terme de latrines.

— Ah oui.

Elle lui donna une serviette, une barre de savon et le rasoir droit que Bertie n'utilisait pas, dont elle tâta précautionneusement la lame pour s'assurer que son tranchant était encore effilé.

— Descends quand tu es prêt.

Elle s'en alla, refermant la porte derrière elle.

Ollie se réveilla au son d'un coup frappé à la porte. Il se redressa sur le lit, grimaça et posa les pieds au sol. La porte s'ouvrit doucement.

— Ollie, chuchota Susan.

— J'ai dû m'endormir. Quelle heure est-il ?

— Celle de dîner. Tu as dormi toute la journée.

— Je descends tout de suite.

Pendant que Susan redescendait au rez-de-chaussée, Ollie refit le lit. À la table de toilette, il ôta sa chemise et remarqua que son flanc droit, de la hanche à l'aisselle, était couleur betterave. Une série d'ecchymoses plus petites lui couvraient le torse. À cause des traces de phalanges laissées par les soldats, on aurait dit qu'il avait été cogné à l'attendrisseur de viande. Il versa de l'eau dans le bassin, se lava, puis se rasa avec soin pour la première fois depuis des semaines, à l'aide d'un instrument qui tenait plus de la machette que du rasoir de sûreté.

En reboutonnant sa chemise, il repéra une photo encadrée au mur. Il y reconnut Bertie, plus jeune, avec ses cheveux bruns et ses jambes arquées, planté à côté d'une personne qui semblait être sa femme. Près d'eux, un jeune couple tenait un bébé. Ollie devinait que l'enfant était Susan, sans en être sûr à cent pour cent.

Au rez-de-chaussée, il fut accueilli par une odeur âcre de chou cuit. Son estomac se tordit sous l'effet de la faim.

— Désolé, dit-il en pénétrant dans la cuisine.

Susan se tourna vers la cuisinière et souleva le couvercle d'une cocotte. La buée monta vers le plafond. Bertie, déjà assis à table, reposa son journal.

— Bonsoir, Oliver du Maine, lança-t-il en lui faisant signe de prendre une chaise.

— Je crois que j'ai trop dormi, s'excusa ce dernier en s'asseyant. Je vous en prie, appelez-moi simplement Ollie.

— Je préfère Oliver du Maine.

— Grand-père, intervint Susan.

— Ben oui, on dirait un nom royal, ironisa Bertie, qui leva les bras tel un chef d'orchestre. Oliver du Maine.

— Il n'y a pas de famille royale dans le Maine, répliqua Ollie. Que des fermiers et des pêcheurs.

— Et des pilotes ? demanda Bertie.

— Des épandeurs, corrigea Ollie en frottant ses côtes douloureuses. Pour le moment, je ne me sens pas du tout l'âme d'un pilote.

— Ne t'inquiète pas, mon garçon, s'esclaffa Bertie en lui donnant une tape sur le bras. Tu vas prendre une leçon de voltige demain matin.

Ollie se gratta la tête, ne comprenant pas trop le sens de l'humour bizarre du vieil homme.

Susan emplit trois bols, les posa sur la table, puis elle s'assit face à Ollie. Bertie récita le bénédicité, en demandant la sécurité pour les Londoniens et une fin rapide à cette guerre, de préférence sur une victoire britannique.

Ollie mangea vite. Ses papilles aiguisées par le manque de nourriture, le chou bouilli accompagné de morceaux de pommes de terre et de poireaux lui parut plus savoureux que n'importe quel ragoût qu'il avait dégusté depuis des années. En fait, il ne se rappelait pas son dernier repas correct. Il avala une autre cuillerée, puis but du thé.

— Désolé, on n'en a pas de plus fort, s'excusa Susan.

— Rationnement, dit Bertie en soufflant doucement sur son bol.

— Merci de partager votre nourriture avec moi. Et de m'accueillir chez vous.

Ollie prit une autre cuillère de chou. Bertie se cala contre le dossier de sa chaise et sortit une pipe de sa poche. Il la bourra de tabac, gratta une allumette et tira sur la tige, aspirant la flamme. Alors que la fumée se déversait de ses narines, son odeur emplit la pièce.

— Raconte-moi ton histoire, Oliver du Maine.

— Vous voulez dire pourquoi je me retrouve ici ? demanda Ollie. (Bertie hocha la tête.) Eh bien, disons que je ne supportais plus de ne pas participer à la bataille.

Ollie leva les yeux de son bol. Il remarqua les prunelles bleues de Susan, ses cheveux blonds tirés en un chignon et retenus par une pince, quelques mèches égarées retombant devant ses oreilles.

Bertie continuait à tirer sur sa pipe.

— Pourquoi la Royal Air Force ? Si tu voulais participer à la guerre, pourquoi ne pas aller au Canada ?

Des images mélancoliques de ses parents emplirent la tête d'Ollie. Il prit une profonde inspiration et raconta :

— Mon père disait toujours qu'on avait peut-être perdu notre accent, mais que notre sang était et resterait toujours britannique.

Bertie sourit, sa pipe coincée entre ses molaires.

— Finis ton bol, demanda Susan. Il va bientôt faire nuit.

Ollie planta sa cuillère dans son bol et heurta un morceau dur, comme la coquille d'une noix. Il souleva la cuillère et s'immobilisa. Une palourde. Bouche grande ouverte, il sortit la langue comme un petit animal.

— Les mollusques, ça ne donne pas beaucoup de viande, malheureusement, commenta Susan. C'est plus pour le goût.

Ollie sentit sa bouche s'emplir de salive.

— Fichu rationnement, marmonna Bertie.

Tout à coup, Ollie eut des picotements dans la bouche, les lèvres comme enflées. Bertie reposa sa pipe.

— Ça va ?

— Je suis allergique aux fruits de mer.

Son estomac se mit à gargouiller. Susan se couvrit la bouche. Un autre soulèvement de son estomac, plus bas, lui donna l'impression qu'il avait avalé un gallon de jus aigre. Il s'excusa prestement. Par la fenêtre de la cuisine, Susan et Bertie le virent courir aux toilettes.

Il ouvrit la porte en grand et fut accueilli par une odeur de terre et d'ammoniaque. Il tira sur le bouton de son pantalon, les entrailles grondantes. Il tira plus fort, serrant les fesses et priant de parvenir à tenir quelques secondes de plus. Le bouton céda. Il baissa son pantalon… et la nature se lâcha.

— Ça va bien ? appela Susan depuis le jardin.

— Oui, répondit Ollie, d'une voix qui sonnait comme s'il était enfermé dans une boîte en pin.

— Tu es sûr ?

— Oui.

Il distinguait Susan par une petite fente dans la porte. Et même en étant certain qu'elle ne le voyait pas, il se couvrit de ses mains.

— Je peux t'apporter quelque chose ?

Ses intestins étaient pareils à un tuyau en caoutchouc noué qu'on aurait utilisé dans une compétition de tir à la corde.

— Non, ça va aller.

— Je suis désolée.

Susan tourna les talons et rentra dans la maison. Ollie frotta son ventre gonflé. Une crampe d'estomac. Et soudain, cela se produisit. D'abord sous la forme d'un grondement sourd. Pas de lui. Dehors. Les poils sur ses bras se dressèrent. Ollie entendit la sirène hurler plus fort, plus aiguë, transperçant les murs de la cabine comme s'ils étaient en papier de riz. Le son s'estompa, puis le cycle se répéta, encore et encore, plus fort chaque fois.

— Retrouve-nous à l'abri ! lui cria Bertie. Ils sont arrivés tôt, les salopards !

Par une fente entre les planches, il vit Susan et Bertie se diriger vers un monticule de terre.

— Dépêche-toi ! lui intima Susan.

La respiration d'Ollie s'accéléra. Ses tripes se contractèrent. Un tir antiaérien secoua le sol. Il sursauta et appuya les deux mains contre les parois. Une écharde lui perça le doigt, les toilettes vacillèrent.

Ollie leva les yeux. Un coin du plafond rouillé était soulevé, lui permettant de voir le ciel qui s'assombrissait. Il entendit, entre deux tirs au sol, le son de bourdons mécaniques. Qui allait crescendo. Il regarda autour de lui, en quête de papier toilette. À la place, il trouva un catalogue aux pages déchirées. Il en arracha une feuille, mais une nouvelle crampe, plus forte, l'obligea à s'agripper le ventre. Le rugissement des hélices montait en puissance. Les tirs antiaériens tonnaient. À des milliers de mètres au-dessus de ce trou, de ces toilettes de fortune, un bombardier passa. Puis un autre. Et un autre.

Ollie se pencha en avant, les fesses au-dessus de l'orifice dans le sol. Il entrouvrit la porte. Un escadron de Spitfire passa comme une flèche au-dessus du cottage, secouant les toilettes sur leur passage. Levant les yeux, il découvrit des centaines de bombardiers allemands qui noircissaient le ciel du crépuscule, accompagnés par leurs chasseurs, qui esquivaient les Hurricane et les Spitfire en provenance de North Weald. Les bombes explosaient. Le cœur d'Ollie battait la chamade.

Les tirs de mitraillettes déchiraient l'air. Un Spitfire tomba sur la forêt d'Epping, son fuselage en flammes.

Il roula, puis explosa, envoyant des éclats partout à travers les arbres.

L'estomac d'Ollie se souleva. Une vive douleur à l'abdomen et dans les jambes l'obligea à se rabattre sur son siège. Le ressort de la porte claqua, refermant le pan de bois. Dehors, la guerre faisait rage, et lui était coincé là, sans défense, son pantalon aux chevilles. Il avait traversé l'océan pour se battre, survécu aux sous-marins ennemis et à des rats gros comme des chiens, tout ça pour finir empoisonné et le cul collé à des chiottes.

L'armada, suivie par quelques combattants de la RAF, prit la direction du sud-ouest, vers Londres. Le feu antiaérien de North Weald cessa soudain pour être bientôt remplacé par l'écho des tirs antiaériens de Londres.

Une fois son corps vidé et les crampes suffisamment estompées pour qu'il soit en mesure de se tenir debout, Ollie se nettoya avec une publicité pleine page pour du matériel de pêche et traversa la cour sur des jambes tremblantes. Dans la forêt, les flammes scintillaient. Le grondement des bombes emplissait l'air. Au moment où il atteignait l'abri, la porte s'ouvrit en grand.

Bertie désigna les bois, puis il tendit une lanterne à Ollie. Avec Susan, et guidés par l'odeur de fuel en feu, ils prirent la direction de la forêt d'Epping, en quête du Spitfire écrasé. Derrière un charme déraciné, ils découvrirent le cockpit dévasté et ce qui restait du pilote.

Susan récita une prière. Des larmes lui coulaient sur les joues. L'estomac acide d'Ollie vira à la colère bouillonnante.

Les histoires qu'il avait lues dans les journaux, à la maison, étaient loin de décrire la réalité. C'était la guerre. Des gens mouraient. Et les États-Unis ne faisaient rien, hormis déclarer leur neutralité pendant que les bombes pleuvaient sur Londres. Alors que la campagne résonnait de leurs explosions, Ollie comprit que d'autres hommes, femmes et enfants ne verraient pas se lever le soleil le lendemain. En silence, il se fit la promesse de voler à nouveau. Quel qu'en fût le coût, il trouverait le moyen de débarrasser les cieux des nazis.

— Je me demande qui c'était, dit Susan d'une voix frémissante. (Ollie jeta un regard au pilote décédé, dont les bras mutilés pendaient par la vitre brisée du cockpit.) Est-ce qu'il avait une femme ? Des enfants ? ajouta-t-elle en baissant la tête.

— J'aurais aimé le savoir, intervint Ollie dans l'espoir de la réconforter. (Il détourna la lanterne de l'épave.) En tout cas, je sais qu'il est mort avec honneur en essayant de protéger son pays.

— Bien trop jeune, déplora Susan. Les guerres sont la cause de nombreuses morts prématurées en Grande-Bretagne, j'en ai bien peur.

Ollie s'approcha d'elle. Levant la tête, elle déglutit.

— On ne sait jamais quand on va mourir. (Il plongea le regard dans ses yeux mouillés de larmes.) C'est pour ça qu'il faut vivre chaque jour comme si c'était le dernier.

Elle acquiesça, puis se tordit les mains.

— Mes parents sont morts quand j'étais bébé. Ils méritaient de passer plus de temps ensemble.

— Je suis désolé.

— Ce sont mes grands-parents qui m'ont élevée, je ne connais mes parents qu'à travers les histoires de grand-père, conclut-elle en se frottant les yeux.

— Mes parents aussi sont morts, dit Ollie.

— Mon Dieu. Ils étaient comment ?

— Ils étaient les meilleurs, les plus merveilleux parents au monde et ils tenaient très fort l'un à l'autre. (Il marqua une pause, submergé par l'image de ses parents se tenant la main sur la balancelle de la terrasse.) Un jour, je veux ce qu'ils avaient.

— Moi aussi. Mes grands-parents ont eu une vie splendide. Mais depuis la guerre, ajouta-t-elle avec un coup d'œil aux décombres, j'ai parfois peur qu'il n'y ait pas d'avenir.

Tout au fond de lui, Ollie ressentait la même crainte. Pourtant, il lui toucha l'épaule et répliqua :

— La Grande-Bretagne survivra à cette guerre. Et tu auras une longue vie heureuse.

Elle exerça une pression sur ses doigts, puis baissa la main contre son flanc.

Ils restèrent telles deux vigies près de l'épave fumante jusqu'au moment où deux soldats, promenant leur lampe torche à travers la forêt, trouvèrent leur camarade tombé au combat. Alors que les hommes ramassaient les restes du pilote, Ollie et Susan retournèrent à leur bunker de terre, où ils prirent place sur des lits de toile. L'écho des bombes et une odeur de terre emplissaient l'air. Ils parlèrent peu de la destruction de Londres et plus du tout du pilote décédé.

— Ils bombardent avec quelle fréquence ? s'enquit finalement Ollie, rompant le silence.

— Toutes les nuits, l'informa Bertie.

Susan, ses yeux bleus assombris dans la faible lumière de la lanterne, regarda Ollie.

— Ils arrivent par vagues. Et repartent quand le soleil se lève.

Bertie prit une profonde inspiration, avant de se mettre debout.

— J'en ai assez. (Il ouvrit la porte du bunker et agita son poing en l'air dans un geste de défi.) Plus jamais je ne laisserai les nazis m'obliger à vivre comme une taupe !

Il avança vers la pelouse sur ses jambes flageolantes. Des éclairs d'explosions zébraient le ciel.

— Tu veux rester ou y aller ? demanda Ollie à Susan.

— Y aller.

Ils suivirent Bertie au cottage. Une fois à l'intérieur, Susan couvrit les fenêtres avec des rideaux occultants. Bertie fuma sa pipe et lut un livre. Et Ollie monta à l'étage, où il s'effondra sur son lit.

Chapitre 12

North Weald, Angleterre

Le capitaine Clyde Boar tira une bouffée de sa cigarette, lâcha le mégot au sol et l'écrasa de la pointe de sa chaussure.

La nuit avait cédé la place à un ciel gris, le soleil étant encore dissimulé derrière un horizon enfumé. Il contempla un escadron de Hurricane, ou du moins ce qu'il en restait, à l'approche sur la piste en formation alignée pour l'atterrissage.

— Combien ? demanda Ralph.

— Huit.

Boar regarda son copilote, un petit bonhomme grassouillet dont les mains étaient enfoncées dans les poches de son pantalon.

— Il devrait y en avoir douze, dit Ralph avec une grimace.

Boar alluma une autre cigarette. Cinq minutes plus tard, un autre escadron approcha. Seulement six. Après l'atterrissage, l'un des pilotes fut emmené sur un brancard, la balle qui avait traversé son cockpit logée dans son mollet.

Le capitaine Boar observa un urgentiste qui nouait un garrot autour de la jambe du pilote, dont le pantalon était noir de sang. L'homme hurlait quelque chose qui ressemblait à : « Je ne veux pas perdre mon pied » ou « Ils m'ont bousillé le pied ».

— On aurait dû être avec eux, commenta Boar tandis qu'on emmenait le pilote en ambulance.

— Comment ça ? demanda Ralph. On a été la seule unité à en toucher un, hier soir.

Boar se rappela le bombardier de la Luftwaffe qu'ils avaient abattu. Il avait dirigé son escadron à travers les nuages, avant de plonger sous le bombardier, laissant ainsi le champ de tir libre pour Benny, son artilleur aux commandes de la tourelle. Une salve de balles avait percé le fuselage, le bombardier avait explosé et Boar était remonté en flèche dans les nuages, semant deux Messerschmidt ennemis.

Le Bristol Blenheim de la RAF, conçu pour être à la fois un bombardier léger et un combattant de nuit, n'excellait dans aucun des deux domaines. C'était un véhicule utilitaire. Médiocre. Un prédateur nocturne seulement capable de réussir son coup sous le manteau de l'obscurité. En fait, la dernière mission de jour qu'avait conduite Boar contre un terrain d'aviation de la Luftwaffe près d'Aalborg, au Danemark, avait tourné au désastre. Ils avaient perdu sept des douze Blenheim que comptait son escadron. Et l'unité d'un collègue était revenue avec un taux de victimes de presque cent pour cent. Dans l'armure poussive d'un Bristol Blenheim, Boar se faisait l'effet d'un chevalier envoyé combattre avec une épée de bois.

— Le Blenheim ne vaut rien face au Messerschmidt. On n'a de chance de s'en sortir qu'avec un Spitfire ou un Hurricane. (Boar jeta sa cigarette, à peine entamée.) J'ai l'intention de commander un véritable escadron de combat et de la gagner, cette foutue guerre.

— Tu es peut-être le meilleur pilote de la RAF, n'empêche qu'on a des ordres concernant Source Columba, lui rappela Ralph.

Le capitaine Boar s'était porté volontaire pour Source Columba, convaincu que s'enrôler dans une mission aussi dangereuse lui gagnerait les faveurs du commandant Davies et que celui-ci réserverait un accueil favorable à ses requêtes de diriger un escadron de combat. Et ça avait fonctionné, puisque Davies l'avait sélectionné pour prendre part à la réunion avec les renseignements britanniques à Londres. Hélas, les choses avaient viré à l'aigre dès que l'Américain était intervenu.

— Comment s'est passée ta rencontre avec le commandant ? voulut savoir Ralph.

— Super.

Boar se remémora l'entrevue, comment le commandant Davies l'avait interrogé sur sa conduite vis-à-vis de Susan et sur la façon dont un Américain, un civil en plus, avait fini dans sa prison militaire. Il avait calmement expliqué au commandant qu'il s'était conduit en gentleman, escortant Susan lors de l'aller à Londres et de son retour, l'accompagnant même dans un abri après qu'ils avaient raté le train. Il avait pointé du doigt que l'Américain n'aurait pas été arrêté s'il ne l'avait frappé, lui, ayant eu la fausse impression de le voir harceler Susan. Davies avait brusquement mis un terme à l'entretien en lui ordonnant de s'excuser auprès de Susan Shepherd et de son grand-père, Bertie. Et de rester éloigné de l'Américain. Le commandant lui avait aussi signifié que ses chances de piloter un jour un Spitfire reposaient sur le succès de Source Columba. Boar avait salué et quitté la pièce, le sang bouillonnant chaque fois qu'il pensait à l'Amerloque.

— Au moins, tu auras l'occasion de la revoir, cette fille, dit Ralph. (Boar hocha la tête.) Dommage que tu ne lui plaises pas.

— Ça viendra.

Boar tira une énième cigarette de sa poche et la coinça entre ses lèvres. Ralph sortit son briquet pour la lui allumer.

— Si j'ai bien compris, l'Américain travaille avec elle, ajouta Ralph. (Boar prit une longue bouffée de sa cigarette.) C'est quand même assez injuste, tu ne trouves pas ?

Boar expulsa la fumée par ses narines et tourna les talons.

— Je prendrai ma revanche sur ce foutu Amerloque.

— Tu vas où ?

— Les lettres.

Il se débarrassa de sa cigarette d'une pichenette. Ralph baissa les épaules.

— Merde, chuchota-t-il.

Le capitaine Boar se dirigea vers les baraquements. Beaucoup d'hommes s'étaient effondrés sur leur paillasse, encore en tenue de combat. Certains lits étaient vides et seraient bientôt occupés à nouveau, par des pilotes frais émoulus et naïfs. Boar prit place à un bureau dans l'angle, à l'écart des ronflements et de l'odeur de sueur. L'écritoire en bois, si on la scrutait attentivement, recelait les marques légèrement incrustées des lettres qu'il avait écrites à des gens qu'il n'avait jamais rencontrés : il enfonçait la pointe de son stylo si fort dans le papier qu'elle avait laissé des sillons permanents dans le bois.

Boar se rappela le Blenheim de son unité tombé au combat. Il était piloté par John Simmons, un homme à la voix calme et posée qui rêvait de retourner à Manchester, remplir des pintes dans le pub familial. Son copilote, un jeune gars brillant du nom de William Akerman, joueur de cartes exceptionnel et récemment marié à une fille du coin appelée Elizabeth, à présent enceinte de quatre mois, rêvait pour sa part de devenir commandant un jour et de se poser pour fonder une famille après la guerre. Quant à l'artilleur de la tourelle, un dénommé Gilbert Nolan que son équipage surnommait Gig, il avait de longs bras maigres qui tremblaient comme des fils de fer enveloppés dans une tranche de bacon quand il actionnait les mitrailleuses. Gig laissait derrière lui une épouse du nom de Samantha et trois jeunes filles, Carol, Edna et Alice.

Boar agrippa son stylo. Il revit l'avion touché au moteur gauche, avant que le pilote ait pu grimper se mettre à couvert dans les nuages. Deux combattants ennemis, pareils à des pitt-bulls ayant reniflé l'odeur du sang, étaient venus pour tuer. En explosant, le moteur droit avait arraché l'aile. Boar et le reste de l'escadron avaient entendu leurs hurlements dans la radio tandis que le Blenheim tombait du ciel.

Ça ne faisait pas partie de ses attributions, pourtant Boar rédigea les lettres, tout comme il l'avait toujours fait, prenant sur son temps pour raconter aux familles ce qui s'était passé et, plus important, leur assurer qu'ils étaient des amis chers, des hommes braves et vaillants qui avaient bien servi leur pays. Chaque lettre était unique. John, William et Gig auraient souhaité qu'il en soit ainsi. Il scella les lettres et les plaça dans son casier pour les poster d'ici quelques jours, une fois les familles officiellement informées par les autorités de la RAF. Plutôt que de dormir, il se promena autour du camp d'aviation, comptant les avions et se demandant combien de combattants parmi son escadron de bombardiers seraient encore là à Noël.

Chapitre 13

Epping, Angleterre

Susan frappa à la porte de la chambre.

— Tu es réveillé ?

Ollie ouvrit les yeux. Un bras pendant hors du lit, il ne sentait plus ses doigts. Le soleil brillait à travers la fenêtre.

— Oui, répondit-il.

— Petit déjeuner.

Il s'éclaircit la voix.

— Je descends tout de suite.

Il entendit les pas de Susan tandis qu'elle s'éloignait. Baissant les yeux, Ollie remarqua ses chaussures, délacées mais toujours à ses pieds. Il frotta ses doigts engourdis, puis renoua ses lacets et descendit. Il avait les jambes en caoutchouc, le corps vidé de tout fluide.

— Bonjour, Oliver du Maine, l'accueillit Bertie en reposant son journal. Toujours pas dans ton assiette ?

— Si, ça va mieux, répondit-il.

Susan lui tendit une tasse de thé.

— Bois.

Ollie obtempéra avec un « merci ».

Elle passa une mèche de cheveux blonds derrière son oreille et s'approcha de la cuisinière.

— Ça sent bon, commenta Ollie en s'asseyant.

— Scones aux baies de sureau, annonça-t-elle en ouvrant la porte du four.

— Ravi d'entendre que ton appétit est revenu, dit Bertie, qui lui tapota l'épaule. Je craignais que ce soit une manœuvre pour essayer d'échapper au travail.

— Seulement si on doit écailler des huîtres.

Bertie rit.

— Non, on n'écaille pas. On vole juste.

Ollie se gratta la tête.

— On travaille sur des avions ?

Le sourire de Bertie s'étira.

— Encore mieux, mon garçon.

De façon évidente, Bertie s'amusait beaucoup à garder son petit secret, du moins jusqu'au moment de le mettre au travail. Sachant que le vieil homme avait payé sa caution pour le sortir de prison et qu'en plus Ollie ne pourrait pas s'enrôler dans la RAF avant quelques mois, il ne voyait pas l'intérêt de lui gâcher sa bonne blague. Alors il joua le jeu.

— Des ballons ?

Bertie secoua la tête.

— Des dirigeables ?

— Encore mieux.

— Qu'est-ce qui pourrait être mieux qu'un avion, un ballon ou un dirigeable ?

— C'est confidentiel.

Bertie se claqua les cuisses en gloussant.

— Grand-père, le gronda Susan, qui disposait des scones tout chauds sur un plat.

— Comment je vais travailler, si vous ne me dites rien ? insista Ollie.

— Les yeux bandés.

— Pendant trois mois ?

— Peut-être moins, si jamais notre mission permet de remporter la guerre.

— Mange, intima Susan en posant les scones sur la table. On a du travail.

Ollie avait perdu l'appétit, au point qu'il se sentit rassasié au bout de quelques bouchées, mais il se força tout de même à terminer un scone. Il but trois autres tasses de thé, sentant ses forces lui revenir avec chaque gorgée.

Quelques minutes plus tard, il était dans la camionnette de Bertie, Susan assise au milieu et Bertie au volant. Il emprunta un sentier de ferme, au milieu duquel poussait une bande d'herbes hautes. Aussi loin qu'Ollie pouvait voir, il n'y avait aucune autre maison, seulement des vallons de pâturages verdoyants et des moutons qui paissaient. Une série de cabanes en bois parsemaient le flanc de la colline, qui rappelaient un peu de grandes remises ou des granges miniatures. Sans doute s'agissait-il d'abris pour la tonte, mais pourquoi y en avait-il autant ?

Bertie gara la camionnette près du premier cabanon.

— Il est temps de se mettre au travail, annonça-t-il en coupant le moteur.

Ollie les suivit à l'intérieur. Des battements d'ailes. Par dizaines, des pigeons voletèrent autour d'eux. Ollie se protégea le visage avec ses bras. Des pigeons se posèrent au sol, d'autres se retirèrent dans leur nid. Alors que les battements d'ailes faisaient peu à peu place aux roucoulements, Ollie rabaissa les bras.

— Prêt pour ta leçon de vol ? demanda Bertie.

Ollie haussa les sourcils.

— Des oiseaux ?

— Des pigeons, le corrigea Susan.

Il plissa le front.

— La mission secrète du gouvernement, c'est des pigeons ?

— Source Columba, précisa Bertie.

— Ces pigeons vont nous aider à remporter la guerre, ajouta Susan.

Ollie prit une profonde inspiration.

— Sans vouloir vous offenser, il va falloir beaucoup plus que des oiseaux pour...

— Des pigeons, l'interrompit Susan.

— OK, des pigeons, rectifia-t-il en remarquant les mains de Susan, désormais posées sur ses hanches. Je cherchais juste à comprendre pourquoi le gouvernement britannique irait gaspiller ses efforts sur des pigeons pendant que Londres est bombardée. Si on veut gagner la guerre des airs, ce sont des avions et des pilotes, qu'il nous faudra.

Un pigeon, qui semblait peinturluré en mauve et vert fluorescent, vint se poser sur l'épaule de Susan. Elle lui caressa le dos de la pointe d'un doigt.

— Duchesse, on dirait bien qu'Ollie a beaucoup à apprendre sur les pigeons.

Duchesse inclina la tête en dévisageant l'intéressé.

— Je ne voulais pas vous vexer. Je disais juste…

Duchesse sauta, voleta dans le pigeonnier et atterrit sur l'épaule d'Ollie. Il se figea. Du coin de l'œil, il observa l'oiseau, le bec à quelques centimètres de son menton, et déglutit, redoutant de se faire piquer.

Duchesse cligna des paupières sur ses yeux dorés.

Ollie relâcha son souffle.

— Je crois qu'il m'aime bien.

Duchesse secoua les plumes de sa queue. Sentant une substance chaude lui couler le long du bras, Ollie grimaça.

— D'abord Duchesse est une fille. Et elle n'a pas apprécié tes commentaires.

Susan prit le pigeon de l'épaule d'Ollie.

— On a une longue journée devant nous, les interrompit Bertie. Ollie, rassemble les paniers sous l'abri. Susan et moi, on charge.

Ollie sortit et se nettoya la manche à l'aide d'une poignée de feuilles sèches. Il rassembla les paniers, qui s'avérèrent être des cages, de longues boîtes à l'armature en bois avec une grille en guise de porte et qui ressemblaient à des pièges à homards, en plus fragiles. Les ayant empilés sous l'abri, Bertie lui montra comment placer les pigeons à l'intérieur en leur enveloppant les ailes à l'aide de ses mains passées sous leur ventre. Ollie fut étonné que les pigeons ne se débattent pas, ne s'agitent pas, ne griffent ou ne piquent pas, qu'ils le laissent au contraire les poser gentiment dans les paniers.

Il jeta un coup d'œil vers Susan. Cette dernière lui tourna le dos et continua à charger. Une fois tous les pigeons dans les paniers, à l'exception de celui qui s'était soulagé sur sa manche, Ollie les empila à l'arrière de la camionnette. Ils conduisirent alors jusqu'à un deuxième pigeonnier, où ils embarquèrent d'autres pigeons, attachant les casiers à l'aide de ficelles pour les empêcher de bouger, puis ils reprirent place à l'avant de la camionnette.

— Tu les as comptés ? demanda Bertie.

— Oui, répondit Susan, Duchesse toujours dans ses bras. Cent vingt-sept.

Bertie enfonça la clé dans le démarreur et actionna le moteur. Ollie s'étonna de se trouver moins serré sur le siège, puis il remarqua que Susan était collée contre la portière côté passager. Le visage tourné vers la vitre, Duchesse sur les genoux. Ollie avait l'impression d'avoir avalé un caillou. C'était leur mission, et il avait rabaissé leur travail, alors même qu'ils l'avaient accueilli à leurs côtés. Il espérait trouver quelque chose à dire qui puisse effacer sa remarque blessante. Il ouvrit la bouche, mais se tut en sentant Susan s'éloigner encore un peu plus.

Bertie poursuivit le long du chemin, avant de prendre la direction du nord sur une route pavée. Il changea de vitesse et accéléra.

— Comment vont les pigeons ? demanda-t-il à Ollie.

Le jeune homme se retourna et regarda par la vitre arrière. Les casiers n'avaient pas bougé. Il ne voyait qu'une bande de plumes duveteuses.

— Bien, répondit-il.

— On roule vers Clacton-on-Sea, annonça Bertie. Un patelin perdu sur la côte. Les pigeons auront la possibilité de voler au-dessus de l'eau. (Il jeta un coup d'œil à Ollie.) Bientôt, ils traverseront la Manche.

— Pour aller où ?

Susan les interrompit.

— Tu savais que les pigeons voyageurs étaient déjà utilisés par les Égyptiens, il y a plus de trois mille ans ?

— Non, répondit Ollie.

— Non, évidemment. Et tu ne sais sans doute pas non plus qu'un pigeon voyageur peut parcourir jusqu'à neuf cents kilomètres par jour, voler à une vitesse de cent kilomètres-heure et atteindre jusqu'à trente-cinq mille pieds d'altitude. À cette hauteur, Ollie, ajouta-t-elle en le regardant dans les yeux, la température tombe à trente-cinq degrés en dessous de zéro, et un pilote aurait besoin d'une tenue chauffante et d'une bonbonne d'oxygène.

Bertie donna un coup de coude à Ollie.

— Tu as déjà volé aussi haut, Oliver du Maine ?

Ollie secoua la tête.

— Depuis des siècles, on compte sur les animaux en temps de guerre, reprit Susan en prenant Duchesse entre ses mains. Et est-ce que tu pourrais deviner quel animal a contribué de la manière la plus significative à la victoire des Alliés pendant la Première Guerre mondiale ?

— Les oiseaux ?

Susan le dévisagea. Duchesse tendit le cou.

— Je veux dire les pigeons.

Il remarqua le large sourire de Bertie, qui manifestement s'amusait beaucoup du pétrin dans lequel il s'était fourré.

— Oui, les pigeons, confirma Susan.

L'atmosphère était pesante. Ollie avait envie de baisser la vitre ou de se glisser sous un siège.

— Durant la Grande Guerre, un pigeon du nom de Cher Ami a sauvé la vie de presque deux cents soldats alliés piégés derrière les lignes ennemies sans nourriture ni munitions. La veille, ils étaient cinq cents hommes.

Ollie déglutit.

— Cher Ami était le seul pigeon rescapé d'un tir de mitraillettes. Leur dernier appel à l'aide dans le boîtier attaché à la patte de Cher Ami, l'oiseau a pris son envol. Alors qu'il s'envolait du bunker, une pluie de balles s'est abattue sur lui. Malgré cela, il a réussi à reprendre les airs et à voler jusqu'au quartier général. (Susan lui donna une légère tape sur le torse.) Cher Ami avait pris une balle en pleine poitrine. (Puis elle montra sa joue.) Il avait aussi un œil crevé. (Ollie la sentit pousser du pied sa chaussure.) Et sa patte ne tenait plus que par un tendon. Pourtant, il a réussi à rentrer à la maison et il a sauvé la vie de deux cents hommes, conclut-elle en caressant la tête de Duchesse.

Pendant la majeure partie du trajet, Ollie écouta les leçons de Susan sur les pigeons. Et il aurait pu jurer avoir vu Bertie lever le pied de l'accélérateur, histoire de prolonger sa torture. Quand ils arrivèrent à Clacton-on-Sea, une péninsule dépourvue d'arbres qui s'enfonçait dans la mer du Nord, Ollie se mit à décharger les paniers. Il se sentait soulagé, du moins pour un temps, d'être libéré de l'espace confiné de la camionnette. Il aligna les paniers en formations selon les instructions de Susan, espérant que l'attention qu'il prêtait aux détails contribuerait à lui faire pardonner son ignorance et son manque de tact.

Bertie regarda sa montre à gousset.

Les roucoulements montaient en intensité. Les ailes battaient.

Bertie agita la main. Susan et Ollie libérèrent rapidement les pigeons de leurs cages.

Susan souleva Duchesse, perchée sur la camionnette telle une décoration de carrosserie. Elle porta le pigeon à sa joue et chuchota quelques mots, avant de le jeter en l'air. Duchesse fonça vers le reste de la nuée, dessinant un cercle dans le ciel. Après deux tours du périmètre, les pigeons prirent la direction du sud-ouest.

Susan tourna la tête vers l'océan. Les vagues venaient fouetter les rochers.

— Ça paraît si loin.

Bertie hocha la tête.

— On est à combien de kilomètres d'Epping ? demanda Ollie.

— Quatre-vingt-dix, répondit Bertie.

Mais Susan ne parlait pas d'Epping.

Ollie regarda la jeune femme.

— La France, dit-elle. Source Columba est une mission consistant à lâcher des pigeons voyageurs sur la France occupée.

Ollie en resta bouche bée.

— Le plan, c'est que les habitants nous transmettent des informations sur les mouvements de troupes, expliqua Bertie.

— La plupart des pigeons ne rentreront pas, ajouta Susan.

— Tu as pourtant affirmé qu'ils étaient capables de voler des centaines de kilomètres. La distance jusqu'à la France est sans doute dans leurs cordes.

— Ce n'est pas la distance, le souci, reprit Bertie. C'est le défi d'arriver là-bas et de revenir.

Susan tendit le doigt vers la mer.

— D'abord, les bombardiers doivent parvenir en France en évitant les feux antiaériens ennemis. Ceux qui n'auront pas été abattus lâcheront des centaines de petites cages, dont chacune contiendra un pigeon. Les parachutes, qui n'ont pas été testés, doivent s'ouvrir et déposer les pigeons au sol sans encombre.

Ollie enfonça les mains dans ses poches.

— Bien des pigeons seront trouvés et détruits par l'ennemi, poursuivit Susan. D'autres ne seront pas retrouvés dans les champs ou seront piégés en haut des arbres, ils finiront gelés ou morts de faim. Notre espoir, c'est que certains atterrissent dans les mains de membres de la Résistance française, qui noteront les mouvements de troupes sur un morceau de papier, le placeront dans la petite boîte attachée à la patte du pigeon.

— Les pigeons survivants devront alors affronter un dangereux voyage retour, ajouta Bertie. L'ennemi, alerté par les lâchers, aura sans doute posté des tireurs pour les abattre.

Susan s'enlaça les épaules.

— Nous estimons qu'un pigeon sur trois reviendra.

Ollie regarda les cages vides.

— C'est cher payé, commenta Bertie. Mais nous n'avons pas le choix. Notre unique chance de victoire, c'est de savoir ce que prévoient les nazis, et surtout où et quand ils lanceront l'invasion par les terres.

Susan frissonna. Elle se tourna pour contempler les pigeons, devenus de petits points à l'horizon, avant de disparaître complètement.

Ollie chargea les casiers et les attacha avec la ficelle. Ils remontèrent dans la camionnette et reprirent le chemin de la maison. Susan garda les yeux rivés sur la vitre du côté passager. Bertie grogna en passant la vitesse supérieure. Et Ollie oublia son projet de s'enrôler dans la RAF, tout à la pensée des sacrifices désespérés consentis par Susan, Bertie et les pigeons pour sauver la Grande-Bretagne.

Chapitre 14

Epping, Angleterre

Le trajet retour de Clacton-on-Sea se fit dans le silence, à l'exception du sifflement du vent à travers les cages vides à l'arrière de la camionnette. Susan, les bras croisés, contemplait le paysage anglais par sa vitre. Et Ollie s'efforçait de trouver les mots justes pour apaiser sa douleur.

Ça doit lui briser de cœur, de connaître le triste destin des pigeons, songeait-il.

À deux reprises, il rassembla le courage de parler, mais chaque fois il fut interrompu dans son élan par Bertie lui désignant tel ou tel endroit remarquable : une bande de côte érodée où, pensait-il, les Allemands pouvaient débarquer pour les envahir, les ruines d'un vieux moulin qu'il avait exploré jadis quand il était un petit garçon. Ollie choisissait ses mots. Il faisait de son mieux pour écouter Bertie, mais ses pensées restaient tournées vers Susan.

Ils furent de retour à la ferme avant midi. Bertie gara la camionnette devant un pigeonnier. Plus précisément, il laissa son pied fatigué glisser de la pédale, et le moteur cala. Leurs têtes tressautèrent. Ollie et Susan se retinrent, les mains contre le tableau de bord.

— La prochaine fois, il vaudrait peut-être mieux que je conduise, suggéra Susan en se frottant la nuque.

— Sornettes, répliqua Bertie. Il n'y a aucun problème avec ma conduite. Je suis juste pressé d'aller voir si tout va bien pour nos pigeons.

Ils descendirent de la camionnette, et Ollie déchargea la première cage.

— Pas maintenant, Oliver, lui dit Bertie. D'abord, on doit aller voir qui est rentré à la maison.

Ollie reposa le panier dans le coffre et les rejoignit dans le pigeonnier. Bertie sortit un petit carnet et un crayon. Susan vérifia chaque case, de gauche à droite et de haut en bas. Chaque fois qu'elle terminait le comptage d'une rangée, elle criait un chiffre que Bertie notait dans son carnet. Une fois les cellules vérifiées, Susan compta quelques pigeons qui se promenaient à terre et un autre qui voletait près du plafond.

— Combien ? demanda-t-elle enfin.

— Soixante-deux, répondit Bertie.

Susan passa au pigeonnier suivant. Bertie et Ollie la suivirent. Ça aurait été plus rapide en camionnette, mais Susan en avait sans doute eu assez du scepticisme d'Ollie concernant les oiseaux, ou bien de la conduite de son grand-père. Il espérait qu'il s'agissait plutôt de la deuxième option.

Il observa Susan et Bertie recenser les oiseaux. Les roucoulements montaient en volume à mesure que Susan passait en revue les nids.

— Combien ? demanda-t-elle encore.

— Soixante-quatre. Ça nous fait un total de cent vingt-six. On en a perdu un, calcula Bertie après vérification. Fichus faucons.

Susan désigna Duchesse, perchée sur une poutre au-dessus de la tête de son grand-père. Bertie leva les yeux.

— Ah ! Cent vingt-sept.

Susan sourit.

— Ils sont tous là.

— Comment ils font ça ? s'étonna Ollie.

— Par magie, plaisanta Bertie en faisant mine d'agiter une baguette magique.

Ollie pouffa.

Bertie passa un bras autour de Susan.

— C'est ma petite-fille, l'experte. Avant la guerre, elle étudiait la zoologie à l'université.

La jeune femme posa le regard sur un groupe de pigeons en train de picorer.

— Certains pensent qu'ils retrouvent leur chemin à l'aide du champ magnétique de la terre, du soleil et des étoiles.

Ollie s'approcha d'elle.

— Et toi, qu'est-ce que tu en penses ?

Elle soutint son regard.

— Les pigeons possèdent des capacités cognitives extraordinaires. Je pense qu'ils possèdent une carte mentale qui leur permet de rentrer depuis des lieux qui leur sont inconnus.

Ollie se gratta la tête.

— Ça veut dire qu'ils sont sacrément malins, intervint Bertie.

— Oui, ils doivent être extrêmement intelligents, approuva Ollie. Il m'aurait fallu un plan de vol et des instruments, pour piloter un avion jusqu'ici depuis Clacton-on-Sea.

— Le plus important, c'est qu'ils soient tous rentrés à la maison, conclut Bertie, avant de regarder sa montre à gousset. Voilà qui mérite d'être fêté. L'un de vous deux serait-il tenté par un p'tit canon ?

Susan secoua la tête.

— Oliver ?

— C'est quoi, « un p'tit canon » ?

Bertie éclata de rire.

— Je vois que les Américains n'ont pas encore la totale maîtrise de la langue anglaise, se moqua-t-il en posant une main sur son épaule. Un canon, dans ce contexte, c'est un verre. Un godet de scotch pour le coup.

Ollie repensa à Bishop, qui avait partagé sa flasque avec lui, l'étourdissement qu'il avait ressenti et le pétrin dans lequel il s'était fourré ensuite en croyant qu'il pouvait dormir dans un parc. Il passa la main sur la cicatrice qui lui barrait le front.

— Peut-être plus tard.

Bertie hocha la tête et s'en alla vers le cottage. Susan ramassa un balai et entreprit de balayer les déjections.

— Je peux t'aider ? proposa Ollie.

Elle secoua la tête. Il repéra une pelle à poussière accrochée à un clou rouillé. Il la prit et la posa près d'un tas de déjections. Susan les poussa dessus d'un geste preste, sans trop se préoccuper que les petites boules voltigent.

— Je ne voulais pas dénigrer Source Columba ou votre travail, lâcha-t-il en ôtant quelque chose tombé à l'intérieur de sa chemise, qui ressemblait à un pois sec.

— Dehors, sur le tas de compost, lui indiqua Susan.

Il alla déposer les déjections et revint poser sa pelle près d'un autre tas.

— J'ai très peu d'expérience en ce qui concerne les oiseaux, voilà tout.

Susan donna un coup de balai plus fort. Ollie sentit des boulettes lui mitrailler le visage. Il toussa.

— Les pigeons.

Susan reposa le balai dans un angle. Ollie alla verser les quelques déjections qui avaient fini dans sa pelle sur le tas de compost. Quand il retourna au pigeonnier, Susan tenait Duchesse dans ses bras.

— Pardon, dit-il.

Susan porta une main devant sa bouche. Duchesse tourna la tête.

— Quoi ? demanda Ollie.

— Ton visage.

Ollie se frotta les joues. Susan rit.

— Non, tu as du caca…

Elle lui toucha le nez. Ollie leva la main et sentit une déjection encore à moitié fraîche collée à la pointe de son nez. Il la chassa d'une pichenette.

— Il faut croire que je le méritais.

Susan caressa Duchesse.

— Oui, en effet. La prochaine fois, tu ferais mieux d'utiliser la grande pelle.

Ollie remarqua alors une pelle plate appuyée contre un mur dans le coin.

— La pelle à poussière, c'est trop petit.

Ollie gloussa.

— C'est un peu tard pour me le conseiller, tu ne crois pas ?

— Je n'avais pas l'intention de te le dire du tout, répliqua-t-elle en coinçant une mèche de cheveux derrière son oreille. Mais il est difficile de ne pas compatir avec quelqu'un qui est couvert de caca, même si la personne en question n'est pas fichue de distinguer un pigeon d'une dinde.

Ollie perçut une touche de douceur dans sa voix. Il tendit les bras.

— Je peux ?

Susan caressa Duchesse, comme pour la calmer, puis, délicatement, elle la posa sur les mains d'Ollie. Il sentit les pattes sèches sur ses paumes. Doucement, il caressa le dos du pigeon du revers d'un doigt.

— Pardon de t'avoir traitée de garçon, dit-il à Duchesse.

Cette dernière roucoula et cligna des yeux.

— On dirait que tu es pardonné, commenta Susan.

Les plumes de Duchesses étaient douces comme du velours.

— J'aimerais qu'on puisse expliquer aux pigeons combien cette cause est noble, dit-il en relevant les yeux vers Susan. C'est injuste qu'ils ne puissent pas comprendre pourquoi on les jette dans la bataille.

Susan s'approcha encore et, en passant la main sur le dos de Duchesse, ses doigts frôlèrent légèrement ceux d'Ollie. Il sentit sa peau le picoter et déglutit.

— Tu penses vraiment que cette mission peut changer le cours de la guerre ?

Elle fit « oui » de la tête. Un bruit de moteurs fit s'agiter les pigeons. Susan reprit Duchesse. Ils sortirent et découvrirent une file de véhicules militaires qui remontaient l'allée. Un nuage de poussière flotta sur la ferme.

Deux soldats sortirent de l'un des fourgons et en descendirent une grosse bobine de fil de fer. Un autre soldat portait une boîte d'outils. Plusieurs autres déchargèrent de petites cages. Susan s'avança vers le soldat qui faisait rouler la bobine.

— Qu'est-ce que vous faites ?

— On exécute les ordres, mademoiselle, répondit l'un des gars.

— Excusez-moi, dit-elle.

Les militaires s'éloignèrent en déroulant leur fil de fer. Ollie courut au-devant d'eux.

— La dame vous a posé une question.

— Nous ne faisons qu'obéir aux ordres de sécuriser la ferme, expliqua un soldat.

Tout en continuant de dérouler leur bobine, les hommes contournèrent Ollie et se dirigèrent vers un pigeonnier. Susan et Ollie entendirent des bruits de bois que l'on sciait. Se retournant, ils virent un soldat en train de couper la piste d'atterrissage de l'un des pigeonniers.

— Arrêtez ! s'écria Susan.

Le soldat continua son ouvrage.

— Posez ça ! insista Susan en arrivant près du pigeonnier.

Le soldat s'interrompit pour examiner la lame de sa scie.

— Qu'est-ce que vous faites ? demanda Ollie.

— On installe des alarmes.

— Des alarmes ? Personne n'a jamais mentionné d'alarmes.

Le soldat haussa les épaules et se remit à scier. Un autre véhicule militaire monta le sentier à toute vitesse et s'arrêta dans un crissement de pneus. Un nuage de poussière se souleva, pour se déposer bientôt sur un hêtre. Ollie sentit ses poings se serrer quand il vit un officier aux cheveux couleur charbon sortir de l'auto.

— Ne fais rien de stupide, lui souffla Susan.

Le capitaine de l'armée de l'air Boar grimpa les marches du perron et frappa à la porte. Bertie vint ouvrir, serra les poings et recula prestement à l'intérieur. Le temps que Susan et Ollie atteignent le cottage, Bertie était sur le pas de la porte, à agiter sa canne comme une épée.

— Salaud ! hurla-t-il en pointant son bâton vers le torse du capitaine Boar.

Boar leva les paumes.

— Grand-père ! cria Susan.

— Je vais t'apprendre les bonnes manières ! marmonna Bertie.

Boar avait toujours les mains en l'air, mais Ollie s'interposa entre les deux hommes et braqua les yeux sur le capitaine.

— Il y a un changement pour Source Columba, se justifia Boar en se tournant vers Susan. (Bertie baissa sa canne.) Je ne prendrai qu'une minute de votre temps. Si nous pouvions nous installer à l'intérieur, j'aurais peut-être une chance de tout vous expliquer.

Malgré leur animosité vis-à-vis du capitaine, Ollie, Susan et Bertie se retrouvèrent assis à la table de la cuisine avec Boar.

— La ferme Cooper a été bombardée.

Bertie déglutit.

— Comment va William ?

Boar secoua la tête. Les yeux de Bertie s'embuèrent.

— Le pauvre. On faisait des courses de pigeons ensemble.

Susan posa la main sur l'épaule de son grand-père.

— La ferme se trouvait à proximité d'une usine de munitions, poursuivit Boar. La Luftwaffe a raté l'usine mais détruit la ferme, y compris la plupart, si ce n'est tous les pigeons.

— Pourquoi tu es venu nous annoncer ça ? voulut savoir Bertie.

— Votre date de livraison a été avancée.

— À quand ? s'enquit Susan.

— Demain.

Bertie s'essuya le visage.

— Nom d'une pipe, je croyais qu'on avait deux semaines. On a le choix ?

— Non. Les hommes livrent le matériel et installent les alarmes dans les pigeonniers. Deux soldats seront en poste ici sur toute la durée de la mission.

— Pourquoi ? demanda Susan.

— Par sécurité, répondit Boar.

Ollie remarqua le geste de Susan, qui serra Duchesse contre elle. Bertie avait le visage blanc comme un linge.

— Je suis conscient que les choses se sont mal passées entre nous, ajouta le capitaine à l'intention de Susan. Et je souhaite m'excuser pour le malentendu.

— Le commandant Davies t'a donné l'ordre de présenter des excuses ? l'interrompit Bertie.

— Mes ordres, c'est de vous informer du changement. Rien de plus.

De nouveau, Boar regarda Susan en se frottant les mains comme s'il y étalait un onguent.

— Tous mes regrets pour ce malentendu. Le train était bondé et j'essayais juste de vous parler. Je ne vous voulais aucun mal.

Susan croisa les bras. Le choc d'un coup de marteau sur une planche dans un pigeonnier la fit sursauter.

— Mes hommes auront terminé d'ici quelques heures, précisa le capitaine. Une équipe arrivera dans la matinée pour le ramassage. (Il marqua une pause, se passa les doigts dans les cheveux.) Encore une fois, je vous présente mes sincères excuses.

—Très bien, conclut Bertie. Tu nous as informés des ordres et tu as dit ce que tu avais à dire. Je crois qu'il vaut mieux que tu t'en ailles, maintenant.

Le capitaine Boar se leva de sa chaise. Avec difficulté, Bertie l'imita.

—Ne bougez pas, dit Boar, je connais la sortie.

Susan resta auprès de Bertie pendant qu'Ollie accompagnait le capitaine jusqu'à son véhicule. Il le regarda sortir une cigarette, frotter une allumette contre son pouce et tirer une longue bouffée.

—Tu as beaucoup de chance, Yankee.

Ollie vit la fumée s'échapper du nez du capitaine.

—Sans le grand-père de Susan, tu serais en train de pourrir dans la Serre. Et avec les bombardements de la nuit dernière, ton évacuation vers Church Fenton aurait sans doute été accélérée. En admettant que tu n'aies pas commis d'autres bêtises, comme frapper un officier, tu aurais peut-être participé à la bataille.

—Je projette de devenir pilote, affirma Ollie.

—Oui, bien sûr. (Le capitaine monta dans son véhicule, fit démarrer le moteur et baissa la vitre.) Je te suggère de t'en tenir à ramasser de la merde de pigeons.

Il jeta sa cigarette d'une chiquenaude. Le mégot rebondit contre le torse d'Ollie qui, baissant les yeux, remarqua sa chemise constellée de fientes. Il écrasa la cigarette encore rougeoyante sous sa chaussure. En suivant des yeux le capitaine qui s'en allait, le jeune homme sentit une détermination féroce lui enflammer le ventre, tel un feu arrosé de kérosène.

Chapitre 15

Epping, Angleterre

Susan et Ollie suivirent Bertie qui franchissait avec peine un réseau de fils. De pigeonnier en pigeonnier, il examina les alarmes que les soldats avaient installées. De minces tiges de métal, d'à peu près trente centimètres de long, pendaient à l'entrée de chaque trou à pigeon, tels des rideaux de perles accrochés au-dessus d'une porte.

Bertie leva les bras et balaya le champ du regard.

— Sécurité ? Qu'est-ce qu'ils croient ? Que ça grouille de nazis, ici ?

Il écarta le rideau de la pointe de sa canne. Les tiges tintèrent les unes contre les autres, sorte de carillon à vent bon marché, et une sonnerie faiblarde retentit depuis une tente que les soldats avaient montée près de l'abri antibombardement.

Ollie alla jusqu'à la tente et jeta un coup d'œil à l'intérieur. La structure, carcasse de bois recouverte de toile, ressemblait à une yourte. Elle contenait un lit de camp, deux chaises, une table et un imposant standard téléphonique avec une série de sonneries numérotées, une par pigeonnier. Les cloches retentissaient et se taisaient abruptement. Chaque fois qu'un pigeon pénétrait dans un pigeonnier, il faisait bouger les tiges, qui à leur tour déclenchaient une connexion avec les sonneries, lesquelles s'actionnaient. Ollie se fit l'effet d'être le portier d'un immeuble où les visiteurs sonnaient chez tous les locataires en même temps. Les pigeons ne semblaient pas gênés par les rideaux. Ce qui n'était pas le cas de Bertie ou de Susan.

En ressortant de la tente, Ollie les trouva en train d'inspecter les cages fournies par l'armée, beaucoup plus petites que celles qu'ils avaient utilisées pour transporter les pigeons à Clacton-on-Sea.

— Qu'est-ce que vous en pensez ? demanda-t-il.

Susan tenait un mini parachute en soie qui était accroché à l'une des cages.

— C'est assez grand pour fonctionner, ça ?

— Je n'ai fait que piloter des avions. Jamais je n'ai sauté depuis l'un d'eux.

Ollie remarqua les traits tendus de Susan. Et ressentit le besoin immédiat de se botter les fesses.

— Mais une fois, j'ai vu un homme sauter d'un avion durant un spectacle aérien, ajouta-t-il, allant examiner le parachute. Je pense que c'est largement assez grand.

Susan prit une profonde inspiration, expira et replia soigneusement le parachute.

Bertie ramassa un boîtier écarlate de la taille d'un flacon de médicaments.

— Ils sont rouges, nom d'une pipe ! Ils essaient de faciliter la tâche des tireurs ou quoi ?

Secouant la tête, il tendit le boîtier à Susan, qui en soupesa le poids.

— On ne peut rien y faire. Au moins, la Bakélite, ce n'est pas lourd. (Elle toucha le lien de métal attaché au tube.) Je pense que ça devrait s'accrocher correctement à leurs pattes.

— Y a-t-il quoi que ce soit que je puisse faire pour me rendre utile ? demanda Ollie.

Susan lança le boîtier dans la cage.

— Tu peux nous donner plus de temps ?

— J'aimerais bien, déplora Ollie.

Susan glissa un bras sous le coude de Bertie et l'aida à marcher jusqu'au pigeonnier suivant. Ollie se sentait extrêmement malheureux pour eux. Leur élevage de pigeons était chamboulé par la guerre. Il se demanda ce qu'il aurait éprouvé, lui, si les militaires avaient établi leur campement dans les champs de pommes de terre de ses parents. La pensée était inimaginable pour un Américain. Car les guerres ne se livraient pas sur le sol des États-Unis. On versait le sang en Europe et les gens, à la maison, lisaient la description des combats dans les journaux.

Il frotta ses côtes douloureuses, se sentant légèrement coupable d'être né de l'autre côté de l'Atlantique.

Sentant que Susan et Bertie avaient besoin de rester seuls un moment, il alla travailler. Il commença par empiler les cages de l'armée, vérifiant qu'elles étaient équitablement réparties pour chaque pigeonnier. Durant le reste de l'après-midi, il remplit les bacs à eau, porta les sacs de grain et balaya les fientes. Après en avoir terminé avec le dernier pigeonnier, il appuya son balai contre le mur, dans un coin, près d'un pigeon endormi, la tête coincée sous son aile.

Il caressa délicatement l'oiseau.

— Repose-toi. Ta mission commence demain.

Puis, il quitta le pigeonnier, en espérant que cet oiseau ferait partie des chanceux à rentrer à la maison.

Dehors, l'air était froid. Ollie, qui avait la chair de poule, se frotta les bras et remarqua que les feuilles d'un chêne étaient en train de virer au jaune moutarde. Il regarda le soleil, qui tombait sur l'horizon, et se demanda si les pilotes de la Luftwaffe commençaient à s'agiter sur leurs couchettes, tels des animaux de nuit se préparant à leur festin. *Dommage que les nazis ne soient pas des vampires,* songea Ollie. *Au moins, les vampires, on peut les repousser avec de l'eau bénite, des crucifix ou des gousses d'ail. Contre les nazis, ce sont des tirs antiaériens qu'il nous faut. Des Hurricane et des Spitfire.* Il reporta son regard vers les pigeonniers. *Et peut-être des pigeons.*

À l'intérieur de la maison, Ollie trouva Bertie dans son fauteuil. Il jeta un coup d'œil aux genoux du vieil homme, désormais enveloppés dans des serviettes froides.

— Comment ça va, les jambes ?

— Un peu douloureux, répondit Bertie.

— Vous avez besoin de quelque chose ?

Bertie secoua la tête. Ollie marqua un temps d'hésitation, avant de demander :

— Il était comment, votre ami William ?

— C'était un homme bien. Qui adorait les pigeons de course autant que moi. On prenait les paris, en général une pinte au pub, sur lequel de nous deux possédait l'oiseau le plus rapide. Et même si c'était presque toujours lui qui se retrouvait à payer les boissons, William ne manquait jamais une course. (Bertie se frotta les genoux et changea de sujet.) Comment ça va, aux pigeonniers ?

— Les cages sont empilées. Les pigeonniers nettoyés.

— Parfait.

Ollie se tourna vers une collection de vieilles pipes exposées sur le manteau de la cheminée.

— Ce sont des antiquités, expliqua Bertie. Agnes aimait m'en acheter. Elles sont plus pour le plaisir des yeux que pour celui de fumer.

— Votre femme ? s'enquit Ollie en prenant une pipe.

Bertie hocha la tête.

— Elle était comment ?

Un sourire s'étira sur le visage de Bertie.

— Adorable. Intelligente. Pleine d'esprit. Susan lui ressemble beaucoup. Je l'ai rencontrée quand j'étais encore un jeune homme. Elle travaillait au comptoir dans la boulangerie de son père. J'ai dépensé tous mes sous dans ses pâtisseries, rien que pour le plaisir de l'apercevoir. J'avais pris presque assez de poids pour faire éclater les coutures de mon pantalon, quand j'ai trouvé le courage de l'inviter à prendre le thé, conclut Bertie en se tapotant le ventre.

Ollie pouffa.

— Elle était merveilleuse. Et pas un jour ne se passe sans qu'elle me manque.

— On dirait que vous avez eu une belle vie ensemble.

— Oh, ça oui.

Ollie se remémora la photo dans sa chambre, celle de Bertie, d'Agnes et d'un jeune couple avec un bébé.

— Ça vous dérange, si je vous demande ce qui s'est passé ?

Bertie baissa ses lunettes, un voile humide brillant dans ses yeux.

— Je lui ai juste survécu, mon garçon.

La tristesse manifeste de Bertie rappela ses parents à Ollie. Une douleur monta dans sa poitrine. Combien de temps cela prenait-il de se remettre de la perte d'un être cher ? *Un an ? Dix ans ? Une vie ?* Il remit la pipe à sa place sur la cheminée, avant de sortir une serviette de la glacière.

— Merci, Oliver, lui dit Bertie en échangeant un linge. Tu pourrais peut-être aller voir comment va Susan.

Ollie la trouva assise sur les marches du perron. Elle se retourna en entendant le grincement du ressort de la porte. Elle avait Duchesse sur les genoux.

— Je peux m'asseoir avec toi ? lui demanda Ollie.

Elle se décala un peu. Ollie s'installa, les bras noués autour des genoux. Susan fixait des yeux les nuages sombres qui roulaient au-dessus de la forêt d'Epping.

— Les bombardiers prennent le ciel, quand il pleut ? lui demanda-t-elle.

— Oui, ils peuvent voler au-dessus des nuages, mais ils ont parfois plus de mal à viser leurs cibles.

— Les pigeons, ils volent même sous la pluie, dit Susan en passant un doigt sur l'aile de Duchesse. Grâce à leurs plumes huilées qui chassent l'eau.

Duchesse tourna la tête et l'observa de son œil doré.

— On aura peut-être la chance qu'une tempête de vent cloue la Luftwaffe au sol, dit Ollie.

— Ce serait super.

Ollie jouait avec l'extrémité effilochée de son lacet.

— Tu es inquiète pour Duchesse ?

— Pas pour Duchesse. Mais pour les autres pigeons, oui.

Ollie regarda Susan.

— Duchesse ne prend pas part à la mission, expliqua-t-elle.

— Ah.

— Je l'ai élevée moi-même. C'est comme un animal de compagnie. Tous les matins, elle vient même donner des coups de bec à ma fenêtre.

— Je vois.

Susan s'étira le dos.

— Bon, je vais aller voir comment va grand-père.

— Il m'a envoyé prendre de tes nouvelles. (Susan sourit.) Il m'a parlé de ta grand-mère.

— Et il a dit quoi ?

— Que tu lui ressembles beaucoup.

— Je vais prendre ça comme un compliment.

— Je pense que c'en était un.

Quelques gouttes de pluie s'abattirent sur leurs chaussures. Le vent agita les bouleaux. Ils remontèrent d'une marche pour se mettre à l'abri sous l'auvent du perron.

— J'ai vu une photo, dans ma chambre. C'est toi, le bébé sur l'image ?

— Oui.

— Et tes parents ?

Susan hocha la tête. Alors que la pluie traversait la forêt, les gouttes frappant les feuilles des arbres évoquaient le son de plus en plus fort d'une caisse claire. Susan porta le pigeon près de sa joue.

— Il faut que tu rentres à la maison, Duchesse.

Et elle lâcha délicatement l'oiseau. Duchesse voleta un peu dans la cour, avant de se poser sur un bouleau. Rechignant visiblement à rentrer dans son pigeonnier, l'oiseau resta là, malgré les gouttes qui la martelaient.

— Bon, on devrait rentrer, nous aussi, dit Susan en se levant. Il fera bientôt nuit.

Elle brossa l'arrière de sa jupe et s'éloigna.

En la regardant pénétrer dans la maison, Ollie eut la sensation de s'être montré indiscret en l'interrogeant sur ses parents. Il remarqua que Duchesse était toujours perchée sur sa branche, la tête inclinée sur le côté, comme si elle écoutait.

— On dirait qu'on est tous les deux punis, commenta Ollie.

Il se leva et rentra à son tour. Susan était dans la cuisine.

— Tu veux un thé ? lui demanda-t-elle en remplissant une bouilloire.

— Oui, merci.

Il alla s'asseoir à table pendant qu'elle posait la bouilloire sur la cuisinière, puis ouvrait le placard. Ollie se creusait la cervelle pour décider comment amorcer la conversation. Il y avait plein de choses qu'il aurait aimé savoir sur Susan, pourtant il choisit de commencer par un sujet qu'elle jugeait important, selon lui.

— Qu'est-ce que tu aimes le plus, chez les pigeons ?

Elle se tourna, et un sourire se dessina sur son visage.

— Tout.

Soulagé par sa réaction, il tira une chaise et lui fit signe de se joindre à lui. Susan s'assit.

— Dis-m'en plus sur ce « tout ».

— Ils sont remarquablement intelligents, commença-t-elle. Je te mets au défi de me citer un autre animal capable de retrouver son chemin quand il se trouve à des centaines de kilomètres de chez lui.

Ollie se frotta le menton.

— Les tortues ?

Susan gloussa. Il se pencha un peu plus vers elle.

— Qu'est-ce que tu aimes d'autre chez eux ?

— Ils sont affectueux : les deux parents élèvent leurs petits. Ils sont si jolis, avec leurs couleurs et leur plumage aux motifs spectaculaires. J'adore leurs roucoulades, que je trouve encore plus apaisantes que le ronronnement d'un chat. Leur façon de marcher, aussi, en se dandinant, c'est trop mignon. Et leur vol est très gracieux. (Elle posa les mains sur la table.) Mais ce que j'admire le plus, c'est leur dévouement à leur famille. Ils sont capables d'immenses efforts pour retrouver le chemin de la maison.

Ollie sourit.

— Comment on appelle les gens qui connaissent tout sur les oiseaux ?

— Les ornithologues.

— Tu en feras une très grande.

— Tu le penses vraiment ?

Il fit « oui » de la tête. Susan suivit du bout du doigt une fente dans le bois.

— Qu'est-ce que tu préfères, dans le fait de piloter ?

— J'aimerais avoir les mots pour décrire la sensation de liberté que je ressens, quand je file à travers les nuages. C'est excitant. Et apaisant. (Il pointa un doigt au-dessus de sa tête.) Là-haut, j'ai l'impression d'être un oiseau. Encore mieux : un pigeon.

Susan sourit et, après un silence, elle conclut :

— Tu feras un admirable pilote de la RAF, Oliver du Maine.

La main de Susan n'était qu'à quelques centimètres de la sienne. Ollie sentit son ventre papillonner.

La bouilloire se mit à siffler. Susan posa la main sur ses genoux.

— Tu prépares du thé, ma chérie ? cria Bertie depuis la salle à manger.

— Oui, répondit Susan en regardant Ollie.

— Ah, formidable ! s'exclama Bertie. J'arrive.

Ollie suivit Susan des yeux quand elle quitta la table et se prit à regretter que l'eau n'ait pas mis des heures à bouillir.

Chapitre 16

Epping, Angleterre

La pluie apporta la pénombre prématurée du soir et, peu après, le hurlement des sirènes antiaériennes. L'invasion de la Luftwaffe leur coupa l'appétit : Susan, Ollie et Bertie sautèrent le dîner et se terrèrent dans la salle à manger.

Les tirs antiaériens tonnaient. Le cottage vibrait.

Assise près d'Ollie sur le canapé, Susan se couvrit les oreilles. Ollie regarda Bertie, bien calé dans son fauteuil.

— Combien de temps ?

Le vieil homme haussa les épaules.

— Le pire, c'est quand ils passent au-dessus des mitrailleuses à l'aérodrome de North Weald. Ils cesseront une fois que la Luftwaffe partira pour Londres.

Les obus explosaient. La vaisselle tremblait.

De longues minutes plus tard, les tirs s'arrêtèrent, laissant momentanément entendre le clapotis de la pluie.

Les bougies éclairaient la pièce de leur lumière vacillante. Et pendant les heures qui suivirent, ils écoutèrent le grondement des bombes sur Londres.

Alors qu'une nuée d'avions bourdonnait au-dessus de leurs têtes, Susan sentit les muscles de ses épaules se crisper. Mais le grincement des moteurs disparut bientôt. Plus d'explosion. Plus de coups de feu. Rien que le battement de la pluie. Elle lâcha un soupir et tourna les yeux vers la bougie.

— Vous pensez que Londres va brûler ?

Ollie regarda Bertie, enfoncé dans son fauteuil, les yeux fermés.

— La pluie va être utile, dit-il en se tournant vers Susan.

Elle le regarda à son tour.

— Je voulais dire : est-ce que tu crois qu'il va en rester quelque chose ?

— Si les Londoniens sont ne serait-ce que moitié aussi résistants que Bertie et toi, répondit-il après réflexion, je crois que Londres existera toujours.

— J'avais besoin d'entendre ça.

Elle sourit, défroissa sa jupe et reporta son attention sur la bougie.

— Susan… (Elle se retourna vers lui, son ombre s'étirait sur le plancher.) Je repensais à cet après-midi et…

Bertie renifla. Un livre, posé contre son torse, montait et descendait au rythme des ronflements qui emplirent la pièce.

— Il se fatigue vite, le soir, commenta Susan. (Se mettant debout, elle s'approcha de son grand-père et lui toucha le bras.) Tu devrais peut-être aller au lit.

Bertie renifla à nouveau et ouvrit les yeux.

— Je lisais. (Susan désigna le livre. Il se passa une main sur le visage.) C'est difficile d'y voir, à la lueur de la bougie.

— Tu aimerais que je te fasse la lecture ?

— Je suis crevé, admit Bertie. Je crois que je vais aller me coucher.

Il se leva, chancela un peu et grogna de douleur. Ollie s'avança vers lui, prêt à le rattraper au cas où les genoux du vieil homme lâcheraient.

— Laisse-nous t'aider, insista Susan.

Bertie secoua la tête, puis il posa une main sur l'épaule de sa petite-fille.

— Demain, nos pigeons vont changer le cours de cette fichue guerre.

Susan sentit sa confiance se raviver, telles des braises sur lesquelles on aurait soufflé. Elle le regarda monter l'escalier, s'arrêtant de temps à autre pour reprendre son souffle. Alors que la porte de sa chambre se refermait dans un grincement, elle ne put s'empêcher d'admirer le cran de son grand-père. Il aurait pu devenir officier de terrain, dans sa jeunesse, elle n'avait aucun doute là-dessus. Les hommes dans les tranchées auraient suivi un leader tel que lui, capable de leur donner la foi quand il ne restait plus aucun espoir.

— Bertie est un homme bien, dit Ollie.

— J'ai de la chance de l'avoir.

Ollie opina du chef.

— Tu peux aller au lit, tu sais.

Susan regarda vers les rideaux occultants qui masquaient la fenêtre.

— Je n'arrive pas à dormir tant qu'ils sont là. (Elle traversa la pièce et sortit une petite boîte en carton fin de sous le canapé.) Je suppose que tu sais garder un secret ?

Ollie la rejoignit sur la banquette, la boîte posée entre eux. Susan en souleva le couvercle et plaça une pelote de laine et des aiguilles à tricoter sur ses genoux, avant de soulever un morceau de tissu couleur crème.

— C'est un pull, un cadeau de Noël pour grand-père.

Ollie contempla le tube de tissu.

— Plus précisément, c'est le bras d'un pull, ajouta Susan.

— Il va l'adorer.

— Je n'avais pas de colorant.

— Il est parfait.

Susan se passa une mèche de cheveux derrière l'oreille et saisit les aiguilles.

— Où est-ce que tu as appris à tricoter ?

— Avec grand-mère.

Les aiguilles se mirent à cliqueter.

— Agnes ?

— Tu te rappelles.

Elle tourna les yeux vers Ollie, remarquant la couleur caramel des siens.

Le jeune homme regarda Susan tricoter. La bougie créait une ombre chinoise de ses mains menues sur le mur voisin.

— Ça a l'air difficile.

— Il faut juste du temps et de la patience, répliqua-t-elle en passant la laine autour de l'aiguille. Mon premier projet, quand j'étais petite, ça a été une écharpe. Dans mon empressement à l'offrir à grand-père, je l'avais faite trop courte, à peine de quoi l'enrouler autour de son cou. Elle aurait dû rester dans sa boîte ou être rallongée de plusieurs centimètres. Mais grand-père a insisté pour la porter accrochée à l'aide d'une épingle. (Elle tira sur la pelote.) Autant s'y mettre tôt, histoire que ce pull ait ses deux manches. (Elle tricota un rang.) Tout à l'heure, tu allais dire quelque chose au sujet de cet après-midi.

— Je voulais te poser des questions sur tes parents.

Une explosion gronda comme un coup de tonnerre. La pelote de laine tomba au sol. Ollie la ramassa et la reposa sur ses genoux.

— Ça te dérange, si je te demande ce qui leur est arrivé ?

Susan se tourna vers lui.

— Quand mon père est rentré à la maison après la Grande Guerre, mes parents n'ont pas tardé à se marier. En fait, le jour même de son retour, ils ont fait appeler le pasteur, qui entendait profiter de la journée pour aller pêcher. Mon père n'a même pas pris le temps de quitter son uniforme et maman portait encore sa tenue de l'hôpital. (Elle désigna une photo encadrée au mur.) Elle a servi comme infirmière pendant un an sur le front de l'Ouest.

Ollie se leva pour aller contempler la photo d'un trio souriant : une infirmière, un soldat et un pasteur déguisé en pêcheur, avec des hameçons à plumes accrochés à son gilet telles des médailles de guerre. Il observa plus particulièrement la jeune femme qui portait un bouquet de pâquerettes.

— Tu ressembles à ta mère.

Susan sourit.

— Mon père lui avait promis de l'épouser le jour de son retour à la maison. Maman voulait se marier avant, mais malgré tout l'amour qu'il avait pour elle, mon père ne supportait pas l'idée de faire d'elle une veuve. Grand-père m'a toujours raconté que mon père était un vrai gentleman.

Ollie retourna à son siège.

— Ils s'écrivaient tous les jours, reprit Susan. Grand-père a conservé les lettres dans un coffret. Elles sont adorables, commenta-t-elle en reposant ses aiguilles. Je suis née moins d'un an après le retour de mon père à la maison. Ils… On… avait toute la vie devant nous. (Elle prit une longue inspiration, la relâcha.) La Grande-Bretagne croyait que la guerre était finie, seulement quand les troupes sont rentrées au pays, elles ont rapporté un ennemi plus mortel que les armes ou le gaz moutarde.

Ollie déglutit.

— La grippe espagnole ?

Elle hocha la tête.

— Grand-père a reçu un coup de téléphone de ma mère, lui demandant de venir me chercher. Mes parents avaient mal à la gorge et ils ne voulaient pas me transmettre leur rhume. Trois jours plus tard, ils étaient à l'hôpital avec une pneumonie. Grand-père a essayé de leur rendre visite, mais à l'instar des autres malades, ils avaient été mis en quarantaine. (Elle cilla pour retenir ses larmes.) Papa est mort le dimanche suivant. Maman le mardi.

Ollie posa une main sur son bras. Susan ne fit aucun effort pour s'écarter, au contraire elle tira un certain réconfort de son contact.

— C'était il y a longtemps.

Ollie hésita, puis, lentement, reposa la main sur ses genoux.

— Enfant, je redoutais le bac à sable. J'entendais souvent les autres gamins sauter à la corde en chantant cette fameuse comptine sur l'épidémie. (Elle se tourna vers lui.) Tu vois de laquelle je veux parler ? (Il secoua la tête. Susan tripota ses aiguilles avant de se lancer.) « J'avais un petit oiseau, il s'appelait Enza. J'ai ouvert la fenêtre et le vent l'influença. » Ils prononçaient cela « influ-Enza », pour l'influenza, tu sais, la grippe.

— C'est affreux.

— Et la raison pour laquelle je n'ai jamais appris à sauter à la corde, dit-elle en ajoutant plusieurs mailles. Je regrette de n'avoir pas été assez vieille pour me souvenir d'eux. Tout ce qui me reste, ce sont quelques photos, des lettres et les histoires de grand-père, qu'il me raconte souvent et avec des variations infinies pour les rendre plus intéressantes. (Ollie s'accouda à la boîte placée entre eux.) Mes grands-parents m'ont offert une enfance heureuse, avec beaucoup de rire et d'oiseaux.

— De pigeons.

Susan sentit sa joue tressauter alors qu'elle tâchait de réprimer un sourire.

— Oui, de pigeons. (Elle reposa ses aiguilles.) Et toi, dis-moi, Oliver du Maine, qu'est-ce que tu fais ici ?

— Je suis venu m'enrôler dans la guerre. La RAF a besoin de pilotes.

— Tu n'as pas peur ?

— De mourir ?

Elle hocha la tête.

— Il y a pire, dans la vie.

— Comme quoi ?

— Rester sans rien faire pendant que les nazis tentent de conquérir le monde.

Les explosions se faisaient plus éparses, comme un orage qui perdrait de son énergie. La bougie avait presque brûlé jusqu'au bout, des gouttes de cire fondue en couvraient la base.

— Ils ont peut-être terminé pour cette nuit, commenta Ollie.

— Il va y avoir une autre vague, annonça Susan en rangeant son tricot dans la boîte, qu'elle remit ensuite sous le canapé. Mais on ferait mieux d'aller se reposer. Il y aura beaucoup à faire demain matin.

Ollie acquiesça et alla prendre la bougie, dont la flamme s'éteignit. La pièce se retrouva plongée dans l'obscurité.

— Je vais chercher une allumette.

— Pas besoin.

Susan lui prit la main, remarquant la chaleur de sa peau. Et elle dirigea Ollie jusqu'à l'escalier, guidant doucement sa paume vers la rampe. Ensemble, ils grimpèrent les marches jusqu'au palier. Le couloir était un abysse noir à cause des rideaux occultants.

— Tu sauras trouver ta chambre ? lui demanda-t-elle.

— Je pense.

Elle entendit le grincement d'une poignée de porte que l'on tournait.

— C'est bon, j'ai trouvé, dit-il.

— Ollie ?

Il s'immobilisa.

— Oui ?

— On dirait que j'ai beaucoup trop parlé.

— J'ai aimé t'écouter.

— C'est gentil. Mais c'était impoli de ma part de radoter sans fin... Qu'est-ce qui est arrivé à tes parents ? demanda-t-elle après une seconde de silence.

— Accident de voiture. (Il avança dans le couloir obscur dont le plancher craqua sous ses pieds.) N'ayant ni frères et sœurs ni autre famille, eh bien disons que me retrouver seul a dû faciliter ma décision de m'engager dans le combat.

Susan avala sa salive et avança d'un pas. Son pied frôla la plinthe.

— L'accident a eu lieu quand ?

Il hésita.

— Le mois dernier.

Elle lâcha un petit cri. Le couloir se retrouva plongé dans le silence. Et soudain, une sirène retentit. Ollie trouva son épaule du bout des doigts, y exerça une pression.

— On dirait bien que tu avais raison, pour la deuxième vague. Bonne nuit, Susan.

Elle le sentit éloigner sa main, puis elle entendit la porte se refermer. Elle resta seule dans le couloir, jusqu'à ce que le tonnerre des tirs d'artillerie la force à regagner le sanctuaire de sa chambre.

Secouée par la nouvelle du décès des parents d'Ollie, en plus du grondement des bombes, Susan n'arrivait pas à dormir. Peu après minuit, le signal de fin d'attaque fut lancé par une sirène depuis l'aérodrome de North Weald. Elle enfila un peignoir et des chaussons, puis descendit sans bruit au rez-de-chaussée avec l'espoir qu'une tasse de thé chaud lui calmerait l'esprit. Mais en chemin vers la cuisine, elle remarqua la porte d'entrée entrouverte. Un rayon de lune illuminait le plancher. Elle jeta un coup d'œil dehors et vit Ollie assis sur les marches extérieures.

— Tu ne peux pas dormir ? chuchota-t-elle en sortant à son tour.

— Non.

— Moi non plus.

— Je pense qu'ils sont partis pour la nuit, dit-il en tapotant l'espace à côté de lui. Tiens, je t'ai gardé une place.

Susan resserra son peignoir et s'assit.

— Je suis désolée, pour tes parents.

— Merci. Je suis désolé pour ta mère et ton père, moi aussi. Tu étais bien trop jeune pour les perdre.

Susan hocha la tête.

— Heureusement, j'avais mes grands-parents.

Il la regarda.

— Je parie qu'Agnes et Bertie ont fait un super boulot de parents de remplacement.

Elle sourit, contente de son compliment, tout comme du fait qu'il ait inclus le prénom de sa grand-mère, une femme qu'il n'avait jamais connue.

Ollie ajusta la fermeture Éclair de son blouson.

— Ça ne t'a jamais manqué, de ne pas avoir de frères et sœurs ?

— Oh que si. Un jour, j'aimerais avoir une grande famille, précisa-t-elle en écartant les bras.

— Pareil. Je veux des tas de gosses.

— Des garçons ou des filles ?

— Les deux. Et toi ?

— Deux filles et deux garçons.

— C'est très précis, remarqua-t-il en poussant de son genou la jambe de Susan. Et tu les appellerais comment ?

Susan réfléchit.

— Pour les garçons, quelque chose comme Peter ou Ian. Et pour les filles, des noms de fleurs.

— Genre Iris ou Rose ?

— Peut-être. Ou alors moins commun, afin qu'elles se sentent toujours uniques. (Elle souffla sur ses mains : il commençait à faire froid.) J'en ai trop révélé ?

— Pas du tout.

Ollie retira sa veste et la lui posa sur les épaules.

— Tu vas attraper froid.

—Non, ça ira.

Elle s'enveloppa néanmoins du blouson, appréciant sa chaleur. Ollie se coinça les mains sous les cuisses.

—Et ton petit ami, il en pense quoi de donner aux enfants des noms de fleurs ?

—Je n'ai pas de petit ami, répondit-elle, sentant s'accélérer les battements de son cœur. Je suis un peu sortie avec quelqu'un à l'université, mais rien de sérieux. Et avec la guerre, je me suis focalisée sur mon travail pour le National Pigeon Service.

Elle agita les orteils à l'intérieur de ses pantoufles afin de disperser les papillons dans son ventre.

—Et toi, tu as une chérie qui t'attend à la maison ?

—Non. J'avais une petite amie au lycée, mais ça n'a pas fonctionné.

—Tu es triste que ce soit fini ?

Ollie secoua la tête.

—Non, c'était une bonne chose. Nous étions trop différents.

—Dans quel sens ?

Il se tourna vers elle.

—Avant que mes parents décèdent, mon père s'était blessé à la jambe lors d'un accident de tracteur et j'ai reporté mon entrée à la fac pour gérer la ferme familiale. Disons, histoire de faire simple, qu'elle n'a pas eu l'air d'apprécier que je reste à la maison afin de m'occuper d'un parent. Et qu'elle n'était pas emballée par l'idée de se retrouver coincée avec quelqu'un dans une ferme de production de patates.

— C'est donc aussi bien que ça se soit terminé.

Susan croisa les pieds et remarqua que son genou touchait presque la jambe d'Ollie. Ce dernier se pencha en arrière.

— Tu as vu les étoiles ?

Susan leva les yeux.

— Oh…

Distraite comme elle l'était, elle n'avait même pas vu que les nuages s'étaient dissipés, pour dévoiler des centaines d'étoiles scintillantes.

— C'est beau, commenta-t-elle.

— On distingue même les constellations, ajouta Ollie en traçant des dessins dans le ciel du bout de l'index. Je pense que celle-là…

Mais Susan l'interrompit, le doigt pointé vers un bref éclair lumineux qui venait de déchirer le ciel.

— Regarde !

— Vite, fais un vœu.

Elle ferma les yeux et se tut.

— Qu'est-ce que tu as souhaité ?

— Je préfère ne pas le dire, admit-elle en rouvrant les paupières. Si je te le répète, il ne se réalisera pas.

— Dans le Maine, on croit dans le fait de partager les vœux formés au passage d'une étoile filante, lui apprit-il. On révèle aussi ceux qu'on fait en soufflant les bougies de son gâteau d'anniversaire, sur une fleur de pissenlit ou sur une coccinelle pour qu'elle prenne son envol. Conclusion, vu que tu es en compagnie d'un Américain lors de cet événement céleste, je dirais que tu es obligée de me le confier.

Susan sentit un sourire lui étirer les lèvres. Ollie se rapprocha.

— Tu veux qu'il se réalise ? insista-t-il.

— Oui.

— Dans ce cas, il faut me le dire.

— Très bien : j'ai souhaité la fin de la guerre.

— C'est un vœu parfait.

Elle hésita, puis :

— Parfois, je me demande si les bombardements cesseront un jour.

— Oui, ils cesseront, affirma-t-il en la regardant droit dans les yeux. Je crois en toi, Susan. J'ai confiance en vos pigeons et dans Source Columba. Cette guerre se terminera un jour. Et je te promets de faire tout mon possible pour que ça se produise.

Ses paroles réconfortèrent Susan, un peu comme une couverture réchauffée par le soleil. Sans réfléchir, elle posa la tête sur son épaule. Il passa un bras autour d'elle et l'attira plus près.

Ils restèrent assis en silence tandis qu'une brise froide soufflait dans les bouleaux. Pour la première fois depuis des semaines, Susan se sentait en sécurité. Les affirmations d'Ollie l'avaient emplie d'espoir. Elle savoura les minutes qui s'écoulaient tout en sachant qu'à n'importe quel instant, une sirène hurlante pouvait gâcher ce moment d'intimité.

— Tu devrais aller te reposer, chuchota Ollie.

Elle hésita. Son cœur voulait rester, mais son cerveau lui rappela que la mission commençait le lendemain. À contrecœur, elle releva la tête de son épaule.

Ollie se mit debout et lui tendit la main. Elle s'en saisit et se leva aussi. Leurs doigts s'entremêlèrent, puis s'écartèrent.

Une fois à l'intérieur, chacun se retira sans sa chambre. Quand Susan se glissa sous ses couvertures, sa peau picotait encore à l'endroit où il l'avait touchée.

Chapitre 17

Epping, Angleterre

Ce furent les petits coups de bec contre le carreau qui réveillèrent Susan. Elle s'étira, sortit du lit et ouvrit les rideaux occultants. La lumière vive du matin lui fit plisser les yeux. Elle se frotta les paupières et découvrit Duchesse, posée telle une équilibriste sur le rebord de la fenêtre. Le pigeon donna un nouveau coup de bec et Susan lui ouvrit.

Aussitôt, l'oiseau voleta sur le lit.

— Bonjour.

Le pigeon grimpa sur les draps froissés, pareil à un enfant qui escaladerait une colline, l'hiver, en bottes de neige. Susan la prit dans ses bras et lui caressa le dos.

— Tu as bien dormi ?

Duchesse roucoula.

— Mieux que moi, je le crains. (Elle avait passé une bonne partie de la nuit éveillée, à repenser à ses échanges avec Ollie.) Il a perdu ses parents. Comme nous. (Duchesse cilla.) J'ai à peine eu la courtoisie de l'interroger sur sa famille, soupira Susan. J'ai honte de moi.

Duchesse tourna la tête vers la porte.

Susan regarda discrètement par la fenêtre. Elle vit Ollie, qui traversa la cour avant de disparaître dans un pigeonnier. Boîtes en métal qui s'entrechoquaient. Bruissements d'ailes de pigeons. Un léger sourire lui souleva la commissure des lèvres.

— Il nourrit nos pigeons, murmura-t-elle.

Duchesse étira ses ailes. Susan la déposa sur sa commode et tira les draps, avant de s'habiller. Debout devant son miroir, elle brossa ses cheveux, qui s'étaient emmêlés dans la nuit, et les ramassa dans un chignon. Elle se pinça les joues pour en raviver les couleurs, mue par l'étrange désir de se maquiller, ce qu'elle n'avait plus fait depuis son départ de l'université. Elle prit un flacon de parfum, en dévissa le bouchon et s'en appliqua les quelques gouttes restantes dans le cou.

Duchesse inclina la tête.

— Je sais, j'ai du travail.

Reposant le flacon sur la commode, elle porta Duchesse jusqu'à la fenêtre et la lança dans les airs. L'oiseau fila en direction d'un pigeonnier. Au rez-de-chaussée, Susan trouva son grand-père en train de siroter son thé.

— Bonjour, Susan. J'ai préparé le petit déjeuner. (Apercevant le porridge sur la cuisinière, elle posa un baiser sur la joue de Bertie.) Si c'est comme ça, je ferai aussi le déjeuner.

(Il désigna une chaise.) Mange des flocons d'avoine. Ollie et moi, on en a déjà pris.

—Je n'ai pas faim.

Bertie lui tendit son thé.

—Alors bois!

Susan avala une gorgée et se dirigea vers la fenêtre. Pas d'Ollie en vue, rien qu'un nuage de fumée suspendu à l'ouest, résidu des bombardements de la veille.

—Les parents d'Ollie sont morts.

—Oui, je m'en doutais, répondit Bertie.

Susan reposa la tasse sur la table.

—Le mois dernier.

—Dieu du ciel. (Bertie se leva et vint l'envelopper de ses bras.) Hélas, nous savons ce qu'il ressent.

Susan exerça une pression sur la main de son grand-père.

—Tu as intérêt à ne jamais me quitter.

—Tout est temporaire, ma chérie. Même cette fichue guerre, ajouta-t-il.

Des pattes-d'oie apparurent au coin de ses yeux. Susan sentit les muscles de ses épaules se crisper. Avoir appris la perte subie par Ollie lui rappelait combien la vie pouvait être injuste, à croire que les gens étaient arrachés au hasard, tels des numéros tirés d'un chapeau. La plupart des membres de sa famille avaient été tirés des années plus tôt. Des Londoniens étaient emportés chaque nuit. Et à présent, leurs pigeons bien-aimés s'apprêtaient à prendre part à Source Columba, une mission mortelle.

Bertie traversa la cuisine en boitant pour poser sa tasse dans l'évier.

— On va se mettre au travail, d'accord ?

— Tu pourrais peut-être prendre ta canne, suggéra Susan.

— Pas besoin, ma chérie. Je me sens jeune et plein de vigueur, affirma-t-il en bandant fièrement ses biceps ramollis. Aujourd'hui, on va sauver la Grande-Bretagne.

Susan le prit par le coude, enfouit sa peur et sortit au bras de son grand-père.

Chapitre 18

Epping, Angleterre

— Ne bouge pas, dit Ollie au pigeon qu'il équipait d'une petite cartouche de Bakélite. (L'anneau se clipsa à la patte de l'oiseau dans un « clic ».) Voilà, ça n'était pas si méchant, tu vois ?

Il posa le pigeon dans une cage bien plus petite que les panières communales que Susan et Bertie utilisaient pour transporter les oiseaux à Clacton-on-Sea. Celle-ci, destinée à être lâchée en vol, s'avérait tout juste assez grande pour contenir un pigeon – sachant qu'il fallait y ajouter le petit paquet renfermant un papier, un crayon et des instructions rédigées en français. Pourtant, malgré sa quarantaine et le petit parachute de soie attaché à sa cage, le pigeon roucoulait, à croire qu'il partait juste pour une course de routine dans la campagne anglaise.

Au moment où Ollie chargeait la cage, la porte du pigeonnier grinça. Il se tourna et découvrit Susan et Bertie. La jeune fille regarda autour d'elle.

— Bon travail, Oliver, commenta Bertie après inspection des cages. Pour un pilote, tu t'y entends dans la manipulation des pigeons. Je devrais peut-être envisager de t'augmenter.

— Je ne m'étais pas rendu compte que j'étais payé.

— Tu ne l'es pas, répondit Bertie, qui retourna ses poches, comme des oreilles de lapin émergeant de son pantalon. Je n'ai rien à donner, je le crains. Juste une occasion d'entrer dans l'histoire.

— L'échange me paraît équitable. Ça devrait peut-être être à moi de vous payer, d'ailleurs.

Bertie s'esclaffa.

— Oui, c'est un peu l'esprit.

Susan regarda le mur de cellules. À l'exception d'une dizaine de pigeonneaux et de mères qui couvaient, les rangées étaient vides.

— Susan, aide Ollie au chargement, lui intima Bertie en rajustant ses poches. Je vais passer les autres pigeonniers en revue.

Il sortit et la porte à battants se referma derrière lui dans un claquement. Susan passa un doigt à travers la grille d'une cage. Le pigeon vint la toucher.

— Comment tu as su lesquels laisser ?

— Bertie me l'a dit.

— Pourquoi tu as commencé aussi tôt ?

Ollie posa une cage vide près d'une rangée de pigeons au nid.

— Je me suis dit que ça allait sans doute être une rude journée pour toi.

Elle le regarda.

— Merci.

Il hocha la tête, puis vérifia un parachute. Susan prit une profonde inspiration, souffla.

— Je regrette de ne pas t'avoir questionné plus tôt sur ta famille.

— Pas de souci.

— Mais si. J'ai manqué de considération, insista-t-elle, déplaçant une boîte de cartouches. Tes parents doivent te manquer.

— Beaucoup.

— Ils étaient comment ?

— Ils étaient fermiers, mais si tu avais posé la question à mon père, il t'aurait répondu qu'il était un pilote cultivant des pommes de terre pour payer les factures.

— À t'entendre, c'était un homme qui aimait voler.

— Il m'a appris à piloter un avion avant que je sache conduire une voiture.

— C'est dangereux, non ?

— Ma mère aurait été d'accord avec toi.

Susan sourit.

— Une femme sensée.

— Ma mère aurait dû être professeur. Elle était incroyablement intelligente et avait le don de rendre simples les choses compliquées. Mais sans éducation académique, elle se contentait de donner de son temps bénévolement à la bibliothèque, où elle apprenait à lire à des adultes. (Il écrasa la terre sous le talon de sa chaussure.) Et comme mon père, elle était fière de ses racines britanniques.

— J'aurais aimé les rencontrer.

— Ils t'auraient appréciée.

— Tu le penses vraiment ?

— J'en suis sûr.

— Parce que je suis britannique ?

— Non… (Il marqua un temps d'hésitation.) Parce que tu es… Susan.

Elle passa une mèche de cheveux derrière son oreille. Ollie fit courir une main sur un nid vide.

— J'ai eu de la chance. Ils ont fait beaucoup de sacrifices afin de m'offrir une vie meilleure, économisant le moindre sou pour m'envoyer à l'université.

— Tu es allé à l'université ?

Il secoua la tête.

— Je suis venu rejoindre le combat.

Susan baissa les yeux au sol.

— Et tu as fini dans un élevage de pigeons à cause de moi.

— Je suis ici parce que j'ai donné un coup de poing à un officier de l'armée, corrigea-t-il en s'approchant tout doucement. Et si je devais le refaire, je ne changerais rien.

Une bouffée d'affection enfla en lui. *Tu es gentille, attentionnée et belle. J'ai de la chance d'être ici avec toi.*

Les yeux rivés sur lui, Susan déglutit.

— On… Il faut qu'on termine.

Ensemble, ils chargèrent les derniers pigeons avec la précision de la chaîne de fabrication d'une usine automobile.

Susan sortait les pigeons de leur nid, leur chuchotait quelques paroles à l'oreille et les tendait à Ollie qui les équipait de la cartouche avant de les déposer dans leur cage. Les piles de cages augmentaient, les trous se vidaient.

Alors qu'Ollie plaçait le dernier pigeon dans sa cage, Duchesse entra en voletant et se posa sur une étagère du pigeonnier. Susan tendit les mains vers le pigeon, mais au lieu de l'attraper, elle tira un petit livret enfoui sous une couche de poussière et souffla dessus.

— Tiens, je me demandais où il était passé. Je ne l'avais plus revu depuis mon enfance.

Ollie posa la dernière cage et la rejoignit.

— Qu'est-ce que c'est ?

Duchesse se dandinait sur l'étagère, ses griffes crissant sur le bois, tandis que Susan feuilletait les pages.

— Le carnet de codes de mon père. Au départ, je suis tombée dessus en farfouillant dans une boîte contenant les souvenirs de mes parents ; j'espérais trouver des photos.

Elle tendit le cahier à Ollie, qui passa le pouce sur la couverture de cuir usée jusqu'à la corde, un peu comme la peau d'un vieux reptile. Il tourna quelques pages, noircies de groupes de lettres complexes et de codes correspondants, puis il essuya la couverture avec sa manche et rendit le carnet à Susan.

— Mon père était dans l'artillerie. Ils utilisaient ça pour envoyer des messages sur le front de l'Ouest. Le code était prétendument inviolable. Du moins est-ce ce que m'a fait croire grand-père. (Elle sourit.) Quand j'étais petite, grand-père accrochait souvent un message secret à l'un de ses pigeons de course, même si ça le ralentissait. Et moi, j'attendais dans le pigeonnier que le porteur du message arrive. Ensuite, je déchiffrais le code. (Elle glissa le livret dans la poche de la veste d'Ollie.) Allons le montrer à grand-père. Il sera ravi de t'en parler.

Ollie passa la main sur la bosse de sa veste.

— Ils contenaient quoi, les messages secrets de Bertie ?

— Des choses de la plus haute importance. Souvent, l'endroit où il avait caché un cadeau pour moi. Un livre. Un caramel. Tu aurais dû voir ma grand-mère se couvrir les oreilles, quand je faisais claquer ses casseroles et ses pots en quête d'un paquet de gommes.

Ollie pouffa.

— J'aurais bien aimé être là pour voir ça.

— Moi aussi, j'aurais aimé que tu sois là.

Ollie la contempla. Leurs regards se croisèrent brièvement, et il ressentit un frémissement au niveau de son ventre. *Tu ressens la même chose ?*

Susan se tourna vers les nids vides, puis vers les cages. Quelques pigeons se tortillaient dans leur habitat exigu, mais la plupart avaient la tête coincée sous leur aile. Les mains de Susan se mirent à trembler. Ollie les lui prit délicatement. Il s'efforça de trouver les mots justes et dit simplement :

— Vous les avez bien entraînés.

Elle exerça une pression sur ses doigts.

— Je suis lasse d'avoir peur et d'avoir faim. Des attaques aériennes incessantes. Mais par-dessus tout, je déteste devoir envoyer nos pigeons à la guerre. Je sais qu'on n'a pas le choix, mais je déteste ça.

— Un jour, la guerre sera finie. Il y aura des nuits sans bombes. Des repas sans rationnement. Des pigeonniers sans alarmes. Et tu finiras tes études à l'université.

— Et toi, tu rentreras chez toi, compléta-t-elle d'une voix à peine plus forte qu'un souffle.

La réalité de leur situation frappa soudain Ollie comme une décharge électrique. Les chemins différents auxquels ils étaient destinés ressemblaient à un fossé creusé entre eux. Il partirait au combat. Elle élèverait des pigeons. Mais Susan avait fait renaître son espoir et sa joie, alors il n'avait pas l'intention de laisser quoi que ce soit les séparer – pas même une guerre.

— Je ne veux pas repartir, chuchota-t-il, les yeux plongés dans ceux de Susan. Je veux rester ici… avec toi.

Elle se pencha. Il l'enlaça et sentit sa chaleur, sa poitrine qui se soulevait et s'affaissait, ses cheveux doux contre son menton.

Susan leva la tête et posa sa paume contre son cou. Puis elle se hissa sur la pointe des pieds. Ollie sentait son cœur battre la chamade, son pouls accélérer à mesure qu'elle approchait les lèvres des siennes.

Soudain, un Klaxon retentit.

Les pigeons s'agitèrent.

— Ils sont là ! cria Bertie depuis la pelouse.

Le charme était rompu. Susan posa la joue contre son torse, Ollie fit descendre ses mains de ses épaules, le long de ses bras, et s'arrêta à sa taille.

Elle recula, un espace s'insinua entre eux.

Ollie laissa retomber les bras contre ses flancs. Les battements de son cœur ralentirent.

Susan rajusta sa jupe et ses cheveux.

— Prête à gagner la guerre ? demanda-t-il.

Elle fit « oui » de la tête.

Dehors, trois camions militaires remontaient l'allée. Un sergent sortit dès qu'ils s'immobilisèrent.

— On est ici pour le ramassage, annonça-t-il en dépliant une feuille de papier. Commande pour cinq cents pièces.

— Dans les cinq premiers pigeonniers, lui indiqua Bertie en les désignant. Ils sont déjà en cage.

Susan et Ollie s'assirent sur les marches du perron et observèrent les soldats qui chargeaient les oiseaux. En moins d'une heure, les pigeonniers étaient vides. Les soldats remontèrent dans leurs camions et démarrèrent, à l'exception du dernier véhicule dont le moteur toussait quand le chauffeur tournait la clé dans le contact. Alors que les deux premiers s'éloignaient, le conducteur du camion bloqué klaxonna et agita la main par sa vitre. Les autres freinèrent.

Dans le véhicule de tête, un soldat passa la tête par la vitre.

— Qu'est-ce qui se passe ?

— Ça démarre pas ! cria l'autre.

Tout ce petit monde ressortit des véhicules, on ouvrit le capot du camion en panne et on inspecta le moteur. Malgré plusieurs minutes de bricolage, l'engin se montrait toujours récalcitrant.

— Il va falloir appeler un mécano ou faire venir un autre véhicule, dit l'un des soldats.

— Ça va prendre du temps, argua le sergent. On ne peut pas se permettre d'être en retard. Il y a un garagiste, dans le coin ? demanda-t-il à Bertie.

Ce dernier secoua la tête.

— Ils ont tous été appelés à combattre. Le plus proche, ce sera Jacob Wiseman, à Loughton.

— Trop loin.

— C'est pas plus mal, poursuivit Bertie, parce que, à côté de Jacob, je passe pour une jeune pousse. Il est plutôt lent, ces temps-ci.

— Bon Dieu, marmonna le sergent. Il faut qu'on fasse venir un autre véhicule.

Bertie vint se planter devant lui.

— Vous avez une autre solution, déclara-t-il.

— Laquelle ?

— Vous pouvez utiliser mon camion. Et il sait conduire, lui, ajouta-t-il en pointant le doigt vers Ollie.

L'intéressé redressa le dos. Le sergent lâcha un bruyant soupir, les bras croisés et les joues gonflées.

— Vous seriez ainsi assurés d'arriver à l'heure, insista Bertie. Et vous n'auriez pas besoin de renvoyer vos hommes me rapporter mon camion.

Le sergent hésitait. Il regarda Ollie, puis sa montre.

— Très bien.

Ollie était impressionné par la capacité de Bertie à convaincre le militaire, ou quiconque probablement d'ailleurs, d'accepter sa proposition. Il se prenait à regretter de n'avoir pas été présent dans la pièce, le jour où le vieil homme avait persuadé le commandant de le libérer de prison.

Les soldats transférèrent les pigeons du camion en panne vers la camionnette de Bertie sans perdre de temps. Ils s'entassèrent dans leurs véhicules militaires, trois dans chaque cabine. Les moteurs rugirent. Les pigeons battirent des ailes.

Bertie sortit une clé de sa poche et la lança à Ollie.

— Je suppose qu'un pilote, ça sait conduire. (Ollie acquiesça.) Susan, que dirais-tu d'une petite promenade pendant qu'Oliver du Maine escorte nos pigeons ?

La jeune femme passa un bras sous celui de son grand-père. Ollie monta dans la camionnette et la fit démarrer. Il avait déjà parcouru une partie de l'allée quand il jeta un coup d'œil dans le rétroviseur et remarqua Susan en train de courir derrière lui. Il s'arrêta et baissa la vitre.

Elle posa les deux mains sur l'encadrement de la vitre et reprit son souffle.

— Tu peux vérifier qu'ils les chargent avec délicatesse ?

Il lui toucha la main.

— Promis.

— Merci, répondit-elle en lui serrant les doigts.

Puis, la sentant reculer, il appuya sur l'accélérateur et quitta la ferme pour rattraper les camions de l'armée. Dans le rétroviseur, il regarda Susan disparaître.

Susan suivit Ollie du regard. Une nuée de plumes flottait, émanant des camions, avant de se poser sur la route.

Pour beaucoup de ses pigeons, ce serait la dernière fois qu'elle les voyait, cela ne faisait aucun doute. Les chances qu'ils reviennent de France n'étaient pas de leur côté. En revanche, savoir qu'Ollie serait auprès d'eux juste avant qu'on les charge dans les avions rendait sa peur vis-à-vis de cette mission plus tolérable. Elle n'avait jamais rencontré d'homme tel que lui. *Il est tendre, beau garçon et dévoué à sa famille.* Il montrait de nombreuses qualités qu'elle chérissait chez un homme. Sans compter qu'il aimait les pigeons, univers qui aurait fait fuir les soupirants les plus assidus. Ses grands-parents, Bertie et Agnes, avaient fait un mariage d'amour – ils ne cessaient de se donner la main, de rire ensemble et de s'embrasser – et elle souhaitait connaître le même bonheur un jour. Avec le début de la guerre, ses rêves de relation avaient été mis en berne. Mais Ollie avait réveillé son cœur.

En marchant à pas lents vers la maison, elle se prit à songer : *Ce soir. Nous serons ensemble.*

Chapitre 19

North Weald, Angleterre

Sur la route d'Epping, Ollie suivit les camions et les plumes que semait leur chargement. Il s'apprêtait à entrer sur une base de la RAF, peut-être même apercevrait-il un Hurricane ou un Spitfire. Et pourtant, Susan occupait toutes ses pensées. Tout ce à quoi elle tenait, à l'exception de Bertie et de Duchesse, se trouvait entassé dans ces camions. Les pigeons, c'était le travail de sa vie. Sa passion. Ils allaient à la guerre et la plupart en mourraient. Il avait l'impression de convoyer des prisonniers au peloton d'exécution.

Au portail de l'aérodrome de North Weald, un garde armé secoua la tête en apprenant qu'un civil voulait introduire un véhicule à l'intérieur de la base. Le garde discuta d'abord avec le sergent, puis il décida d'aller donner un coup de fil avant d'accepter de laisser passer Ollie. Ce dernier aurait voulu croire qu'il était autorisé à pénétrer sur la base parce qu'il était partie prenante de la mission ou, mieux encore, en tant que futur pilote de la RAF. Mais il savait que c'était plus probablement parce qu'il allait encore une fois devoir transférer les pigeons lui-même. Le garde inspecta la camionnette de Bertie, fouilla Ollie pour s'assurer qu'il ne transportait pas d'arme, puis il lui permit de franchir les portes de la base.

Ils passèrent devant plusieurs hangars et s'engagèrent sur une piste. Ollie écarquilla les yeux lorsqu'il découvrit des rangées de Spitfire, postés le long des pistes comme des aigles endormis. Les machines vert marine avaient l'air incroyablement rapides. Trois rotors. Forme aérodynamique. Verrière lisse. Cocardes peintes sur la queue. Mitraillettes émergeant des ailes. Les avions paraissaient taillés dans un seul et même morceau de métal, rien à voir avec son biplan à l'armature en bois couverte d'une toile élimée. Il compta six avions avant de se rendre compte qu'il prenait du retard par rapport aux autres camions. Il appuya sur l'accélérateur et suivit le convoi sur une autre piste.

Ils s'arrêtèrent devant un escadron de bombardiers Bristol Blenheim. Contrairement au Spitfire, le Blenheim ne semblait pas avoir été créé dans un but militaire. On aurait plutôt dit un avion commercial converti pour l'occasion. Nez carré. Deux gros moteurs, un sur chaque aile. Une tourelle vissée sur le fuselage, comme si on y avait pensé *a posteriori*. Mais si le Blenheim souffrait de la comparaison avec le Spitfire, Ollie trouvait quand même qu'il faisait un combattant extraordinaire, et unique de surcroît, en ce sens qu'il pouvait aussi être utilisé comme petit bombardier. En cet instant, de toute manière, il aurait été d'accord pour piloter n'importe quoi – y compris une montgolfière –, du moment qu'il était adoubé par la RAF.

Il gara la camionnette derrière les autres véhicules, puis il sortit et entreprit aussitôt de décharger les pigeons avec les soldats, en espérant apercevoir le cockpit d'un Bleinheim. Il porta les cages sous un fuselage, sa soute à bombes ouverte. Il passa la tête à l'intérieur et tendit les pigeons à un soldat qui les empilait dans la queue. Ollie balaya le compartiment du regard. Les rayons du soleil y pénétraient par la tourelle en verre et illuminaient l'intérieur. L'avion était petit pour un bombardier qui semblait équipé de trois places : pilote, copilote et tireur. Des panneaux de verre entouraient le cockpit, sorte de serre miniature, qui offrait un champ de vision très vaste au pilote. Des dizaines d'instruments de vol et d'interrupteurs couvraient le tableau de bord. Ollie se fit soudain l'effet d'un pilote novice, lui qui n'avait jamais utilisé qu'un instrument dans son vieux biplan – la jauge à kérosène.

— Bouge-toi le cul, le houspilla le soldat dans l'avion. On n'a pas toute la journée.

Ollie ressortit, plié en deux, et alla chercher d'autres cages. Avec trois autres soldats, il transporta les pigeons pendant que des militaires restants, tels des maçons, les empilaient à l'intérieur des avions. Chaque fois qu'Ollie montait des oiseaux dans un appareil, il tournait la tête et tendait le cou vers le cockpit. Une heure durant, ils répartirent les pigeons dans les bombardiers.

Alors qu'ils terminaient de décharger le dernier camion, un soldat – un type plutôt grand et costaud, qui marchait plus sur la pointe des pieds que la plupart des pigeons – trébucha et faillit tomber. Il rattrapa les cages qu'il portait quelques centimètres seulement avant qu'elles heurtent le sol. Les pigeons s'agitèrent.

— T'es vraiment une patate, Angus, grommela l'un des soldats.

Angus rajusta les cages dans ses mains.

— N'importe quoi.

Alors qu'il refermait la portière de queue, Ollie entendit les moqueries des soldats.

— Z'auriez dû le voir dans les pigeonniers, racontait le premier à ses camarades. Ce gros balourd a renversé une pile de cages et un pigeon s'est échappé.

Ollie hésita. Angus baissa la tête.

— Mais je l'ai rattrapé.

Les soldats éclatèrent de rire.

— Tu as sorti un autre oiseau de son nid et tu lui as accroché une cartouche.

— C'est pas vrai. Il était sur une étagère, il a même pas cherché à s'échapper quand je l'ai pris.

Ollie s'immobilisa.

— Il ressemblait à quoi ?

Angus tourna la tête.

— Il était bizarre, dit-il. On aurait dit qu'on l'avait peinturluré en vert.

Ollie sentit quelques poils de sa nuque se hérisser.

— Duchesse.

— Qui ?

— Tu as pris un oiseau qui ne faisait pas partie de la mission.

— Bien joué, Angus, commenta un soldat.

— Un oiseau, c'est un oiseau, argua ce dernier.

— Un pigeon, corrigea Ollie en s'approchant. C'est l'animal de compagnie de Susan. Où est-ce que tu l'as mis ?

Angus désigna le dernier Blenheim de la rangée. Ollie s'apprêtait à se diriger vers l'avion quand il sentit une main contre son bras.

— Tu n'as pas le droit d'entrer dedans, lui dit le sergent.

Ollie sentit sa pression sanguine augmenter.

— Dans ce cas, l'un de vos hommes s'en occupe, rétorqua-t-il.

Le soldat resserra son étreinte.

— On ne va pas décharger tout un avion pour trouver un oiseau. En plus, on n'est même pas sûrs que ce soit celui-là.

Ollie se tourna vers Angus.

— Est-ce qu'il avait des plumes moitié mauves moitié vertes au niveau du cou, fluorescentes, comme si on pouvait les voir dans le noir ?

Angus fit « oui » de la tête. Le sergent lâcha le bras d'Ollie.

— On n'a pas le temps.

— Le commandant ne sera pas ravi d'apprendre que vous avez embarqué un animal de compagnie, argua Ollie. (Le sergent s'essuya le visage.) Je crois savoir que le grand-père de Susan est ami avec un général de l'armée de l'air dont le nom commence par un P, si mes souvenirs sont bons.

— Le général Park ?

— C'est ça, oui.

Le sergent déglutit, des rides soucieuses se formèrent sur son front.

— Avec un peu de chance, le général se montrera clément avec vous, et vous ne serez assigné qu'au nettoyage des pigeonniers jusqu'à la fin de la guerre.

— Sergent, intervint Angus, je ne veux pas vous mettre dans le pétrin.

Le sergent jeta un coup d'œil à sa montre.

— Les pilotes et les équipages ne vont plus tarder. Tu te rappelles où tu l'as placé ?

— Dans la queue, déclara Angus. Je l'ai monté parmi les premiers.

— Putain, commenta le sergent. On va devoir tout décharger.

Il se grattait la tête, comme pour en déloger une tique. Les autres soldats regardèrent vers le hangar, puis leur sergent.

— Très bien, finit-il par lâcher. Mais dépêchez-vous.

Ollie poussa un soupir soulagé.

Et puis, la sirène hurla.

Chapitre 20

Epping, Angleterre

— Duchesse ! appela Susan depuis le perron.

Elle observa la rangée de bouleaux à la lisière de la forêt. Les seuls mouvements perceptibles étaient le scintillement des feuilles jaunes et le vol saccadé de quelques moineaux.

— Duchesse !

— Tu as vérifié les pigeonniers ? cria Bertie depuis son fauteuil dans la salle à manger.

Susan entra.

— Tous.

Les pieds relevés sur un tabouret, Bertie se frotta les genoux.

— Elle va revenir. Rappelle-toi la fois où on a emmené une volée de pigeons à Willingham.

Susan acquiesça et alla s'asseoir au sol à côté de lui. Elle se remémorait ce voyage destiné au dressage d'un groupe de jeunes pigeons. C'était l'une des rares occasions où elle n'avait pas pris Duchesse. Quand ils étaient arrivés à Willingham pour décharger les oiseaux, Duchesse était venue se poser sur le capot de la camionnette et avait incliné la tête, comme si elle pensait : « Pourquoi est-ce que tu es partie sans moi ? » Ce fut la première et la dernière fois où ils l'avaient laissée derrière.

— À tous les coups, elle vole en cercles au-dessus de North Weald, poursuivit Bertie. Elle sera de retour avant Oliver.

— Comment ça va, tes genoux ? demanda Susan pour changer de sujet.

— Comme d'habitude.

— On n'aurait pas dû la faire, cette promenade. Tu vas la payer plus tard.

Il repositionna ses jambes sur le tabouret.

— J'avais besoin d'exercice.

— Un thé ?

Bertie fit « oui » de la tête.

— Ce serait formidable, ma chérie.

Dans la cuisine, Susan mit une bouilloire sur la cuisinière. Elle ouvrit la boîte à thé, où il ne restait plus qu'une cuillerée de feuilles finement brisées. Tournant la tête vers la fenêtre, elle regarda le jardin. Il était comme en dormance, avec ses tiges brunies et ses vignes vierges qui se recroquevillaient vers la terre en préparation de l'hiver. Elle allait devoir le passer au peigne fin, voire partir en forêt, si elle espérait leur dégotter quelque chose de tolérable à infuser. Pour le moment, une tasse de thé insipide devrait faire l'affaire.

Elle leva les yeux vers la pendule au mur : 14 h 47. Les pigeons étaient probablement à l'intérieur des avions, à cette heure-ci. Elle ne connaissait pas l'horaire de la mission, mais supposait qu'ils partiraient sous couvert de l'obscurité, comme la Luftwaffe. Pourvu que les pigeons n'aient pas trop peur. Après tout, ils n'avaient jamais pris l'avion. Elle non plus, d'ailleurs. Ils coinceraient peut-être leur tête sous leur aile et s'endormiraient. Combien reviendraient ?

Soyez forts comme des œufs, pensa-t-elle.

Elle s'assit à la table de la cuisine et ses pensées se tournèrent vers Ollie. Elle était contente qu'il soit auprès des pigeons : il ferait tout son possible pour s'assurer qu'on leur accordait les meilleurs soins, ça, elle en était persuadée. Même si elle ne le connaissait pas depuis longtemps, elle lui faisait confiance. Peut-être était-ce dû à l'intérêt qu'il lui manifestait, à elle, à ses pigeons, ou à la manière dont il se souciait de Bertie, lui apportant des serviettes froides pour ses genoux, autant d'attentions qu'elle appréciait énormément.

Elle avait aimé se retrouver assise sur le canapé à côté de lui, lui raconter des choses qu'elle n'avait jamais dites aux autres. Avec Ollie, elle se sentait profondément à l'aise, ce qui ne lui était jamais arrivé auprès d'aucun homme. Cette nuit s'annonçait effroyable : ses pigeons lâchés en pleine guerre pendant qu'une énième série de bombes allemandes serait sans doute larguée sur Londres. Pourtant, elle éprouvait du réconfort en sachant qu'Ollie serait à ses côtés, du moins pour les quelques mois à venir, jusqu'à ce qu'il rejoigne les rangs de la RAF. Cette situation, elle aurait le temps de s'en soucier le moment venu. Jusque-là, elle allait profiter des semaines qui leur étaient accordées.

De son pas vacillant, Bertie vint la rejoindre à la cuisine. Susan leva les yeux.

— Le thé sera bientôt prêt. (Il désigna la cuisinière et Susan remarqua qu'elle avait oublié d'allumer le brûleur.) Oui, bon, je suis peut-être un peu distraite.

— C'est compréhensible, mon petit.

Elle se mit debout et alluma le gaz. Bertie s'assit à table.

— Tu penses à tes pigeons ?

— Oui.

— Et à Ollie ?

Elle sentit son visage s'échauffer. Elle hésita, puis hocha la tête. Son grand-père sourit, tira une chaise à côté de la sienne et en tapota le siège. Susan se frotta le bras et alla s'asseoir.

— Il va partir.

— Je le sais bien, dit-elle.

Elle s'attendait à une leçon de morale, peut-être sur la façon dont devait se comporter une dame ou sur les risques de fraterniser avec un étranger, un homme qui s'en irait bientôt à la guerre de surcroît, mais il la surprit.

— Il s'est bien fait aux pigeons, notre Oliver du Maine, constata Bertie en sortant sa pipe de sa poche.

Susan hésita.

— Oui, très bien.

Il bourra sa pipe de tabac, craqua une allumette et tira une bouffée.

— On va bientôt manquer de grain. Demain, peut-être qu'Oliver et toi, vous pourriez aller faire des provisions au village.

Susan sentit la tension quitter ses épaules.

— Tu voudras que je te prenne du tabac ?

Bertie secoua la tête.

— Pas besoin d'un tel luxe quand le pays est rationné. Je me débrouillerai avec ce que je trouverai dans le jardin.

— Ce n'est qu'un peu de tabac.

Souriant, il lui toucha le bras.

— Et si tu nous rapportais plutôt du bon thé, quelque chose dont on puisse tous profiter ? Oliver doit nous prendre pour des gens pas très civilisés. Ce serait bien agréable de lui offrir une tasse de thé convenable.

Susan l'enlaça, inhalant son odeur de savon fait maison et de tabac froid. Elle alla à la cuisinière, ôta la bouilloire du feu et versa de l'eau fumante dans une théière. Le soleil de l'après-midi rayonnait par la fenêtre, lui réchauffant le visage. Tout en regardant l'eau prendre lentement la couleur d'un pain légèrement cuit, elle songea à Ollie. Il serait bientôt à la maison. Et ils attendraient le retour des pigeons. Ensemble.

La sirène se mit à hurler au moment où Susan apportait le plateau chargé de la théière et des tasses. Elle sursauta. La porcelaine s'écrasa au sol. Le thé chaud lui éclaboussa les jambes. Elle se frotta la peau et regarda son grand-père.

— Ça va, dit-elle.

Bertie peinait à se lever. Elle l'aida à se mettre debout et ils allèrent se poster sur la terrasse. Les sirènes hurlaient. Le feu antiaérien tonnait. Venant de l'ouest, ils s'attendaient à voir voler une armada en direction de Londres pour une attaque surprise en plein jour. Mais les premières explosions n'éclatèrent pas sur la ville. À quelques kilomètres, le grondement des bombes montait de North Weald. Susan sentit le sol trembler. Ses jambes flageolèrent. Elle serra le bras de son grand-père. Une fumée noire monta vers le ciel, et la jeune fille n'eut plus qu'une idée en tête : Ollie.

Chapitre 21

North Weald, Angleterre

Le grondement provoqua une montée d'adrénaline à travers le corps d'Ollie. Les soldats s'immobilisèrent. La sirène se fit rugissement.

— À vos postes ! cria le sergent, avant de désigner Ollie. File !

Ollie regarda l'avion. Puis le sergent.

— Maintenant !

Il courut vers la camionnette de Bertie. Après quelques maladresses avec la clé, il fit démarrer le moteur. Alors qu'il s'éloignait, il vit les soldats sauter dans leurs camions et se diriger à toute vitesse vers un hangar. Les hommes détalaient partout sur la base, plusieurs enfilant un casque et bondissant par-dessus des sacs de sable pour s'abriter derrière. Les mitraillettes antiaériennes furent chargées, leurs canons dirigés vers le ciel.

Tout au bout de la base, des hommes en blouson d'aviateur quittaient leurs baraques au pas de charge. Il faudrait aux équipages une minute, peut-être deux au maximum, pour rejoindre leurs avions. Ollie jeta un coup d'œil dans le rétroviseur. Les trappes de la soute du Blenheim étaient ouvertes. *Ça ne prendra qu'une seconde*, songea-t-il. Il enfonça la pédale de frein et quitta brusquement la piste. Il ouvrit la portière et courut jusqu'au Blenheim, à l'intérieur duquel il rampa. La queue était remplie de cages entassées et retenues par un filet de chargement. Les yeux bronze des pigeons l'observaient derrière leur grillage. La sirène hurlait.

Seule une voûte étroite le long du plafond permettait de gagner la queue de l'appareil. Pas d'allée. Pas d'espace où se faufiler. Si seulement il avait prêté attention à la manière dont les hommes organisaient le chargement, au lieu de reluquer le cockpit, il aurait été au courant de la difficulté qu'il aurait à atteindre la queue et serait peut-être déjà sur la route qui le ramènerait à la ferme, pied au plancher dans la camionnette. Soit il se coulait par-dessus les cages… soit il s'en allait. Sans réfléchir, il se hissa sur les premières cages.

Les pigeons se mirent à battre des ailes. Il continua à ramper, membres largement écartés pour mieux répartir son poids, tel un homme allongé sur un lit de clous. Les cages craquaient. Une poutre métallique au plafond lui écorcha le dos. Un bec lui picota le doigt. Les sirènes braillaient.

Une fois parvenu au fond, il se laissa glisser au sol, les genoux collés contre la poitrine dans un petit espace entre les cages et la queue de l'avion. Alors qu'il entreprenait de décrocher le filet, les tirs antiaériens tonnèrent. Il sursauta et se cogna la tête. Il éprouva une vive douleur. Enfin, il ouvrit le filet.

— Duchesse !

Les pigeons s'agitèrent. Les cages bloquant en grande partie la lumière qui filtrait par la tourelle, Ollie avait du mal à voir clair. Il examina néanmoins les cages. Pas de Duchesse. Il se baissa, les paumes contre le métal froid. Tout en bas, deux rangées sous les autres, quelque chose brilla. Ses yeux s'ajustèrent à la pénombre. Et il la vit.

Duchesse battit des ailes et son plumage chatoyant s'alluma telle une luciole.

Des obus explosèrent. Ollie cilla, puis il tira une cage du bas, un peu comme il aurait retiré une brique de construction. La pile s'inclina mais tint bon. D'un geste prompt, il plaça la cage dans un coin et tendit le bras dans le trou ainsi formé. Calant un doigt dans la grille de la cage de Duchesse, il tira vers lui. Rien. Il tira plus fort, malgré le fil de fer qui lui cisaillait la peau. Mais la cage refusa de bouger.

Il colla le dos à la paroi de la queue. Des deux pieds contre les cages, il poussa jusqu'à créer une fente. Alors il replongea dans le trou et tira sur la cage de Duchesse, qui cette fois trembla un peu. Il y mit toutes ses forces. La cage glissa. Il se pencha pour accentuer l'effet de levier. Duchesse cligna des paupières. Pendant qu'il traînait la cage par l'ouverture, les tirs antiaériens s'interrompirent une infime seconde. Mais cela lui suffit pour les entendre. Les sifflets. Comme des centaines de bouilloires brûlantes. Les poils de sa nuque se dressèrent. Le sifflement se fit plus fort, puis se tut soudain. Au moment où Ollie ramenait enfin la cage de Duchesse contre son torse, une série d'explosions secoua le sol, de plus en plus proches, comme les pas lourds d'un géant qui se dirigerait vers l'avion.

Ollie grimpa sur les cages. Des ailes battirent sous lui. Son pied s'emmêla dans le filet.

Les tirs antiaériens cessèrent.

Ollie tira fort sur sa jambe, libérant son pied des mailles. La cage de Duchesse toujours bien serrée contre lui, il reprit sa progression. Soudain, une explosion retentit telle de la dynamite. Son dos heurta violemment le plafond de l'avion. Il retomba dans la queue, enseveli sous un monticule de cages.

Ollie rouvrit les yeux au milieu des battements d'ailes.

— Duchesse ! cria-t-il, sans même entendre sa propre voix à cause du sifflement intense dans ses oreilles.

Il écarta les cages qui le recouvraient, mais d'autres lui retombèrent sur la tête. L'avion vibra. Le sol trembla sous l'effet de nouvelles explosions. Et en plus de la vibration continue dans ses tympans, il perçut le son des rotors.

Chapitre 22

North Weald, Angleterre

L'avion bondit, Ollie se retrouva pressé dos à la queue. Le Blenheim vrombit, puis il commença à flotter à mesure qu'il prenait de la vitesse sur la piste.

— Attendez ! s'écria Ollie.

Mais sa voix était noyée par les explosions d'obus. Il tenta de repousser les cages. Battements d'ailes. Envolée de plumes. L'avion vira brusquement à gauche, et Ollie se cogna l'épaule contre une poutre de soutien.

— Je suis là !

Le bourdonnement des pneus qui tournaient se tut soudain. Le plancher sembla s'incliner d'un coup, et l'avion pencha vers la droite. *Bon Dieu, on est dans les airs !* songea Ollie. Les cages lui recouvraient la tête et le torse. Il attrapa le filet et se hissa debout. En émergeant de la pile, il découvrit un tireur, debout, la tête dans sa tourelle. Le soldat se pencha en arrière pour pointer le canon de sa mitraillette vers le ciel.

Ses bras furent secoués par les séries de tir qu'il projeta de son engin. Quelque chose passa au-dessus de la carlingue à une vitesse incroyable. En tournant vivement sa mitraillette, l'artilleur vit Ollie qui dépassait des cages.

— Qu'est-ce que… ?

Des trous apparurent sur le fuselage. De minuscules points de lumière constellèrent le plancher. Le tireur ouvrit grand la bouche. Il se plia en deux, tel un boxeur touché en plein ventre et en quête d'oxygène.

Ollie rampa par-dessus les cages. Il rejoignit l'artilleur et s'affala contre une malle de munitions.

Le tireur toussa, du sang éclaboussant sa veste d'aviateur.

— Tenez bon, dit Ollie en comprimant du plat de la main l'abdomen du soldat.

— Benny ! appela quelqu'un depuis le cockpit.

Le larynx du tireur gargouilla quand il tenta de répondre.

— Il est touché ! cria Ollie.

Les têtes se tournèrent dans le cockpit. Des tirs percèrent de nouveaux trous dans le fuselage. Des étincelles jaillirent. L'appareil s'inclina fort sur la gauche. La force de gravité plaqua le tireur au fuselage, lui arrachant un gémissement. Ollie le retourna et lui releva la tête. Il continuait d'appliquer un point de pression au niveau de son ventre, malgré l'apparition sur la veste de l'homme d'un liquide poisseux et chaud.

L'artilleur grogna et sa bouche forma des mots qu'il était incapable de prononcer, comme si ses cordes vocales avaient été tranchées.

Ollie balaya la carlingue des yeux et repéra un kit de premiers secours accroché au fuselage. Il l'attrapa, mais une salve de balles transperçant le sol dans un sifflement le fit sursauter dans la tourelle. Par le dôme de verre, il découvrit une nuée de combattants ennemis qui entouraient leur unité. Les bombardiers Blenheim viraient à gauche et à droite, mais gardaient leur formation. Le ciel était rempli des regards phosphorescents des traceurs. Loin au-dessus, les bombardiers de la Luftwaffe prenaient la direction de l'ouest, en lâchant des chargements qui semblaient ne jamais devoir s'épuiser. Ollie pivota dans la tourelle : un Messerschmitt visait le Blenheim derrière le leur. Le combattant ennemi tira. La verrière de leur cockpit explosa, le nez de l'appareil plongea et l'avion se mit à tournoyer vers le sol.

Le Messerschmitt vira sur la gauche, puis sur la droite et se focalisa sur leur avion. Le cœur d'Ollie battait à tout rompre. Il lâcha le kit de premiers secours et saisit la mitraillette, les mains empoissées de sang. Il pointa le canon de son mieux, n'ayant jamais visé à l'aide de quoi que ce soit de plus perfectionné qu'une sarbacane, et appuya sur la gâchette. Ses bras se mirent à trembler aussi fort que s'il utilisait un marteau-piqueur. Les balles volèrent, ratant la cible. En revanche, le Messerschmitt vira de bord.

Ollie braqua la mitraillette sur sa tourelle, à la recherche de l'ennemi, mais les combattants Messerschmitt étaient partis escorter les bombardiers de la Luftwaffe. Les tirs de feu cessèrent progressivement, ne laissant plus aucun bruit autre que le bourdonnement des moteurs du Blenheim. Ollie sentit l'avion grimper. En quelques secondes, ils étaient cachés dans les nuages.

Il retourna auprès de l'artilleur, dont les yeux étaient clos et la bouche entrouverte laissait échapper un mélange de sang et de salive. Il vérifia son pouls. Battement faible. Ouvrant le kit de premiers secours, il en sortit les bandages les plus larges. Il défit la fermeture Éclair du blouson de l'homme et fut aussitôt assailli par une forte odeur de cuivre qui lui fit comprendre que la situation était pire encore qu'il ne l'avait cru. La balle avait percé l'abdomen pour ressortir par le flanc, créant un trou de la taille d'une pêche. Il posa les bandes sur le torse du blessé, effectuant là une tentative désespérée pour contenir la perte de sang. Il pensa brièvement à son père, coincé sous le tracteur, la jambe brisée, la hanche écrasée. Les doigts couverts de sang de sa mère, ses ongles cassés à force de gratter frénétiquement la terre pour libérer son mari. Il chassa cette vision et appliqua les derniers bandages. La gaze fut immédiatement saturée de sang.

Un coup d'œil vers le cockpit lui indiqua que le capitaine était en train d'utiliser la radio. Le copilote était aux commandes, poussant le manche en avant afin de rééquilibrer l'appareil. Ollie reporta son attention sur l'artilleur à terre et pressa les mains sur sa blessure. L'homme lâcha un geignement à peine audible, tel un enfant trop fiévreux et trop malade pour se réveiller.

Le capitaine quitta le cockpit pour venir au chevet de son tireur blessé. Il ôta sa casquette, révélant une chevelure noire.

Ollie sursauta, le reconnaissant sur-le-champ.

— Il va mal, dit-il.

Le capitaine de l'armée de l'air Boar attrapa Ollie par sa veste.

— Qu'est-ce que tu fous ici, putain ?

Ollie soutint son regard.

— J'essayais de récupérer un pigeon que vos hommes avaient chargé par erreur, quand on a été attaqués.

Boar tourna la tête vers son artilleur.

— Salaud. Tu l'as fait tuer.

Ollie repoussa la main de Boar.

— C'est la Luftwaffe qui lui a tiré dessus, corrigea-t-il, recommençant à appuyer sur le ventre du blessé. Et il n'est pas mort.

Boar posa les yeux sur les trous dans la carlingue, avant de s'agenouiller pour poser les mains sur les joues de l'homme au sol.

— Benny !

Ce dernier grogna.

— Benny !

L'artilleur entrouvrit les yeux. Boar serra son visage entre ses paumes.

— Tiens bon, Benny !

Le soldat cilla.

— Il lui faut un hôpital, intervint Ollie, qui comprimait toujours la blessure de l'homme.

— On ne fait pas demi-tour. (Un courant électrique secoua Ollie.) La mission a commencé, siffla Boar entre ses dents. Fais en sorte qu'il soit le moins mal possible.

Il se releva et retourna dans le cockpit. Ollie accentua sa pression sur la plaie, espérant ralentir l'hémorragie. Hélas, le trou, causé par une balle de gros calibre capable de percer l'acier, était bien trop large. Le sang dégoulinait le long de la jambe de l'homme et formait déjà une flaque. Son visage blêmit. Le plancher rougit. Alors que l'avion survolait la Manche à haute altitude, l'artilleur haleta avec l'énergie du désespoir, celui d'aspirer une ultime goulée d'air. Puis sa poitrine s'affaissa tel un ballon de baudruche à moitié gonflé dans lequel on aurait planté des ciseaux.

Les mains tremblantes, Ollie remonta la fermeture du blouson de Benny, puis il passa la main sur son visage pour lui fermer les yeux.

Chapitre 23

Dix mille pieds au-dessus de la Manche

— Il est mort, annonça Ollie, planté derrière le cockpit.

D'épais nuages masquaient la vitre, on aurait cru qu'ils volaient dans du lait.

Le capitaine de l'armée de l'air Boar resserra son étreinte sur les commandes, les veines saillantes sur ses mains.

— Putain…, lâcha le copilote.

Il rajusta sa casquette, essuya la sueur de son front et se tourna pour bien voir l'Américain. Il haussa les sourcils.

Remarquant que l'homme fixait des yeux ses mains tachées de sang, Ollie les glissa derrière son dos. Le copilote fouilla dans la poche intérieure de son blouson d'aviateur et en sortit une médaille de saint Christophe en bronze, qu'il frotta fiévreusement du pouce, comme pour en effacer la gravure ou pour absorber sa sainte protection.

— Tu paieras pour ce que tu as fait, Yankee. Mais en attendant, j'ai besoin que tu fasses précisément ce qu'on t'ordonne. (Les muscles de sa mâchoire se crispèrent tandis qu'il consultait sa montre.) Attache Benny. On sera au-dessus de la cible dans quarante-huit minutes. Je ne veux pas le perdre quand on ouvrira les portes.

Ollie hocha la tête. Le copilote déglutit à nouveau, comme s'il était sur le point de vomir.

— C'était qui ? demanda Ollie.

— Notre artilleur, répondit Boar.

— Non, je veux dire : qui il était ?

Boar gardait les yeux rivés à ses instruments de vol.

— Benny Sullivan, un mineur de Galles du Sud. Cet imbécile croyait que la guerre aérienne était moins dangereuse que les mines de charbon, ajouta-t-il en secouant la tête.

Le copilote entrouvrit sa vitre. L'air s'engouffra, évacuant l'odeur métallique de plus en plus prégnante. Ollie retourna vers l'artilleur, adossé au fuselage près des portes de l'appareil, et passa l'espace en revue, en quête d'un endroit où le déplacer. Mais l'avion était rempli à ras bord de pigeons. Les seuls endroits où l'on pouvait se tenir, c'étaient la tourelle et le dessus des portes, ni l'un ni l'autre n'étant envisageable. Alors il déplaça plusieurs cages vers la base de la tourelle et de la mitraillette, de telle sorte qu'il reste assez de place pour manœuvrer l'arme. Il posa plusieurs autres cages sur un rayonnage à obus monté sur la paroi du fuselage.

Debout au-dessus de l'artilleur, Ollie passa les deux mains sous ses aisselles. Le côté gauche était tiède et poisseux. Il se sentit soudain faible et essoufflé, mais s'obligea à tirer Benny, dont le dos trempé ensanglantait le sol. Il recouvrit l'homme à l'aide du filet de l'appareil, entremêlant un bras et une jambe aux mailles afin de s'assurer qu'il ne glisserait pas. Les pigeons les plus proches du soldat avaient fermé les yeux ou coincé la tête sous leur aile.

Ollie s'assit dans la tourelle de l'artilleur, sur le siège surélevé qu'avait utilisé Benny, et colla la tête contre la mitraillette. L'acier était froid. Un homme avait péri et lui était en route pour la France. Ce serait son dernier vol. Il avait tout gâché. Bertie pourrait bien être ami avec le général Park, Winston Churchill, Franklin Delano Roosevelt ou même Dieu en personne, jamais il ne réussirait à le tirer de ce pétrin. Mais par-dessus tout, il souffrait dans sa chair à la pensée qu'il ne reverrait peut-être jamais Susan. *On va m'emprisonner. Je ne serai plus jamais auprès d'elle.* Il avait du mal à appréhender l'impact complet de sa bévue.

Jamais plus il n'entendrait le timbre suave de sa voix, ni ne la tiendrait dans ses bras. Son cœur se serra. *On aurait pu avoir un avenir ensemble.* Alors que le ronronnement des hélices emplissait la cabine, il se demanda ce que ses parents auraient pensé de ses choix. Approuveraient-ils qu'il s'engage dans la bataille ? Sûrement, oui. Mais pas la façon dont il avait géré les choses : s'embarquer clandestinement sur un navire, cogner un officier, se faire jeter en prison et être condamné à travailler dans un élevage de pigeons.

Et à présent, on venait de le surprendre à bord d'un avion en mission pour la RAF – sans doute un délit assez sérieux pour lui valoir de passer le reste de la guerre derrière les barreaux.

Il lâcha un soupir et, comme la température chutait à cause de l'altitude, il vit se former de la buée. En voulant souffler sur ses mains, il remarqua ses doigts tachés de sang et interrompit son geste. Faute d'un torchon pour se nettoyer, il sortit un pan de sa chemise de son pantalon et se frotta tant que sa peau lui fit mal.

Pendant les quarante minutes suivantes, Ollie resta assis en silence, jusqu'à ce que de fortes turbulences l'incitent à passer la tête dans la tourelle. Le camouflage des nuages se dissipait. Il compta les bombardiers : il n'en manquait qu'un, un miracle au vu de l'attaque surprise. Soudain, l'avion inclina ses ailes, et Ollie dut se cramponner à la mitraillette. Il regarda les Blenheim quitter leur formation. À travers des espaces entre les nuages, il aperçut les côtes françaises, la croûte terrestre émergeant des profondeurs de la Manche. Les avions se dispersèrent, chacun prenant sa propre route individuelle pour répartir le largage des pigeons en divers endroits de la campagne française.

Ollie sentit une main sur son épaule et se tourna.

— On approche de la côte, lui indiqua le copilote. Je vais décharger.

— Je peux le faire, lui répondit Ollie.

Le copilote secoua la tête.

— Le capitaine tient à ce que ce soit bien fait.

D'un coup d'œil vers l'arrière de la carlingue, il découvrit le corps de son camarade enveloppé dans le filet. Ollie vit le visage du soldat se vider de toutes ses couleurs.

— Je peux te passer les pigeons, dans ce cas ?

Le copilote frottait le médaillon sous sa veste.

— OK, mais tu te tiens à l'écart des portes, acquiesça-t-il.

Les autres avions étant partis dans leur propre direction, le bourdonnement des deux moteurs semblait relativement doux. Ollie sortit de la tourelle, laissant assez de place au copilote, et trouva un espace confiné près de l'artilleur. Il observa les pigeons. La plupart se protégeaient la tête dans les replis de leurs ailes. Quelque part, là-bas, vers la queue, il y avait Duchesse. Il pensa à Susan et se fit en silence la promesse de lui rapporter son pigeon.

— Préparez-vous au largage ! cria le capitaine Boar depuis le cockpit.

Le copilote s'agrippa à une poignée montée près des trappes de la soute à bombes. Il chercha autour de lui, en quête d'une corde de sécurité avec laquelle s'attacher, mais ne trouva rien d'autre que des munitions.

Les portes s'ouvrirent en grinçant. Un vent glacial s'engouffra dans le fuselage.

— Où est la corde de sécurité de Benny ? lança le copilote, qui fouillait frénétiquement la cabine des yeux.

Ollie désigna Benny, un cordage de fil de fer enroulé autour de la taille.

— C'est ça que vous cherchez ?

Le copilote se mordit la lèvre.

— Oui.

Ollie récupéra le filin, ce qui l'obligea à déboucler la ceinture de l'artilleur, puis il le tendit au copilote. Ce dernier en attacha rapidement une extrémité à sa propre ceinture, l'autre à un crochet proche des trappes de la soute à bombes. Le vent lui fouettait le visage, soulevant la peau de ses joues en vagues.

— On va les lâcher un par un. Pour les éparpiller.

Ollie hocha la tête.

— Tiens-toi bien, lui conseilla l'homme en désignant une sangle de cuir accrochée au fuselage. Il y a de fortes chances qu'on ait de la compagnie.

Ollie s'agrippa à la sangle. Loin en contrebas, l'eau se changea en terre. Ils survolèrent plusieurs groupes de maisons et une église de pierre. Une route vide serpentait à travers un village avant de sillonner la campagne. Pas d'armes. Pas de tanks. Pas de nazis. Que des champs desséchés entremêlés de fragments de forêt. L'endroit paraissait désert, à croire que les Français avaient préféré s'enfuir vers la Manche et s'y noyer plutôt que de vivre sous l'occupation nazie.

— Largage ! cria Boar.

Ollie tendit une cage au copilote. Le pigeon dressa la tête, soudain en alerte. Le copilote lâcha le paquet et l'oiseau tenta de voler, l'instinct prenant le dessus, battant des ailes contre les parois de la cage. Le parachute s'ouvrit. Et la cage descendit tranquillement en direction d'un champ.

Au loin, Ollie perçut le crépitement des tirs antiaériens nazis. Le rythme de son pouls grimpa en flèche. Rapidement, il tendit une deuxième cage au copilote.

Ils répétèrent l'opération cage après cage. La pile s'amenuisait. Les pigeons flottaient vers les pâturages telles des aigrettes de pissenlits. En atteignant la queue de l'appareil, Ollie vit Duchesse dans sa cage, qui agitait la tête d'un côté à l'autre, comme si elle essayait de comprendre pourquoi ses compagnons disparaissaient un à un de l'avion. Il la poussa dans le coin et passa les deux dernières cages au copilote. Celui-ci les lâcha, puis il balaya le fuselage du regard et remarqua le pigeon aux couleurs chatoyantes.

— Il en reste un, dit-il, le doigt tendu.

Ollie secoua la tête.

— Elle ne fait pas partie de la mission.

— Donne.

Ollie s'approcha du soldat. Le vent fit claquer les jambes de son pantalon.

— Si ce pigeon descend, toi aussi, grommela-t-il en désignant la France, à des milliers de pieds en dessous d'eux.

Le copilote déglutit.

— T'es sérieux ?

— Très, mentit Ollie.

— Fini ? cria Boar depuis le cockpit.

Le copilote tripota son médaillon, puis il jeta un coup d'œil par-dessus son épaule, comme si le capitaine pouvait lui venir en aide.

— C'est toi qui choisis, reprit Ollie.

— Tu vas pourrir dans la Serre, menaça le copilote, avant de décrocher le fil de sécurité de sa ceinture. Fini ! hurla-t-il.

Ollie avait la sensation qu'on venait de précipiter sa vie dans le vide, comme les pigeons. Il allait regarder se lever le soleil derrière des barreaux pendant des années. Mais au moins, il vivrait en sachant qu'il avait fait son possible pour rendre Duchesse à Susan.

Le copilote se frotta les mains, comme si les pigeons étaient porteurs de maladies. Et il plongea le regard vers la campagne française par les trappes qui se refermaient lentement.

Une salve d'explosions secoua l'avion, qui piqua du nez, avant de se redresser brusquement. Le copilote glissa vers les trappes de la soute à bombes, tandis qu'il tâtait frénétiquement le sol en quête de quelque aspérité à laquelle se retenir.

Ollie réussit à agripper le soldat par son blouson juste au moment où ses jambes glissaient hors de l'appareil. Il s'accrocha désespérément à son bras.

— Ne me lâche pas ! Ne me lâche pas !

Ollie coinça une chaussure dans l'armature du fuselage et tira. De petits nuages noirs – les obus qui explosaient – emplirent le ciel alors que les portes se refermaient sur les jambes du copilote, tel un étau. L'homme donnait des coups de pied dans les airs. Il enfonça plus fort les doigts dans le bras d'Ollie, qui banda ses muscles. Malgré la brûlure de l'effort, il tira violemment et ramena le soldat pile au moment où les trappes achevaient de se rabattre dans un claquement.

Les explosions se turent soudain. Les bourrasques furent remplacées par les halètements du copilote.

— Tout va bien ? demanda Boar.

Le copilote laissa retomber sa nuque contre le sol. Portant la main à son blouson, il serra son médaillon.

— Oui, répondit-il.

— On rentre à la maison, annonça Boar.

Le copilote se tourna vers Ollie.

— Je te dois une fière chandelle, Yankee.

— Je crois bien, oui. Tu peux t'acquitter de ta dette en ramenant ce pigeon sain et sauf à Susan Shepherd, dit-il en désignant la queue de l'appareil.

Le copilote hocha la tête. Il se mit debout, le visage vidé de toutes ses couleurs, et retourna au cockpit.

Ollie se rassit et ferma les yeux. La lumière baignait la carlingue par la tourelle, mais ne servait pas à grand-chose pour le réchauffer. Il avait du mal à accepter que ce serait là son dernier vol. Que jamais il ne prendrait part aux combats. Et que jamais il ne reverrait Susan. Au lieu d'être autorisé à rentrer à Epping, il serait emprisonné ou déporté de Grande-Bretagne. La possibilité de partager la vie de la jeune femme après la guerre s'était envolée. À la pensée qu'on ne lui accorderait pas de seconde chance, il eut un pincement au cœur.

Le copilote rattachait sa ceinture de sécurité quand un obus explosa. Ollie entendit ce qui ressemblait à des cailloux jetés contre un baril de pétrole. L'avion bringuebala. Il se leva dans la tourelle. Une fumée noire s'échappait du moteur gauche, le rotor était touché, les hélices tordues comme les piques d'une vieille fourchette. Le moteur droit toussa et crachota.

Ollie eut l'impression que son estomac remontait dans sa poitrine quand l'avion se mit à perdre de l'altitude. Il attendit de sentir le poids de la gravité, signe que l'appareil cabrait, mais la sensation ne vint pas.

Chapitre 24

Epping, Angleterre

Susan vit un mur de fumée noire monter de l'est, comme si les pistes de North Weald avaient été aspergées d'essence et enflammées. Un escadron de chasseurs Messerschmitt vira au-dessus de la forêt, avant de grimper vers les nuages. Plus haut, très haut, une armada volait en direction de Londres. Les chasseurs allemands s'agglutinèrent autour de leurs bombardiers, tels des frelons protégeant leur nid. Il n'y avait pas de Hurricane. Pas de Spitfire. Que des appareils de la Luftwaffe. Susan se prit à redouter que tout et tout le monde à North Weald aient été détruits. Ses jambes se mirent à flageoler. Sa respiration se fit saccadée. Elle s'accrocha à la rampe pour s'empêcher de tomber.

— Salauds ! cria Bertie avec un regard noir vers les envahisseurs.

Les sirènes moururent, et les tirs antiaériens cessèrent brutalement, comme si la RAF était à court de munitions, révélant le grincement des moteurs allemands. Susan leva les yeux et frissonna. La Luftwaffe semblait imbattable, ses pilotes immortels, ses avions indestructibles. Elle se tourna vers Bertie.

— Ollie…

Son grand-père blêmit. Susan sentit sa mâchoire trembler.

Le vieil homme entra dans la maison et se dirigea vers le téléphone. Susan l'entendit décrocher fébrilement, marquer une pause, puis rabattre l'appareil sur son socle.

— La ligne est coupée, annonça-t-il en revenant sur le perron.

Susan descendit dans la cour en se protégeant les yeux du soleil couchant, pour observer les avions de la Luftwaffe voler vers l'ouest. Des explosions noires parsemaient l'horizon. Puis vint le tonnerre des bombes sur Londres.

Elle se tourna vers Bertie. Au-dessus du cottage, un voile de suie noire occultait les nuages.

— On doit faire quelque chose.

Bertie secoua la tête et descendit la rejoindre en boitant.

— Ils vont mener une autre attaque.

— Est-ce qu'il va bien ? demanda-t-elle, les mains tremblantes. Et nos pigeons ? Et Duchesse ?

Bertie ouvrit la bouche, mais aucun son ne s'en échappa.

— J'ai besoin de savoir, insista Susan.

Bertie consulta sa montre à gousset, jeta un coup d'œil vers le soleil, usant de son pouce pour estimer sa distance avec l'horizon.

— Il fera bientôt sombre. D'ici une heure, peut-être deux. Et on n'a pas de voiture, nom d'une pipe.

— On peut emprunter le camion des McCreary.

— Ils ne nous autoriseront pas à approcher du terrain d'aviation.

— On doit essayer.

Bertie hésita.

— J'y vais.

— Je t'accompagne.

— Certainement pas.

Il fourra la montre dans sa poche.

— Tes genoux. Il fera nuit d'ici à ce que tu atteignes la ferme des McCreary. Ça ne me prendra que quelques minutes.

— C'est trop dangereux, argua-t-il.

Susan détecta une faiblesse dans le regard de son grand-père, un léger affaissement de ses épaules.

— Je peux y arriver. Tiens-toi prêt sur le perron avec ta canne.

Et avant qu'il n'ait eu le temps d'objecter davantage, elle tourna les talons et partit en courant dans l'allée. Le gravier et la boue collaient à ses chaussures. Son cœur battait comme un fou au moment où elle dépassa les pigeonniers, dont un tiers étaient vides, ses occupants soit en route pour la France soit en proie à l'enfer des bombardements à North Weald. Les moutons s'agglutinaient à l'intérieur de l'étable, trompés par le grondement du tonnerre humain qui leur faisait redouter une pluie imminente. Quelques agneaux restaient dans le champ à brouter l'herbe, leurs pattes encore faibles repliées sous leur ventre. Ils agitèrent les oreilles au martèlement des pieds de Susan sur le sol.

Ses jambes la faisaient souffrir, pourtant elle ne s'arrêta pas avant d'avoir atteint la ferme des McCreary. En remontant le sentier en pierre qui menait à leur maison, elle glissa à cause de la boue qui crottait ses chaussures et tomba, s'écorchant les paumes. La douleur remonta le long de ses avant-bras. Mais elle essuya prestement les morceaux de graviers incrustés dans sa peau, se releva et frappa à la porte. Les secondes s'égrenèrent. Ses tympans cognaient dans ses oreilles au rythme de son pouls. Elle inspira péniblement, cherchant à reprendre son souffle avec l'énergie du désespoir. Une vague de peur la secoua de la tête aux pieds quand elle songea que les McCreary étaient peut-être partis se mettre à l'abri. Balayant du regard les alentours de la ferme, elle repéra leur camion garé près d'un hangar. Elle frappa à nouveau, plus fort, au point de s'égratigner les phalanges.

Un bruissement lui parvint de l'intérieur de la maison. Une serrure cliqueta, et la porte s'entrouvrit sur le vieux McCreary muni d'une lanterne, comme s'il émergeait tout juste d'une grotte.

— Qui est-ce ? lui demanda Mrs McCreary, qui remontait de la cave.

Avant que son mari n'ait le temps de lui répondre, Susan intervint :

— C'est Susan Shepherd. Est-ce que je peux vous emprunter votre camion ?

Mr McCreary s'apprêta à parler, puis il écarquilla les yeux en se rendant compte qu'il avait oublié de remettre son dentier, et il se couvrit promptement la bouche.

— Tout va bien, mon petit ? s'enquit Mrs McCreary, passant devant son mari.

Ses cheveux blancs clairsemés s'échappaient çà et là d'un chignon mal attaché.

— Non, répondit Susan, qui luttait toujours pour reprendre son souffle.

Elle porta une main à son flanc afin de réprimer une crampe.

— C'est Bertie ? demanda Mrs McCreary.

— Non, il va bien, dit Susan entre deux goulées d'air. On n'a plus notre camionnette et c'est un cas d'urgence.

— Mais il pleut des bombes, marmonna Mr McCreary.

— Albert ! l'interrompit sa femme.

Le vieil homme referma sa bouche édentée, et ses joues se creusèrent.

— S'il vous plaît, insista Susan. Je vous expliquerai plus tard.

Elle songea à Ollie et aux pigeons, ses yeux s'emplirent de larmes. Mrs McCreary hocha la tête.

— Est-ce que tu souhaites qu'Albert te conduise ?

La mâchoire vide du vieil homme s'affaissa.

— Non, répondit Susan.

Mr McCreary lâcha un soupir soulagé, avant de décrocher une clé d'un clou dans l'entrée et de la tendre à Susan.

— Merci ! lança-t-elle en prenant la clé avant de repartir en courant.

— Sois prudente, mon petit ! cria Mrs McCreary derrière elle.

Le camion des McCreary, fait pour le transport du foin et du bétail, était plus grand et bien plus vieux que le véhicule de Bertie. Il lui fallut plusieurs tentatives avant de réussir à faire démarrer le moteur, l'accélération était faiblarde, la cabine sentait les gaz d'échappement et elle voyait le sol à travers un trou dans le plancher rouillé. Mais le véhicule fonctionnait. Dans le cas contraire, elle aurait été prête à recourir à son vieux vélo.

En approchant du cottage, elle vit Bertie, marchant d'un pas vacillant avec sa canne, dont la pointe ne touchait même pas terre. Susan enfonça la pédale de frein. Le camion s'immobilisa dans un dérapage.

Bertie jeta sa canne à l'arrière, ouvrit la portière et grimpa sur son siège en grimaçant. *Tu es censé te servir de ta canne*, songea Susan. Elle appuya sur l'accélérateur et enclencha la vitesse. La tête de Bertie fut projetée vers l'arrière.

— Tu préfères que je conduise ? proposa-t-il.

Susan secoua la tête. Elle peina à faire demi-tour. Le volant du camion était si grand qu'on aurait cru manier le gouvernail d'un bateau. Le véhicule bondit quand les pneus roulèrent enfin sur la route principale, et Susan accéléra, pied au plancher.

Le village d'Epping était désert, les voitures garées au hasard des rues, sans doute abandonnées lors de l'attaque surprise. Des tissus voilaient la plupart des fenêtres, les habitants s'étant préparés de bonne heure au couvre-feu ou préférant ne pas assister à la vision de destruction laissée par la Luftwaffe dans son sillage. Au marché, toutes les boutiques étaient fermées. Le seul signe de vie provenait d'une ambulance qui déboula à toute allure sur la route de l'hôpital. Susan eut la nausée. Elle repoussa néanmoins sa peur et se dirigea vers la fumée qui s'élevait au-dessus de l'aérodrome de North Weald. À moins de deux kilomètres des pistes, un véhicule militaire bloquait la route, deux soldats montant la garde. Susan jeta un coup d'œil à Bertie et ôta le pied de l'accélérateur. Le camion s'immobilisa.

Elle baissa la vitre, les mains agrippées au volant pour les empêcher de trembler. L'air empestait la poudre à canon.

—Il vous faut rebrousser chemin, mademoiselle, lui annonça le soldat.

Bertie se pencha vers le carreau.

—Notre employé a fait une livraison à l'aérodrome.

—Je suis désolé, reprit le soldat, tournant la tête vers le grondement des explosions qui secouaient Londres et resserrant sa prise sur son arme. La route est fermée.

—Je vous en prie, le supplia Susan.

—Ce sont les ordres. Rentrez chez vous, mademoiselle.

Il ponctua sa phrase d'un geste de la main censé l'inciter à partir. Susan effectua un demi-tour, peinant à passer la marche arrière. Une fois la bonne vitesse enclenchée, elle s'éloigna. Dans le rétroviseur, elle regarda le brouillard de fumée qui recouvrait le terrain d'aviation, puis renifla et s'essuya le visage.

— On a essayé.

— Il y a peut-être un autre moyen, dit Bertie. (Susan tourna la tête vers lui.) Oui, ajouta-t-il en se grattant la tête. Et il se pourrait bien que ça marche.

— Quoi ?

— Prends vers Woodside, dit-il, désignant la route concernée. Là !

Susan braqua si brusquement que son grand-père se retrouva collé contre son épaule. Il se redressa sur son siège.

— On va où ?

— Si on ne peut pas entrer, on peut au moins aller voir de plus près.

Susan continua vers le nord. À gauche se trouvait Wintry Wood. D'épais bosquets d'arbres vierges couvraient le sol, leurs feuilles tombées recouvraient la route humide comme un tapis. À droite s'étendaient des pâturages envahis par les mauvaises herbes. Pas de moutons. Pas de récolte. Que des broussailles épineuses.

Au-delà des champs, une longue clôture de fil de fer entourait les fermes négligées. *Est-ce là l'aérodrome de North Weald?* Elle plissa les yeux pour mieux voir, les pneus roulèrent sur le bas-côté, et elle rectifia rapidement sa trajectoire.

— Concentre-toi, ma chérie, dit Bertie. Ce n'est plus très loin.

Quelques centaines de mètres plus tard, suivant les instructions de Bertie, elle bifurqua dans une ferme. Elle ralentit en arrivant devant une bâtisse de brique. Des vignes brunes couraient sur la porte d'entrée, mais leur progression avait été interrompue juste avant les fenêtres de l'étage par l'approche de l'hiver. Un instant, elle se demanda si toute la campagne anglaise serait bientôt déserte, par crainte de l'invasion allemande inéluctable.

— Les Jamison ont déménagé à Shrewsbury quand la guerre a commencé, lui expliqua Bertie. Il y a plusieurs années, Mr Jamison est tombé malade au moment de la tonte des moutons. Je me suis occupé de ses bêtes jusqu'à sa guérison. Leur grange surplombe North Weald. (Il tendit le doigt.) Là, passe par-derrière.

Susan contourna la maison et se gara devant la grange. Elle aida Bertie à descendre du camion. Comme elle l'avait supposé, il refusa de prendre sa canne, mais accepta le creux de son bras. Ensemble, ils ouvrirent la porte de la grange, dont les gonds grincèrent à cause de la rouille. L'intérieur, quoique vide, sentait encore le vieux fumier et la paille.

— Là-haut, dit Bertie, indiquant une échelle permettant d'atteindre un grenier à foin. Je te suis.

— Tes genoux.

— Ça va aller.

Susan escalada les barreaux usés par des décennies de bottes sales et de mains en sueur. Le soleil faiblissant de la fin d'après-midi filtrait par des fissures entre les planches. Une fois en haut, elle entendit grogner Bertie, qui peinait à monter à l'échelle. Elle s'agenouilla, lui prit la main et l'aida à atteindre le palier. Pendant qu'elle époussetait les fétus de paille de ses vêtements, il se redressa et alla ouvrir les portes, baignant le grenier de lumière.

— C'est trop loin pour moi, regretta-t-il, les paupières plissées vers le terrain d'aviation.

Susan le rejoignit. Leur poste d'observation surélevé leur donnait une vue lointaine mais claire de North Weald. Son cœur se mit à battre follement.

— Qu'est-ce que tu vois ? demanda Bertie.

Elle balaya l'aérodrome du regard, cherchant la camionnette de son grand-père ou quelque signe que ce soit d'Ollie et des pigeons. Mais la fumée, qui dérivait en épais nuages noirs, lui masquait en partie la vue.

— Un hangar en feu. Un camion de pompiers qui combattent les flammes. Des hommes qui comblent les trous sur une piste.

Ses jambes étaient soudain faibles. Elle s'appuya à la porte pour se soutenir.

— Je ne le vois pas.

— Combien d'avions ?

Elle repéra ce qui ressemblait au squelette calciné de deux avions. Elle se mordit la lèvre pour retenir ses larmes.

— Je distingue deux appareils brûlés.

— Des bombardiers ou des chasseurs ?

Elle loucha.

— Je ne sais pas.

Bertie leva le menton.

— Ils sont en route.

— Comment tu le sais ?

— En général, il y a des tas d'avions alignés sur les pistes, hormis durant les missions de vol. Ils ont dû tous les charger dans les avions pendant l'attaque. Nos pigeons, ajouta-t-il en posant le bras sur son épaule, du moins la majorité d'entre eux, sont probablement en route pour la France.

— On fait quoi, maintenant ?

— On rentre à la maison et on attend qu'Ollie et nos pigeons reviennent.

Susan posa un dernier regard sur l'aérodrome ravagé, mais la distance, la fumée et le soleil qui tombait l'empêchaient de détecter le moindre signe d'Ollie. Elle joignit les mains et pria pour qu'il soit en sécurité, puis elle aida Bertie à redescendre du grenier, et ils reprirent le chemin de la maison.

Au moment de garer le camion dans l'enceinte de la ferme, elle fut submergée par un sentiment d'impuissance si prégnant qu'il fit palpiter son cœur. Elle avait espéré découvrir la camionnette de Bertie devant le cottage, Duchesse perchée sur le rebord de sa fenêtre et Ollie qui l'attendait sur le perron. Malheureusement, il n'y avait rien d'autre que cette vilaine tente militaire, dont la toile battait au vent.

— Ils vont s'en sortir, lui dit Bertie d'un ton peu convaincant.

Susan remarqua cependant un infime changement dans sa voix.

— Il commence à faire nuit. Rentre, je vais voir les pigeons.

Il hocha la tête et gagna le cottage en boitant.

Susan frappa sur la boîte à grain beaucoup plus fort que d'habitude, peut-être dans l'espoir que le bruit ferait revenir Duchesse. Entre les pigeonniers, elle contempla le sentier, priant pour voir apparaître Ollie au volant de la camionnette. Ce ne furent que le soleil couchant et la pensée que la Luftwaffe allait probablement revenir qui l'obligèrent à rentrer.

Elle sortit des serviettes froides pour Bertie, afin de faire désenfler ses genoux. Mais les dégâts étaient faits. Ses rotules étaient rouges et de la taille d'un melon. Il grimaça quand les serviettes touchèrent sa peau. Susan tenta de passer un coup de fil pour obtenir des informations, mais la ligne était toujours coupée. Elle essaya la radio pour n'entendre rien d'autre que des grésillements, chose habituelle pendant les couvre-feux. Ayant allumé une bougie et tiré les rideaux, elle s'assit sur le canapé et vit le coussin encore enfoncé où Ollie s'était assis à ses côtés, la veille. Elle passa la main dessus, prise d'une irrépressible envie de pleurer. Elle le connaissait à peine, pourtant il y avait eu une connexion immédiate entre eux. Elle lui faisait confiance. Jamais son cœur n'avait rien ressenti de tel pour un autre homme. Et elle croyait – malgré la guerre et le fait qu'ils venaient de deux continents différents – qu'ils pouvaient avoir une vie ensemble. Pourvu qu'il soit sain et sauf. *Où es-tu, Ollie ?*

— Ne perds pas espoir, ma chérie, lui dit Bertie en se frottant les genoux. Nous devons continuer à croire qu'Oliver est en vie.

Elle hocha la tête, avant de la baisser.

— Et Duchesse aussi.

Elle enfouit son visage entre ses mains. Bertie ajusta une serviette sur sa jambe et se pencha.

— Je ne te l'ai jamais dit, Susan, mais quand tu as fait éclore cet œuf de pigeon dans le bol de ta grand-mère, j'avais quasiment perdu tout espoir. En fait, j'avais acheté une autre boîte à tabac, pour être prêt à enterrer l'œuf.

Susan releva la tête et le contempla. La lueur de la bougie dansait sur ses moustaches grises.

— Toi, tu n'as jamais renoncé. Tu as gardé l'œuf au chaud et tu l'as tourné comme une pendule pendant des semaines. Même une fois que Duchesse est sortie de sa coquille, tu l'as nourrie à la main avec du lait de pigeon que tu faisais toi-même jusqu'à ce qu'elle soit en mesure de rejoindre le groupe des pigeonneaux. (Il esquissa un sourire.) Ce n'était pas un miracle. Tu y as cru. Et tu as fait en sorte que ça arrive. (Susan se leva et s'approcha de son fauteuil.) Aie la foi, dit-il en lui serrant la main.

Elle acquiesça, puis elle alla chercher une autre serviette froide dans la glacière. Elle appréciait les paroles de son grand-père et, plus encore, ses efforts incessants pour combler le vide laissé par l'absence de son père et de sa mère. Pourtant, tout au fond d'elle, Susan sentait que quelque chose n'allait pas.

À l'approche de la nuit, Bertie s'endormit dans son fauteuil, trop épuisé pour faire l'effort de monter les marches avec ses genoux douloureux. Sa tête ballottait doucement au rythme de ses ronflements.

Sans un bruit, Susan enfila son manteau et se faufila dehors, où elle s'assit sur le perron. Au loin, un rougeoiement de feux entourait Londres, et des dizaines de projecteurs balayaient le ciel en quête des avions de la Luftwaffe. Un mélange de désespoir et de culpabilité emplit son âme. *Pourquoi l'ai-je laissé partir ?* Elle avait du mal à se persuader qu'Ollie allait revenir. La solitude lui serra le cœur. Elle passa la main sur la marche du perron, à l'endroit où il s'était assis avec elle la nuit précédente, et se prit à craindre d'avoir perdu l'amour de sa vie. Elle essuya l'eau qui coulait de ses yeux et pria pour qu'Ollie apparaisse sur le chemin et que Duchesse vole jusqu'à elle depuis les bouleaux. Mais au matin, ni l'un ni l'autre n'étaient revenus.

Chapitre 25

Epping, Angleterre

Le pépiement des moineaux, juste avant l'aube, incita Susan à relever la tête de ses genoux. Elle se frotta les yeux et, en voyant le camion des McCreary garé devant les pigeonniers, fut prise d'un soubresaut. *Ollie. Duchesse.* Elle se mit debout, les articulations raidies par le froid, et souffla de l'air chaud sur ses doigts. *Combien de temps ai-je dormi ? Quelques minutes ? Une heure ?*

Un silence sinistre enveloppait la ferme, pas un projecteur lumineux dans le ciel, pas un avion de la Luftwaffe. Pourtant, les échos de la guerre restaient gravés dans sa conscience, tels les sillons d'un disque de phonographe. Une explosion dans ses tympans. Une vibration sous ses pieds. Une sensation pesante de tragédie. Passerait-elle sa vie, quoi qu'il en restât, à revivre les souvenirs des bombes ?

Un agréable roucoulement vint s'adjoindre aux gazouillis des oiseaux de la forêt. S'étant rendue dans un pigeonnier,

Susan trouva plusieurs pigeons, les chanceux, ceux qui n'avaient pas encore été réquisitionnés pour une mission, agglutinés sur le sol de terre battue. Le cou tendu, ils encerclaient leur mangeoire. Elle se prit à espérer découvrir Duchesse perchée sur le tonneau à grain, mais il n'y avait que la boîte en métal rouillée et la cuillère en bois qu'elle utilisait pour nourrir les animaux. Elle ramassa un oiseau et lui caressa les plumes. L'animal cilla et roucoula. L'ayant délicatement reposé à terre, elle remplit le bac à grain. Les pigeons surgirent aussitôt en masse et se mirent à picorer.

Dans les autres pigeonniers, le scénario se reproduisit à l'identique : pas de Duchesse. À la vue de tous les nids vides, Susan eut les larmes aux yeux. *Sois forte comme un œuf.* Elle s'occupa des nouveau-nés, des pigeonneaux et de leurs parents, puis elle rentra voir comment se portait Bertie.

Quand la porte craqua, son grand-père se redressa sur son siège et frotta ses yeux fatigués. Susan déboutonna son manteau en espérant qu'il ne se rendrait pas compte qu'elle avait passé la majeure partie de la nuit sur le perron.

— Tu t'es levée bien tôt, constata-t-il en bâillant.

Elle accrocha son manteau à un portant et s'approcha de son fauteuil.

— Comment ça va, les genoux ?

Il retira les serviettes et appuya sur ses rotules.

— Super.

— Ils sont encore enflés, commenta-t-elle en remarquant que l'un des deux était plus gros que l'autre. Aujourd'hui, tu restes assis.

— Ça va aller, dit-il en se levant lentement, reportant presque tout son poids sur le dossier. Tu as dormi ?

Susan secoua la tête.

— Je vais nous préparer du thé.

Il clopina en direction de la cuisine.

— C'est moi qui m'en charge.

— Il faut que je bouge mes vieux os, argua-t-il en traînant les pieds.

Avant qu'il ait atteint la cuisinière, il s'immobilisa au son d'un moteur qui approchait. Susan sursauta quand elle reconnut le ronflement caractéristique de la camionnette de Bertie, ses vitesses qui sautaient et le tintement métallique des pistons. Elle ouvrit la porte en grand et courut dehors. Une lueur d'espoir fou la submergea quand elle vit la camionnette, suivie d'un véhicule militaire, qui remontait l'allée. La camionnette ralentit et s'arrêta devant la maison. Sautant du perron, Susan se rua vers la portière côté conducteur. Mais face au soldat qui descendit – un inconnu –, son cœur se serra.

— Où est Ollie ? demanda-t-elle.

L'homme ôta sa casquette et la serra entre ses mains, comme s'il était en train de tordre un gant de toilette.

— Je ne sais pas, mademoiselle.

Bertie émergea du cottage.

— Il accompagnait les soldats qui ont livré les pigeons.

Le soldat regarda le vieil homme et haussa les épaules. Le militaire qui conduisait l'autre véhicule rejoignit son camarade. Il jeta un coup d'œil à Susan, puis à Bertie, avant d'avouer :

— Nous ignorons où il se trouve. On avait ordre de vous rapporter la camionnette. Et on nous a assignés ici pour la durée de la mission, ajouta-t-il en désignant la tente.

Bertie descendit maladroitement les marches de la terrasse et boitilla sur ses jambes aussi arquées que les pattes avant d'un vieux bulldog.

— On a bien dû vous dire quelque chose, insista-t-il en s'avançant vers les deux hommes.

— Seulement que la camionnette a été abandonnée sur la piste et que son chauffeur a probablement pris la fuite pendant l'attaque.

Il tendit les clés à Bertie.

— « Probablement » ? répéta Susan. Il y a un problème. Il n'est pas rentré à la maison.

— C'est tout ce que nous savons, je le crains. (Le soldat remit sa casquette.) Si vous voulez bien nous excuser, nous devons installer et vérifier les alarmes.

Les militaires déchargèrent des sacs en toile vert kaki de leur véhicule et disparurent sous la tente. Bertie passa un bras autour de Susan et la raccompagna à l'intérieur. Elle le vit vérifier l'état de la ligne téléphonique, qui ne fonctionnait toujours pas, mais cela ne changeait sans doute pas grand-chose : contacter l'aérodrome de North Weald ne servirait à rien, la RAF avait plus important à faire que de rechercher un Américain disparu ou un pigeon apprivoisé.

— Viens, dit Bertie en enfilant sa veste.

— On va où ?

— À l'hôpital.

Ses paroles la piquèrent au vif. Elle saisit la canne de son grand-père à la hâte et le suivit dehors.

Une fois le camion des McCreary rendu – ils se contentèrent de le laisser dans l'allée avec la clé sous le siège –, ils se rendirent à l'hôpital Sainte-Margaret d'Epping. Le parking du petit établissement en brique rouge étant plein à craquer, Susan dut se résoudre à se garer dans la rue. Elle sortit, prit la canne de son grand-père qu'elle avait jetée à l'arrière de la camionnette et le retrouva déjà sur le trottoir.

— Je préfère m'aider de ton bras, ma chérie, dit-il.

Susan rapporta donc la canne et passa un bras autour du coude de son grand-père. Il aurait mieux valu pour lui qu'il soit au minimum assis, ou du moins qu'il se déplace avec une canne, mais l'aider lui apportait une forme de réconfort égoïste. Et elle songea une fraction de seconde que Bertie devait le savoir, lui aussi.

Alors qu'ils approchaient de l'entrée, une ambulance, suivie par un véhicule banalisé, trois hommes assis à l'arrière, se gara devant le bâtiment. Les brancardiers coururent à l'arrière de l'ambulance, ouvrirent les portières en grand et tirèrent un brancard. Bien que le corps soit complètement recouvert, ce fut le ventre arrondi qui dépassait de sous la couverture en laine grise qui pétrifia Susan. Elle serra le bras de Bertie.

— Oh, mazette, marmonna-t-il.

Susan voulait détourner la tête, mais elle était comme hypnotisée par le spectacle des hommes qui sautaient au bas de l'autre véhicule pour en sortir une seconde femme vêtue d'une chemise de nuit souillée. Des jambes minces couvertes de profondes entailles et d'égratignures pendaient du brancard. La femme, visiblement enceinte et en plein travail, ceignait son ventre gonflé en criant :

— Non ! C'est trop tôt !

Les deux blessées furent conduites à l'intérieur au pas de charge et les véhicules filèrent, l'ambulance devant avec sa sirène qui hurlait. Susan brûlait de rentrer chez elle. Pourtant, elle s'obligea à avancer d'un pas, puis d'un autre et d'un autre, jusqu'à ce qu'ils atteignent les portes.

À l'intérieur, les médecins et les infirmières s'affairaient à soigner les survivants de la maternité de Sprigg's Oak. Susan et Bertie apprirent qu'une mine parachutée avait explosé sur une aile dans laquelle le personnel et les femmes enceintes qui ne bénéficiaient d'aucun abri antiaérien venaient trouver refuge.

— Combien ? demanda Bertie à un agent hospitalier grisonnant qui poussait un brancard.

L'homme s'arrêta, ses yeux étaient noirs et creusés par le manque de sommeil.

— Au moins une dizaine. Plus, si l'on compte les bébés, dit-il en reniflant, avant de se racler la gorge. On en tire encore des décombres.

Susan porta la main à sa bouche.

— Dieu du ciel, grommela Bertie.

— Y a-t-il quoi que ce soit que nous puissions faire ? demanda Susan.

L'agent hospitalier s'épongea le visage.

— Priez pour eux.

Bertie posa une main sur l'épaule de l'homme.

— On vous a amené quelqu'un de l'aérodrome de North Weald ?

— On les a conduits à l'hôpital de la RAF d'Ely, répondit-il en secouant la tête.

Susan le suivit des yeux tandis qu'il poussait le brancard dans le couloir. Le grincement des roues la fit frissonner. Elle quitta l'hôpital avec un constat amer : la guerre était arrivée à Epping. Alors qu'ils conduisaient en silence vers l'hôpital de la RAF d'Ely, elle ne put s'empêcher de penser aux femmes enceintes londoniennes qui s'étaient réfugiées à Sprigg's Oak, en quête d'un lieu sûr où accoucher. Elles donnaient la vie dans un monde en guerre. Et la Luftwaffe les avait débusquées. Non seulement quelqu'un avait perdu une mère, une fille ou une épouse, mais ils avaient aussi perdu un bébé à naître. Elle se tourna pour demander à Bertie son mouchoir et vit qu'il l'utilisait déjà pour se sécher les yeux.

Ils arrivèrent à l'hôpital d'Ely avant midi. Dès la salle d'attente, l'odeur d'éther et d'antiseptique donna à Susan envie de retenir sa respiration. Ils rejoignirent une longue file devant un bureau d'accueil où une réceptionniste recueillait les questions de parents cherchant désespérément à avoir des nouvelles d'un fils ou d'un mari. Tandis qu'ils progressaient lentement dans la queue, la pensée qu'Ollie était peut-être blessé rendit Susan de plus en plus fébrile. Elle eut la chair de poule. Ses jambes lui faisaient l'effet de brindilles sur le point de se briser. Elle s'agrippa au bras de Bertie pour empêcher ses mains de trembler. Quand ils arrivèrent à l'avant de la file, la réceptionniste feuilleta ses papiers et annonça :

— Nous n'avons pas de civils ici, et encore moins d'Américain qui nous aurait été amené de North Weald.

— Vous en êtes bien certaine ? insista Susan. Il s'appelle Ollie Evans.

— Oliver, précisa Bertie.

La réceptionniste regarda à nouveau ses dossiers et secoua la tête.

— Je crains que nous n'ayons personne de ce nom-là.

Une infirmière, qui avait entendu la conversation, s'approcha de la réceptionniste.

— Et le patient brûlé ?

Le cœur de Susan se mit à palpiter.

— Je croyais que c'était un aviateur, répliqua la réceptionniste.

— Il a été retrouvé près d'un avion, sans papiers d'identité sur lui. (L'infirmière ajusta les poignets de son uniforme à manches longues et s'avança vers Bertie.) C'est un parent à vous ?

— Mon petit-fils. Il est venu du Maine pour nous aider à la ferme. Il effectuait une livraison à North Weald au moment de l'attaque.

Susan observa Bertie, qui ne quittait pas l'infirmière des yeux.

— Vous seriez d'accord pour identifier un patient ? s'enquit l'infirmière. Mais je vous avertis : il est gravement brûlé, sous sédatifs forts et incapable de parler.

Susan frissonna. Elle avait toutes les peines du monde à respirer. Bertie déglutit, puis fit « oui » de la tête.

— Suivez-moi.

Susan prit la main de son grand-père.

— Je viens avec toi.

— Non, mon petit.

— S'il te plaît.

Il secoua la tête.

Susan prit un siège dans une salle d'attente pendant que Bertie suivait l'infirmière. Le claquement de leurs semelles sur le sol carrelé s'estompa peu à peu et elle prit soudain conscience des gémissements et des geignements qui filtraient dans les couloirs. Des hommes jeunes, des corps cabossés, cassés, brûlés et amputés. Des vies brisées ou, au mieux, transformées pour toujours. Elle ferma les yeux, enfonça les doigts dans ses oreilles et tenta de prier.

Au bout de plusieurs minutes, Bertie revint, traînant les pieds. Susan remarqua que les lignes de son visage semblaient plus creusées, comme si sa visite dans la chambre d'hôpital l'avait vieilli. Elle sentit ses mains commencer à trembler. Plongeant dans les yeux las de son grand-père, elle demanda, d'une voix à peine plus forte qu'un chuchotement :

— Ollie ?

Chapitre 26

France occupée

Ollie ouvrit les yeux sur un soleil couchant qui peignait les nuages d'une jolie teinte de rose. *Suis-je mort?* Toute idée qu'il puisse être décédé et en train de s'élever, ou de descendre, vers l'au-delà fut rapidement éliminée par l'odeur âcre du kérosène qui lui emplit les narines. Quelque chose tomba, puis siffla, comme une goutte d'eau qui atterrirait sur une surface chaude. *Il faut que je sorte de là.*

Il tordit le cou, raide à cause de l'impact, et remarqua que le toit du fuselage s'était détaché. Des dents de métal déchiqueté le surplombaient, menaçantes. Son pied l'élançait. Une lourde boîte de métal appuyait contre son flanc, coupant la circulation du sang vers son bras et lui engourdissant la main. De son bras valide, il repoussa la boîte, éparpillant des rubans de munitions au sol.

Le sang, en affluant de nouveau dans son membre, le brûla autant qu'un tisonnier chaud qu'on lui aurait enfoncé dans l'épaule. Son poignet dépassait de la manche de sa veste, comme si son bras avait grandi. Il porta la main à son épaule affaissée et comprit aussitôt qu'elle était disloquée, ou pire. Il se redressa en position assise, tâchant d'éviter de bouger son bras, et examina le reste de son corps. Une grosse bosse à l'arrière du crâne. Son nez qui saignait. Et son pied, tordu dans la tourelle de la mitraillette, salement enflé. Mais il était en vie. Un miracle, au vu de la vitesse de leur chute.

Il balaya l'appareil des yeux ou, plus précisément, ce qui en restait. La queue était craquée et partiellement séparée de la carlingue. Le corps de l'artilleur était emmêlé dans son filet, telle une mouche dans le cocon d'une araignée. La mémoire lui revint subitement par images : lui qui appliquait des bandages sur l'abdomen déchiré de l'homme, son sentiment d'impuissance lorsqu'il l'avait vu se vider de son sang, quelle que soit la pression qu'il exerçait. Le trou était trop gros, ses mains trop petites. Ollie repoussa ces visions et reporta son attention sur son épaule.

Il agrippa sa clavicule et tenta de remettre l'articulation en place, mais ne parvint qu'à lever le bras de quelques centimètres avant d'être pris de spasmes qui lui vrillèrent la clavicule. Son bras le brûlait aussi fort que s'il avait les nerfs en feu. Il serra les dents. *Je ne peux pas laisser mon épaule comme ça.* Avant d'avoir le temps de changer d'avis, il s'enveloppa le poignet dans le filet et cramponna les mailles. Le cadavre de l'artilleur se balança au-dessus de lui. Le cœur d'Ollie battait à tout rompre. Ses oreilles tonnaient sous l'afflux de sang. Il se mordit la lèvre et se renversa en arrière. Son bras s'étira. Les tendons également. Il plaça les pieds contre le fuselage et tira plus fort. Une douleur insupportable lui déchira l'épaule. Mais son bras ne se remit pas en place.

Il relâcha son poids, libéra son poignet et retomba en arrière. Il aspira de grandes goulées d'air, jusqu'à ce que la douleur soit réduite à une série de pulsations sourdes. Il essuya la sueur qui lui baignait le front et regarda en direction du cockpit. Les branches d'un gros chêne avaient percé la vitre et pointaient vers la tourelle du tireur. Son cœur se serra. Ils n'avaient pas pu survivre à une chute pareille. Pourtant, il entendit un bruit, faible, masqué par le sifflement du vent à travers les échardes de verre. Il écouta. Des gémissements.

Il se mit à genoux et rampa vers le cockpit, son bras inutile ballant à son flanc. Un nouveau spasme lui transperça l'épaule. D'une main, il s'efforça de casser des branches, certaines particulièrement grosses, et se rendit compte qu'il lui faudrait trop longtemps pour atteindre le pilote à cette vitesse, surtout avec l'odeur de fuel de plus en plus prégnante. Alors il se faufila tant bien que mal par la fissure dans le fuselage et se laissa glisser au sol. En se redressant, il sentit une vive douleur lui perforer la cheville.

Il trouva son équilibre contre une aile brisée, dont le moteur arraché jonchait le champ comme une météorite échouée. Dans sa glissade, le Blenheim avait creusé une profonde ornière en travers du pré, brusquement interrompue par les arbres qui bordaient une forêt. Ollie boita jusqu'à l'avant de l'avion, malgré sa cheville enflée, trop serrée dans sa chaussure montante.

Le Blenheim avait coupé un arbre, dont la plus grande partie s'était imbriquée dans le cockpit. Il grimpa sur le nez de l'appareil, après plusieurs tentatives pour y prendre appui, et écarta des éclats de verre. Il passa la tête à l'intérieur et comprit aussitôt qu'il n'y avait plus rien à faire pour le copilote. Une branche tranchante, lancée comme un javelot de bois, avait transpercé le cou de l'homme. Son médaillon de saint Christophe pendait sur son blouson. Ollie grimaça et se tourna vers le pilote.

Le capitaine Boar était affalé sur le flanc, visage et cou ensanglantés en raison d'une profonde entaille verticale qu'il avait en travers de l'œil droit, et il ne semblait pas respirer. Ollie le crut mort, jusqu'à ce qu'il l'attrape par son blouson d'aviateur.

Boar grogna et entrouvrit son œil intact, si l'on pouvait le qualifier ainsi, l'orbite rouge et proéminente, la paupière gonflée.

— Ralph ?

— Mort, répondit Ollie.

— Putain...

Boar toussa et tendit la main vers son copilote, mais s'immobilisa juste avant de le toucher. Ollie détacha le harnais du capitaine, qui grimaça.

— Vous pouvez bouger ? lui demanda Ollie.

Boar tenta d'essuyer le sang dans ses yeux.

— On dirait bien que je n'ai pas le choix, Yankee.

Comprenant qu'il allait devoir extraire le capitaine par le pare-brise, Ollie nettoya le reste du verre brisé à l'aide de la manche de sa veste. Il passa une main sous le bras de Boar et tira. Le capitaine roula vers l'avant. L'épaule d'Ollie s'enflamma. Il manœuvra le blessé vers le nez de l'appareil, avant de le faire glisser jusqu'au sol. Boar retomba sur le dos. Il essaya de se relever, mais renonça et s'assit.

Ollie glissa à son tour hors du cockpit et examina Boar. Hélas, il ne voyait pas grand-chose à cause de tout le sang qui lui maculait le visage. Il arracha un pan de sa chemise et le posa sur l'œil de Boar.

— Appliquez une pression constante dessus.

Boar pressa le tissu contre son visage.

— T'es blessé, toi ?

— À la cheville, répondit Ollie avant de porter la main à son épaule. Et j'ai le bras déboîté.

— Cassé ?

— Pas sûr.

Ollie regarda autour de lui. À l'ouest, le soleil plongeait derrière un vaste champ parsemé de monticules de paille. Au-delà d'une colline, un mince filet de fumée s'élevait, peut-être de la cheminée d'une ferme. Ou d'un autre Blenheim abattu. À l'est, des bois épais. Il ferait bientôt nuit. D'ici vingt, peut-être trente minutes.

— On est où ?

Avant que Boar puisse répondre, un cri lointain résonna au-dessus de la colline.

— *Beeilung!*

Un afflux d'adrénaline traversa Ollie.

— En France.

Boar défit la fermeture Éclair de son blouson et fouilla dedans pour en tirer un pistolet de son étui.

— Quelque part entre Amiens et Abbeville, précisa-t-il.

Ollie se mit debout, faisant porter son poids sur une seule jambe.

— Où tu vas t'enfuir, Yankee ?

— Sur qui tu vas tirer ? rétorqua Ollie, qui hissa le capitaine en position verticale. T'y vois rien.

Boar cramponnait pourtant son pistolet, le souffle court et saccadé.

— Tes jambes fonctionnent ?

Boar fit « oui » de la tête. Ollie chercha un endroit où ils pourraient se mettre à l'abri. Mais il n'y avait pas de maisons. Pas de route. Juste un chemin de terre qui menait du fond du champ à une colline d'où venait la voix. Et dans la direction opposée, la forêt.

— *Beeilung!*

Le cri était plus fort. Plus proche.

Le cœur d'Ollie cognait contre sa cage thoracique. Son intuition première était de courir sous le couvert des arbres, l'endroit le plus logique où se cacher. Pourtant, quelque chose au fond de lui le fit hésiter durant une petite seconde. *Où vont-il chercher en premier ? En deuxième ?* Il balaya du regard un champ de blé ravagé, qui lui donna à penser que les fermiers se cachaient ou avaient fui l'invasion allemande.

De nombreuses tiges paraissaient avoir été arrachées au hasard, comme par des Français affamés en quête désespérée de nourriture et qui avaient laissé dans leur sillage des piles de tiges pourrissantes. Avant d'avoir le temps de changer d'avis, Ollie entraîna Boar avec lui.

Il le guida dans le champ, où il ramassa du blé par poignées. Le ciel devenait sombre, mais pas encore complètement noir. On les verrait probablement, de près, toutefois il n'avait que peu de choix. Il accumula plus de tiges.

— Pourquoi on s'arrête ? gronda Boar, la main serrée sur son pistolet.

Avec les mains, Ollie gratta à la hâte un sillon dans la terre.

— Allonge-toi dans ce sillon de charrue.

— Tu es dingue, Yankee, dit Boar en désignant la colline de la pointe de son arme. Tu vas nous faire tuer.

Ollie ramassa d'autres tiges de paille.

— Ils ne viendront pas nous chercher ici.

— On n'est même pas partis.

Boar s'essuya les yeux.

— Tu n'y vois rien, et je ne suis pas assez rapide pour leur échapper, argua Ollie, qui jeta un tas de paille aux pieds du capitaine. Tu vas devoir me faire confiance.

Boar hésita, puis il glissa le pistolet dans son étui et rassembla des tiges à l'aveuglette. Ils s'allongèrent dans une ornière d'une profondeur de quelques centimètres à peine et se recouvrirent de leur mieux. En étalant un tas de paille sur son torse, Ollie aperçut l'avion écrasé et s'interrompit.

Duchesse. Dans sa précipitation, il avait complètement oublié le pigeon de Susan en quittant le Blenheim.

Le silence fut rompu par le son d'un moteur à l'approche. À travers les tiges, il observa la colline. Aucun mouvement. Sa bouche se fit sèche. Il songea à Susan, à son pigeon quelque part dans le Blenheim. *Nom de Dieu.*

Crissement de freins. Voix gutturales. Claquement métallique de cartouches qu'on insérait dans des armes. À travers les interstices dans la paille, il remarqua des mouvements : ce qui au premier coup d'œil ressemblait à des tortues grises apparut sur la crête de la colline. D'abord une tortue. Puis une autre tortue. Et encore une autre. En l'espace de quelques secondes, un bataillon entier de soldats allemands, coiffés de casques en forme de carapace, se dressait sur la colline.

— *Dort Druben !* lança un soldat en désignant l'avion.

Les hommes levèrent leur arme. Ollie serra les épaules et compta. *Un, deux, trois, quatre, cinq.*

Un autre soldat allemand arriva au sommet de la colline, armé d'une mitrailleuse. *Six. Bon sang.* Ollie vit les militaires se répartir en deux files. Il entendit un cliquetis signifiant que Boar avait déverrouillé le cran de sûreté de son pistolet.

— Attends, lui chuchota Ollie.

Les soldats, armes en joue, grimpèrent prudemment vers l'appareil. Scrutant des yeux les lieux à travers les viseurs de leurs fusils.

Le crissement des bottes allemandes se rapprocha. La trajectoire des soldats allait placer Ollie et Boar entre les deux files. Le jeune homme se prit à regretter sa décision de se cacher. Chaque fibre de son corps brûlait de fuir.

L'Allemand à la mitraillette, qui la portait comme une guitare par une lanière de cuir à l'épaule, passa à quelques mètres de leur nid et s'arrêta.

Ollie retint son souffle. Ses poumons lui firent rapidement l'effet de ballons de baudruche sur le point d'exploser.

Le soldat, un homme blond à la peau claire d'à peu près le même âge que lui, posa le doigt sur la gâchette. Il hocha la tête à l'intention de ses camarades et les autres avancèrent, les yeux fixés sur l'avion.

L'intuition d'Ollie avait été bonne. Alors qu'ils passaient, les hommes restèrent focalisés sur l'appareil fumant et ne prêtèrent que peu, voire pas attention aux étranges tas de paille parmi les nombreuses piles en train de pourrir qui parsemaient le champ.

Ollie soupira doucement, avant de reprendre une goulée d'air.

Une fois l'escadron près de la carlingue, le soldat à la mitrailleuse fit feu contre le fuselage, provoquant une kyrielle d'étincelles. Puis il vida le reste de ses balles dans le cockpit.

Ollie serrait une poignée de paille dans sa main, impuissant alors que les balles criblaient l'avion. *Je suis désolé, Susan.*

Trois soldats rampèrent à l'intérieur du Blenheim tandis que les autres examinèrent les ailes, tels des chasseurs vérifiant que leur proie était bien morte. Au bout de plusieurs minutes, ils ressortirent de l'avion. L'homme à la mitrailleuse leva un doigt, avant de faire signe aux autres de fouiller les bois.

Ollie les vit disparaître entre les arbres. Quand il n'entendit plus le craquement des branchages sous leurs bottes, il bondit de sa pile de paille et sautilla vers l'appareil.

— Je reviens.

— Reste là, gronda Boar en essayant de le rattraper par la jambe, mais en vain.

Ollie boitilla jusqu'à l'avion, puis à l'intérieur du fuselage, malgré l'odeur de fuel et de sang. L'étagère où Duchesse avait trôné était vide, froissée comme une plaque de cuisson que l'on aurait cognée à l'aide d'un marteau. Il retourna les décombres. Pas de Duchesse. Dans la queue, derrière le cadavre de l'artilleur, il aperçut un éclair vert. Le bourdonnement sourd d'ailes qui battaient. Une vague de soulagement le submergea, et disparut aussitôt. Les soldats allaient revenir. Le temps manquait. Il avança vers le fond de l'appareil, en faisant son possible pour ne pas toucher le mort, mais n'eut finalement pas d'autre choix que d'écarter sa jambe, froide et raide, afin d'atteindre la queue. Tendant le bras le plus loin qu'il put, il attrapa la cage et s'enfuit de l'avion, sans prendre le temps de vérifier si Duchesse allait bien.

De la sueur coulait le long de son dos tandis qu'il claudiquait à travers le champ. Son épaule l'élançait. Duchesse battait des ailes. Le grillage de la cage lui sciait les doigts.

Il s'obligea à courir en poussant sur ses deux jambes, en dépit de la douleur qui lui vrillait la cheville. Quand il arriva à leur cachette, Boar se leva de sous son tas de paille.

—J'espère que tu as récupéré une arme, murmura le capitaine.

Duchesse roucoula.

—Chuuut, dit Ollie en couvrant la cage de ses bras.

—Quel imbécile, commenta Boar.

Ollie s'attendait à entendre le bruit du coup de feu qu'allait lui infliger le capitaine. Au lieu de cela monta le bourdonnement de véhicules à l'approche. Sans un mot, ils s'éloignèrent discrètement, Ollie en boitant et en portant Duchesse, le capitaine Boar pointant aveuglément son arme devant lui.

Ollie les guida hors du champ et par-dessus la colline. Évitant la route, ils suivirent un ruisseau qui coulait dans le sens opposé des champs. L'ondulation du flot sur les pierres masquait le son de leur progression. À mesure qu'ils avançaient, de l'eau jusqu'à mi-mollets, la cheville d'Ollie s'engourdit, et il eut moins de mal à marcher. Il défit la fermeture Éclair de son blouson pour l'utiliser comme une écharpe, y passa son bras invalide, puis accéléra le pas.

Ils continuèrent à patauger jusque tard dans la nuit, profitant de la lueur de la lune pour guider leurs pas. Sans parler. Sans s'arrêter. Ils suivirent le cours d'eau et s'enfoncèrent dans la campagne française.

Ce fut le ronronnement des avions de la Luftwaffe au-dessus de leur tête qui finit par les obliger à s'immobiliser.

Les nazis étaient sans doute en route pour bombarder Londres. Encore. Les moteurs semblaient plus bruyants. Plus agressifs, pareils au rugissement de lions d'acier. Peut-être était-ce l'absence de tirs antiaériens qui instillait cette impression que la Luftwaffe était toute-puissante, à moins que ce fût la solitude de la campagne française sous l'occupation allemande. Dans tous les cas, Ollie redoutait qu'il ne se trouvât rien ni personne pour arrêter Hitler.

Il baissa les yeux sur la cage qu'il tenait. Les plumes vert fluorescent de Duchesse scintillaient au clair de lune. Le pigeon inclina la tête vers le ciel et cilla. Ollie serra la cage contre son flanc et accéléra sa progression dans l'eau.

Pendant deux heures encore, ils suivirent le ruisseau, sur les pierres érodées et dans les trous boueux, jusqu'à arriver à une mare peu profonde. Ollie avait les pieds glacés et engourdis ; son épaule le faisait souffrir. Ils gagnèrent la berge et gravirent tant bien que mal une colline, leurs bottes emplies de vase et de boue, puis traversèrent un bosquet d'épineux. En émergeant du buisson, les mains écorchées et en sang, ils arrivèrent à une ferme. Au loin se dessinait la silhouette d'un village, le clocher d'une église dressé vers les étoiles.

Le capitaine, qui continuait d'appuyer le bandage sur son œil lacéré, tenta de contempler les lieux à travers la fente de son autre œil, très enflé.

— Qu'est-ce que tu vois ? demanda-t-il à Ollie.

— Une ferme. Une ville à quelques kilomètres. Il y a une grange où l'on peut se cacher, ajouta Ollie après avoir considéré les alentours.

Boar acquiesça.

Plutôt que de risquer d'ouvrir une porte grinçante et d'alerter le propriétaire, ils rampèrent par un interstice entre le bardage de la grange et le sol. Une fois à l'intérieur, Boar fouilla dans les poches de son blouson et craqua une allumette. La lueur soudaine réveilla un porc, qui dressa brusquement la tête. Il se leva sur des sabots trapus et grogna. Boar porta la main à son pistolet.

Ollie lui attrapa le bras.

— Ce n'est qu'un cochon.

Boar rabaissa la main.

Par chance, le porc ne couina pas. Il renifla encore à deux ou trois reprises, puis retomba sur le flanc pour dormir. Avant que l'allumette de Boar ne se consume entièrement, ils trouvèrent une stalle vide et s'effondrèrent à même le sol. Pas de paille, juste des monticules qui ressemblaient à des pommes en décomposition, mais Ollie reconnut immédiatement l'odeur musquée. Des pommes de terre cuites, de la nourriture pour cochons.

À mesure que la température de ses pieds remontait, la douleur lancinante revint au niveau de sa cheville. Il aurait bien aimé retirer sa chaussure, mais redoutait de ne pas réussir à la renfiler ensuite. L'élancement dans son épaule empirait, les pics de douleur synchronisés avec les battements de son cœur. Pour détourner son attention de la souffrance, il plaça la cage de Duchesse à côté de lui et passa le doigt à travers le grillage. Le pigeon le picota. Il pensa à Susan, en espérant qu'elle et Bertie étaient sains et saufs et que l'attaque de la Luftwaffe sur l'aérodrome de North Weald n'avait pas causé de dégâts à Epping. Il ne réussirait probablement jamais à quitter la France vivant, mais Duchesse, si. Il la libérerait dès le lendemain matin. C'était son seul réconfort, de savoir que l'un d'eux rentrerait à la maison. Il baissa la tête, épuisé, et s'endormit.

Chapitre 27

Airaines, France

Ollie fut réveillé par le grognement d'un cochon et un fusil braqué sur son visage. *C'est fini*, pensa-t-il.

Il leva lentement une main. Des yeux, il suivit le canon métallique, s'attendant à découvrir à l'autre bout l'un des Allemands à tête de tortue ou peut-être un nazi, typé aryen et mâchoire d'acier. Au lieu de quoi, il avait devant lui une femme aussi menue qu'un cure-dents, habillée d'un pull vert trop grand retombant sur le doigt qu'elle avait mis sur la gâchette. Ses cheveux poivre et sel émergeaient, hirsutes, de sous un chapeau de feutre élimé. Il jeta un coup d'œil vers le capitaine Boar, endormi dans un coin, puis sentit la pointe froide du fusil appuyer contre sa joue.

— *Qui êtes-vous*?*

---

* *Tous les mots en italique suivis d'un astérisque sont en français dans le texte original. (NdT)*

Boar sursauta et pointa son pistolet. Le porc poussa un cri perçant. La femme tourna son fusil vers Boar.

— Attendez ! s'écria Ollie.

Boar peinait à voir clair par la fente de son œil enflé, l'autre étant recouvert du pan de chemise taché de sang.

— Britannique, dit Ollie.

Puis il essaya d'ajouter quelque chose en français, mais on aurait dit du charabia.

— Votre français est atroce, commenta la femme en anglais. Et votre accent n'est pas britannique.

— Je suis américain.

Elle haussa un sourcil. Son porc couina, puis il agita ses oreilles en forme de triangle.

— Où sommes-nous ? demanda Boar, qui la visait toujours de son pistolet.

— Sur ma ferme, répliqua-t-elle sans baisser son fusil. Qui êtes-vous ?

— Capitaine de l'armée de l'air Boar, Royal Air Force.

— Abattu ?

Boar fit « oui » de la tête. La femme tourna les yeux vers Ollie, avant de reporter son attention sur le capitaine.

— Il ne ressemble pas à un pilote.

— Il n'en est pas un.

Ollie se leva lentement, agrippa son épaule affaissée et s'interposa entre eux.

— Ce sont les nazis, l'ennemi. Pas nous.

La femme le contempla un instant et finit par baisser son arme.

— Tu peux ranger ça, indiqua-t-il à Boar.

Le capitaine hésita, puis replaça le pistolet dans son étui.

— J'm'appelle Ollie, dit-il en tendant la main.

La femme garda les siennes sur son fusil.

— Madeleine.

Ollie baissa la tête, rectifia sa position – sa cheville était raide et enflée.

— Madeleine, nous avons besoin de matériel médical. De l'alcool, des bandages, tout ce que vous pourrez trouver.

Elle observa le capitaine, dont le visage était couvert d'une croûte de sang séché.

— Il nous faut aussi un endroit où nous cacher, ajouta Ollie. Si vous ne pouvez pas nous aider, nous partirons sans vous mettre en danger.

Madeleine baissa la main pour caresser les poils drus et bruns du cochon, comme s'il s'agissait d'un chien. Le porc grogna et agita sa queue en tire-bouchon.

— Attendez ici.

Elle pivota et quitta la grange, l'animal sur ses talons.

— Où elle va ? demanda Boar.

Ollie regarda dehors et vit la femme entrer dans sa maison, pour en ressortir un moment plus tard sans son fusil. Elle s'engagea sur un chemin de terre, le porc à son côté.

— Au village.

— On ferait mieux de s'en aller.

— Pour aller où ?

Ollie tenta de marcher, mais chaque pas envoyait des pointes douloureuses dans sa jambe, à croire que sa cheville était remplie de verre pilé. Son épaule recommençait à l'élancer. Il lâcha une expiration et s'adossa à la porte de la grange.

— Le soleil est levé. Les environs ne vont pas tarder à grouiller d'Allemands en quête d'un pilote disparu.

— Si ça se trouve, elle est de mèche avec eux et en route pour avertir les nazis au moment où l'on parle.

Boar ajusta le bandage sur son œil.

— Je ne pense pas. Elle serait allée les prévenir directement au lieu de nous réveiller.

Le capitaine se racla la gorge et cracha par terre.

— OK, que ce soit bien clair entre nous, l'Amerloque : je ne reçois pas d'ordres de toi. Je les donne.

Ollie dévisagea le capitaine contusionné.

— Vous avez raison. (Boar tourna la tête, comme s'il avait aussi été blessé à l'oreille pendant l'accident.) Je suis américain. On est censés être neutres. (Il avança d'un pas vers le capitaine.) Je devrais peut-être m'en aller, tout simplement. Vous laisser la faire seul, votre putain de guerre.

Boar éclata de rire.

— Ils te retrouveraient.

— Je pourrais prétendre que j'étais en voyage et que je me suis retrouvé bloqué en France pendant l'invasion.

— Ça ne les empêcherait pas de te tirer dessus.

— Possible, admit Ollie, mais ce n'est pas moi qui porte l'uniforme de la RAF. (Boar serra la mâchoire.) La vérité, c'est que tu as besoin de moi plus que je n'ai besoin de toi, reprit Ollie. Alors si tu veux partir, vas-y. Moi, j'attends Madeleine.

Boar tapota sur son pistolet.

— Si elle revient avec des Allemands, ma première balle sera pour toi.

Duchesse s'agita dans sa cage. Ollie boitilla jusqu'à elle et remarqua qu'elle semblait impatiente, grattant des pattes et tournant en rond dans sa cage étriquée. Il l'ouvrit et tendit le bras à l'intérieur pour lui caresser le dos. Elle ne fit aucune tentative pour s'échapper, l'air contente de recevoir un peu d'attention. Après lui avoir flatté les ailes de son pouce, il récupéra le papier et le petit crayon qui étaient logés dans la cartouche. Posant le feuillet sur ses genoux, il se mit à rédiger. Le frottement du plomb attira l'attention de Boar, qui tourna la tête.

— Qu'est-ce que tu fais ?

— Je vais renvoyer le pigeon de Susan à la maison, lui répondit Ollie sans cesser d'écrire. Je lui joins un message pour lui dire où on est.

— Super idée, Yankee. Comme ça, si l'oiseau se fait abattre, les nazis auront une carte pour nous retrouver.

— C'est un pigeon.

— Pareil. Je n'en reviens pas qu'on ait gâché la vie de mes hommes pour une putain de mission avec des oiseaux.

Les paroles de Boar firent s'arrêter Ollie. Il se remémora sa dernière matinée avec Susan et passa la main sur le renflement à l'intérieur de sa veste. « Je ne vais pas réussir à dormir durant la mission, lui avait-elle confié pendant que les soldats chargeaient les pigeons dans leurs camions. Tu veux bien veiller encore avec moi cette nuit ? » Il l'avait regardée dans les yeux et avait répondu : « Il n'y a nulle part ailleurs où je préférerais être. » Et à présent, voilà qu'il était derrière les lignes ennemies. *Elle doit me croire mort.* Une douleur sourde se terra dans sa poitrine, éclipsant celle de son épaule.

— Garde-le pour plus tard, Yankee, dit Boar. On va avoir besoin de cet oiseau pour renvoyer des renseignements, du moins si on découvre quoi que ce soit qui vaille la peine d'être rapporté.

Ollie rangea le papier et le crayon, puis il sortit Duchesse de sa cage. La déposa à ses pieds. Elle ne donna aucun signe de vouloir s'envoler, se contentant d'étirer les ailes et de marcher en cercle. En attendant que Madeleine ou les nazis arrivent, il passa le temps à la contempler tandis qu'elle picorait ses lacets.

Moins d'une heure plus tard, Madeleine revint accompagnée de son porc et d'un vieil homme chargé d'un sac en cuir noir. Il était chauve, et avait une moustache et des sourcils broussailleux qui ressemblaient à deux chenilles albinos rampant au milieu de son front.

— *Médecin**, dit Madeleine en entrant dans la grange.

Le bonhomme, sans doute un docteur selon Ollie, observa le capitaine blessé. Puis il posa les yeux sur l'épaule affaissée d'Ollie, tournicota sa moustache dans un geste nerveux et s'adressa en français à Madeleine.

— On va à l'intérieur, traduisit celle-ci.

Elle les conduisit dans sa demeure, une maisonnette en stuc au toit de chaume, le médecin guidant le capitaine par le bras tandis qu'Ollie boitillait derrière. Devant la porte, Madeleine tapota le porc sur la tête.

— *Couché, Louis. Nous irons bientôt travailler**.

Le cochon grogna, avant d'aller se coucher sur un morceau de terre bien tassée au pied d'un arbuste.

À l'intérieur, le docteur fit s'asseoir Boar sur un tabouret en bois et indiqua à Ollie d'un signe qu'il devait retirer son blouson. Le jeune homme s'exécuta avec moult précautions, mais grimaça quand le vêtement glissa par-dessus son épaule.

Le médecin passa une main dans son dos et sur sa clavicule, puis il souleva lentement son bras, lui arrachant un grognement. Il avait l'impression qu'on lui étirait l'épaule sur un chevalet de torture, que ses ligaments et ses tendons étaient sur le point de se rompre.

— *Disloqué**, marmonna le docteur en rabaissant son bras, avant de s'adresser à Madeleine.

La femme regarda Ollie.

— Votre épaule est disloquée. Elle est très enflée et il ne pense pas être assez costaud pour la remettre en place.

Ollie déglutit et contempla le frêle docteur, dont les bras n'étaient pas plus épais que des cure-pipes.

— Dans ce cas, je vais le faire moi-même.

Madeleine secoua la tête.

— Il demande que ce soit lui qui s'en charge, précisa-t-elle en désignant Boar.

Ollie geignit. Un coup d'œil lui permit de découvrir une expression satisfaite sur le visage salement amoché du capitaine.

Ollie se retrouva bientôt allongé au sol, écoutant le docteur qui donnait ses instructions traduites par Madeleine. La dernière chose qui lui fît envie, c'était bien qu'on lui tire le bras, surtout si la personne en question était le capitaine Boar. Hélas, il n'avait guère d'autre choix. Il ne pouvait pas laisser son bras dans cet état.

— OK, convint-il alors. Qu'on en finisse.

Boar s'assit par terre à côté de lui. Le docteur plaça les mains du capitaine sur le poignet d'Ollie, puis il positionna la chaussure de Boar dans le creux de son aisselle. Ollie sentit l'étreinte moite de Boar. Son épaule l'élança.

— À trois, Yankee, annonça Boar en commençant à appuyer.

Il va m'arracher le bras, pensa Ollie.

— Un…

Un brusque soubresaut. Une vive douleur. Un claquement bruyant, pareil à celui d'un bouchon de champagne qui saute.

Boar relâcha sa poigne.

— Nom de Dieu, lâcha Ollie en s'enlaçant l'épaule.

Avec précaution, il fit tourner son bras afin de s'assurer qu'il fonctionnait encore. Même s'il parvenait tout juste à soulever le coude, tout semblait à sa place et, plus important, il remarqua un soulagement immédiat de la douleur.

— Merci.

Boar fit craquer ses phalanges.

— Avec plaisir, Yankee.

Le docteur sortit de sa sacoche un rouleau de gaze et confectionna une écharpe pour le bras d'Ollie. Il entreprit ensuite de retirer prestement le bandage de Boar, à croire qu'il était en retard et attendu par une file de patients pressés d'être auscultés. Il utilisa une petite lampe torche pour examiner son œil, secoua la tête et chuchota quelque chose à Madeleine. La femme alla ouvrir la fenêtre de la cuisine et se mit à débarrasser une grande table.

— Qu'est-ce qu'il a dit ? voulut savoir le capitaine.

— *Chirurgie**. (Elle échangea un coup d'œil avec le docteur.) Il doit réparer votre œil.

— Non, dit Boar. Dites-lui de se contenter de me recoudre.

Madeleine secoua la tête.

— Il a dit que vous perdriez la vue s'il n'essaie pas de réparer.

Boar posa une paume au-dessus de son œil.

— Il peut le sauver ?

Madeleine parla à nouveau avec le docteur, qui regarda Boar et répondit quelque chose en français.

— Peut-être, traduisit Madeleine.

— Putain. Il est qualifié pour pratiquer une opération de l'œil au moins ?

— Vous pouvez lui faire confiance, affirma Madeleine, qui commençait à écarter les chaises de la table. Il met sa vie en danger. Les nazis ne tolèrent aucune forme d'aide à leurs ennemis.

Le capitaine hésita, puis lâcha :

— Très bien.

Le docteur prépara une petite bouteille marron et de la gaze, qu'il plaça sur la table, avant d'aligner des instruments en métal pointus, notamment une aiguille et du fil chirurgical.

Ollie aida Boar à s'installer sur la table. De la boue séchée tomba des bottes du capitaine et s'éparpilla sur le plancher. Le docteur se tourna vers Ollie et dit quelque chose qu'il ne comprit pas. Mais il comprit vite à quoi le médecin faisait allusion quand il aspira un peu de sa mixture à l'aide d'un compte-gouttes et qu'il versa la solution sur la gaze.

— Il veut que vous l'assistiez pour l'anesthésie, expliqua Madeleine.

Elle sortit une cigarette roulée de sa poche et enflamma une allumette. Puis elle tira une longue bouffée qui accentua les rides autour de ses lèvres.

Boar renifla.

— Je pourrais avoir une cigarette ?

Madeleine lui tendit celle qu'elle tenait à la main. Boar tira longuement dessus. La pointe rougeoya. Il retint un instant la fumée, avant de la recracher par le nez.

— Me tue pas, Yankee.

Il rendit la cigarette à Madeleine.

— Je vais laisser ce soin aux nazis, rétorqua Ollie.

— Ça me va, dit Boar en s'allongeant sur la table.

Le docteur appliqua la gaze enduite d'anesthésiant sur le nez du capitaine. Boar inspira. Toussa. Puis inhala à nouveau. Au bout de quelques secondes, sa tête roula sur le côté, sa main devint molle. Le docteur passa la gaze à Ollie.

Madeleine tira sur sa cigarette et se dirigea vers la porte.

— Vous n'aidez pas ? lui demanda Ollie.

La gaze était froide et humide dans sa main.

La femme saisit une sacoche de cuir suspendue à un crochet, qu'elle passa à son épaule.

— C'est votre ami.

Ollie observa le pilote inconscient. *Non, ce n'est pas mon ami.* Madeleine ouvrit la porte.

— Louis.

Le porc se mit sur ses pattes et leva le groin, comme s'il reniflait la fumée de tabac sur Madeleine. Elle sortit puis referma la porte. Sa voix s'estompa peu à peu tandis qu'elle entamait une conversation avec son cochon.

Ollie ne la blâmait pas de partir. Lui-même n'était pas ravi de regarder le docteur opérer, surtout quelqu'un qui avait menacé de le tuer. Seulement, il n'avait pas le choix. Il n'était pas capable de marcher, encore moins de courir. Il ne parlait que quelques mots de français. Et pour le moment, il n'avait nulle part ailleurs où se cacher. En plus, la campagne grouillait probablement de nazis à la recherche d'un pilote de la RAF disparu. Alors il fit reposer son poids sur sa bonne jambe et feignit de comprendre les instructions du docteur.

D'abord, il nettoya les blessures sur le visage du capitaine à l'aide d'un chiffon imbibé d'alcool. Puis il versa une solution saline dans ses yeux, pour les débarrasser du sang séché et des écoulements jaunes.

Ollie grimaça et détourna la tête.

Boar se mit à grogner.

—*Anesthésie**, ordonna le docteur.

Ollie posa la gaze sur le visage du capitaine jusqu'à ce qu'il se taise.

—*Assez**, décréta le médecin en repoussant sa main.

Il procéda ensuite au nettoyage de l'entaille au-dessus de l'œil de Boar.

Ollie baissa la main avec laquelle il tenait la gaze. L'odeur, qui évoquait celle d'un chou trop cuit, était légèrement écœurante et l'ensommeillait. Heureusement, une petite brise entrait dans la pièce par les fenêtres ouvertes, sinon il aurait pu succomber aux émanations. Le docteur, en revanche, ne semblait pas affecté. Sans doute était-il plus habitué et donc tolérant à l'anesthésique.

Pendant deux heures, le médecin nettoya, sonda, tâta, épongea et cousit. À intervalles réguliers de quelques minutes, le capitaine s'agitait et le médecin parlait. Alors, Ollie réanesthésiait. Au bout d'un moment, il devina de lui-même quand il fallait poser la gaze imbibée d'alcool sur le nez de Boar, permettant ainsi au docteur de se concentrer sur la réparation des dégâts. Selon Ollie, l'œil gauche ne semblait pas trop mal en point, il était surtout enflé et très contusionné. Le droit, en revanche, c'était une autre paire de manches. La lacération verticale, profonde, courait le long du sourcil, partageant la paupière et plongeant dans la pommette. Le docteur passa le plus clair de son temps sur l'œil lui-même, œuvrant délicatement sur la cornée à l'aide d'une paire de pinces. Ollie avait la nausée. Soudain, il en oublia son épaule et sa cheville blessées.

Alors que le docteur terminait sa dernière suture, ils entendirent Madeleine revenir, accompagnée du claquement des sabots du cochon. Elle entra et raccrocha sa sacoche, mais resta à distance de la table : manifestement, elle n'avait nul désir d'assister au spectacle.

Le médecin fabriqua un pansement de fortune à l'aide de coton et de gaze, qu'il apposa sur les yeux du capitaine.

— Demandez-lui comment ça s'est passé, dit Ollie à Madeleine.

Elle parla au docteur. Qui répondit, puis essuya rapidement ses instruments et les jeta dans son sac.

— Le temps le dira, restitua-t-elle avec un coup d'œil en direction du corps allongé sur sa table de cuisine. Il doit garder les bandages pendant dix jours, ajouta-t-elle en s'allumant une cigarette.

Elle prit une longue bouffée et expira la fumée dans la pièce.

Le docteur aida Ollie à déplacer le capitaine par terre, même si ce fut le jeune homme – en coinçant son bras valide sous le torse de Boar – qui fit le plus gros du travail. Le capitaine restait inconscient. Ollie se demanda un instant s'il ne l'avait pas tué avec une surdose d'anesthésiant, mais la poitrine de Boar se soulevait au rythme de sa respiration.

Le docteur tapa sur la chaussure d'Ollie, qui comprit ainsi que le vieil homme voulait examiner sa cheville. Il délaça sa botte et la retira avec précaution.

Le docteur appuya sur la cheville comme s'il tâtait un fruit pour vérifier qu'il était mûr. Il poussa le pied vers l'arrière, vers l'avant, le fit pivoter.

Ollie serra les poings et grimaça.

Le docteur posa alors son pied au sol, se leva et dit quelque chose à Madeleine.

Avant qu'Ollie n'ait le temps de l'interroger, elle rapporta :

— Il ne pense pas que votre pied soit cassé.

Elle tira sur sa cigarette, sortit quelque chose de sa sacoche et le tendit au médecin. Ollie le vit examiner ce qui ressemblait à un morceau de moisissure noire couverte de terre.

— *Merci**, dit Madeleine.

L'homme sentit le champignon, le glissa dans la poche de son manteau et partit. Madeleine se tourna vers Ollie.

— Quand il sera réveillé, vous pourrez vous cacher dans la grange.

Ollie opina du chef, puis il refit les lacets de ses chaussures, se leva et s'approcha de la femme en traînant la jambe.

— Merci.

Madeleine hocha la tête. Des cendres de sa cigarette tombèrent au sol.

Pendant qu'il attendait le réveil du capitaine, Ollie alla chercher Duchesse dans la grange et la rapporta à la cuisine. Il interrogea Madeleine sur les mouvements des troupes, leur localisation, leur nombre et leur équipement. Hélas, leur hôtesse fut incapable de lui fournir des renseignements intéressants, sinon que la Luftwaffe utilisait un aérodrome local.

— La Wehrmacht est partout, l'informa-t-elle en se roulant une autre cigarette. Ils ont réquisitionné beaucoup des maisons du village. Ils pillent notre nourriture, nous obligent à faire la queue pour ne recevoir que des miettes.

Elle tortilla les extrémités du papier et se colla la cigarette entre les lèvres.

— Nos hommes ne sont pas rentrés du front. Soit ils se sont fait tuer, soit ils ont été envoyés dans des camps de prisonniers. Il ne reste que les femmes, les enfants et les vieux.

Ollie hocha la tête. Dans sa veste, il prit le carnet de codes qu'avait jadis utilisé le père de Susan pendant la Grande Guerre. La couverture était déformée et froissée, mais les pages restaient en relativement bon état, malgré leur séjour dans un pigeonnier. Il le feuilleta pour avoir une vue d'ensemble et une compréhension générale des séquençages et des codes. À la hâte, il rédigea un message qu'il glissa à l'intérieur de la cartouche attachée à la patte de Duchesse.

Le pigeon roucoula.

— Brave fille, Duchesse.

— Ton pigeon a un nom ? s'étonna Madeleine.

Ollie fit « oui » de la tête.

Elle souffla sa fumée.

— Comme mon Louis.

Ollie la regarda.

— Louis, c'est un joli petit nom pour un porc.

Elle lui adressa un faible sourire.

— Un cochon truffier.

Ollie fit mine de comprendre en hochant la tête, puis il sortit en boitillant, Duchesse bien calée dans le creux de son bras. Le capitaine serait furieux, il essaierait peut-être même de lui tirer dessus. Mais il s'en contrefichait. Il n'avait qu'une idée en tête : renvoyer son pigeon à Susan. Et plus il laissait le temps s'écouler inutilement, plus il avait l'impression que l'occasion lui échappait.

— Rentre à la maison, dit-il.

Duchesse inclina la tête. Il lui caressa le dos.

— Vole bien haut et tiens-toi loin des balles.

Le pigeon cilla.

Il la lança en l'air. Elle battit des ailes et monta en flèche au-dessus de la grange. Elle contourna le périmètre deux fois pour s'orienter, comme l'avaient fait les pigeons lorsqu'ils avaient été lâchés à Clacton-on-Sea, puis elle prit la direction de l'ouest. Alors qu'il la perdait de vue, il entendit Boar tousser et avoir un haut-le-cœur. L'anesthésie avait cessé de faire effet.

Chapitre 28

Epping, Angleterre

Les chaussures de Bertie glissaient sur le sol désinfecté de l'hôpital de la RAF d'Ely. Lentement, il s'approcha de Susan et s'éclaircit la voix.

— Non, ce n'est pas Oliver.

Susan poussa un soupir.

— Tu en es certain ?

Il hocha la tête, sortit un mouchoir de sa poche dont il se servit pour s'essuyer les yeux.

— Il portait une alliance.

Elle déglutit et chercha les mots adaptés.

— Il va s'en sortir ?

Bertie secoua la tête. Une vague de honte envahit Susan. Elle avait prié, hurlé aux cieux ses requêtes muettes, pour que l'infortune s'abatte sur quelqu'un d'autre. N'importe qui mais pas Ollie. Et son souhait avait été exaucé. Désormais, un mari, peut-être même un père, était un grand brûlé.

Mourant. Elle se dit que la carte du destin avait déjà été jouée avant ses prières et qu'elles n'avaient pas grand-chose à voir avec celui qui était allongé sur ce lit d'hôpital. Pourtant, une immense envie de pleurer la submergeait. Avant de craquer, elle prit son grand-père par le bras et, ensemble, ils quittèrent l'hôpital.

En arrivant à la camionnette, Bertie ouvrit la portière côté passager.

—Mon petit, cela t'ennuierait beaucoup de me laisser conduire ?

Susan remarqua une lassitude dans ses yeux. En temps normal, elle aurait insisté pour prendre le volant – ses jambes n'avaient pas besoin de cette tension supplémentaire – mais elle sentit que son grand-père avait besoin de se changer les idées après ce qu'il avait vu à Ely, et elle accepta. Elle se hissa sur le siège passager, coinça sa jupe sous ses cuisses et claqua la portière. À travers le pare-brise, elle le vit contourner péniblement le véhicule et monter sur le siège conducteur.

Sa main tremblait quand il tenta d'insérer la clé dans le démarreur. La pointe frotta contre le métal, sans jamais trouver sa destination.

—On dirait que la clé a gonflé, ironisa-t-il. Comme mes genoux.

Susan lui immobilisa la main. Bertie enfila la clé dans le contact et fit démarrer le moteur.

—Merci, ma chérie.

Elle jeta un dernier regard en direction de l'hôpital d'Ely, ce qu'elle regretta aussitôt. Deux agents hospitaliers émergeaient du côté du bâtiment, transportant quelque chose d'enveloppé dans ce qui ressemblait à une housse de matelas souillée. Une femme pleurait, ce qui donna la chair de poule à Susan. Et elle remarqua alors la file de voitures funéraires. Les membres de la famille se rassemblaient sur la pelouse et suivaient d'un regard sombre les agents hospitaliers qui allaient déposer le corps dans un corbillard. Apparemment, toute l'aile gauche de l'hôpital était utilisée comme morgue. Susan sentit ses mains se mettre à trembler. Un hôpital était censé être un lieu d'espoir. De guérison. Mais pas ce jour-là. Ni le lendemain. Pas tant que les bombes continueraient à tomber. Alors que la camionnette s'éloignait, elle ferma les yeux en espérant ne plus jamais revoir d'hôpital.

Elle ne parla pas beaucoup sur le trajet du retour, se contentant de regarder Bertie passer les vitesses et manœuvrer le véhicule entre les trous dans la route. Les membres des équipes d'entretien avaient été appelés et désormais ils tiraient des balles au lieu de combler les nids-de-poule. Le réseau routier ne tarderait pas à devenir impraticable à force d'éboulements. Susan remarqua un véhicule abandonné sur le remblai de sable, les portes grandes ouvertes, et elle songea à Ollie.

— Où est-ce qu'il peut bien être ? demanda-t-elle en entrouvrant sa vitre.

Une bouffée d'air froid pénétra dans l'habitacle. Bertie poussa un soupir.

— Il est peut-être rentré chez lui.

Susan tourna la tête vers lui.

— Ce n'est pas sa guerre.

— Tu crois vraiment ce que tu dis ?

Bertie se gratta la moustache.

— Il s'est forcément passé quelque chose, reprit Susan. Jamais il ne nous aurait abandonnés.

Bertie hocha la tête, puis il ajusta ses mains sur le volant.

Où Ollie pouvait-il bien être ? En tant que civil ou, plus précisément, en tant que civil étranger, il n'avait pas pu être autorisé à rester à North Weald. Et il lui serait difficile de ne pas attirer l'attention avec son accent américain. C'était comme s'il s'était évaporé, telle une plume dans le vent.

Une partie d'elle espérait que Bertie avait raison : si Ollie avait déserté pour rentrer chez lui, il était peut-être en sécurité, loin du rationnement, des bombes et de la mort. Mais la partie plus égoïste d'elle le voulait à ses côtés. Ses pigeons étaient partis à la guerre. Londres était détruite petit à petit par la Luftwaffe. Les Allemands allaient les envahir, c'était inévitable. Plus que tout, elle avait besoin d'Ollie. De son soutien et de son affection. Il lui avait redonné espoir. Et le jour le plus sombre de tous, il avait réveillé son cœur.

Quand ils traversèrent Epping, elle baissa les paupières pour éviter d'apercevoir l'hôpital Sainte-Margaret. Elle ne supporterait pas la vue d'une autre femme enceinte tirée des décombres de la maternité de Sprigg's Oak.

Les pneus franchirent de larges sillons. Susan colla la joue au carreau et leva les yeux. Les nuages étaient épais et striés de bleu marine – signe que l'hiver approchait. Loin, tout là-haut, elle aperçut quelque chose. Elle se concentra pour fixer son regard. Un oiseau. Les battements uniques de ses ailes la firent sursauter sur son siège. Immédiatement, elle baissa la vitre.

— Qu'est-ce qui se passe ? s'enquit Bertie.

Susan tendit un doigt.

— Un pigeon.

Il suivit son geste à travers le pare-brise.

— Duchesse ?

Susan passa la tête par la fenêtre. Le vent froid lui gifla le visage. Le pigeon volait trop haut pour qu'elle puisse distinguer ses couleurs, mais elle connaissait le style fluide de Duchesse en vol, et cet oiseau-là battait des ailes trop vite.

— Non, répondit-elle en écartant les cheveux de ses yeux.

Bertie plissa les paupières.

— C'est l'un des nôtres ?

Elle se pencha plus avant par la vitre. Le pigeon vira vers l'ouest. Son pouls s'accéléra.

— Je pense.

Bertie ramena Susan sur son siège et enfonça l'accélérateur.

— Là ! dit-elle, le doigt pointé vers le ciel. Il prend le chemin de la maison !

Bertie rétrograda pour négocier un virage. Les pneus lisses crissèrent. Puis la camionnette reprit son rythme de croisière. Le moteur rugissait. Les pistons cognaient contre leurs cylindres. Il conduisait comme un jeune pilote britannique tentant de se qualifier pour un grand prix.

Les bourrasques décoiffaient le chignon de Susan. Elle repoussa les mèches qui lui volaient autour du visage tout en s'efforçant de repérer le pigeon. Sans grand effort pour ralentir, Bertie engagea la camionnette sur leur chemin de terre. Ils rebondirent sur un nid-de-poule et manquèrent de se cogner la tête contre le plafonnier de l'habitacle. Ce fut alors seulement qu'il consentit à user des freins. Les pneus roulaient dans les flaques, éclaboussant le pare-brise de boue. Bertie enclencha les essuie-glaces. Leurs balais trop usés ne firent qu'étaler la substance marron et visqueuse. On aurait dit qu'ils se retrouvaient forcés à regarder à travers un bocal à poisson rempli de pâte à gâteau. Ils parcoururent donc le reste du trajet la tête sortie par la vitre latérale.

Un soldat en faction sur la ferme durant le temps de la mission émergea de sa tente. Il remontait la fermeture Éclair de son blouson lorsque le pigeon apparut à pleine vitesse au-dessus d'un charme.

Bertie freina brutalement, si fort que la pression sur ses genoux lui tira un grognement. La camionnette dérapa et s'immobilisa. Susan ouvrit grand sa portière.

Un autre soldat sortit de la tente et, au même moment, le pigeon gagna un pigeonnier. Il s'arrêta quelques secondes sur le palier, comme pour reprendre son souffle, puis il entra de son pas chaloupé, déclenchant l'alarme qui avait été installée.

Un interphone sonna. Les soldats sursautèrent et se tournèrent vers la tente.

Susan courut jusqu'au pigeonnier.

Un soldat passa la tête sous la tente. L'alarme bourdonnait.

— Pigeonnier 1 !

Susan fut la première à l'atteindre, ayant démarré avec une bonne longueur d'avance sur les soldats. Elle ouvrit la porte en grand. Tout en haut, sur le palier, se tenait un pigeon. Il tendit le cou, balaya du regard les cases vides. L'animal cilla, puis vint se poser au sol où Susan le ramassa et le berça. Elle sentait battre son cœur contre sa main. L'oiseau roucoula. Les yeux de Susan s'emplirent de larmes.

— Tu as réussi.

La porte se rouvrit et un soldat s'approcha d'elle.

— Je vais vous demander de vous écarter, mademoiselle, ordonna-t-il en tendant les mains.

Susan remarqua alors la cartouche de Bakélite attachée à la patte du pigeon. Elle lui donna un baiser sur la tête et, à contrecœur, le tendit au soldat.

Son camarade apparut dans l'encadrement de la porte, suivi de Bertie, à bout de souffle et les mains plaquées sur les genoux. Susan regarda le soldat poser le pigeon à terre, puis retirer avec précaution la cartouche de sa patte. Il leva le réceptacle de Bakélite, révélant la forme d'un message à l'intérieur. Au lieu de le dévisser, il le tendit sur-le-champ au second soldat.

— Il faut nous laisser, mademoiselle, dit-il.

Susan baissa les yeux vers son pigeon.

— Il a besoin de nourriture et d'eau.

— Acquittez-vous de vos tâches, puis restez à l'écart des pigeonniers, consentit le soldat.

Susan opina du chef. Elle éparpilla du grain dans le râtelier et remplit un bol d'eau. Le pigeonnier était désert. Au lieu de l'habituelle nuée de pigeons paradant à ses pieds, un oiseau solitaire, qui venait d'effectuer un long voyage aller et retour pour la France, vint picorer dans la mangeoire. Alors qu'elle était encore debout près du distributeur de grains, une sonnerie bourdonna dans la tente. Elle leva les yeux vers le palier. Un autre pigeon franchissait le rideau de métal.

— Punaise, grommela le soldat.

Susan se tourna vers Bertie. Il lui sourit. Des pattes-d'oie se formèrent aux coins de ses yeux.

Susan s'assit sur le perron avec son grand-père, et ils passèrent le reste de l'après-midi à assister au retour de leurs pigeons. Durant l'heure qui suivit, sept d'entre eux revinrent. L'heure d'après, douze. L'heure d'encore après, seize. Chaque fois qu'un pigeon apparaissait à l'horizon, Bertie se levait sur ses genoux flageolants, tendait un bras flasque et criait :

— En voilà un autre !

Peu après, le pigeon atterrissait et pénétrait dans le pigeonnier, déclenchant l'alarme. L'endroit bourdonnait comme une ruche.

— Ces cloches font un magnifique tintamarre, commenta Bertie.

Susan acquiesça et suivit des yeux un autre pigeon qui apparaissait dans le ciel lointain.

Une suite de véhicules militaires, agissant en qualité de coursiers, défilait dans la ferme. Les soldats en faction leur transmettaient les cartouches, qu'ils enfermaient dans une boîte en métal verrouillée. Les coursiers rapportaient les boîtes à leur véhicule au petit trot et repartaient aussi vite qu'ils étaient venus. Ils auraient pu attendre de collecter d'autres messages, mais il était évident qu'ils avaient pour ordre de transporter les renseignements dès leur arrivée. Susan soupçonnait d'ailleurs que les messages n'allaient pas à l'aérodrome de North Weald, mais plutôt à Londres, au cœur du commandement militaire britannique.

Au coucher du soleil, quarante-huit pigeons en tout étaient rentrés. Quatre cent cinquante-deux manquaient à l'appel. Avant de rentrer pour se préparer au black-out, Susan contempla le soleil orange qui plongeait derrière les bouleaux. Elle imaginait les bombardiers de la Luftwaffe déjà dans le ciel, le ventre rempli de tonnes d'explosifs, prêts à détruire ce qui restait de Londres. Ensuite ils envahiraient la Grande-Bretagne. Elle priait pour que l'un des pigeons qui reviendraient puisse fournir quelque chose, un renseignement en mesure de donner à son pays un moyen de survivre.

— On saura quand vous allez venir, espèces de sales nazis, lança Bertie en agitant son poing en l'air. Et on sera prêts à vous accueillir.

Un soldat, qui passait une cartouche à un coursier, entendit son commentaire.

— C'est du sacré bon boulot que vous avez fourni, m'sieur.

Bertie désigna Susan.

— Vous pouvez remercier ma petite-fille. C'est elle, le cerveau de cette mission.

Le soldat inclina sa casquette.

— Félicitations, mademoiselle.

Susan s'efforça d'afficher un sourire. D'un côté, elle était soulagée de voir les pigeons revenir. Mais seule une fraction de l'élevage était de retour. Et puis, Ollie et Duchesse avaient disparu. Bientôt, les sirènes hurleraient. Les bombes tomberaient. Et elle redoutait de ne plus jamais les revoir.

Chapitre 29

Epping, Angleterre

L'ATTAQUE SUR LONDRES DÉBUTA PEU APRÈS LA TOMBÉE de la nuit. Les coursiers étaient partis quand l'afflux des pigeons s'était progressivement arrêté. Mais les deux soldats étaient restés, repliés dans leur tente et sans doute prêts à gagner l'abri antiaérien bricolé par Bertie si un autre raid frappait Epping.

Susan prépara un dîner à base de pain de rationnement rassis. Elle le fit griller, le trancha, le tartinant même d'un fond de confiture de groseille ; malgré cela, on aurait toujours dit que la farine avait été remplacée par de la sciure. Comme toujours, Bertie ne s'en plaignit pas, il la complimenta même pour son thé, fade et réutilisé tant de fois qu'il colorait à peine l'eau. Elle passa la soirée à discuter avec lui des pigeons revenus, une brève lueur dans ce qui lui faisait l'effet d'une série interminable de journées sans espoir. Mais tout le temps, son cœur et son esprit restaient occupés par Ollie.

Sous les secousses grandissantes des bombes, elle lava la vaisselle et puis aida Bertie à s'installer dans son fauteuil. Il s'endormit, ses genoux enflés posés sur un tabouret. Elle le recouvrit d'un plaid, souffla la bougie et alla au lit en tâchant d'écarter la pensée qu'elle ne le reverrait peut-être jamais monter cet escalier.

Elle entassa une pile d'oreillers sur sa tête, se boucha même les oreilles avec le coton d'un flacon d'aspirine de Bertie, mais ne parvint pas à assourdir totalement le grondement des explosions. Les bombardements étaient incessants. La Luftwaffe semblait avoir encore renforcé son arsenal, car le silence déstabilisant entre les déflagrations était moins fréquent. Des rumeurs affirmaient que trente mille bombes étaient tombées sur Londres en une seule nuit. Propagande nazie. Si c'était vrai, les usines allemandes devaient sortir des tonnes et des tonnes d'armement sur des kilomètres et des kilomètres de chaînes de montage occupées à remplir les obus d'explosifs, sans compter qu'il fallait conditionner les pilotes de la Luftwaffe de manière impitoyable. Car enfin, quel être humain, sans avoir subi un lavage de cerveau, irait sciemment lâcher des bombes sur des femmes et des enfants ? Elle espérait que les Britanniques ne commettraient jamais de telles atrocités, même si la situation se dégradait encore.

À force de se tourner et de se retourner dans son lit, Susan perdit un bouchon d'oreille. Elle glissa la main sous son oreiller, en quête du coton manquant, et elle l'entendit.

Toc.

Elle se leva d'un coup, retira l'autre bouchon de son oreille et tourna la tête vers la fenêtre. Le rideau occultant avait changé la chambre de Susan en un trou noir comme si elle était tombée dans un encrier. Ses mains tremblaient. Elle attendit. Rien. Juste l'écho des bombes. *Je dois devenir folle*, songea-t-elle en reposant la tête sur l'oreiller.

Toc.

Son cœur fit un bond.

Toc... Toc.

Susan rabattit les couvertures et courut à la fenêtre.

Toc... Toc... Toc.

Elle écarta le rideau et regarda dehors. Un éclair de bombe zébra le ciel, illuminant les plumes fluorescentes d'un pigeon reconnaissable entre tous.

— Duchesse !

L'oiseau inclina la tête, puis frappa à nouveau le carreau de son bec.

Toc... Toc.

Susan se battit une seconde avec le loquet, s'abîma deux ongles, avant d'ouvrir la fenêtre d'un coup sec. Un autre éclair embrasa le ciel. Et elle était là. Duchesse. Perchée sur le rebord, sa tête inclinée, l'air surprise qu'il ait fallu si longtemps à Susan pour ouvrir la fenêtre.

Susan la ramassa et la serra contre sa poitrine.

— Duchesse ! Où étais-tu passée ?

Le pigeon roucoula.

— Susan, appela Bertie. Est-ce que tout va bien, mon petit ?

Elle quitta sa chambre à la hâte, heurta le mur de son épaule, puis chercha la rampe à tâtons.

— C'est Duchesse ! Elle est revenue à la maison !

— Grand Dieu !

Susan dévala les marches. En ajustant son étreinte sur Duchesse, elle sentit la cartouche de Bakélite attachée à la patte de son pigeon et faillit trébucher. Calant Duchesse dans le creux de son bras, elle descendit les marches restantes en s'aidant de la rampe. Elle entra dans la salle à manger plongée dans la pénombre, où elle entendit le craquement des articulations de Bertie qui se levait de son fauteuil.

Il craqua une allumette, alluma une bougie et s'approcha de Susan d'un pas vacillant. Une lueur douce enveloppa la pièce.

Duchesse cligna des paupières.

— Par saint Georges, dit Bertie en se frottant les yeux. C'est Duchesse.

Susan embrassa son pigeon sur la tête.

— Où est-ce que tu étais ? demanda Bertie en caressant l'oiseau de son doigt.

Susan souleva Duchesse pour lui montrer la cartouche.

— Oh, nom d'une pipe, dit-il, avant de regarder Susan. Il y a un message ?

— Je n'ai pas vérifié.

Délicatement, Bertie saisit la patte de Duchesse. À l'aide de l'ongle de son pouce, il détacha le fil métallique, puis porta la cartouche à son oreille et la secoua.

—Il y a quelque chose ? demanda Susan en caressant Duchesse.

Bertie hocha la tête et entreprit de dévisser le haut. Susan toucha la main de son grand-père.

—On ne doit pas. On n'a pas le droit.

Bertie leva les yeux vers elle.

—C'est notre pigeon. Elle ne faisait pas partie de la mission. Et vu qu'apparemment, les militaires l'ont emportée par erreur, ça nous donne l'autorisation de jeter un petit coup d'œil. (Il désigna la table près de son fauteuil.) Ma chérie, tu veux bien me passer mes lunettes de vue ?

Susan hésita, puis elle s'exécuta. Bertie enfila ses lunettes, dévissa le bouchon de la cartouche et récupéra un message. De ses doigts perclus d'arthrite, il déroula soigneusement le papier. À mesure qu'il lisait son contenu, ses yeux s'écarquillaient.

—Qu'est-ce que ça dit ?

Il prit une profonde inspiration, expira et lui tendit le feuillet. Susan posa Duchesse sur la table et prit le message. Elle s'attendait à découvrir quelque chose d'écrit en français, ou peut-être une tentative d'anglais. Mais ça n'était ni l'un ni l'autre.

ALKFQ NPTMI HLCXP QNMVX PUTXJ GQZKE
HIQAN SYAEF AMVXQ PLWTR OSJWL IWLNF
QLKDF SLIEF SOEVC PLEFV AMEFL YELFP
JSPFD SKEAF RHBVC WYGHI OPAEF HUVQA
URPXY QOSDM OPZQR TWNVI BZITE OPNCT

IGBVM WPORL QBVXI OLKSE JGBMV PIXSW
TZCOP VQWEM KWLKV YSLEK OPAVE CXPTY
FJGLE KPQCX MBKSQ PEOJS TYAWM ZYRTP

Susan avait du mal à respirer. Ses jambes tremblaient. Elle leva les yeux vers son grand-père, qu'elle vit boitiller vers la bibliothèque. Il fouilla parmi les étagères, jetant les livres les uns après les autres par terre. La pile montait. Il s'interrompit quand il tomba sur un exemplaire de *Rob-Boy*, de sir Walter Scott. Derrière le livre, plaqué au fond de la bibliothèque, il attrapa un petit carnet relié de cuir et revint péniblement vers Susan.

Elle lui prit l'ouvrage et essuya la couche de poussière sur la couverture de cette copie conforme du livre des codes de l'artillerie de son père. Elle jeta un coup d'œil au message. Des codes, un peu brouillés, mais des codes. Elle se retrouvait à huit ans, prête à déchiffrer l'un des messages de Bertie pour jouer, de ceux qui l'envoyaient farfouiller partout dans le cottage en quête d'un caramel dissimulé quelque part.

Sauf qu'il ne s'agissait plus d'un jeu. Et qu'elle n'était plus une enfant. À part Bertie et elle, une seule personne avait vu le livre de codes de son père. Au plus profond d'elle, Susan savait que ce papier contenait un message terrible.

Ils s'assirent à la table de la cuisine. Duchesse picora une miette de pain, puis elle plongea le bec dans une tasse à thé remplie d'eau.

Susan frissonna quand elle ouvrit le livre de codes. Bertie se pencha par-dessus son épaule.

— Ça va aller, ma chérie.

Elle feuilleta les pages et griffonna sur le papier. À peine arrivée au bout de la première phrase, elle s'interrompit et relut les mots. Le cœur battant la chamade, elle lâcha son crayon.

— Qu'est-ce qu'il y a ? demanda Bertie.

— C'est de lui.

— Qui ?

— Ollie.

Bertie s'agrippa à la table.

— Doux Jésus !

Susan reprit le crayon et l'appuya sur le papier. La pointe cassa. Elle continua d'écrire avec le morceau de plomb brisé, au lieu de prendre le temps de retailler le crayon. À mesure qu'elle progressait dans le déchiffrement du message codé, son bref soulagement se mua en désespoir. Ses mains tremblaient tandis qu'elle examinait le message.

— Ce n'est pas possible, lâcha-t-elle.

— Qu'est-ce que ça dit ?

Susan referma le livre de codes. Elle prit un moment pour rassembler son courage, puis elle lut le message à son grand-père.

Susan,

Duchesse a été emmenée.

Elle leva les yeux vers son pigeon, qui déambulait sur la table. Elle sentit son grand-père passer un bras autour de ses épaules. S'étant essuyé les yeux, elle reprit sa lecture.

J'ai essayé de la récupérer, mais on a été attaqués. L'avion a décollé, avec Duchesse et moi à son bord. Mission accomplie.
Avion abattu en France.

Ses mains tremblaient de plus en plus. Elle déglutit et se prépara à continuer de lire.

Artilleur et copilote tués. Capitaine Boar et moi nous cachons.
Wehrmacht partout. Luftwaffe utilise un aérodrome pas loin. J'essaierai d'envoyer d'autres renseignements si je trouve un autre pigeon.

Ollie

P.-S. : Tes pigeons ont été braves. J'aurais aimé être avec toi pour les voir rentrer.

Une goutte chaude roula le long de la joue de Susan, qu'elle n'essaya même pas d'essuyer.

— Il est vivant, ma chérie.

Duchesse se dandina jusqu'à Susan.

— Est-ce qu'il va pouvoir rentrer ? demanda-t-elle en caressant son pigeon tout en reniflant pour ravaler ses larmes.

— Il est bien parvenu en France, nom d'une pipe. Il réussira bien à rentrer à la maison.

Bertie se leva et alla jeter un coup d'œil discret derrière les rideaux occultants.

— La Luftwaffe est partie. Va aux pigeonniers et rapporte du papier des cages de largage.

Susan le regarda.

— Vite, avant que les soldats se réveillent.

Elle enfila son vieux manteau d'hiver, qui la recouvrait tout entière à l'exception des franges du bas de son peignoir, et une paire de bottes en caoutchouc. Elle se glissa jusqu'à un pigeonnier, où elle ramassa un morceau de papier dans une cage non utilisée. Retournée à l'intérieur, elle vit Bertie fouiller un tiroir pour en sortir un taille-crayon.

Elle lui tendit le papier. Bertie le posa sur la table et tourna le crayon dans le tailleur. Des copeaux de bois et de la poudre de plomb tombèrent sur la table.

— Qu'est-ce que tu vas faire ?

— Réécrire le message.

Il souffla sur la pointe du crayon et l'appuya contre le papier.

— On doit donner ça à la RAF, dit Susan.

Bertie s'interrompit.

— Cette fichue RAF. Comment on est censés gagner la guerre, avec des incompétents pareils ? S'ils n'avaient pas embarqué Duchesse dans un avion, Ollie serait avec nous, en ce moment.

Les paroles de son grand-père piquèrent Susan au vif. S'ensuivit une vague de culpabilité.

— J'aurais dû garder Duchesse auprès de moi.

— Ce n'est pas ta faute, répliqua Bertie en lui prenant la main. Nos militaires vont récupérer leurs renseignements. En revanche, ils ne verront pas ce qui t'est adressé.

Elle regarda son grand-père réécrire un message bien plus court que celui qu'elle avait déchiffré, avant de signer pour terminer : « Capitaine Clyde Boar, RAF ».

— Grand-père !

Bertie reposa son crayon sur la table.

— Notre Oliver du Maine a eu assez de soucis avec la RAF comme ça. Être considéré comme passager clandestin pourrait lui en causer d'autres à son retour. (Il prit les deux mains de Susan entre les siennes.) Car il va rentrer, ma chérie.

Susan lui pressa brièvement les doigts.

— Fais-moi confiance, insista-t-il.

— D'accord.

Bertie roula son message, le glissa dans la cartouche et vissa le haut.

— Allons réveiller les soldats.

Susan le suivit dehors et faillit lui rentrer dedans quand il s'immobilisa d'un coup.

— Que Dieu nous vienne en aide, dit-il.

À ces mots, un frisson parcourut le dos de la jeune femme. Elle tourna les yeux vers le ciel au-dessus de Londres. Dans la brume couleur cendre de l'aube, les feux prenaient l'apparence d'un soleil monstrueux qui se levait sur la ville.

Elle baissa la tête, regrettant d'avoir choisi de regarder dans cette direction, et aida Bertie à descendre les marches du perron. À cette heure, le monde était dans son pire état. Après les vagues de sirènes, de sifflements et d'explosions, le soudain silence était effrayant. Même les oiseaux, sidérés par les bombardements, avaient retardé leurs pépiements. Elle agrippa plus fort le bras de son grand-père et pressa le pas.

Alors qu'ils approchaient de la tente, un soldat en sortit, remontant la fermeture de sa veste.

— Nous avons quelque chose pour vous, lui annonça Bertie.

Le soldat souffla sur ses mains et les frotta l'une contre l'autre. Bertie lui tendit la cartouche.

— Un pigeon est revenu au cottage.

Le militaire jeta un coup d'œil vers les feux sur Londres, avant de reporter son attention sur le vieil homme.

— Pourquoi il n'est pas rentré dans le pigeonnier ?

Bertie haussa les épaules.

— Où est le pigeon ? voulut savoir le soldat.

Susan s'avança et lui montra Duchesse. Le pigeon cacha sa tête sous son aile.

— Si un autre oiseau arrive à la maison, apportez-le-nous directement, indiqua le soldat. Compris ?

Bertie et Susan hochèrent la tête.

Le soldat fourra la cartouche à l'intérieur de sa veste et s'en retourna à la tente.

Duchesse bien à l'abri dans ses bras, Susan se dirigea avec Bertie vers les pigeonniers.

— Tu es certain qu'on a fait ce qu'il fallait ?

— Absolument, mon petit, affirma-t-il en caressant d'un doigt la tête de Duchesse. Elle doit avoir faim. Tu devrais peut-être t'occuper des pigeons plus tôt que d'habitude. Je suis sûr que les autres seront heureux de la voir.

Susan acquiesça et ouvrit la porte du pigeonnier. Le grincement des gonds fit s'envoler les pigeons de leur nid. Elle posa délicatement Duchesse près de son perchoir préféré, une poutre située au-dessus de la mangeoire. Duchesse battit des ailes, mais au lieu d'atterrir sur le perchoir, elle voleta autour du pigeonnier.

Susan sentit le vent de ses battements d'ailes lui caresser le visage. Au moment où la porte à battants allait se refermer, Duchesse fila dehors. La porte claqua.

Susan la rouvrit à la hâte et se précipita à l'extérieur. Levant les yeux, elle vit Duchesse grimper au-dessus d'un charme.

— Duchesse ! s'écria-t-elle.

Bertie, qui atteignait presque le cottage, se retourna. Les soldats émergèrent d'un bond de leur tente.

Susan suivit des yeux son pigeon qui dessinait des cercles, haut dans le ciel au-dessus de la forêt d'Epping. Quand Duchesse entama un second tour du même périmètre, le cœur de Susan marqua une fraction de seconde d'arrêt. *Elle est en train de se repérer, comme si elle se préparait à rentrer à la maison. Mais elle y est déjà, à la maison !*

Le pigeon termina son cercle et prit la direction de l'est.

— Non !

Susan traversa la cour au galop. Elle trébucha, tomba, se releva tant bien que mal.

— Duchesse !

Mais le pigeon poursuivit sa route. Susan s'écroula à genoux, privée de forces. Impuissante, elle regarda Duchesse voler en direction de la Manche, jusqu'à ce que son pigeon disparaisse.

Chapitre 30

Airaines, France

En rentrant dans la maison, Ollie découvrit le capitaine Boar assis à même le sol, effleurant avec précaution la gaze sur ses yeux. Madeleine, debout près de lui, écarta son cochon truffier qui reniflait avec insistance les bottes de l'aviateur.

Au craquement causé par le poids d'Ollie sur le plancher, Boar leva la tête.

— Le docteur a réussi à soigner mes yeux ?

Ollie se remémora l'odeur écœurante de l'anesthésique, le médecin qui manipulait la cornée abîmée à l'aide d'une pince à épiler. Un écoulement marronnasse tachait désormais les bandages du capitaine.

— Oui, répondit-il.

Boar lâcha un soupir, puis il tira sur le sparadrap de son pansement. Madeleine repoussa sa main.

— Non. Dix jours.

Boar baissa la main et passa la langue sur ses lèvres encroûtées par la salive séchée.

Madeleine fit sortir son porc, puis elle prit une carafe en céramique et remplit un verre d'eau.

— Buvez, ordonna-t-elle en portant le verre à la bouche de Boar. (Il avala le liquide en en renversant la majeure partie sur son blouson d'aviateur.) Emmène-le dans la grange et reviens, dit-elle à Ollie. On a du pain sur la planche.

Le jeune homme aida le capitaine à se mettre debout et le guida vers la grange. Les jambes de Boar étant encore affaiblies par l'anesthésie, Ollie dut soutenir une bonne partie de son poids. Son bras en écharpe ballottait quelles que soient ses tentatives pour lui épargner de l'effort, lui envoyant des flammes dans l'épaule. La pression ajoutée par le poids de Boar causait aussi de violents élancements dans sa cheville enflée. Il avait un besoin désespéré de se reposer, mais il craignait qu'un escadron de la Wehrmacht ne débarque à tout instant et ne le repère là, à découvert. Alors il accéléra le pas en dépit de tout.

En atteignant l'étable, il posa Boar à terre et débarrassa une zone des pommes de terre à cochon. L'endroit puait le fumier et les légumes en décomposition. La veille, il n'avait prêté que peu d'attention à cette odeur, trop occupé qu'il était par la douleur qui le submergeait au niveau de son épaule, disloquée comme une aile de poulet qu'un boucher aurait cassée. Il remarqua que Boar, encore groggy, ne semblait pas gêné par ces relents. Une main sur le pistolet dans son étui, le capitaine s'allongea et s'endormit aussitôt.

En retournant à la maison, Ollie vit Louis pelotonné au pied d'un arbuste, la tête posée sur ses pattes avant. Il jeta un coup d'œil aux alentours de la ferme pour s'assurer qu'il n'y avait pas d'éventuels véhicules à l'approche et se baissa pour caresser la tête de l'animal. Louis agita la queue et renifla.

— Tu peux entrer maintenant, dit Madeleine, plantée dans l'encadrement de la porte.

Ollie crut qu'elle s'adressait à lui, jusqu'à ce que le porc se lève et trottine à l'intérieur. Ses sabots claquaient sur le plancher.

— Il est intelligent, commenta-t-il en pénétrant à son tour dans la maisonnette. Je n'avais jamais vu de cochon tuffier avant.

Madeleine éclata de rire et sortit une cigarette de sa poche.

— Truffier.

— Truffier ?

— Tu ne sais pas ce que c'est qu'une truffe, c'est ça ?

Elle avait la voix rauque, sans doute abaissée d'une octave par des années de fumée sur ses cordes vocales.

— Non, admit-il.

Madeleine tira une bouffée de sa cigarette. Sa peau ridée s'étira sur ses pommettes saillantes.

— Je t'apprendrai, promit-elle en soufflant sa fumée. Mais d'abord, on a du travail.

Elle sortit une caisse à outils en bois d'un placard où des rideaux taillés dans un sac en toile de jute faisaient office de porte. Elle plaça la caisse sur le plan de travail et en tira un marteau et un petit pied-de-biche.

— Bouge la table.

Ollie fit glisser la table d'un côté de la pièce. Son épaule lui faisait mal.

— Enlève ça, indiqua Madeleine en tapant du pied sur une latte du plancher. Sans abîmer le bois.

Ollie la regarda, comprenant soudain ce qu'ils s'apprêtaient à faire.

— Vous êtes sûre de vouloir vous lancer là-dedans ?

Madeleine tira une longue bouffée sur sa cigarette, puis relâcha la fumée.

— La Wehrmacht vient ici. Un de leurs officiers aime beaucoup réquisitionner mes truffes, dit-elle en grattant son cochon derrière les oreilles. Ils vous trouveraient s'ils fouillaient la grange.

Ollie prit le marteau et le pied-de-biche, puis hésita.

— Si on reste dans la grange et qu'on se fait prendre, vous pourrez toujours prétendre que vous ne saviez pas qu'on était là.

— Ça ne changerait rien. Ils me tueraient quand même. Quand les Allemands ont envahi la France, des soldats britanniques n'ont pas pu s'échapper de Dunkerque. Ils se sont cachés dans les caves, les greniers et les granges. Beaucoup ont été capturés. Les habitants français ont été abattus, et peu importait qu'ils soient ou non au courant de la présence des soldats. (Des cendres tombèrent de sa cigarette.) Les nazis n'ont aucune tolérance pour ceux qui se trouvent en compagnie de leurs ennemis.

La culpabilité enfla dans l'esprit d'Ollie. Il détestait l'idée de mettre cette femme en danger. Mais vu son état physique, il n'avait guère le choix.

Madeleine l'observait, des poches sombres sous les yeux.

— Les nazis ont pillé notre pays. Tué la plupart de nos soldats. Et ceux qui ont eu la chance d'être seulement capturés ont été envoyés dans des camps de prisonniers. On crève de faim, on fait des queues interminables pour acheter un quignon de pain pendant qu'ils se gavent de notre viande et boivent notre vin. Même nos officiers de police sont devenus lâches, ils préfèrent collaborer que se battre. (Elle écrasa sa cigarette dans un cendrier et en sortit une autre de sa poche.) Les drapeaux nazis ornent nos rues, et même nos écoles.

Ollie ajusta l'écharpe autour de son cou. L'air s'était épaissi. Il n'arrivait même pas à imaginer ce que Madeleine pouvait traverser. Prisonnière dans son propre pays.

Elle remonta les manches de son pull, révélant des poignets osseux, et alluma sa cigarette.

— Tu me rappelles mes jumeaux, Marius et Marcel.

— Comment ça ?

— Engagés pour défendre une cause, quel qu'en soit le prix. (La fumée montait de sa cigarette et s'étalait au plafond.) C'étaient des bons garçons.

Ollie reposa les outils et s'assit à côté de Madeleine.

— Marius aimait lire et rêvait de devenir professeur. Ce sont ses livres, là, dit-elle en désignant une bibliothèque.

Ollie regarda l'alignement de livres, étrange vision dans cette maisonnette rustique, comme de la porcelaine de Chine sur une table de pique-nique.

— N'aie pas l'air aussi surpris, dit Madeleine.

— Je ne suis pas surpris.

Elle lui donna une petite tape sur la main.

— Mais si.

— Oui, peut-être un peu.

Elle sourit.

— Ma famille était éduquée, mais on a choisi une vie simple, poursuivit-elle en se levant pour aller chercher une photo sur l'étagère. Marcel voulait devenir cueilleur de truffes, comme Guillaume, son père. Tiens, c'étaient eux, mes garçons.

Elle tendit le cadre à Ollie. Il contempla le cliché de deux jeunes garçons en uniforme d'écolier impeccablement repassé. De vrais jumeaux, copie conforme l'un de l'autre. Debout près des enfants, un homme et une femme.

— C'est vous, ça, Madeleine ?

Elle passa une mèche de ses cheveux gris derrière son oreille.

— Oui. J'étais belle, à une époque.

— Vous l'êtes toujours.

— C'est gentil, dit-elle, les yeux rivés à la photo. Je regrette d'avoir peu de clichés à te montrer. Marius et Marcel étaient beaux, forts et, surtout, très doux et très polis. (Elle ferma les yeux.) Ils ont été tués au combat.

— Je suis vraiment désolé, compatit Ollie.

Elle hocha la tête, rangea la photo à sa place sur l'étagère et revint s'asseoir.

— Mes fils sont nés le même jour, ils sont morts le même jour. Ensemble. (Elle tira sur sa cigarette et jeta un coup d'œil à ses ongles, tachés de nicotine.) Ça a été dur de continuer à vivre, surtout pour Guillaume. Si je l'avais laissé faire, il serait parti à la guerre, même s'il était trop vieux pour le combat.

Ollie remarqua un chapeau d'homme accroché à une patère près de la porte d'entrée.

— Il est à Guillaume, confirma Madeleine.

— Où est-il ?

Elle prit une profonde inspiration et soupira.

— Il livrait des truffes à Arras quand les Allemands ont envahi. Il n'est pas rentré à la maison.

Les yeux de la vieille femme s'embuèrent. Les rides de son visage semblèrent se creuser.

— Mon cœur continue de croire qu'un jour Guillaume va franchir cette porte. Hélas, ma tête pense le contraire. (Elle toussa, puis s'essuya les yeux du revers de la main.) On raconte que des centaines de résistants français auraient été exécutés à Arras. Il avait beau être vieux, je suis sûre que mon mari aurait tenté de se battre.

Louis se leva et vint se poster à côté de sa maîtresse. L'animal fourra son nez contre les jambes de sa maîtresse. Elle le gratta derrière les oreilles.

— Jusqu'à ce que Guillaume rentre à la maison, on ira cueillir les truffes. Pas vrai, Louis ?

Le cochon grogna. Elle s'essuya le nez de la manche et changea de sujet.

— Dis-moi, Ollie, qu'est-ce qu'un Américain faisait dans un avion de la RAF ? Les États-Unis sont donc entrés en guerre ?

— Pour autant que je sache, mon pays a prévu de rester neutre.

— Et comment as-tu atterri ici, alors ?

— C'est une longue histoire.

— J'ai tout mon temps, dit-elle en tapotant le parquet de son pied. Tu peux me raconter tout en arrachant ces planches.

Ollie s'agenouilla de nouveau et s'attela à la tâche sur le plancher, mais il ne tarda pas à se rendre compte qu'extraire les clous serait compliqué avec une seule main. En fait, c'était quasi impossible de glisser la mâchoire du pied-de-biche sous la tête des clous. Il pourrait les découvrir en creusant dans le bois, mais Madeleine avait bien précisé qu'il ne devait pas abîmer les planches. Alors elle l'aida en tenant le pied-de-biche pendant qu'il tapait dessus à l'aide du marteau. Bien que lente et pénible, l'opération fonctionna. La pince passait sous la tête du clou, il exerçait une pression et la planche crissait. Il tentait de garder un côté de son corps immobile, mais en vain. La douleur lui vrillait l'épaule. Il parvint ainsi à desserrer deux clous, avant de devoir faire une pause.

— Ça fait mal ? demanda Madeleine.

Ollie opina du chef en s'adossant contre le mur. Il transpirait malgré le froid qui régnait dans la maison, assez vif pour y conserver de la viande.

Au bruit d'un moteur, Madeleine tourna les yeux vers la fenêtre. Elle serra le pied-de-biche. Le ronronnement du véhicule s'éloigna, l'engin ne s'arrêta pas.

— Il vaut mieux qu'on se dépêche de finir, dit Ollie en reprenant le marteau.

Pendant le reste de l'après-midi, ils s'acharnèrent sur l'extraction des planches. Pour détourner son attention des pointes de douleur qui lui irradiaient l'épaule, Ollie parla de sa famille à Madeleine. De son voyage jusqu'en Grande-Bretagne. Et de son rêve de piloter pour la RAF, avant de finir embauché sur une mission pour le National Pigeon Service. Mais surtout, il lui parla de Susan et, pour la première fois depuis qu'il avait atterri sur le sol français occupé par l'Allemagne, il oublia sa douleur.

— Les pigeons sont intelligents, comme Louis, affirma-t-il en écartant une planche. Susan est une dresseuse remarquable. Elle va nous aider à gagner la guerre.

Madeleine sourit et prit une cigarette entre ses lèvres. Ollie ôta la dernière latte, créant une ouverture d'environ un mètre de côté, assez large pour qu'il s'y glisse. Il passa la tête dans le trou. Un sol de terre battue. Des toiles d'araignées. L'odeur de la terre et de l'air stagnant. La maison, ou du moins la zone au-dessous de la cuisine, avait été construite sans sous-sol. Sur de simples fondations. Pas plus de cinquante centimètres d'espace entre le sol et le plancher.

À l'aide de morceaux de toile que Madeleine rapporta d'un hangar, Ollie recouvrit le sol de l'espace confiné. Il replaça ensuite les planches, telles les pièces d'un puzzle, et remarqua les trous voyants laissés par les clous arrachés. Alors il coupa les têtes des clous avec un sécateur, puis il les colla sur les orifices, grâce à une pâte qu'ils concoctèrent à base de farine et d'eau. L'opération leur avait pris toute la journée. Hormis quelques égratignures, les planches détachées étaient quasi impossibles à détecter.

Alors qu'Ollie admirait leur ouvrage, il entendit un grésillement. Une odeur d'oignons frits. L'eau lui monta à la bouche. Il s'approcha de Madeleine, penchée sur une cuisinière à bois, touillant le contenu d'un poêlon en fer à l'aide d'une cuillère en bois. Elle y jeta une poignée de carottes molles, entières, y compris les pointes fanées.

— Faim ?

— Oui, admit Ollie.

L'arôme des oignons caramélisés était enivrant. Il ne se rappelait pas à quand remontait son dernier repas.

— Va chercher ton ami, ordonna-t-elle, en pointant sa cuillère.

Ollie trouva le capitaine exactement comme il l'avait laissé. Endormi. Il lui fallut s'y reprendre à plusieurs fois avant de le réveiller, il avait même dû donner des coups de pied dans ses chaussures.

Boar se redressa lentement et frotta sa barbe de trois jours.

— Combien de temps j'ai dormi ?

— Toute la journée, lui indiqua Ollie.

— Tu m'as donné trop d'anesthésiant, Yankee.

Il prit quelques longues inspirations. Ollie lui accorda un instant pour se remettre sur pied, puis il le guida vers la maison, où Madeleine versait des légumes marron dans des assiettes. Il aida Boar à s'installer sur une chaise pendant qu'elle dressait la table. Une odeur de beurre et de légumes cuits à la vapeur emplit les narines d'Ollie. Son ventre gargouilla.

Madeleine mit une fourchette entre les doigts du capitaine. À l'aveugle, Boar piqua dans son assiette. Les pointes métalliques heurtèrent la terre cuite. Ayant embroché un morceau de carotte, il se le fourra en bouche, mâcha et eut un haut-le-cœur. Il recracha la nourriture dans sa paume et la posa sur le bord de son assiette.

— Ramène-moi à l'étable, Yankee, dit-il en posant la tête sur la table. J'ai besoin de me reposer.

— On dort à l'intérieur, lui dit Ollie en se levant.

Il retira les lattes de parquet et aida Boar à entrer dans le trou. Le capitaine s'accroupit dans le minuscule espace, tel un ours pénétrant dans sa grotte pour l'hibernation.

Quand Ollie regagna la table, Madeleine se pencha au-dessus de son assiette et frotta quelque chose sur une râpe. Une neige noire tomba sur ses aliments.

— On va ajouter un petit quelque chose.

— Des truffes ?

Elle acquiesça. Ollie ignorait si c'était à cause des truffes ou du fait qu'il n'avait rien mangé depuis deux jours, mais ce simple repas à base d'oignons et de carottes fanées lui parut extraordinaire. Bien que très laide – un peu comme une pomme de terre flétrie –, la truffe donnait un goût légèrement aillé et terreux à la nourriture. Ce fut l'un des meilleurs repas dont il pouvait se rappeler. La dernière fois qu'il avait goûté à quelque chose d'aussi bon, c'était la soupe de Susan, agrémentée de fruits de mer qui l'avaient envoyé aux toilettes au pas de charge. Il sentit les commissures de ses lèvres s'étirer et se rendit compte qu'il souriait.

— Tu aimes, hein ? s'enquit Madeleine.

— Oui.

Il avala le contenu de son assiette et fit descendre le tout avec un verre d'eau froide. Il tourna la tête vers le cochon, qui dormait dans un coin de la pièce.

— Bien joué, Louis.

Le porc agita les oreilles, mais continua à dormir. Madeleine sourit, l'air fier, avant de poursuivre son repas. Ollie resta à table avec elle jusqu'à ce qu'elle ait terminé de manger, songeant qu'il avait été bien impoli de dévorer son repas aussi vite. Il aida à débarrasser la table, puis emmena Louis à la grange pour la nuit. Il fut surpris quand le porc le suivit, mais l'animal semblait savoir que c'était l'heure du dîner. Obéissant à la requête de Madeleine, il jeta une poignée de patates dans l'auge du cochon. Les pommes de terre, si on pouvait encore les appeler ainsi, étaient dans un état déplorable : pourrissantes, noires, couvertes de germes poilus et grouillantes de larves. Sans conteste, elles étaient gâtées. Immangeables. Pourtant il se rendit vite compte que Louis n'était pas un gourmet en matière de tubercules. L'animal dévora sa ration, larves y compris, avant de s'affaler sur le flanc pour s'endormir.

Les yeux posés sur l'auge vide, Ollie se demanda ce que l'hiver promettait aux Français. Mourraient-ils de faim ? Ou en viendraient-ils à manger des patates pourries ? Des larves ? Voire pire ? Il secoua la tête pour écarter cette pensée et sortit de la grange.

Lorsqu'il revint, Madeleine alluma une bougie et tira les rideaux. Elle mit deux couvertures en laine élimée dans la cachette. Ollie descendit par le trou dans le plancher en prenant soin de ne pas marcher sur le capitaine. Il s'allongea, reconnaissant d'avoir un morceau de toile sous le dos, et regarda Madeleine replacer les lattes au-dessus d'eux. Planche après planche, le trou s'amenuisait.

— Madeleine, appela Ollie par la fente.

— *Oui** ?

— Merci.

La femme hocha la tête. Elle abaissa la dernière planche et scella le tout.

Le noir complet se fit. Le bois grinça alors qu'elle replaçait la table au-dessus d'eux, puis le bruit de ses pas s'atténua. Et ce fut le silence. Sans les ronflements d'un certain capitaine de la RAF, Ollie aurait pu se croire enfermé dans un cercueil.

Il roula la couverture et s'en servit pour surélever son bras. Il tenta de dormir, en vain, malgré son épuisement. Ce n'était pas la douleur constante à l'épaule, ni les élancements dans sa cheville chaque fois qu'il remuait les orteils, le problème. Non, c'était les regrets. Son esprit tourbillonnait, ressassant erreurs et occasions manquées. *Pourquoi est-ce que j'ai quitté Epping ? Comment je me suis débrouillé pour être coincé dans un Blenheim ? Vais-je revoir Susan un jour ? Pourquoi ne lui en ai-je pas dit plus ?*

Il pensa à Susan. Le tintement enchanteur de sa voix. La grâce avec laquelle ses cheveux blond cendré tombaient sur ses épaules. La touche subtile de lavande de son parfum. Les picotements qu'elle suscitait sur sa peau quand elle se penchait au-dessus de lui pour lui servir du thé. Le contour délicat de ses mains, dessiné par la lueur de la chandelle tandis qu'elle tricotait un pull pour Bertie.

La passion qu'elle déployait pour sauver son pays et sa confiance dans les pigeons qu'elle croyait capables de gagner la guerre. Il l'adorait. Elle lui manquait. *Dieu, comme j'aurais aimé que les choses tournent différemment.*

Le temps pressait. Il lui restait peut-être une journée, une semaine. Il ne pourrait pas vivre terré sous un plancher éternellement. Ollie et Boar devraient bien sortir, et les nazis finiraient alors par les trouver. Il n'y avait pas d'avenir. Que le passé et le présent. Il passa donc la nuit à revivre ses brefs instants avec Susan, en boucle, jusqu'à ce qu'il ne puisse plus garder les yeux ouverts.

Chapitre 31

Airaines, France

Une chatouille dans son cou réveilla Ollie. Il prit une profonde inspiration, assimilant l'odeur de terre humide et de vieux bois. Et il ouvrit les yeux, mais tout resta noir. *C'est la nuit ? Le matin ?*

Quelque chose lui frôla la clavicule. Groggy, il y porta la main pour se gratter sous le col et tomba sur quelque chose. De long. De mince. De poilu. L'adrénaline afflua dans ses veines. Il essaya d'attraper la chose, mais elle se dépêcha de se faufiler sous sa chemise. Il sursauta, se cogna la tête contre une solive du sol.

— Bon Dieu, Yankee ! lança Boar en s'éveillant. Qu'est-ce que tu fous, merde ?

— Un insecte, parvint à marmonner Ollie en fouillant dans sa chemise.

Boar lui assena un coup de pied dans la jambe.

— Rendors-toi.

L'insecte détalait vers son aisselle. Une série de frissons lui remontèrent le long du dos. Des centaines, peut-être des milliers de pattes pareilles à des poils rampaient sur sa peau. Un centipède ? Un mille-pattes ? Il glissa la main sous son épaule blessée, se mordit la lèvre pour ravaler la douleur qui l'enflammait désormais et extirpa le piquant intrus. Qui se tortillait entre ses doigts, tel un ver sur le point de se faire empaler sur un hameçon. Les insectes, surtout ceux qu'il ne pouvait voir, lui fichaient la trouille. Il jeta celui-ci et se rendit aussitôt compte qu'il l'avait lancé dans la mauvaise direction quand il entendit ce qui ressemblait au capitaine frappé d'une crise cardiaque.

— Andouille !

Boar frottait son uniforme d'aviateur avec le même affolement que s'il était couvert d'abeilles.

Ollie l'entendit éjecter quelque chose de ses vêtements d'une chiquenaude, laquelle fut suivie du bruit sec de l'insecte atterrissant quelque part dans les entrailles de leur espace confiné. Boar gratifia Ollie d'un coup de pied dans le tibia.

— J'aurais dû t'abattre quand j'en ai eu l'occasion.

Ollie lui répondit d'un coup de coude dans les côtes.

— Je suis tout ce que tu as.

— C'est justement ça qui me fait peur.

Ollie s'attendait à ce que le capitaine sorte son pistolet, ou du moins le cogne en retour. Après tout, les effets de l'anesthésie étaient estompés. Hormis ses yeux, le capitaine était en meilleure forme physique que lui, car Ollie était dans un sale état. Dans le confinement étroit de leur couche réduite, le capitaine aurait pu lui flanquer une raclée si l'envie l'en avait pris. Tout ce qui l'en empêchait, selon Ollie, c'était qu'il n'y voyait rien. Et peut-être aussi qu'il avait temporairement besoin de lui. Hélas, vu son manque d'entraînement militaire et son ignorance des voies de fuite, Ollie aussi avait besoin du capitaine. Alors que la douleur cinglante s'apaisait dans son tibia, il se rendit soudain compte que Boar n'était peut-être pas le pilote de la RAF courageux pour lequel il l'avait pris. La preuve, cet homme avait plus peur des insectes que lui-même – cette pensée le fit glousser.

— Qu'est-ce qu'il y a de si drôle ? demanda Boar.

— Toi.

Ollie pouffa à nouveau.

— T'es complètement dérangé, Yankee.

Ollie cessa de rire en songeant que sans ses choix – ou plus précisément ses innombrables erreurs de jugement –, il aurait pu se réveiller ce jour-là dans un pays neutre. Au lieu de quoi, il se retrouvait coincé dans un trou, en France occupée, en compagnie d'un capitaine au caractère de bulldog.

— Tu as peut-être raison, admit-il.

Le grincement des planches au-dessus d'eux lui fit tendre l'oreille : on déplaçait lentement la table. Quelques secondes plus tard, Madeleine ôta les planches. Le soleil baigna leur trou. Ollie plissa les paupières et porta la main à ses yeux.

— Trop de bruit, gronda Madeleine. Vous voulez que la Wehrmacht vous trouve ?

À mesure que ses yeux s'accommodaient à la lumière, Ollie discerna le groin rose de Louis. Les narines du cochon tressautaient tandis qu'il reniflait au-dessus du trou. Ollie tendit le bras pour lui gratter le menton. Louis grogna.

— Quelle heure il est ? demanda le jeune homme.

— On est le matin, l'informa Madeleine.

Elle gratta une allumette et enflamma sa cigarette. Ollie rampa hors du trou, puis il rajusta en douceur l'écharpe qui lui maintenait le bras. Il se frotta les doigts, engourdis par le froid et la mauvaise circulation.

Boar se leva à son tour, puis il s'assit à même le sol, les jambes pendant dans leur cachette. Il frotta les bandages sur ses yeux et renifla.

— Vous avez une autre cigarette ?

Madeleine souffla la fumée par ses narines, puis elle tendit sa cigarette à Boar.

Ollie resta patiemment assis pendant qu'ils fumaient, s'échangeant la cigarette, jusqu'à ce qu'une sorte de brume emplisse la maison. Il occupa son temps en grattant Louis derrière les oreilles. Enfin, Madeleine écrasa le mégot dans un cendrier d'argile rempli des restes d'autres cigarettes roulées. Elle se dirigea vers la cuisine et entreprit de préparer le petit déjeuner – du pain grisâtre et du café jaunâtre.

Installé à table, Ollie mordit dans le pain dur et faillit se casser une dent. Il regarda Boar, qui mâchonnait son quignon comme un chien mâchonnerait une couenne.

— *Tremper**, dit Madeleine en secouant la tête.

Puis elle trempa son pain dans le café. Ollie l'imita et plongea son morceau de pain dans la mixture jaunâtre, un café infusé avec ce qu'il pensait être de l'orge grillée. Effectivement bien ramolli, le pain avait un goût de paille. Il le fit descendre avec le café, pollué de miettes grisâtres. Malgré le goût et la texture du pain, c'était bon d'avoir quelque chose de chaud dans le ventre. Dormir à même le sol avait fait chuter sa température corporelle. Il se faisait l'effet d'un reptile ayant désespérément besoin de soleil.

— Bon, dit Madeleine en s'allumant une autre cigarette. Qu'est-ce qu'on va faire de vous ?

— Dès que j'y verrai à nouveau, on partira, annonça Boar. (Il avala son café, reposa la tasse sur la table.) En attendant, on va faire passer le message à la RAF, qu'ils sachent où on est. Enfin, si ce fichu pigeon est capable de traverser la Manche, bien sûr.

Ollie leva les yeux de sa tasse vide et croisa le regard de Madeleine rivé sur lui. Son cerveau se mit à cavaler. *Duchesse a-t-elle réussi à rentrer auprès de Susan ? Boar va-t-il me tuer d'avoir relâché le pigeon ?*

— À ce propos…

— Vous aimeriez un autre café, capitaine ? l'interrompit la femme.

Boar fit « oui » de la tête. Ollie appréciait la tentative de leur hôtesse pour retarder l'aveu qu'il avait relâché Duchesse, mais tôt ou tard, il devrait en informer le capitaine. Et quand le moment viendrait, il allait le payer cher.

— Et où est-ce que vous irez ? s'enquit Madeleine, qui remplissait à nouveau la tasse de Boar.

Elle reposa la carafe au centre de la table. De la buée s'élevait par le bec.

— Je trouverai bien.

Ollie observa le capitaine qui sirotait son café : sans l'ombre d'un doute, Boar avait été un as aux commandes d'un avion. Seulement à présent, il était coincé au sol, sans escadrille à mener à la bataille et, pour le moment, aveugle de surcroît. Bizarrement, tout diminué qu'il était, le pilote paraissait toujours impressionnant et invincible, tel un cobra royal dont on aurait coupé les crocs.

— La seule zone non occupée est la *zone libre**, loin vers le sud, les informa Madeleine. À moins que vous n'envisagiez de voler un avion ou de traverser la Manche à la nage.

— Eh bien, dans ce cas nous irons en *zone libre**, décréta Ollie.

Boar, qui passait le pouce sur le rebord de sa tasse, regarda dans la direction d'Ollie.

— Et qui nous aidera à passer là-bas ? L'armée française ? Au cas où tu ne serais pas au courant, elle a été balayée.

Ollie jeta un coup d'œil vers Madeleine. Les épaules de la femme s'affaissèrent. Ses yeux s'embuèrent. Ollie se sentit rougir. Avant qu'il ne puisse s'en empêcher, il avait attrapé le capitaine par son blouson.

Boar sursauta, mais Ollie le tenait fermement.

— Madeleine a perdu ses fils dans cette guerre. (Il relâcha son étreinte, baissa la main.) Et son mari est porté disparu depuis l'invasion.

Boar rajusta sa veste et tourna la tête vers Madeleine.

— Si j'avais su, Madeleine, je n'aurais pas fait une telle remarque. (Il agrippa le holster de son pistolet.) Tu me touches encore une fois, Yankee, et tu regretteras que les nazis ne t'aient pas trouvé.

— Assez.

Madeleine inhala sa fumée et la recracha au-dessus de la table, créant une barrière en forme de nuage entre Ollie et le capitaine.

— Il vous faut tout bien planifier, si vous voulez avoir la moindre chance de rentrer chez vous.

— Madeleine, reprit Boar, avec tout le respect que je vous dois, il y a peu de chances que nous parvenions à rentrer en Grande-Bretagne. Une fois mes yeux guéris, j'ai l'intention d'utiliser mes balles sur la Wehrmacht, si je ne les gaspille pas sur cet Amerloque.

— Vous êtes plus utile comme pilote pour combattre la Luftwaffe. Non ?

Boar but le reste de son café et porta de nouveau son attention vers Madeleine.

— Peut-être. Mes condoléances.

— *Merci**.

Les paroles de Boar surprirent Ollie. Il avait pris le pilote pour un salopard insensible et se demanda si la secousse qu'il lui avait donnée avait dévoilé une trace de conscience humaine chez lui, enfouie sous les couches superposées d'insensibilité imprimées par la guerre.

Madeleine s'éclaircit la voix, puis elle posa sa cigarette entre les doigts de Boar. Alors que tous les deux partageaient une autre tige, Louis arriva au petit trot de l'autre côté de la porte. Il renifla et gratta le sol de ses sabots. Madeleine allait se lever, mais s'interrompit quand Ollie posa une main sur son épaule.

— Je vais lui ouvrir. Merci pour le petit déjeuner.

Madeleine sourit.

Ollie avait grande envie de passer un bref moment dehors. Car apparemment, il s'apprêtait à vivre ses journées, du moins jusqu'à ce que son corps guérisse, à respirer soit l'air confiné d'un espace encore plus confiné, soit le tabac brûlé. Alors qu'il ouvrait la porte, un oiseau passa en trombe au-dessus de sa tête. Il plongea pour l'éviter. Le cochon couina. Le capitaine sursauta et arracha son pistolet de son fourreau.

Ollie leva les yeux et vit l'oiseau se poser sur le plan de travail de la cuisine.

— Nom de Dieu, qu'est-ce que c'est ? cria Boar, l'arme à la main.

— Un pigeon, répondit Madeleine, qui posa les doigts sur le bras du capitaine.

Boar lâcha un profond soupir, avant de ranger son pistolet.

— Garde ce fichu oiseau enfermé dans sa cage, Yankee.

Au départ, Ollie crut que ses yeux lui jouaient des tours. *Ça ne peut pas être Duchesse. Je l'ai renvoyée à la maison. Elle est partie.*

L'oiseau tendit le cou, puis il ébouriffa ses plumes luminescentes. Ollie souleva Duchesse du rebord de l'évier. Elle roucoula.

La première chose qu'il remarqua fut que ses plumes étaient froides. Ensuite, il constata que la cartouche n'était pas à sa place.

Chapitre 32

Epping, Angleterre

Susan balaya le pigeonnier du regard. Que des trous vides. Sur les cinq cents pigeons lâchés en France, seuls cent quatre étaient revenus, à peine un sur cinq. Et juste deux ce matin-là. Dont aucun n'était Duchesse. *Pourquoi est-elle repartie ? Le traumatisme ?* Tout au fond d'elle, Susan regrettait de ne pouvoir s'envoler, elle aussi. Vers un endroit où elle serait en sécurité. Une terre où la nourriture serait abondante et pas achetée à coups de carnet de rationnement. Un endroit sans sirènes et sans bombes. Mais elle ne pouvait pas quitter Bertie, ses pigeons et l'espoir qu'un jour Ollie reviendrait à la maison.

Elle fouilla la poche de son manteau et en sortit le message. Elle l'avait lu un nombre incalculable de fois, chaque coup d'œil accompagné d'une pointe de culpabilité qui lui serrait le cœur. Dorénavant, Ollie faisait partie des dommages collatéraux de Source Columba, tombé à la guerre à l'instar de l'un de ses pigeons.

Elle rangea le mot dans sa poche, s'occupa des pigeonniers restants et retourna au cottage. Elle y retrouva Bertie, le visage blême, qui raccrochait le téléphone.

— Qu'est-ce qui se passe ?

— Je t'ai préparé du thé, annonça-t-il sans répondre à sa question.

Il prit place à table et tapota la chaise voisine de la sienne. Susan s'y assit. Une bouffée d'anxiété lui échauffa la peau.

— C'était qui ?

Il poussa une tasse de thé vers elle.

— Le National Pigeon Service. Pour une commande de cinq cents pigeons supplémentaires.

— Quand ?

— Dans une semaine.

Susan secoua la tête.

— On n'en a que trois cents de prêts.

— Il va falloir en dresser d'autres, dit Bertie avec un soupir. Et si nécessaire, utiliser les pigeons qui viennent de rentrer.

— Le délai n'est pas assez long.

— On n'a pas le choix, ma chérie.

— Dis-leur d'appeler une autre ferme.

— Susan, le militaire a exigé nos pigeons en particulier.

Elle serra sa tasse. Un peu de thé tiède lui aspergea les doigts.

— Pourquoi ?

— Les nôtres ont dû rapporter quelque chose d'important, autrement, ils auraient réquisitionné des pigeons de la ferme suivante sur la liste. (Il afficha un sourire fier.) Ils ont réussi, mon petit. Nos pigeons ont transporté des renseignements depuis la France. Et ils informent nos militaires des endroits où Hitler déplace ses forces, nom de Dieu.

Susan essaya de sourire aussi, seulement elle avait déjà trop perdu. C'était pourtant ce qu'elle souhaitait, le succès de Source Columba, mais pas aux dépens d'Ollie. Elle se leva de sa chaise.

— Où vas-tu ?

Elle saisit son manteau.

— J'ai cinq cents pigeons à préparer.

— Je viens t'aider.

Bertie se mit debout, se traîna vers la porte où il attrapa sa veste au portemanteau. Le craquement de ses genoux immobilisa Susan.

— Tu ferais mieux de te reposer.

— Je prendrai des vacances quand on aura battu ce barbare de Führer allemand. En attendant, je vais être plus actif encore que sa Luftwaffe.

Susan le prit par le bras et l'aida à gagner les pigeonniers. Là, ils entreprirent de mettre les pigeons dans les paniers, préparatifs pour un vol d'entraînement. Alors qu'elle chargeait des paniers à l'arrière de la camionnette, Susan remarqua que son grand-père se dirigeait de son pas vacillant vers l'un des soldats, qui fumait une cigarette devant sa tente.

— Vous pourriez nous aider ? lui demanda-t-il.

— Nous avons nos ordres, monsieur. Et vous les vôtres.

Le soldat jeta son mégot d'une pichenette et rentra dans sa tente.

— Crétin, maugréa Bertie en revenant vers Susan. Ils occupent notre terre, ils mangent même notre nourriture, mais pas question de lever le petit doigt pour nous donner un coup de main. (Susan remarqua les joues rougies de son grand-père.) Les ordres mon cul, continua-t-il à ronchonner. Ils passent leurs journées assis dans leur tente à attendre que leurs putains de cloches sonnent. Je peux te dire, ma chérie, que pendant la Grande Guerre nos militaires n'étaient pas de tels fainéants.

Il ramassa un panier et gagna péniblement la camionnette. L'idée que les soldats étaient assis dans leur tente, sans doute à jouer aux cartes ou à faire la sieste, la rendit soudain furieuse. Un vieil homme, qui arrivait tout juste à marcher, se cassait le dos sous leur nez, et ils ne bougeaient pas le petit doigt. Alors avant de perdre complètement son sang-froid, elle s'avança vers la tente et poussa le battant de toile.

Un soldat, qui lisait un magazine, rabattit immédiatement la couverture. Son camarade se redressa d'un bond de son lit de camp.

— Bougez-vous le bac à crottes !

Le pouls de Susan lui battait dans les oreilles. Les deux soldats rougirent, comme si une femme venait d'entrer avec eux sous la douche.

— Dehors et au boulot ! poursuivit-elle, le doigt tendu dans la direction de la camionnette. Sinon, j'appelle votre commandant pour lui raconter que vous dormez pendant votre mission.

— Vous ne ferez pas ça, lâcha le soldat qui lisait un magazine.

— Oh que si, rétorqua-t-elle, portant les mains à ses hanches. Ou vous préférez peut-être que je passe un coup de fil au général Keith Park ?

Face à elle, les mâchoires se décrochèrent. Les deux militaires échangèrent un regard, puis ils détalèrent dehors.

Bertie s'arrêta, un panier de pigeons à la main et un large sourire aux lèvres. Il regarda les soldats ramasser un panier chacun et se hâter vers la camionnette.

— Bien joué, commenta-t-il en s'approchant de Susan.

— Je n'en reviens pas d'avoir osé.

Elle prit une longue goulée d'air, dans l'espoir de calmer son cœur affolé.

— Le coup du général, c'était bien vu, j'aurais dû y penser. M'enfin, je pense que c'est le gros mot qui les a convaincus.

Les épaules de Susan se détendirent.

— J'ai entendu grand-mère l'utiliser une fois ou deux.

— Sur moi, il marchait systématiquement. (Adressant un sourire à Susan, il se remit au travail.) Bac à crottes, ricana-t-il pour lui-même.

Le reste de la matinée, Susan et Bertie placèrent les pigeons dans des paniers, pendant que les soldats, ponctuant leur tâche d'occasionnels blasphèmes, les chargeaient dans la camionnette. Si leur chaîne de travail fonctionnait efficacement, Susan savait que les séances de dressage ne seraient que le cadet de ses soucis. Le gros problème, c'était le quota de cinq cents pigeons supplémentaires. Dans les pigeonniers, elle sélectionnait tous les oiseaux assez âgés et forts pour traverser la Manche, même si nombre d'entre eux n'avaient qu'un entraînement limité. Alors, pour s'assurer qu'ils bénéficient de bons guides lors de la séance, elle y mélangea une trentaine de vétérans, fatigués par le retour de France. Quand elle en eut terminé, il ne restait plus dans les pigeonniers que des pigeonneaux et les mères couveuses.

Elle insista auprès de Bertie pour qu'il reste et surveille le retour des pigeons. Il tenta d'argumenter, mais finit par céder quand elle lui fit remarquer que les soldats, retournés au fond de leur tente, étaient de mauvaise humeur et qu'il fallait quelqu'un pour s'assurer que tout se passait sans heurts. Avant qu'elle se mette en route, il lui prépara un en-cas – un morceau de pain, grillé pour masquer le fait qu'il était rassis, avec un bout de fromage. En s'éloignant au volant de la camionnette, elle vit Bertie assis sur le perron, attendant qu'un pigeon apparaisse à l'horizon.

La traversée de l'Essex se passa sans problème, les voitures étaient peu nombreuses sur la route et les gens dehors encore moins nombreux. À croire que toute l'Angleterre était terrée à l'intérieur, se préparant à un long hiver ou à une autre série de bombardements. Jusqu'à ce qu'elle arrive à Clacton-on-Sea. Sur le bas-côté de la route, trois membres de la Home Guard, des volontaires trop âgés ou physiquement inaptes à se battre, creusaient pour arracher un panneau indicateur. Leur manteau recouvrait en grande partie leur uniforme, mais ils restaient aisément reconnaissables à leur casquette militaire vert olive. Leurs armes, un assortiment de vieux fusils de chasse, étaient appuyées comme du petit bois contre un hêtre. Susan s'arrêta et baissa sa vitre.

— Qu'est-ce que vous faites ? leur demanda-t-elle.

Un homme à la moustache grise et aux bajoues gonflées comme un écureuil qui cacherait des glands lâcha sa pelle et s'approcha de la camionnette.

— On se prépare à l'invasion.

Susan serra si fort le volant que ses phalanges blanchirent. L'homme ajusta sa casquette et posa ses mains couvertes de terre sur la portière.

— Et vous, vous travaillez pour qui ?

— Le National Pigeon Service.

Elle hésita, puis sortit un badge du NSP, un pin's métallique qu'elle préférait garder à l'intérieur de son sac à main plutôt que sur le revers de son manteau, et le lui tendit.

L'homme observa le badge, puis les pigeons à l'arrière de la camionnette. Susan vit ses yeux s'adoucir.

— Mon fils Andrew, quand il était petit, adorait nourrir les pigeons au parc. (Il se racla la gorge et lui rendit le badge.) Il aimait leur jeter la croûte de ses sandwichs.

Susan sourit et rangea le badge dans son sac. L'homme lâcha un soupir, formant un nuage de buée devant sa bouche.

— Andrew n'est pas revenu de Calais.

Ses paroles la surprirent, pourtant elle était au courant, pour l'avoir lu dans les journaux avec Bertie, que quelques milliers de soldats britanniques avaient contenu l'invasion allemande à Calais. Ils s'étaient battus jusqu'au bout, octroyant au reste des troupes le temps d'évacuer la France. En tout, plus de trois cent mille soldats avaient fui le port de Dunkerque sur un mélange de navires militaires et de bateaux de pêche branlants. C'était le miracle de Dunkerque. En contrepartie, les hommes de Calais avaient disparu. Ils étaient ce que Bertie considérait comme des agneaux sacrificiels.

—Il serait fier de son père, qui travaille dur à la protection de sa patrie, dit-elle en regardant l'homme droit dans les yeux. J'ajouterai Andrew à nos prières.

L'homme renifla et redressa le dos.

—Merci. Je vous suggère de terminer ce pour quoi vous êtes venue et de rentrer chez vous. Ils sont arrivés de bonne heure, ces derniers soirs.

Susan hocha la tête et repartit, émue que la seule vue d'un pigeon ait pu raviver des souvenirs chers à cet homme. Et attristée à l'idée de la perte de tant de jeunes hommes, qui n'étaient sans doute que les premiers d'une liste qui s'allongerait encore.

Sur la route, elle remarqua d'autres hommes de la Home Guard et comprit bientôt qu'ils rendaient inutilisables tous les panneaux indicateurs de la péninsule. Ceux qui étaient trop imposants pour être arrachés avec de simples outils de jardinage étaient peints en noir. La côte de l'Essex constituait un labyrinthe de routes sinueuses, et apparemment les militaires, ou du moins les membres de la Home Guard, n'avaient pas l'intention de laisser les Allemands s'y repérer facilement. *Créer quelques fausses routes suffira-t-il à ralentir l'armée d'Hitler?*

Elle atteignit la côte dans l'après-midi. L'endroit avait changé. Plus précisément, il avait été transformé en avant-poste de l'armée depuis sa dernière visite. Au lieu de décharger ou de prendre un moment pour manger le déjeuner que Bertie lui avait emballé, elle se laissa emporter par sa curiosité et alla voir ce qui avait été fait. Mue par cette envie, elle gara la camionnette sur le bas-côté de la route et descendit.

L'arête au-dessus du littoral était parsemée de bunkers, des structures de béton renforcées avec des fentes rectangulaires en guise de fenêtres. La plage jadis vierge était désormais couverte de kilomètres de barbeslés concertina, des gros rouleaux aiguisés de rasoirs. D'énormes mitraillettes, le canon tourné vers le ciel, avaient été montées sur les falaises surplombant le littoral. Et des soldats, un posté près de chaque bunker, montaient la garde devant la Manche.

L'invasion était proche, elle en avait la preuve tangible sous les yeux, et ses jambes se mirent à flageoler. La Grande-Bretagne se préparait à la guerre sur ses propres terres. Et quelque part, loin au-delà de ces eaux gris ardoise, il y avait Ollie. Elle joignit les mains et pria qu'il réussisse à rentrer à la maison, d'une manière ou d'une autre. Mais rentrer pour trouver quoi? Un pays occupé par l'Allemagne?

Elle s'était attendue à entendre des commandants aboyer leurs ordres aux militaires, à voir des soldats transporter des obus et des caisses de munitions. Au contraire, la péninsule était d'un calme sinistre. *Le calme avant la tempête nazie*, songea-t-elle. Seules des mouettes criaient, flottant tels des cerfs-volants au-dessus des vagues déferlantes. Posant les yeux sur un bunker, elle remarqua que le soldat n'avait pas bougé. Discipliné. Stoïque. Accomplissant son devoir. Mais quelques secondes plus tard, une mouette, sans doute lasse de combattre le vent de la côte, atterrit sur le casque de l'homme.

Susan crut qu'il allait chasser l'oiseau, mais il resta au garde-à-vous, les yeux rivés sur la mer. Les petits cheveux à la base de son cou se hérissèrent.

— Bonjour ! s'exclama Susan.

Sa voix sembla se noyer dans les vagues. Le soldat resta immobile. Elle cria de nouveau. Ni ce soldat ni les autres ne firent l'effort de lui répondre. Prenant son courage à deux mains, elle grimpa vers le bunker. À son approche, la mouette s'envola, inclinant bizarrement le casque du soldat sur sa tête. Impassible, il continua à surveiller la Manche. Quelques pas plus loin, Susan comprit enfin que le soldat – si on pouvait l'appeler ainsi – n'était en réalité qu'un mannequin habillé en uniforme militaire. Son casque était constellé de fientes de mouettes. Une onde de choc lui traversa le corps. Après inspection, elle découvrit non seulement un mannequin, mais un faux bunker construit à l'aide de briques sèches peintes en gris. Quant aux armes, érigées pour protéger la côte, ce n'étaient que des tuyaux d'écoulement dont les canons étaient tout juste bons à recueillir les eaux de pluie.

La fortification tout entière n'était qu'un trompe-l'œil. Tous les bunkers, les armes et les soldats étaient faux. La seule chose bien réelle, apparemment, c'était le barbelé. *Dieu nous vienne en aide.*

Où était l'armée britannique ? Les Allemands n'auraient besoin que d'une paire de cisailles bien aiguisées et ils envahiraient l'Essex. La Home Guard, armée de fusils de chasse, de couteaux attachés à la pointe de bâtons en guise de baïonnettes et de cocktails Molotov, ne servirait pas à grand-chose pour les ralentir. Ils traverseraient Epping, puis ils occuperaient Londres. Susan fut prise d'une forte envie de pleurer. D'abandonner. Au lieu de quoi, elle s'obligea à retourner à la camionnette.

Accablée par sa découverte des fausses fortifications, elle mit plus d'une heure à décharger les pigeons. Quand elle posa le dernier panier dans l'herbe immobile, les pigeons, pressentant le début de leur voyage, commencèrent à s'agiter. Une après l'autre, Susan ouvrit les portes. Les oiseaux s'envolèrent dans le ciel. Et alors qu'ils contournaient le périmètre, elle fut prise d'une vague de tristesse qui lui fit baisser les épaules. C'était leur dernier vol d'entraînement. Et vu le taux de survie de la mission, la dernière fois qu'elle les voyait voler ensemble.

Elle rembarqua les casiers vides et s'en alla. Quelques kilomètres plus bas, elle rata son embranchement, soit à cause de l'absence de panneaux indicateurs, soit parce qu'elle était distraite par le recours de l'armée britannique à des mannequins. Quoi qu'il en fût, elle se retrouva tout au bout de la péninsule avant de se rendre compte de son erreur.

Le soleil tombait derrière les arbres. Elle avait mis bien trop longtemps et elle aurait de la chance si elle rentrait avant la nuit. Alors elle fit demi-tour à la hâte. Le sandwich de Bertie tomba au sol. Elle écrasa l'accélérateur. Le moteur rugit. Le vent siffla à travers les cages vides. Espérant gagner du temps, elle décida de prendre ce qu'elle croyait être un raccourci et se perdit à nouveau. Elle était allée à Clacton-on-Sea des dizaines de fois, mais sans les panneaux routiers, tout paraissait différent, bien que pareil en même temps. C'était comme dans un labyrinthe. Elle peinait à retrouver son chemin. Hélas, il faisait nuit quand elle regagna enfin la route principale de Clacton-on-Sea.

Pour se conformer aux consignes du black-out, elle garda ses feux éteints. La route à peine visible, elle dut conduire lentement. La campagne était désolée. Tout était sous abri. Avant qu'elle atteigne Epping, les sirènes hurlèrent. Aux alentours de North Weald, des dizaines de projecteurs balayaient les environs. Des rayons blancs sillonnaient les nuages. Elle agrippa son volant. Peu après, les tirs antiaériens tonnèrent. Les ondes de choc lui explosaient aux oreilles. Les flashs des explosions aériennes allumaient le ciel. Elle accéléra, peinant à garder la camionnette sur la route.

Elle parvint à la ferme au moment où les premières bombes frappaient Londres. À travers le pare-brise, elle vit des éclairs blancs illuminer l'horizon. Quelques secondes plus tard, le son lui parvint. Des déflagrations, des grondements. Le sol, la camionnette et même ses os se mirent à vibrer. Elle sortit, laissant la clé sur le démarreur, et courut jusqu'au cottage. L'odeur de la poudre lui emplit les poumons. Elle ouvrit la porte en grand et cria :

— Grand-père !

Bertie se leva d'une chaise de cuisine – placée près d'une fenêtre – et enveloppa Susan de ses bras. Il l'enlaça de toutes ses forces.

— Pardon.

Bertie la regarda.

— Tu vas bien, ma chérie ?

Elle hocha la tête.

— J'ai essayé de convaincre les soldats de m'aider à venir te chercher, mais pas moyen de leur faire quitter leur poste, à ces crétins. Les lâches.

— Les pigeons sont revenus ?

— Tous.

— Et ceux de Source Columba, d'autres sont rentrés ?

Il secoua la tête, puis appuya son poids sur la chaise.

— Qu'est-ce qui s'est passé ?

Susan entendit une forte explosion et hésita.

— Tous les panneaux indicateurs ont été peints en noir.

Bertie haussa les sourcils.

— Pourquoi ?

Elle déglutit.

— En vue de l'invasion.

Elle n'eut pas le courage, en revanche, de lui révéler que la côte était protégée par des mannequins tout droit sortis de boutiques de mode.

Chapitre 33

Epping, Angleterre

SUSAN AVAIT LES YEUX RIVÉS SUR SON BOL DE PORRIDGE. Malgré la faim qui la tenaillait et ses côtes qui saillaient à présent comme celles d'un chien errant, elle ne parvenait pas à se persuader de soulever sa cuillère. Elle n'avait pas dormi. Les bombardements avaient été particulièrement violents. Si terribles qu'elle redoutait la disparition complète de Londres, réduite à un trou jusqu'au centre de la Terre.

Les sirènes avaient hurlé une bonne partie de la nuit. Les tirs, redoublé. La terre, tremblé. Sous sa couverture, Susan s'était recroquevillée comme dans un cocon et avait prié jusqu'à ce que ses phalanges lui fassent mal. Pour la sauvegarde des Londoniens, pour la survie de la Grande-Bretagne, pour le retour d'Ollie. Et ce matin-là, au réveil, elle avait constaté qu'un seul pigeon supplémentaire était rentré de France. Un sur les presque quatre cents qui manquaient encore à l'appel. Et ce n'était pas Duchesse.

— Il faut que tu manges quelque chose, lui enjoignit Bertie.

— Je n'y arrive pas.

— Essaie. On doit garder nos forces pour gagner la guerre.

Susan repensa à Clacton-on-Sea. Aux faux bunkers. Aux soldats mannequins. Pour la première fois, son espoir de remporter la guerre ne s'était pas seulement estompé, il avait été étouffé. Au mieux, les Britanniques devraient trouver le moyen de vivre sous le règne d'Hitler.

Bertie poussa son bol vers elle.

— Sois forte comme un œuf, mon petit.

Ses yeux s'emplirent de larmes. Elle s'essuya les joues et saisit sa cuillère, avant de manger son porridge jusqu'au dernier flocon d'avoine, malgré son goût rendu fade par l'absence de lait, d'épices et de sucre. Lâchant la cuillère dans son bol, elle songea qu'il faudrait que Source Columba accomplisse un miracle, révèle une faiblesse dans l'armure nazie, pour que la Grande-Bretagne survive.

La matinée fut passée à prendre soin des pigeons. Tout en nettoyant les pigeonniers, elle leva les yeux avec l'espoir de voir Duchesse tourner au-dessus des bouleaux. Mais les cimes étaient vides, à l'exception de quelques écureuils malins qui s'affairaient à amasser des noix pour l'hiver. Au moment où elle jetait des déjections à la poubelle, elle entendit le moteur d'un véhicule militaire remontant l'allée. Les soldats, alertés par le bruit, sortirent de leur tente. Bertie émergea du cottage en remontant la fermeture Éclair de son blouson.

Susan apprit bientôt que le militaire venait livrer des cages à parachute pour la nouvelle vague de lâchers. Mais cette fois, les cages ne ressemblaient en rien à celles utilisées pour la première mission. En fait, ce n'étaient pas des cages, ni des paniers. C'étaient des tubes. Rien de plus que du carton, semblable aux rouleaux que l'on utilisait pour envoyer des affiches, avec un petit parachute attaché à une extrémité. Pas de paravent. Juste des trous percés dans chaque bouchon pour permettre à l'air d'entrer. Ses pigeons seraient donc coincés dans ce qui ressemblait à un sarcophage tubulaire.

— C'est inhumain ! s'exclama Bertie après examen d'un tube.

Le soldat livreur, un homme à la mâchoire carrée, à la peau constellée de taches de rousseur et aux cheveux de la couleur d'une cabine téléphonique anglaise, s'approcha du vieil homme.

— C'est un nouveau modèle.

— Nouveau modèle, mon cul. C'est un tube d'envoi postal.

— Ils ne pourront pas bouger, ajouta Susan. Ni voir.

— Les cages prenaient trop de place dans un Blenheim.

Le soldat souffla sur ses doigts pour les réchauffer, puis il fourra les mains dans les poches de son blouson.

— Avec ça, il faudra moins d'avions et donc risquer la vie de moins de pilotes.

Susan n'arrivait pas à se figurer ses pigeons enfermés dans ces tubes comme de vulgaires rouleaux de papier.

Ils n'étaient pas des affiches que l'on protégeait pour ne pas les froisser. C'étaient des pigeons. De beaux pigeons, intelligents et fidèles. Ces animaux dévoués étaient peut-être le seul moyen pour le pays d'avoir quelque idée de ce que fabriquait l'ennemi de l'autre côté de la Manche et on les traitait comme du courrier de seconde zone. Elle mourait d'envie de piétiner leurs tubes, de les déchirer et de les brûler dans la cheminée de son grand-père.

Alors qu'elle contemplait une pile de tubes, son cerveau se mit à tourner à plein régime. *Est-ce qu'on a bien tout dit à ce soldat ? Les cages ont-elles fonctionné ? Est-ce que certains parachutes ne se sont pas ouverts ?* Elle frissonna. Si seulement Ollie avait été là, il aurait tellement bien su la rassurer, lui expliquer comment les parachutes déposeraient les pigeons au sol en toute sécurité.

Elle regarda les soldats débarquer les derniers tubes et s'en aller, les pneus de leur voiture creusant de profonds sillons dans la boue. Elle se tourna vers Bertie et remarqua son visage rougi, ses poings serrés.

— Tu vas bien ? lui demanda-t-elle.

— Cette mission part à vau-l'eau à cause de l'armée, marmonna-t-il en quittant la cour de son pas chancelant.

— Où tu vas ?

— Me dégourdir les jambes.

— Prends ta canne.

Il secoua la tête et s'éloigna en direction du champ. Susan le soupçonnait d'aller à l'étable. Bertie adorait ses moutons, qu'il n'élevait que pour la tonte de leur laine.

Les bêlements, pourtant bien moins réconfortants que le roucoulement des pigeons, semblaient toujours l'apaiser. Et vu que les pigeonniers étaient à présent remplis de tubes de carton et de parachutes qui risquaient surtout de faire grimper sa tension artérielle, passer du temps auprès des moutons était un bon moyen d'oublier Source Columba, ne fût-ce qu'un bref moment.

Elle s'affaira à ses tâches, s'occupant des pigeons jusqu'à la fin de la matinée. Elle leur versa à manger. Remplit les bacs d'eau. Examina les petits. Elle répara même les planches mal fixées qui séparaient les niches. N'importe quoi, pourvu que son esprit soit occupé.

Une fois qu'elle eut terminé de balayer, elle rentra préparer le déjeuner, même s'il consistait juste en un peu d'avoine mélangée à des morceaux de navets flétris. En posant la nourriture sur la table, elle se rendit compte qu'il était presque 14 heures – un peu tard pour le déjeuner, sachant que le soleil se coucherait d'ici quelques heures. Alors elle alla chercher Bertie en espérant qu'il avait profité au mieux de ces quelques heures de réconfort. En traversant le champ, elle vit un troupeau de moutons, agglutinés sur l'une des seules zones d'herbe encore verte, se disperser. Et ce qu'elle découvrit à la place lui coupa le souffle.

Une chaussure. Un mollet. Un hurlement lui monta de la gorge. Elle trébucha et tomba. Elle peina à se relever, marcha sur sa jupe, tomba à genoux. Les moutons s'éparpillèrent. Et il était là, face la première dans le trèfle, entouré d'agneaux qui pleuraient.

Chapitre 34

Airaines, France

— Le capitaine ne t'aime pas, commenta Madeleine.

Ils se dirigeaient ensemble vers la grange, Louis sur leurs talons.

Ollie jeta un coup d'œil en direction de la maison. Madeleine gratta le groin du cochon, suscitant un grognement satisfait.

— Il t'en veut d'être resté coincé dans cet avion ?

Ollie ouvrit la porte de la grange.

— Disons juste qu'il n'est pas fana des Américains.

Il déplaça soigneusement Duchesse, bien calée dans son écharpe, pour la déposer dans sa cage, qu'il avait camouflée sous un tas de paille. Duchesse ferma les yeux, comme à moitié endormie, puis elle coinça la tête sous son aile. Ollie se redressa. Sa cheville était encore raide et douloureuse.

— Surtout ceux qui frappent un officier, ajouta-t-il en reportant son attention vers Madeleine.

La femme partit d'un rire rauque qui lui secoua les poumons.

— À cause d'une femme ?

Il acquiesça.

— Susan ?

— Vous pourriez être diseuse de bonne aventure, Madeleine.

Il passa un doigt à travers la grille de la cage et observa la patte de Duchesse en se demandant comment il s'était débrouillé pour mal y attacher la cartouche. *Qu'est-ce que je peux utiliser pour envoyer un message maintenant ? De la ficelle ? Du fil de fer ? Du ruban adhésif ?*

— Je suppose que vous ne sauriez pas m'indiquer où trouver une cartouche à pigeon, par hasard ?

Madeleine marqua un temps d'hésitation, puis elle tourna la tête vers l'extérieur.

— *Si**.

Ollie s'appuya sur son autre jambe. Sa cheville enflée appuyait contre sa chaussure.

— Où ?

— À environ une heure à travers le bois. Louis et moi, on revenait d'une récolte de truffes quand vos parachutes sont tombés du ciel.

— Comment j'y vais ?

— Trop dangereux. La Wehrmacht a des patrouilles. Et la Luftwaffe un aérodrome. Ils vous repéreraient.

— Je me fondrai dans le paysage, lui assura-t-il en montrant ses vêtements.

— Ton anglais te fera tuer.

Il déglutit.

— Je dois essayer. Il nous faut une autre cartouche. Et s'il y a d'autres pigeons, on pourrait les utiliser pour envoyer des informations à la Grande-Bretagne.

Madeleine hésita, puis elle lâcha :

— Vaut mieux y aller de nuit.

Ollie secoua la tête.

— Les chances de retrouver un panier dans le noir seraient quasi inexistantes, surtout qu'il est impossible de prendre une torche. En plus, les pigeons, s'ils n'ont pas déjà été retrouvés, ne tiendront pas le coup longtemps. Il fait froid et ils n'ont pas d'eau.

Madeleine enleva un fil lâche de son pull.

— Dites à Boar que vous avez tenté de m'en empêcher, lui dit Ollie, mais que j'ai insisté pour aller jeter un coup d'œil aux alentours.

Elle croisa les bras et baissa la tête. Ollie alla poser une main sur son épaule.

— Je ne compte pas me faire prendre. Mais pour le cas où ils me captureraient, jamais je ne leur révélerais que vous m'avez aidé.

— Suis le ruisseau, lâcha-t-elle à contrecœur.

Elle lui donna des détails sur l'endroit où elle avait vu les parachutes tomber et termina ses explications par un soupir saccadé.

— Sois prudent.

Il hocha la tête et remonta la fermeture de son blouson.

S'il avait su à quel point sa cheville le ferait souffrir, il ne serait pas parti. Au bout de quinze minutes de marche à travers la forêt, la douleur à son pied se réveilla. Et comme une série de dominos qui se mettent à tomber les uns sur les autres, elle se propagea le long de sa jambe et provoqua un spasme dans son épaule. Bientôt, son pied l'élançait tant qu'il dut perdre un temps précieux à chercher une branche en forme de bréchet pour s'en servir de béquille. Il reprit alors sa progression en boitant dans les sous-bois. Il enjamba des troncs couverts de mousse et traversa des ruisseaux peu profonds, se guidant grâce à son souvenir des indications données par Madeleine.

En moins d'une heure, il atteignit un champ vallonné, semblable à celui qu'elle avait décrit. S'asseyant pour se reposer, il resserra son écharpe pour empêcher son épaule de bouger, puis il desserra ses lacets. Immédiatement, la pression diminua. Remontant la jambe de son pantalon, il regarda dans sa chaussure. Sa cheville, presque deux fois plus grosse que la normale, était couleur aubergine. Il grimaça. Si elle n'était pas cassée, comme l'avait affirmé le médecin français, il aurait pu jurer que les ligaments avaient été passés à l'étireuse de guimauve.

Tout en réfléchissant au bien-fondé d'y appliquer de la boue froide pour diminuer le gonflement, il passa les lieux en revue. Le champ était vierge. Ce qu'on y avait semé avait été récolté. Des bouts de tiges mortes se dressaient sur le sol, donnant l'impression que le champ venait de subir une coupe en brosse. Tout au bout, un mouvement attira son attention : un point couleur crème, sorte d'oreiller que l'on aurait jeté là. Il plissa les paupières. Le vent siffla. Et la toile du parachute claqua, révélant une cage de bois. Il se mit sur pied et reprit sa pénible progression.

À plusieurs mètres à l'intérieur du champ, il entendit ce qui ressemblait à une tondeuse à gazon. Il se figea. Retint son souffle. Écouta. Le moteur approchait. Alors il fit demi-tour et courut. La douleur lui vrilla le pied. La béquille s'enfonçait dans son aisselle, réveillant la douleur brûlante à son épaule. Il se mit à sauter sur un pied. Le moteur gémissait. Il plongea dans les sous-bois, juste à temps pour voir apparaître au sommet de la colline trois soldats de la Wehrmacht, deux sur une moto et le troisième dans un side-car équipé d'une mitraillette. La poitrine d'Ollie battait fort. Il pria de n'avoir pas été repéré.

Le soldat du side-car visait. Les motos s'arrêtèrent dans un crissement de pneus. Les soldats en descendirent, passèrent leurs armes à leur épaule et s'avancèrent dans le champ.

Bon Dieu. Ollie pensa d'abord à se recouvrir de boue et de feuilles mortes, mais il craignit que le moindre mouvement n'attire leur attention.

Le premier soldat arriva au pied de la cage et souleva le parachute de la pointe de son fusil.

— *Taube*, dit-il.

Les autres se regroupèrent autour de lui. Le grand soldat dégingandé qui pilotait la moto leva son arme et, avec le manche, frappa sur la cage. Un craquement retentit à travers le champ. Un vol d'étourneaux s'échappa des arbres, attirant le regard des soldats dans la direction d'Ollie. Il baissa la tête, le menton collé contre la terre.

Les soldats reportèrent leur attention sur la cage. Et le plus grand se pencha pour en arracher la cartouche, provoquant un « clac » sec, comme celui d'un crayon que l'on casse.

Ollie serra les poings.

Le soldat dévissa le couvercle et regarda à l'intérieur de la cartouche. Une patte cassée pendait à l'attache.

—*Nichts*, commenta-t-il, avant de jeter la cartouche dans la cage brisée.

Du pied, il écrasa les débris, comme s'il éteignait un mégot de cigarette. Apparemment convaincus qu'il n'y avait pas d'autres cages dans les parages, les soldats retournèrent à leurs véhicules. Le pilote fit démarrer le moteur d'un coup de pied et le fit vrombir. Le pot d'échappement cracha de la fumée. Alors qu'ils s'éloignaient, Ollie entendit, sous les pétarades du moteur, ce qui ressemblait à des rires.

Sitôt qu'il fut certain qu'ils ne rebrousseraient pas chemin, Ollie se leva et repartit dans le champ en traînant la jambe. À chaque pas, la base de sa béquille de fortune s'enfonçait dans le sol. Des feuilles mortes pendaient à son blouson ; il ne prit même pas la peine de les balayer. Les gaz d'échappement âcres imprégnaient toujours l'air. Il pressa le pas jusqu'à atteindre la cage ou ce qu'il en restait.

La poitrine du pigeon était aplatie, ses ailes froissées comme des feuilles d'origami. En tendant la main dans la cage pour en tirer la cartouche, Ollie effleura l'oiseau et remarqua que son corps était encore tiède. Le cou du pigeon était tordu, des plumes ensanglantées collaient à la cage. Avec soin, il retira sa patte du fermoir. En mettant la cartouche dans sa poche, il songea à Susan et regretta de n'être pas arrivé plus tôt.

Le trajet du retour lui prit plus longtemps, car il dut effectuer plusieurs arrêts pour se reposer, mettre sa jambe en hauteur afin de diminuer l'afflux de sang à sa cheville. Quand il arriva près d'une voie de chemin de fer, il craignit d'abord de s'être perdu, jusqu'à ce qu'il aperçoive, au loin, la flèche de l'église du village de Madeleine. Airaines. Au moment où il pivotait pour prendre la bonne direction, le bruit de moteurs d'avion attira son attention. Il plongea sous un pin. Le grondement s'intensifia. Quelques minutes plus tard, un escadron de Messerschmitt passa au-dessus de la forêt. Au lieu de prendre de l'altitude, les chasseurs formèrent une ligne. Leur train d'atterrissage sortit. Et ils disparurent sous les arbres, du côté opposé du chemin de fer.

Les possibilités qui s'offraient à Ollie lui emplirent l'esprit. Il pouvait retourner chez Madeleine. Après tout, il avait récupéré la cartouche dont il avait besoin. Sa cheville, sans parler de son épaule, lui faisait un mal de chien. Mais comment passer outre à l'opportunité de récupérer des renseignements utiles ? Pour l'instant, tout ce qu'il était en mesure de renvoyer à Susan – et à la RAF, par la même occasion –, c'était que Boar et lui se cachaient comme des rats sous les lattes d'un plancher.

Avant de se donner le temps de changer d'avis, il traversa les rails et s'engagea entre les pins. Les aiguilles tombées créaient une douce couverture sous ses pieds. Au bout de quelques minutes, il atteignit les abords d'un aérodrome. Sous une canopée de branches, il s'accroupit au sol. Et se mit à ramper sur le ventre. Son pouls s'emballa. Quatre pistes avaient été créées par les Allemands, après réquisition de plusieurs fermes rasées à l'aide de bulldozers qu'on voyait encore garés le long d'une clôture en barbelés. Là où jadis poussaient les récoltes s'étendait désormais un port pour l'armada de la Luftwaffe.

Le long du champ se trouvaient des dizaines de chasseurs Messerschmitt, avec leur nez noir rutilant, et un corps gris requin qui leur donnait une apparence féroce même au sol. Il y avait là plus de quarante bombardiers Heinkel, chacun assez gros pour renfermer suffisamment d'explosifs pour pulvériser un pâté d'immeubles. Il vit aussi de nombreux Stuka, ces moustiques de métal hideux, célèbres pour leur capacité à bombarder en piqué, et plusieurs autres appareils qu'Ollie ne reconnaissait pas. À la bibliothèque de Buxton, il avait lu des articles sur la supériorité grandissante de la force aérienne allemande. Il avait vu leurs avions survoler Epping et la Manche. Mais rien ne l'avait préparé à la vision inquiétante de la Luftwaffe au repos. C'était un peu comme d'entrer dans le repaire d'une troupe de lions endormis.

Près d'un hangar, des soldats chargeaient des obus et des malles de munitions dans un camion, sans doute en prévision d'une énième nuit de raids. À côté d'une piste attendaient des centaines de barils de pétrole.

Ollie s'approcha un tout petit peu, puis il s'arrêta. Dans l'angle le plus éloigné de l'aérodrome, une sentinelle parcourait le périmètre. Une mitraillette était accrochée à son épaule. Il tenait un berger allemand en laisse.

Oh, bon sang.

Ollie balaya attentivement la zone des yeux. Au bout du champ, le sol montait abruptement vers un groupe de pins affaissés. S'il parvenait là-bas, il aurait une vue en surplomb des pistes et pourrait effectuer un inventaire précis des appareils. Problème, il se trouverait tout près de la clôture et pourrait être vu par la sentinelle quand il passerait près de l'angle. Et si l'homme ne voyait rien, le chien flairerait son odeur. Car il devait empester la sueur. Heureusement que le vent soufflait dans le bon sens, sinon il aurait peut-être déjà été repéré.

Il était sur le point de retourner en rampant sous le couvert des arbres quand il entendit un cri. La sentinelle se dressa, au garde-à-vous, et tendit le bras en guise de salut. Un officier, à en juger par la forme incurvée de son képi, s'approcha de lui. Le chien s'assit, pattes droites, telle une statue dans un parc.

Ollie hésita. L'officier s'entretenait avec la sentinelle. Une minute s'écoula. Il visualisa l'angle du champ – à vingt, peut-être trente mètres de lui. Plutôt que de perdre une seconde supplémentaire, Ollie se mit à ramper. Il refoula sa douleur à l'épaule et à la cheville et atteignit sa destination.

Quand il leva les yeux, l'officier était reparti. Et la sentinelle avait repris ses déambulations le long de la clôture.

Rapidement, Ollie compta les appareils sur la première piste. Puis la deuxième.

La sentinelle approchait. Son chien reniflait le sol, ses omoplates roulant sous un épais manteau marron.

Ollie compta les avions restants en espérant avoir fait un inventaire exact de l'aérodrome. Alors qu'il repartait vers la forêt, le chien aboya.

Merde. Il trébucha et se rattrapa avec sa béquille. Un spasme lui vrilla la cheville.

Nouvel aboiement. Plus fort.

Ollie s'imagina la sentinelle lâchant son chien, qui se mettrait à galoper vers lui, les crocs dehors. Il s'attendait à ce que le chien lui bondisse sur le dos d'un instant à l'autre. Lui dévore la peau des bras. Lui déchire le visage. Sa respiration s'accéléra. Il sautilla vers l'avant, malgré la pression à sa jambe, une véritable torture.

Le moteur d'un avion crachota. Les hélices ronronnèrent, couvrant les craquements des aiguilles de pins sous ses pieds. En arrivant au bord des rails de chemin de fer, il remarqua que le chien avait cessé d'aboyer. Et espéra qu'il avait juste été agacé par l'avion sur le point de décoller. Mais il n'allait pas s'attarder dans les parages pour s'en assurer. Il gagna le bois, déterminé à rapporter ses informations à Susan.

Chapitre 35

Airaines, France

— T'ÉTAIS OÙ, L'AMERLOQUE ? LANÇA BOAR SITÔT qu'Ollie pénétra dans la ferme.

Ollie plaça Duchesse, pelotonnée telle une boule de plumes, dans sa cage. Il se laissa tomber sur une chaise et épongea la sueur sur son front.

Madeleine, qui touillait une gamelle de chou bouilli, reposa sa cuillère et s'empara d'une cigarette.

— Je ne t'ai pas donné la permission de partir, maugréa Boar en ajustant le bandage qui lui couvrait les yeux.

Ollie desserra ses lacets et monta son pied douloureux sur une chaise.

— Je ne fais pas partie de la RAF.

— M'en fous, Yankee, rétorqua Boar, une main à son pistolet. Je ne tolérerai pas que tu nous mettes en danger.

Ollie observa Boar. Malgré son incapacité à voir, il soupçonnait le capitaine d'être suffisamment proche pour lui coller une balle dans le corps. Mais à présent qu'il avait presque rencontré la Wehrmacht et la Luftwaffe, Boar lui sembla quasi inoffensif. Ollie sortit la cartouche de sa poche et la déposa sur la table.

En entendant le son, Boar leva brusquement la tête.

— Qu'est-ce que c'est ?

— J'ai des renseignements à envoyer à la maison.

Madeleine tira sur sa cigarette. La pointe rougeoya et crépita. Elle posa les yeux sur Louis, couché par terre.

Boar se tourna vers Ollie.

— Qu'est-ce que tu as vu ?

Ollie leur raconta la patrouille de la Wehrmacht et comment il était tombé sur l'aérodrome de la Luftwaffe. Il leur décrivit sa localisation précise, détailla le type et la quantité des avions, puis il sortit le papier et le crayon fournis avec la cage militaire de Duchesse. Alors qu'il commençait à rédiger ses découvertes, le bruit d'un moteur de voiture le fit s'immobiliser.

Boar serra les poings.

— Tu as été suivi ?

Ollie songea à la sentinelle. *Le chien a-t-il repéré mon odeur ?*

— Vite.

Madeleine jeta sa cigarette dans l'évier.

Le moteur grondait. Louis grogna.

Ils écartèrent la table et retirèrent rapidement les planches.

Les freins grincèrent. Le moteur crachota, puis se tut.

Boar se glissa dans le trou. Ollie le suivit. Madeleine allait remettre une planche.

— Attendez, dit Ollie. Duchesse.

Une portière claqua.

Madeleine ôta la cage de sur la table, faisant battre des ailes Duchesse. Elle leur tendit le pigeon. Les planches reprirent leur place. Au moment où elle repoussait la table, on frappa. Fort. Louis grogna. Elle gratta la tête du cochon et se dirigea vers la porte.

Par une fissure dans le plancher, Ollie vit ce qu'il pensait être un officier SS. L'homme portait un uniforme gris avec une croix gammée cousue sur sa manche gauche. La visière de son képi était brodée d'insignes argentés : un aigle et un crâne. Ses bottes noires cirées brillaient comme du verre volcanique. Le pouls d'Ollie s'emballa.

Le nazi avait une peau cireuse et des paupières roses qui semblaient presque translucides. Signe encore plus distinctif, il manquait un morceau à son oreille gauche, ce qui la faisait ressembler à une aile de mite que l'on aurait coupée en deux. À cause de cette absence de cartilage, son képi était de guingois.

L'officier jeta un coup d'œil à Louis et plissa le nez.

— *Schweinestall.*

Madeleine alla chercher sa sacoche de cuir et lui tendit une poignée de truffes. Le nazi la soupesa dans sa paume et secoua la tête. Il se saisit du sac de Madeleine.

Louis grogna.

Ollie sentit Duchesse bouger dans sa cage. Il se prépara à bondir de son trou.

Le nazi vida le sac de Madeleine. Les truffes tombèrent sur la table dans un bruit sourd. Et une petite, de la taille d'une mûre, roula jusqu'au sol, et s'arrêta juste à côté de l'œilleton d'Ollie.

Le jeune homme contempla la truffe, qui lui bouchait en partie la vue. Il s'attendait à ce que le nazi la ramasse et remarque la fente, les planches mal fixées. Boar parviendrait peut-être à lui tirer dessus, mais comme il n'y voyait rien, il aurait de la chance si le coup était fatal. Alors le nazi déchargerait son arme. Ollie s'imaginait les balles faisant exploser les planches, son corps criblé de plomb. Cet espace confiné serait sa tombe. Son impuissance lui vrillait les entrailles. Il s'efforça de contrôler sa respiration.

Le nazi ramassa les champignons sur la table et les versa dans son képi, qu'il utilisa comme un panier. Il porta une truffe à son nez et renifla.

Ollie vit la main de Madeleine passer près de son judas. La truffe disparut. Plissant les paupières, il la vit essuyer le précieux champignon et l'ajouter au contenu du képi du nazi.

— *Sie finden mehr*, ordonna le SS en admirant son trésor.

Madeleine baissa la tête.

Le nazi tourna les talons et trouva Louis sur son passage. Il donna un coup de pied et enfonça la botte dans les côtes du porc. Louis poussa un hurlement suraigu et bondit, renversant une chaise.

Pris d'une folle envie de tuer le nazi, Ollie sentit sa peau s'échauffer. Alors qu'il envisageait d'arracher son pistolet à Boar, il entendit la porte s'ouvrir sur l'officier, qui s'en alla.

Bientôt, un moteur ronfla, les graviers furent éparpillés par les pneus. Et la voiture s'éloigna. Un moment plus tard, la table glissa sur le sol et Madeleine enleva les planches.

— Vous allez bien ? demanda Ollie, qui sortit péniblement de son trou.

Elle hocha la tête.

— Et Louis ?

Elle frotta les côtes de son cochon, qui agita la queue.

— *Oui**.

— Fichu nazi, grommela Boar en s'asseyant sur le parquet.

Duchesse battit des ailes. Ollie sortit la cage du trou et la posa sur la table. Boar porta les mains à ses yeux bandés.

— Tu penses que ton oiseau saura apporter un message à la RAF ?

— Je sais qu'elle en est capable.

Ollie termina la rédaction d'un message, puis il sortit Duchesse de sa cage. Il inséra le mot dans la cartouche, l'attacha à sa patte et porta le pigeon dehors.

— Allez, on réessaie, chuchota-t-il à Duchesse. La cartouche est mieux accrochée, cette fois.

Duchesse roucoula.

Ollie la lança en l'air. Alors que le pigeon dessinait un cercle dans le ciel au-dessus de la ferme, il songea à Susan et à leur voyage à Clacton-on-Sea. Une image de ses cheveux blond cendré dansant sous le vent de la mer du Nord. Ses yeux, couleur saphir, qui scrutaient le ciel et ses pigeons qui s'envolaient. La pile de cages vides. Et ce mauvais pressentiment, de plus en plus fort, quand elle lui avait dit que la plupart des pigeons ne rentreraient pas de France.

Il regarda Duchesse disparaître derrière les arbres. Et il retourna à la maison, en espérant que d'ici quelques heures, Susan lirait son message.

Chapitre 36

Epping, Angleterre

SUSAN RAMPA VERS BERTIE, ALLONGÉ LE VISAGE contre terre. Ses membres étaient écartelés, tels ceux d'un épouvantail tombé dans un champ. Les moutons s'éparpillèrent, leurs bêlements s'intensifièrent. Elle toucha l'épaule de son grand-père. Pas de mouvement. Sa respiration s'accéléra, produisant de petits nuages de buée dans l'air froid. Elle le fit rouler sur le dos. Il avait les yeux fermés, de la boue sur les joues, du sang coagulé collé au front.

Susan se mit à trembler. Immédiatement, elle posa l'oreille sur son torse. Un battement. Un autre. Sa poitrine se souleva lentement, retomba.

— Grand-père !

Il gémit. Ses paupières frémirent, mais ne s'ouvrirent pas.

Des larmes s'échappèrent des yeux de Susan.

Bertie déglutit.

—Susan, chuchota-t-il.

—Je suis là, répondit-elle en lui effleurant le visage.

—J'ai fait une chute.

Il leva la main, puis la reposa au sol. Susan essaya de le redresser, mais son corps mou était trop lourd.

—Il faut que j'aille chercher de l'aide, lui dit-elle avec un coup d'œil autour du champ.

Le cottage n'était qu'un point au loin. N'ayant d'autre choix, elle arracha son manteau, déchirant deux boutons au passage, et en couvrit le buste de son grand-père.

—Donne-moi un moment, mon petit.

—Je reviens, lui dit-elle, exerçant une pression sur sa main.

Avant qu'il n'ait eu le temps de l'en dissuader, elle se releva et courut à travers le pâturage. Son pouls battait à ses oreilles. L'air froid lui piquait la peau. Ses bottes s'enfonçaient dans le sol détrempé, elle en perdit d'ailleurs une dans sa course. Elle la récupéra et la renfila, avant de reprendre sa route au pas de charge en direction de la maison.

En approchant du cottage, elle lâcha un cri profond, si guttural qu'il lui racla les cordes vocales. Elle cria de nouveau. Plus fort. Et les soldats sortirent de leur tente en courant.

—Qu'est-ce qu'il y a ? demanda l'un d'eux en se frottant les yeux, à croire qu'il se réveillait d'une sieste.

—Grand… (Susan reprit son souffle et tendit le doigt.) Grand-père est tombé. J'ai besoin d'aide.

Le soldat marqua un temps d'hésitation, avant de répondre :

— On ne peut pas quitter notre poste. Je vais appeler une ambulance par téléphone.

— On n'a pas le temps !

Le soldat redressa le dos. Il jeta un coup d'œil à son camarade. Susan le saisit par la manche.

— Venez. Maintenant !

Peut-être s'agissait-il de ses cris, ou de sa récente crise de nerfs face à eux, en tout cas quelque chose lui avait conféré un brin d'autorité à leurs yeux – peu importait quoi, au fond, elle s'en fichait bien. Elle avait besoin d'aide. De n'importe qui. Enfin, à force de la voir tirer sur le bras du soldat, les deux militaires passèrent outre à leurs instructions strictes de ne pas quitter leur poste et consentirent à venir à son secours.

Quand ils arrivèrent au chevet de Bertie, il était en train de se rasseoir et frottait un gros œuf de pigeon sur son front. Il tenta de se lever, mais retomba. Ses jambes étaient faibles, pas plus efficaces que des bâtons pour soutenir un piano. Susan exigea des soldats qu'ils le portent, malgré le refus de Bertie de se faire aider.

— Reposez-moi, insista-t-il.

Les soldats ne l'écoutèrent pas et continuèrent d'avancer à travers le champ boueux.

— Reposez-moi, je vous dis, répéta Bertie.

Ils le portèrent toujours, les bras joints sous ses cuisses et derrière son dos, créant une sorte de chaise à porteur humaine. Quand enfin ils atteignirent le cottage, les soldats l'installèrent sur le canapé. Susan appela le docteur. Les militaires échangèrent un regard et se faufilèrent dehors, chassés par les réprimandes de Bertie pour l'avoir porté contre son gré ou, plus probablement, quand il parvint à trouver la force d'attraper sa canne, par ses menaces de leur en donner un coup. En attendant que le docteur Collins arrive, le vieil homme insistait déjà pour retourner au travail alors même qu'il ne parvenait pas à se tenir debout seul.

Le docteur Collins, bonhomme dodu aux épaisses lunettes et aux petites mains potelées semblables à celles d'un enfant, nettoya la tête de Bertie à l'aide d'un coton imbibé d'alcool. Il sortit ensuite un stéthoscope de sa sacoche et écouta sa poitrine.

—La bosse est là, argua Bertie en désignant la protubérance sur son front.

Le docteur Collins continua sans se formaliser, écouta devant, derrière, puis il ôta le stéthoscope de ses oreilles.

—Il se peut que vous ayez une commotion, diagnostiqua-t-il en enroulant son instrument. Et votre cœur m'a l'air anormalement gros.

Susan prit une profonde inspiration.

—N'importe quoi, répliqua Bertie. Je suis juste tombé et je me suis cogné la caboche.

Susan le regarda, sa peau blême et ses vêtements raides de boue séchée.

—Vous étiez pris de vertige, avant de tomber? lui demanda le médecin.

— Non.

— Étourdi ?

Bertie secoua la tête.

— Je veux que vous vous reposiez, indiqua le docteur.

— J'ai du travail, rétorqua Bertie.

Susan s'approcha de son grand-père. Elle regarda le docteur, celui-là même qui l'avait mise au monde. Quand elle était enfant, il l'avait soignée d'une coqueluche sévère.

— Faut-il qu'on aille à l'hôpital ?

Le docteur Collins poussa un soupir.

— Je crains qu'il ne soit pas possible d'aller à Sainte-Margaret, hélas. Les lits sont pleins. On y reçoit chaque jour de plus en plus de blessés en provenance de Londres.

— Je n'ai pas besoin d'aller à l'hôpital, nom d'une pipe, grommela Bertie.

Le docteur puisa un flacon dans sa sacoche et le posa sur une tablette près du canapé.

— Si vous avez la moindre douleur thoracique, Je veux que vous preniez un de ces cachets et que vous le laissiez fondre sous votre langue.

— Mon cœur va très bien, affirma Bertie en tapotant la sacoche du médecin. En revanche, si vous avez là-dedans quelque chose pour les genoux fatigués, j'en prendrai bien volontiers.

Le docteur l'observa.

— J'espère que nos gars au front ont autant de ténacité que vous, Bertie.

Susan regarda le flacon au bouchon de liège de plus près. Il contenait des comprimés blancs, qui ressemblaient à des aspirines coupées en quatre.

— Nitroglycérine, expliqua le docteur. C'est pour l'angine de poitrine.

Susan hocha la tête.

— Je n'ai pas d'angine de poitrine, s'insurgea Bertie. Ni un cœur trop gros. J'ai mis le pied dans un fichu terrier de lapin, nom de Dieu. J'ai les jambes de traviole et un sacré mal de tête, ça oui, à cause de ce psychopathe de dictateur qui nous lâche ses bombes dessus.

Le docteur Collins posa une main sur l'épaule de Bertie.

— Reposez-vous.

— Je me reposerai quand on aura gagné la guerre.

Bertie prit une profonde inspiration et redressa le dos. Le docteur Collins regarda Susan en renfilant son manteau.

— Je repasserai demain.

Il inclina son chapeau et sortit. Susan le suivit jusqu'à sa voiture. Elle baissa les yeux vers ses bottes de caoutchouc, couvertes de boue.

— Est-ce qu'il va aller mieux ?

Le médecin jeta son sac sur le siège passager.

— Bertie s'est épuisé.

Susan croisa les bras et se mordit la lèvre. *Qu'est-ce qu'il a entendu dans ce stéthoscope ?*

Le docteur Collins hésita, puis il jeta un coup d'œil à la tente militaire dans la cour.

— On raconte à Epping que vos pigeons seraient partis à la guerre.

Susan ne prêta pas attention à son commentaire. Elle glissa la main dans sa poche et serra le message d'Ollie.

— Tu vas devoir faire son travail à sa place, reprit le docteur en s'installant derrière son volant. Jusqu'à ce qu'il se remette.

Susan suivit des yeux le médecin qui s'en allait, le bas de caisse de sa voiture frottant contre les profonds sillons creusés par le convoi de véhicules militaires. Puis elle retourna auprès de Bertie, déjà endormi sur le canapé. Il avait l'air épuisé, en effet. La boue séchée couvrait encore ses joues et ses vêtements. *Je le nettoierai plus tard*, décida-t-elle. Sortant un vieux plaid en patchwork que sa grand-mère avait cousu à partir de morceaux de tissu épars, elle l'en couvrit délicatement. Ils avaient beaucoup de couvertures plus épaisses, plus douces et sans doute plus chaudes. Mais ce vieux truc élimé était sa préférée.

Bertie ouvrit les yeux et se força à sourire.

— Une petite sieste, ma chérie, et je retourne au travail.

Susan coinça le plaid derrière ses épaules. Elle se tourna ensuite vers le flacon de cachets, en se demandant s'il resterait à prendre la poussière, à l'instar de sa canne. Au fond, la réponse, elle la connaissait déjà.

Chapitre 37

Epping, Angleterre

Bertie dormit la majeure partie de la journée. Toutes les heures, Susan allait le voir, pour le trouver dans la même position. Elle s'immobilisait devant lui, vérifiait que sa poitrine se soulevait, puis elle repartait sans un bruit. C'était très perturbant pour elle de voir son grand-père, toujours si assidu au travail, dormir en plein après-midi. Même s'il avait besoin de se reposer, ça, elle le comprenait bien.

Quand enfin il se réveilla, Susan lava la boue sur son visage, avant d'aller chercher un change de vêtements propres. Pendant qu'il les enfilait dans la salle à manger, à l'abri derrière le rideau accroché à la porte de la cuisine, elle lui prépara un bouillon à base de chou cuit. Tout en versant quelques louches de mixture aqueuse dans un bol, elle se demanda s'il lui avait bien tout dit. *A-t-il eu des étourdissements récemment ? Et si oui, me l'aurait-il avoué ? Bien sûr que non.*

Elle sortit une cuillère et apporta le bol à Bertie. En entrant dans la salle à manger, elle vit qu'il avait réussi à aller s'installer dans son fauteuil. Une pile de vêtements sales jonchait le sol à ses pieds. Il semblait éreinté. Le menton baissé. Les paupières closes. Elle posa les yeux sur son bol de bouillon. Le peu de nutriments qu'il contenait représentaient à peine assez pour apaiser la faim d'une personne, et encore moins de quoi revigorer un homme épuisé. Au moment où elle plaça le bol sur la tablette près de son fauteuil, Bertie bougea.

— Merci, Susan. Mais j'insiste pour aller m'asseoir à table.

— Tu te sens mieux ?

Il opina du chef et tenta de se mettre debout, mais retomba dans son fauteuil. Avec un grognement, il tendit la main. Susan l'aida à se lever. Le craquement de ses genoux retentit à travers ses os et dans la main de la jeune femme. Lentement, elle le soutint pour avancer jusqu'à la table.

— Je ne veux pas que tu te tracasses pour moi, dit-il en s'asseyant.

— Dans ce cas, mange et repose-toi.

Elle lui rapporta son bouillon, qu'elle posa devant lui, remarquant que les pattes-d'oie aux commissures de ses yeux semblaient plus profondes. Il lui tapota la main.

— Je suis juste tombé, ma chérie. Ça ira mieux demain. (Prenant sa cuillère, il goûta son bouillon.) Délicieux. Je n'aurais jamais imaginé qu'une soupe puisse avoir un goût aussi riche.

Susan le regarda manger, sa main tremblante quand il portait la cuillère à sa bouche.

— Et si tu surveillais le retour des pigeons ? suggéra-t-elle lorsqu'il termina. Pendant que je m'occupe des pigeonniers.

Il posa sa cuillère.

— Je pourrais te mettre une chaise sur le perron, proposa-t-elle.

Il hocha la tête. Elle s'était attendue à ce qu'il se rebiffe. Qu'il n'en fasse rien resserra le nœud qu'elle avait déjà dans le ventre.

— Juste cet après-midi, précisa-t-elle, comprenant aussitôt que c'était elle-même, qu'elle rassurait.

— C'est peut-être une bonne idée que l'un de nous monte la garde, convint-il. Ces soldats sont des crétins.

Susan lava la vaisselle, puis elle déplaça le fauteuil de la salle à manger de Bertie sur le perron. Le changement ne se fit pas sans peine, le gros meuble capitonné passant tout juste par l'encadrement de la porte – elle dut le coucher sur le flanc et le pousser. Quand Bertie s'y installa enfin, elle remarqua que le tissu avait été déchiré.

— Oh, pardon, dit-elle en repoussant le rembourrage derrière le morceau de tissu arraché. Je vais le recoudre.

— Ça lui donne du caractère, ma chérie, la rassura Bertie en lui tapotant le bras.

Elle le couvrit de plusieurs couches de couvertures. Près de lui, elle posa sa canne et son flacon de cachets, tout en sachant pertinemment qu'il ne toucherait ni à l'une ni à l'autre. Puis elle partit au travail.

Le reste de l'après-midi, elle s'obligea à accomplir ses tâches. Elle redoutait de laisser Bertie seul, mais n'avait pas d'autre choix. Il y avait cinq cents pigeons à préparer pour la prochaine mission, prévue dans moins d'une semaine, or selon son niveau d'exigence, ils n'étaient pas prêts. Loin de là. Ils avaient besoin de plusieurs vols d'entraînement supplémentaires, mais elle n'aurait le temps d'en effectuer qu'un, voire deux au mieux. Normalement, elle choisirait les pigeons les plus forts. Cependant, pour respecter la date butoir, elle devrait faire confiance à tout pigeon en capacité de supporter un vol de trois heures. Ensuite les cartouches seraient attachées à leur patte, une tâche qui lui prendrait quasiment une journée. Le pire moment, ce serait quand il faudrait placer les pigeons dans ces atroces tubes. Elle était déterminée à ne pas exposer Bertie à la vue de leurs oiseaux fourrés dans ces conteneurs comme du vulgaire courrier. Ce boulot-là, elle s'en chargerait seule.

Elle devait remplir un quota. La survie de la Grande-Bretagne dépendait des ailes de ces pigeons, elle en était persuadée. Hélas, elle avait du mal à se concentrer, perturbée par la vision de son grand-père, étalé la tête la première dans la boue, qui ne cessait de lui revenir à l'esprit. Pour se distraire, elle nettoya les déjections à l'aide d'une pelle, alors même que le sol était déjà propre. Elle pelleta tant et si bien que le sol de contreplaqué commença à se fendiller et ses doigts à se couvrir d'ampoules. Alors elle s'assit dans un coin du pigeonnier, passa les bras autour de ses genoux et se mit à pleurer.

C'est ma faute. Il y avait forcément quelque chose à faire. Dans la solitude du pigeonnier, seuls les oiseaux furent les témoins de sa vulnérabilité. Car elle savait parfaitement qu'une fois dehors, elle cacherait ce moment de faiblesse. Elle n'avait pas d'autre choix que d'être forte, elle en avait la certitude. Résistante. Elle essuya ses larmes, puis elle jeta un coup d'œil par une fente dans la porte, manière de se préparer à ce qui l'attendait. Elle fut soulagée de voir Bertie, alerte, les yeux rivés vers les cieux. En revanche, sa canne et son flacon de cachets, du moins d'après ce qu'elle en voyait de son poste d'observation, semblaient avoir été écartés de son fauteuil.

Susan se remit au travail, à examiner et compter les pigeons. Mais quelques minutes plus tard, alors qu'elle sortait un petit de son nid, elle entendit Bertie crier.

— Susan !

Son cœur se mit à palpiter. Nouvelle vision de son grand-père, affalé sur le perron cette fois. Elle reposa le pigeonneau dans sa case et se précipita dehors, pour le trouver penché en avant dans son fauteuil. Elle lâcha un soupir, soulagée qu'il ne s'agisse pas d'un appel de détresse.

Bertie se mit debout avec peine, s'aidant de la rampe du perron comme d'une béquille, et tendit un doigt. Le cœur enfin revenu à un rythme normal, Susan leva les yeux. Tout là-haut, au-delà de la forêt. Un pigeon. Les battements fluides de ses ailes, reconnaissables entre mille, relancèrent la folle cadence de son pouls. *Duchesse !*

— Là ! hurla Bertie.

Susan suivit Duchesse des yeux jusqu'à sa descente vers le pigeonnier. Les soldats, alertés par le raffut de Bertie, surgirent de leur tente au moment où Duchesse se posait sur la planche d'atterrissage clouée au sommet du pigeonnier. Au lieu d'entrer par le rideau d'alarme, elle inclina la tête et regarda s'approcher les militaires.

En arrivant près d'elle, Susan remarqua la cartouche rouge attachée à la patte de son pigeon et s'immobilisa.

—Pourquoi il ne rentre pas à l'intérieur ? s'enquit un soldat qui vint se planter près de Susan.

Elle hésita, persuadée que c'était une erreur. Forcément. *Ça ne peut pas être Duchesse. Elle n'avait pas de cartouche à la patte, quand elle s'est envolée.* Mais alors qu'elle contemplait le pigeon, dont les plumes étaient aussi colorées qu'un bouquet de fleurs, elle savait qu'il ne pouvait s'agir d'aucun autre.

Le soldat, l'air de s'impatienter, s'approcha de la planche d'atterrissage.

—Ne la touchez pas, lui ordonna Susan. Elle va entrer d'elle-même.

Lui tournant le dos, le bonhomme se haussa sur la pointe des pieds. Il tendit les bras, ses doigts semblables à des griffes, et il frôla le plumage de l'oiseau. Duchesse pencha encore la tête, puis elle lui donna un bon coup de bec.

—Aïe ! s'exclama le soldat en retirant vivement sa main. Ce sale oiseau m'a piqué.

—Laissez-la tranquille ! lui cria Susan.

Le second soldat vint se poster du côté opposé du palier et, à eux deux, ils formèrent une tenaille. Duchesse ébouriffa ses plumes.

Susan ne savait pas quelle conduite adopter. Elle brûlait d'aller chercher la canne de Bertie pour les frapper avec. À la place, elle se posta derrière les soldats et agita les bras. *Oust!*

Duchesse gonfla son plumage. Cilla. Au moment où un soldat faufila une main vers sa patte, elle déploya ses ailes et s'envola.

— Merde! lâcha le soldat.

Duchesse grimpa en flèche, tourna à gauche, à droite, puis elle disparut derrière le cottage.

— Voilà, regardez ce que vous avez fait, gronda Susan, les mains à la taille. Vous lui avez fait peur.

Les soldats échangèrent un coup d'œil, avant de partir en courant vers le cottage. Bertie secoua la tête au moment où ils passaient devant le perron. Les soldats tournèrent à l'angle, près d'une rangée de rosiers en dormance. Quelques secondes plus tard, Duchesse survola le toit, plongea en piqué et atterrit sur la rampe du perron.

Bertie essaya de se ruer vers elle. Mais ses genoux flageolants cédèrent. Il s'accrocha à la rambarde, aussi fort qu'à un radeau de sauvetage.

Susan accourut. Seuls vingt mètres la séparaient de la maison, mais déjà elle entendait les soldats revenir. Ils avaient coupé à travers le jardin et fonçaient vers l'avant. Ils allaient atteindre Duchesse les premiers. La seule pensée qu'ils mettent la main sur son pigeon décuplait sa colère. Baissant la tête, elle se força à accélérer le rythme, tout en souhaitant que les soldats trébuchent. Elle arriva sur le perron précisément en même temps qu'eux. Mais peu importait. Duchesse était repartie. Et Bertie, épuisé par l'effort, s'était laissé retomber dans son fauteuil.

— Où il est passé ? demanda un soldat en s'épongeant le front.

— Il est passé par ici, il repassera par là, fredonna Bertie.

— Pardon ?

Le soldat ôta sa casquette.

— J'ai dit : il est un peu effrayé. Et un peu fatigué. (Bertie se pencha et replaça la couverture sur ses genoux.) Vous lui avez fait peur, maintenant il est parti dans les bois. Ça peut prendre une heure avant qu'il revienne.

— Fichu volatile, marmonna le militaire. Pourquoi il n'est pas simplement entré dans le pigeonnier ?

Le visage de Susan s'empourpra.

— Elle se reposait, voilà tout ! Vous vous sentiriez comment, vous, après des heures à battre des bras ?

Le soldat se racla la gorge et cracha dans l'herbe.

— Je vous conseille de rester dans la tente jusqu'à ce que l'alarme sonne, dit Bertie.

Le soldat bomba le torse.

— Dois-je vous rappeler que c'est nous qui commandons ?

— Non. Mais si vous continuez à vous comporter comme des gamins à la chasse aux papillons, ce pigeon ne reviendra jamais à la maison.

Les soldats échangèrent un regard, avant de retourner dans leur tente.

— Notre armée a manifestement assigné ses membres les plus incompétents à notre mission, commenta Bertie.

Susan scruta la forêt.

— De quel côté elle est partie ?

— Par ici.

Elle pivota. Bertie remonta la couverture, révélant Duchesse, confortablement installée sur son ventre. Susan se couvrit la bouche. Il enveloppa le pigeon dans la couverture.

— Rentrons, tu veux bien ?

Susan l'aida et, une fois à l'intérieur, se hâta de fermer les rideaux occultants. Comment son grand-père avait-il réussi à attraper Duchesse ? Elle retira la couverture qui cachait son pigeon.

— Elle a volé vers moi au moment où les soldats approchaient, expliqua-t-il, avant de tousser et de s'éclaircir la voix. Je me suis contenté de la couvrir.

Susan prit Duchesse dans ses bras et lui caressa les ailes.

Le pigeon roucoula.

Bertie tendit la main.

— D'où elle sort, cette cartouche ?

Susan détacha le petit boîtier de métal avant de reposer délicatement Duchesse sur la table. Cette fois, elle n'eut pas besoin que son grand-père la pousse pour inspecter son contenu. Elle dévissa le bouchon et en sortit le papier.

ALKFQ NPTMI HLCXP QNMVX PUTXJ GQZKE
HIQAN SYAEF AMVXQ PLWTR OSJWL IWLNF
QLKDF SLIEF SOEVC PLEFV AMEFL YELFP
JSPFD SKEAF RHBVC WYGHI OPAEF HUVQA
URPXY QOSDM OPZQR TWNVI BZITE OPNCT
IGBVM WPORL QBVXI OLKSE JGBMV PIXSW
TZCOP VQWEM KWLKV YSLEK OPAVE CXPTY
FJGLE KPQCX MBKSQ PEOJS TYAWM ZYRTP

Elle alla chercher le livre de codes pour déchiffrer le message. À mesure qu'elle écrivait, une sensation de déjà-vu changea ses jambes en mélasse. Elle termina et tendit le mot à Bertie.

— Je n'ai pas mes lunettes.

Susan hésita, puis lut le message.

Susan,
Duchesse emmenée. Tenté de la libérer, mais aérodrome attaqué. Avion décollé avec Duchesse et moi à bord. Mission accomplie. Abattus en France. Artilleur et copilote tués. Capitaine Boar et moi cachés.

— C'est le même message, commenta Bertie.

Susan secoua la tête.

— Non, il y a autre chose.

Wehrmacht partout. Luftwaffe utilise aérodrome pas loin, à trois kilomètres au sud d'Airaines.

46 bombardiers Heinkel, 60 chasseurs Messerschmitt, 23 Stuka, 16 appareils inconnus, beaucoup de barils de pétrole, 3 hangars de bombes.

Ollie

P.-S. : Susan, tes pigeons ont été braves. Aurais aimé être avec toi pour les voir rentrer.

Susan glissa une main dans la poche de son manteau et ressortit le message précédent, doux comme du coton à force d'avoir été lu et relu. Elle posa les deux feuillets côte à côte sur la table.

— Dieu du ciel, marmonna Bertie en frottant la bosse sur son front. Elle est retournée en France.

— Mais… c'est un pigeon voyageur à sens unique. Elle n'a pas été dressée pour un vol à double sens.

— Les pigeons ne sont pas censés être couvés dans un bol de céréales non plus, lui fit remarquer Bertie, qui caressa la tête de Duchesse d'un doigt. Elle, si.

Susan observa les messages à nouveau pour s'assurer que ses yeux ne lui jouaient pas un tour.

— Ollie doit penser que son premier message ne nous est jamais parvenu.

Bertie marqua un temps d'hésitation et se gratta les moustaches.

— Notre Oliver doit croire que la cartouche d'origine est tombée et que Duchesse est simplement revenue vers lui. Alors il a décidé de réessayer avec la cartouche d'un autre pigeon.

La pensée d'Ollie tentant désespérément de faire passer un message donnait la migraine à Susan. Elle passa la main sur l'aile de Duchesse.

— Tu penses qu'il est possible qu'elle lui rapporte un message ?

— Elle a déjà prouvé qu'elle en était capable, ma chérie.

— Sauf que ça va la mettre en danger.

— Certes, mais elle peut aussi réussir. Après tout, elle est retournée auprès d'Oliver de son propre chef.

Susan se rappela Duchesse, arrivant et repartant, malgré ses appels et ses suppliques pour qu'elle revienne. En vain. Elle écarta cette pensée. Dans la cuisine, elle remplit une tasse d'eau qu'elle posa devant Duchesse.

L'oiseau plongea le bec dans la tasse. Des gouttelettes d'eau couvrirent la table. Plutôt que de risquer d'alerter les soldats en allant dans un pigeonnier chercher du grain, Susan ramassa une poignée de miettes rassises dans un présentoir à tartes qui n'avait plus servi depuis plus d'un an. Elle en éparpilla les morceaux sur la table. Pendant que Duchesse picorait la nourriture, elle sortit un papier et un crayon et commença à griffonner.

— Tu vas essayer de la renvoyer, alors ? voulut savoir Bertie.

Susan secoua la tête.

— Je ne supporte pas l'idée de l'obliger à repartir. Mais si elle se renvole, au moins elle portera un message.

Elle mit plusieurs minutes à coder son message. Rendue à la moitié de sa rédaction, elle leva les yeux : Bertie recopiait le message d'Ollie sur un autre morceau de papier, comme il l'avait fait pour le premier. Et elle se rappela les propos de son grand-père : « *Notre Oliver du Maine a eu assez de soucis avec la RAF comme ça. Être considéré comme passager clandestin pourrait lui en causer d'autres à son retour… Car il va rentrer, ma chérie.* » Elle avait tant besoin de les réentendre, ces paroles. Les militaires auraient leurs renseignements, mais ils laisseraient Ollie en dehors du processus. Alors, comme la première fois aussi, Bertie signa le message modifié « Capitaine Clyde Boar, RAF ».

Susan termina son message codé et le plaça dans la cartouche. Une fois que Duchesse eut terminé de picorer ses miettes, elle lui attacha la cartouche à la patte.

Duchesse secoua les plumes de sa queue. Et effectua quelques pas dansants, comme pour soupeser son chargement.

Bertie la caressa, puis il s'affala dans son fauteuil.

Susan prit Duchesse et la porta à la fenêtre. D'un coup d'œil par le rideau, elle s'assura que les soldats n'étaient pas devant leur tente. Elle jeta un coup d'œil à Bertie, trop faible pour se mettre debout.

— Si elle va au pigeonnier, je l'atteindrai avant les soldats. Et je remplacerai mon mot par ton message.

— Tu as toujours été rapide, commenta Bertie en poussant son papier au bord de la table.

S'efforçant de sourire, Susan serra Duchesse contre sa joue. Ses plumes lui chatouillèrent le visage.

— Je ne t'oblige pas à y aller, chuchota-t-elle.

Duchesse cilla. Susan déposa un baiser sur sa tête.

Avant de perdre tout son sang-froid, elle ouvrit le rideau et souleva la fenêtre sans bruit. Duchesse se faufila dehors. Ses serres grattèrent les paumes de Susan. Elle jeta son pigeon en l'air. Duchesse battit des ailes. Elle voleta, puis gagna de l'altitude. Susan s'accrocha au rebord de la fenêtre.

Duchesse contourna les bouleaux. Au lieu de redescendre vers le pigeonnier, elle s'envola plein est. Vers la Manche.

Incapable de regarder son pigeon s'en aller de nouveau, Susan baissa la tête. Les chances n'étaient pas du côté de Duchesse. Les nids vides étaient tout ce que Susan voyait en matière de statistiques. Ce serait déjà dur d'atteindre la France, alors revenir indemne à la maison…

En refermant la fenêtre, elle fut submergée par une vague de culpabilité.

Chapitre 38

Airaines, France

Ollie, Madeleine et Boar dînèrent de vieux pain rassis grisâtre et de navets poêlés au lard. Une jarre poussiéreuse, qui n'était pas sans rappeler un récipient de vinaigre, trônait au centre de la table. Au fond se trouvait une épaisse couche de levure. Madeleine versa un liquide sombre dans des tasses, en prenant bien soin de ne pas agiter le sédiment, puis elle en fit glisser une vers Ollie et une vers Boar.

— J'ai fait la queue trois heures chez le boucher pour une minuscule tranche de lard, dit-elle avec un soupir, avant de se servir une tasse à son tour. Il m'a échangé mes dernières truffes contre sa baguette immangeable et le contenu de cette bouteille. Je pense que ça a dû être de l'eau-de-vie à la pomme, un jour.

Ollie renifla sa boisson. Un fumet boisé lui emplit les narines. Il prit une bouchée de navet, qu'il fit descendre avec une gorgée de liquide. Ça n'avait pas du tout un goût de pomme ni d'aucun autre fruit. La part d'alcool était élevée, en revanche, ce qui lui brûla la gorge et enflamma son estomac vide, un peu comme s'il venait d'avaler des braises fumantes.

Boar gratta son bandage, puis il promena les mains sur la table jusqu'à trouver sa tasse afin d'engloutir son eau-de-vie. Madeleine remplit à nouveau la tasse du capitaine, puis elle tendit la main vers Louis pour le tapoter sur la tête.

— Demain, nous irons chercher d'autres truffes. Et ensuite, on achètera de la meilleure nourriture.

Le porc grogna.

Tout en mâchonnant son pain rassis, Ollie observa le capitaine vider son deuxième verre, aussi facilement que si c'était de l'eau de source. Sans grimacer. Sans se racler la gorge. Apparemment, Boar était perdu dans ses pensées, sans doute comptait-il les jours jusqu'à celui où il pourrait ôter ses pansements. Et plus le temps passait, plus son irritabilité augmentait. Il lui restait encore une semaine avant de pouvoir se débarrasser de ses bandages. Alors d'ici là, Ollie redoutait que le capitaine ne se soit changé en démon, sinon en Satan lui-même. Et il allait falloir vivre avec lui.

Bien que le capitaine se soit toujours montré poli avec Madeleine, allant même jusqu'à faire la conversation cordialement tout en partageant des cigarettes, on ne pouvait en dire autant de son attitude vis-à-vis d'Ollie. Le soir, quand il se retrouvait coincé sous les planches dans une intimité forcée, son humeur virait à l'aigre. Peut-être Madeleine, qui sentait l'irritabilité croissante du capitaine, avait-elle acheté l'eau-de-vie justement pour adoucir son caractère. Ou bien pour lui permettre de tolérer Ollie. Cependant, le jeune homme apprit la véritable raison de la visite de leur hôtesse au village quand elle s'excusa de quitter la table et revint munie d'une carte abîmée.

— J'ai organisé votre traversée, annonça-t-elle en se rasseyant.

Ollie la regarda.

— Nom de Dieu, jura Boar en lâchant sa fourchette.

Un morceau de navet roula au sol, que Louis goba. Madeleine ne réagit pas au commentaire et fit glisser la carte au centre de la table.

— J'ai parlé avec…

— Vous deviez fermer votre bouche, gronda Boar, agrippé à sa tasse.

Madeleine la remplit à nouveau sans se départir de son calme.

— Vous parlez français ?

— Ça n'a rien à voir.

— Ça a tout à voir.

Boar se frotta les bajoues.

— Vous auriez dû me consulter d'abord. Vous allez faire foirer notre fuite.

— Peu importe, intervint Ollie. C'est fait.

Le capitaine tourna la tête vers sa voix, avant de boire une nouvelle gorgée d'eau-de-vie. Madeleine alluma une cigarette. Elle tira longuement dessus, relâcha la fumée par son nez.

— On va vous emmener vers le sud, commença-t-elle en passant les doigts sur la carte. En Espagne.

— Qui nous y emmènera ? voulut savoir Boar.

Elle se tut, le temps de prendre une inspiration.

— Un ami de mon mari.

— Guillaume, précisa Ollie.

Elle acquiesça, l'air contente d'entendre le prénom de son époux.

— C'est la Résistance ? demanda Boar.

— Non.

— Super, ironisa le capitaine. Comment sait-on qu'il ne va pas nous vendre aux nazis ?

Elle tira sur sa cigarette, avant de la lui tendre, à l'instar d'un calumet de la paix.

— Faites-moi confiance. Il n'en parlera à personne.

Boar prit la cigarette entre ses lèvres. La fumée s'éleva en volute devant ses yeux bandés.

Ollie observa la carte, se concentrant sur l'espace qui séparait la France et l'Espagne. Les Pyrénées. Même sur le papier, les lignes acérées qui dessinaient la chaîne de montagnes étaient impressionnantes, plus abruptes que les Appalaches aux pentes érodées qui traversaient le Maine en culminant au mont Katahdin. Il se demanda s'il serait physiquement capable de marcher sept cents kilomètres à travers la France, sans compter qu'il fallait éviter l'ennemi, avant d'ascensionner une montagne avec une patte folle.

— Vous partez dans une semaine, annonça Madeleine. Quand les bandages du capitaine seront retirés et que ta cheville aura eu le temps de guérir.

Ollie étira le pied. La douleur lui vrilla aussitôt les tendons. *J'aurai peut-être besoin de séjourner ici un peu plus longtemps que ça.*

Pendant qu'il frottait sa cheville, Boar questionna Madeleine, tâchant d'accumuler les détails concernant leur guide et leur itinéraire. Mais elle tint bon, refusant de briser le pacte de confidentialité, tel un prêtre en confession.

— Je refuse de faire courir à l'ami de mon mari des risques supplémentaires, expliqua-t-elle en reprenant sa cigarette à Boar. Si les nazis vous trouvent avant votre départ, ils vous tortureront. Et vous avez beau vous croire forts, vous parlerez. Ensuite, ils vous tueront. (Les cendres tombèrent de son mégot.) Pas besoin de plus de morts.

Ollie avait soudain la bouche sèche. Il savait que si Boar ou lui se faisaient prendre durant leur tentative de fuite et que le nom de Madeleine était révélé, elle serait exécutée. Il se passa les doigts dans les cheveux. Et se fit la promesse que, pour le cas où il serait capturé, il emporterait le nom de Madeleine dans sa tombe.

— Très bien.

Boar fit glisser sa main sur la table jusqu'à tomber sur la bouteille. Il remplit sa tasse, trempant les doigts dedans pour déterminer le niveau du liquide. Ollie mangea le reste de ses navets, même s'il avait perdu tout appétit, puis il annonça à Madeleine :

—Je vais emmener Louis à la grange et le nourrir.

Elle hocha la tête. Il se leva et alla à la fenêtre. Il jeta un coup d'œil dehors afin de vérifier que la voie était libre. Il ne vit que des feuilles mortes. Il faisait sombre et le ciel était peint de teintes d'orange et de bleu marine. Il ouvrit la porte et se figea. Elle était là, sur le palier, la tête levée vers lui. Duchesse.

—Non…

Le pigeon cilla.

—Qu'est-ce qu'il y a ? demanda Boar, à table.

—C'est Duchesse.

Il la ramassa et remarqua la cartouche toujours attachée à sa patte. *Au moins, tu n'as pas perdu le message, cette fois.* Le pigeon roucoula.

—Rentre à la maison, lui lança-t-il, comme un ordre que l'on donnerait à un chien errant.

Duchesse inclina la tête.

Ollie sortit et la jeta en l'air. Elle voleta jusqu'à la grange, puis bifurqua vers la maison et atterrit à ses pieds.

Boar se leva. À l'aveuglette, il avança, les bras tendus, jusqu'à trouver l'encadrement de la porte.

Ollie ramassa Duchesse à nouveau et la relança.

—À la maison.

Duchesse se laissa glisser au sol et marcha, un peu comme un canard, vers Ollie.

—Il est nul, ton pigeon, commenta Boar.

—C'est l'animal de compagnie de Susan, expliqua Ollie. Elle ne faisait pas partie de la mission.

Madeleine sortit à son tour et baissa les yeux vers le pigeon.

— Elle est revenue ?

Ollie secoua la tête.

— Elle n'est pas partie.

Madeleine désigna la cartouche.

— Tu as vérifié ?

Ollie hésita, puis il ôta la cartouche à la patte de Duchesse. Le pigeon tendit le cou tout en marchant de son pas dandinant, décrivant un motif semblable à un huit. En dévissant le couvercle, Ollie s'attendait à trouver son message. Mais ce qu'il découvrit fut un morceau de papier jauni, très différent de celui distribué par l'armée dans les cages à lâcher. Il écarquilla les yeux. Et se tourna vers Madeleine.

— Dedans.

Ollie posa Duchesse sur la table et prit un siège. Madeleine s'assit à côté de lui tandis que Boar restait debout.

— Ça dit quoi ? demanda-t-il alors qu'Ollie déroulait le mot.

Il lut le message en diagonale, série de mots de cinq lettres. Et son pouls s'emballa.

— C'est codé.

Il sortit le carnet de sa poche et entreprit le déchiffrage, Madeleine penchée par-dessus son épaule.

— Grouille-toi, Yankee, lui enjoignit Boar.

Au bout de quelques minutes, Ollie en avait terminé. Il prit une profonde inspiration avant de lire à haute voix :

Ollie,

Renseignements relayés à la RAF. Pas sûre que Duchesse arrive à toi. Ne la nourris pas. Que de l'eau. Ça augmente ses chances de rentrer à la maison.

Ollie baissa les yeux vers Duchesse, qui picorait un minuscule grain de pain gris.

— Désolé, dit-il en lui ôtant la miette.

Le pigeon tordit le cou, puis s'assit comme une poule qui couverait un œuf.

— C'est tout ? demanda Boar.

— Non, il y a autre chose.

Ollie reprit sa lecture.

Préparons la deuxième vague de Source Columba. Bertie malade. Guerre l'use. Bombes tombent. Je pense à toi souvent et prie pour ton retour.

Susan

— Et sur la RAF ? insista Boar.

— Rien.

Ollie replia le message et le glissa dans sa poche.

— Nom de Dieu, marmonna Boar qui, passant la main sur la table, trouva sa tasse d'eau-de-vie dont il prit une gorgée. Le message aurait dû venir de la RAF, pas d'elle.

Ollie perçut une pointe de jalousie dans la voix de Boar.

— Duchesse n'est pas un pigeon militaire.

— N'importe quoi. Va chercher du papier. Je vais te dicter quoi écrire.

Pendant les minutes qui suivirent, Boar dicta un mot destiné à la RAF. Ollie griffonnait, mais sans écouter les ordres du capitaine. Il codait son propre message. Avant la fin de sa dictée, Boar avait commencé à bredouiller. Heureusement, Ollie qui, lui, n'avait pas bu son eau-de-vie, fut en mesure de réciter le message de Boar de mémoire.

L'air satisfait, le capitaine s'affala dans un fauteuil. Ollie glissa le message dans la cartouche. Il jeta un coup d'œil à Boar, ivre et les yeux bandés, et se demanda ce qui lui était passé par la tête quand il lui avait flanqué la raclée de sa vie dans la Serre.

— Pourquoi est-ce que tu détestes les Américains ?

Boar baissa sa tasse.

— Vous êtes tous de fichus trouillards.

— Tu ne sais rien de nous, répliqua Ollie en vissant le couvercle de la cartouche.

— J'en sais bien plus que tu le penses, Yankee, dit l'autre en tournant la tête dans sa direction. Vous arrivez en retard à la fête, vous baisez nos femmes et puis vous rentrez chez vous.

Madeleine croisa les bras. Ollie posa la cartouche sur la table.

— De quoi tu parles ?

Boar se leva, vacillant.

— Mon père était américain. (Ollie le dévisagea.) Ce salaud était stationné près d'Epping. (Il s'agrippa à la table pour recouvrer son équilibre.) Comme les autres salopards d'Américains, il est arrivé trois ans après le début de la Grande Guerre. Ce lâche n'a jamais vu un champ de bataille, alors il avait tout le temps d'arriver à ses fins avec ma mère. Il l'a mise enceinte et, quand son régiment a été renvoyé à la maison, il a promis de revenir. Sauf que ma mère n'a plus jamais entendu parler de lui. Pas un télégramme. Pas une lettre. (Il marqua une pause, tâchant d'empêcher son corps de balancer.) Elle m'a donné le prénom de mon père, du coup chaque fois qu'elle me regardait, je lui rappelais cet enfoiré.

— Ce qu'il a fait était horrible, admit Ollie. Mais nous ne sommes pas tous comme lui.

Boar prit son élan, comme s'il s'apprêtait à frapper, mais il perdit l'équilibre. Et tomba sur la table, envoyant une assiette se briser sur le sol.

Madeleine lui prit le bras et l'aida à gagner le canapé. Le capitaine renversa la tête en arrière et grommela quelque chose que ni Ollie ni Madeleine ne comprirent. Quelques secondes plus tard, il se mit à ronfler.

— Punaise, dit Ollie. Pas étonnant qu'il me haïsse.

— Qu'est-ce qu'on fait ? demanda Madeleine.

— On le laisse cuver son vin. Je le mettrai sous les planches plus tard.

Elle désigna Duchesse.

— Et pour elle ?

— Je la lâcherai demain matin.

Il prit le pigeon dans ses bras et attacha la cartouche à sa patte. Elle se débattit, puis voleta vers la porte.

— Elle veut repartir, dit Madeleine.

Duchesse se mit à piquer la porte de son bec.

— Je ne pense pas que les pigeons volent de nuit.

— Comment tu le sais ?

— Je suppose juste.

Il s'agenouilla auprès de Duchesse et lui caressa le dos.

— Tu as besoin de te reposer.

Duchesse cilla et recommença à donner du bec.

— D'accord.

Après un coup d'œil par le rideau, Ollie ouvrit la porte.

Duchesse se dandina jusqu'au seuil et, dans un battement d'ailes, elle disparut dans la nuit.

Chapitre 39

Airaines, France

Ollie était assis dans la grange, les messages décodés sur ses genoux. Il souffla sur ses doigts, engourdis par le froid, et relut les mots. Encore. Et encore.

Depuis cinq jours, il correspondait avec Susan. Tous les après-midi, Duchesse descendait du ciel et se posait gracieusement sur le pas de la porte de chez Madeleine. Et comme les vols du pigeon étaient devenus particulièrement précis, tels les horaires d'arrivée des trains au dépôt, il se surprenait souvent à regarder par le rideau, prêt à la faire entrer en douce.

Après l'avoir débarrassée de sa cartouche, il lui caressait les ailes et lui donnait de l'eau fraîche, le cœur battant de plus en plus vite tant il était impatient. Ensuite, il ouvrait la cartouche pour en sortir le message. Et là, sur un petit morceau de papier à lettres jauni, il découvrait les mots de Susan, camouflés derrière une pléthore de codes.

Ses messages, dont le capitaine Boar avait exigé qu'ils lui soient lus à haute voix, confirmaient que leurs renseignements concernant l'aérodrome avaient été transmis à la RAF. Pourtant, ils ne recevaient rien directement de l'armée, ce qui avait le don d'agacer Boar. Ollie n'était pas étonné que la RAF ne communique pas avec eux. Après tout, Duchesse était l'animal de compagnie de Susan, et l'armée britannique avait fui la France récemment, trop occupée qu'elle était à gérer les bombardements de la Luftwaffe, sans compter les préparatifs liés à leur propre invasion par l'Allemagne. De plus, l'armée ne pouvait rien faire pour eux. Derrière les lignes ennemies, ils étaient seuls.

Les billets de Susan contenaient surtout des nouvelles et des paroles d'espoir destinées à Ollie et qu'il laissait volontairement de côté quand il les lisait à Boar. Ce n'était pas qu'il avait peur du capitaine, même s'il devait bien admettre qu'il était intimidant, même les yeux bandés. Le fait était que certains passages des messages ne le concernaient en rien.

Adossé à la paroi d'une stalle, il lut et déchiffra les messages en se concentrant sur les dernières phrases de Susan. Quelque part tout au fond de sa tête, il entendait le doux murmure de sa voix.

Tu me manques. Aimerais que tu sois assis près de moi.

Ollie caressa le papier, avant de déplier un autre message.

J'espère que la guerre sera bientôt finie et qu'on sera à nouveau ensemble.

J'aimerais être avec toi. Te serrer. Et ne jamais te laisser partir.

Mais il ne pouvait pas dire ça. Il ne pouvait rien dire. Car les chances qu'il parvienne à quitter la France étaient au mieux minces. Il ne se voyait pas lui causer du chagrin supplémentaire. Elle avait déjà trop perdu. Et à présent, il apprenait que la santé de Bertie déclinait. Alors même s'il brûlait d'exprimer davantage ses sentiments, le mieux qu'il pût faire pour le moment, c'était de les consigner dans le journal qu'il tenait parmi les feuilles de son livre de codes.

Il relut une énième fois les messages de Susan, puis il tira une feuille de papier et se mit à écrire. Avec un peu de chance, Duchesse était arrivée à Epping. Alors il aurait un autre message prêt à partir dès son retour, avec l'information qu'il avait aperçu une dizaine de tanks Panzer. Tout en rédigeant, il hésita à lui parler des pigeons.

Il avait appris par Madeleine, qui rentrait à la maison après plus de quatre heures de queue pour un peu de pain, que des Français affamés en avaient été réduits à manger des pigeons de Source Columba. Lâchés sur la campagne ravagée, certains pigeons, en fonction de la personne qui les trouvait et si elle avait mangé récemment, étaient considérés comme des colis de nourriture. Alors plutôt que de transmettre ce qu'ils considéraient comme un message inutile à la Grande-Bretagne et qui pouvait en revanche constituer un repas pour des enfants affamés, les Français rapportaient les volatiles chez eux en douce et les dévoraient. Ollie espérait que les histoires de Madeleine n'étaient que des cas exceptionnels. Mais vu les miettes rationnées qu'on l'autorisait à rapporter du marché, il craignait que la situation ne fasse qu'empirer. Beaucoup.

Pour compliquer les choses, la Wehrmacht avait enrôlé des faucons. Durant la dernière mission de reconnaissance qu'il avait faite jusqu'à l'aérodrome, il avait vu un soldat allemand à l'autre bout du camp avec un rapace perché sur le bras. Ollie s'était attendu à ne compter que des avions, dont le nombre semblait se multiplier tels les rongeurs dans un silo de maïs, mais en épiant à travers les sous-bois, son regard avait été attiré ailleurs que sur la rangée de chasseurs Messerschmitt, vers ce soldat.

Ce dernier avait baissé ses jumelles, levé le bras et ôté le bandeau de cuir qui recouvrait les yeux du faucon. Le rapace s'était alors réveillé. Battant des ailes, il avait foncé vers le ciel. Ollie avait vu sa cible. Un oiseau, loin au-dessus d'une rangée de pins, à moins de cent mètres. Et il avait su, en dépit du peu de temps passé aux côtés de Susan, que c'était un pigeon. Le faucon avait foncé. Le pigeon, inconscient de ce prédateur, poursuivait sa route vers l'ouest et la Manche. En quelques secondes, le faucon avait sorti ses serres et fauché le pigeon en plein vol. Il avait atterri au sol, tenant sa proie. En regardant le faucon en arracher la chair à l'aide de son bec, Ollie s'était pris à espérer que Duchesse ne volerait pas trop près de l'aérodrome. Elle avait beau être agile pour un pigeon, elle ne serait pas de taille à affronter un faucon.

Ollie appuya son crayon sur le papier. À l'intérieur de l'étable, l'air sentait fort le fumier. Il batailla entre la vérité et l'espoir – devait-il inclure des détails concernant le destin des pigeons ou continuer à croire que la mission, malgré les pertes, finirait par porter ses fruits ? Au bout du compte, il omit les informations sur les pigeons abattus.

Il termina son message et le glissa dans sa poche, puis il massa son pied douloureux. Les derniers jours lui avaient fait du bien. Il n'était plus enflé. Et si Ollie continuait d'avoir du mal à lever le coude, il pouvait néanmoins retirer son écharpe et marcher avec son bras ballant. Bref, il se sentait mieux, peut-être même assez pour tenter de s'enfuir. En revanche, il ne pouvait pas en dire autant du capitaine. Boar avait toujours les yeux bandés. Il restait encore deux jours avant le retour du médecin pour l'ausculter. Au cours de la semaine écoulée, Ollie et lui étaient restés éloignés l'un de l'autre, autant que deux hommes qui dormaient dans le confinement d'un espace minuscule le pouvaient. Il était clair, du moins pour Ollie, que rien ne parviendrait à changer l'aversion que Boar lui vouait, lui l'Américain qui correspondait avec une Anglaise. Et les messages quotidiens de Susan ne faisaient qu'attiser sa jalousie.

Au moment où il s'apprêtait à sortir de la grange, Ollie entendit un moteur. Le tintement des pistons se fit de plus en plus fort. Il s'immobilisa. S'accroupit. Le moteur s'arrêta.

Par une fissure dans le bardage, il vit un officier nazi sortir de son véhicule et ajuster son képi sur son oreille en partie coupée. Par contraste avec son uniforme sombre, sa peau de cire semblait luire.

Dietrich. Ollie se figea. Son esprit s'emballa. *Madeleine aura-t-elle le temps de cacher Boar ?*

Les bottes cavalières du SS crissaient sur le gravier. Il monta les marches jusqu'à la porte et frappa.

Un frisson remonta le long du dos d'Ollie. Dietrich ôta ses gants de cuir et frappa plus fort.

Ollie balaya la grange du regard, en quête d'une cachette. Un minuscule tas de paille. Un monticule de pommes de terre pourries.

La porte du cottage s'ouvrit.

— *Herr Dietrich*, dit Madeleine.

Le nazi l'écarta de son passage. Il entra et referma la porte.

Plusieurs choix se disputaient dans la tête d'Ollie. Rester ? Se cacher ? Fuir ? Avec difficulté, il parvint à ordonner ses pensées. Et malgré son instinct qui lui conseillait la fuite, il resta. Attendit. Plusieurs minutes s'écoulèrent. Sa peau se refroidit. Au moment où il commençait à regretter sa décision de n'être pas parti se cacher dans les bois, il entendit un craquement, semblable à celui d'une chaise qui tombait. Des hurlements. Des cris. Les poils se dressèrent à la base de sa nuque.

Ollie riva son regard à la fente. Il s'attendait à entendre des coups de feu. Au lieu de quoi, la porte du cottage s'ouvrit en grand. Dietrich sortit, tirant Louis par l'une de ses pattes arrière. L'adrénaline afflua dans les veines d'Ollie.

Louis couinait et se débattait, tentant frénétiquement de planter ses sabots avant dans la terre. Mais le petit cochon truffier, pas plus gros qu'un bulldog nain, était impuissant face au SS.

— *Arrêtez*!* hurla Madeleine qui sortait du cottage en courant.

Dietrich traîna le porc jusque dans la cour et détacha la sangle de son pistolet. Louis, qui essayait toujours désespérément de lui échapper, tordait et tendait le cou vers sa maîtresse.

Ollie serra les poings.

Dans un mouvement fluide, Dietrich sortit son arme et visa l'animal hurlant.

Madeleine les rejoignit et se mit à frapper des deux mains le torse du nazi. Dietrich grogna. Il balança le bras en arrière et la frappa à l'aide de son pistolet. La tête de Madeleine bascula, et elle tomba à terre.

Ollie fit l'inventaire de la grange. Un râteau. Des tas de patates en bouillie. Des planches ébréchées. Au-dessus de lui, suspendue à un crochet en métal, une faucille cassée dont le manche manquait et dont la lame était abîmée et rouillée. Il l'attrapa quand même.

Madeleine releva lentement la tête. Des feuilles séchées collaient à ses cheveux. Un filet de salive pendait de sa lèvre inférieure. Sa poitrine se soulevait péniblement à chaque inspiration. Pourtant, elle parvint à se remettre debout.

Elle tangua, l'air sur le point de retomber, puis s'approcha de Dietrich. Le nazi secoua la tête. Le cochon se tortilla.

Madeleine, les cheveux empoissés de sang, s'avança encore.

— *S'il vous plaît, libérez-le*.*

Dietrich lui pointa son pistolet en pleine face. Elle ferma les yeux. Ses mains tremblaient. Mais elle ne recula pas.

Sans les couinements de Louis et le fait que Dietrich lui tournait le dos, Ollie n'aurait jamais pu s'approcher sans être détecté. Mais pour l'instant, un porc agité et une Française hardie retenaient toute l'attention de l'Allemand. Du moins jusqu'à ce qu'il appuie sur la gâchette. Là, tout serait fini : les cris de Louis, les pleurs de Madeleine. Ollie boitilla plus vite. Son cœur battait à ses oreilles. Dix mètres. Cinq mètres. Puis le gravier crissa sous ses godillots.

Dietrich fit volte-face. Pupilles dilatées. Front plissé. Il tourna son arme.

Ollie prit son élan. Il bondit et abattit la lame rouillée sur la main du SS. Il s'attendit à un jaillissement de poudre et se prépara à recevoir une balle dans la cage thoracique. Au lieu de cela, un craquement fort, un bruit de branche de noyer que l'on aurait abattue contre le tronc d'un arbre.

Dietrich brailla. Le pistolet tomba.

Ollie posa les yeux sur la main du nazi : l'un de ses pouces était tordu, à croire qu'il venait de lui pousser une articulation supplémentaire. Il crut que Dietrich allait fuir. Ou au moins, lever les mains en signe de reddition. Parce que, selon Ollie, c'était ce qu'un être humain normal ferait.

Mais il ne tarda pas à comprendre que le nazi n'était pas un homme ordinaire, quand ce dernier se jeta sur lui tel un lutteur gréco-romain. Les mains tendues. Un os, pareil à un morceau de craie ensanglanté, lui sortait du pouce.

OK, c'est toi ou moi. Ollie frappa. Alors que la lame fendait l'air, la nausée lui serra le ventre. Il avait sous-estimé la vitesse de Dietrich. Et visé trop haut.

Dietrich esquiva, plongea et cogna de l'épaule dans la jambe d'Ollie.

Son genou flancha. Sa cheville céda, et il tomba à terre avec Dietrich. Ses ligaments se tendirent et son épaule blessée fut à deux doigts de se déboîter.

Il essaya de réutiliser la faucille, mais Dietrich, rapide comme un chien enragé, lui mordit la manche de son manteau. Ses incisives s'enfoncèrent dans sa chair. La douleur lui vrilla le bras. Et il lâcha la lame.

Ollie referma brutalement la mâchoire lorsque Dietrich lui donna un coup de poing de son bras valide. Étourdi, il griffa le sol pour récupérer la lame.

Madeleine hurlait, martelant le dos de l'Allemand de ses poings.

Le nazi lui envoya son coude dans la poitrine. Ses cris suraigus furent alors étouffés et l'air expulsé de ses poumons. Elle s'effondra, les mains contre son ventre.

Dietrich roula de côté et libéra le torse d'Ollie. Au début, il crut que le nazi avait repéré la lame et s'apprêtait à la lui enfoncer dans le crâne. Mais il le vit ramper comme un crabe. À un mètre ou deux gisait le pistolet.

Ollie plongea. Il saisit la jambe du SS. Ce dernier tendit le bras. Ses doigts n'étaient qu'à quelques centimètres de l'arme.

Une botte cavalière s'écrasa sur la joue d'Ollie. Tout devint noir. Il s'efforça d'éclaircir le brouillard dans sa tête et se rendit compte que Dietrich était hors de sa portée. *C'est fini*, songea-t-il. Quelques secondes, pas plus. Il s'attendait à entendre des coups de feu. À la place, un hurlement haut perché. Ollie releva la tête et vit un bandage déroulé dans la cour. Et Dietrich, la faucille plantée dans le dos. Debout au-dessus de lui se trouvait le capitaine Boar. Dietrich agita les bras. Se tortilla. Se tourna. Mais ne put atteindre la lame, enfoncée tel un harpon entre ses omoplates. Boar le fit tomber sur le dos, et du même coup, la lame plongea plus profondément dans son corps. Le nazi poussa un cri strident.

Boar l'attrapa par le cou. Les muscles de ses avant-bras bandés, il l'étouffa.

Dietrich rua. Ses jambes perdirent de leur force. Un pied tressauta. Et puis son corps s'immobilisa.

Ollie rampa jusqu'à Madeleine.

— Ça va ?

Elle hocha la tête. Un mélange de sang et de terre lui souillait le visage. Louis vint lui renifler le flanc.

Boar desserra sa poigne autour du cou de Dietrich, puis se redressa au-dessus du cadavre.

— Imbéciles, marmonna-t-il, le dos tourné. Vous avez risqué nos vies pour un putain de cochon.

— Il allait abattre Madeleine, argua Ollie.

Le capitaine se tourna.

La première chose qu'Ollie remarqua, ce fut l'absence de bandages. La seconde, les yeux du capitaine. Un clair et alerte. L'autre mort, semblable à de l'albâtre dépoli.

Chapitre 40

Epping, Angleterre

Susan attacha la cartouche à la patte du pigeon, lui caressa les ailes et le glissa délicatement dans le tube de carton. Elle sentit le poids de l'oiseau tomber au fond. Ayant scellé le couvercle perforé de trous pour laisser entrer l'air, elle plaça le tube avec les autres dans un coin du pigeonnier. Elle les entreposait en pyramide, prenant bien soin de ne pas tourner les pigeons la tête en bas. Même si, songea-t-elle soudain, quelques heures plus tard, les militaires les chargeraient dans les avions comme du courrier.

Elle souleva un parachute et frotta le tissu soyeux entre ses doigts. Le parachute semblait terriblement petit, plus adapté pour le soldat en plastique qu'un enfant lâcherait de la fenêtre du premier étage qu'à un pigeon lâché d'un avion en plein ciel. Quant aux tubes de carton, ils lui paraissaient fragiles, par comparaison avec les anciennes nasses de la RAF. Elle comprenait les raisons de ces changements.

Des paquets plus petits égale moins d'avions égale moins de pilotes tués. N'empêche, elle détestait ces raisons. Les tubes étaient bien trop sombres et étroits, sans parler du fait qu'ils ressemblaient à des cercueils. Ça n'était pas une façon de traiter un pigeon, surtout quand il risquait sa vie pour sauver la Grande-Bretagne. Elle lâcha le parachute et continua à charger. Et à chaque pigeon qu'elle enlevait de son nid, l'anxiété gonflait un peu plus sa poitrine.

Elle se mit à la préparation des derniers pigeons de la mission juste avant l'aube, s'étant réveillée bien avant Bertie. Il avait à peine dormi la nuit précédente – et depuis plusieurs nuits, en fait – à cause des quintes de toux qui le gardaient éveillé. Les seuls moments où elle ne l'entendait pas respirer péniblement ou se moucher, c'était sans doute durant le tonnerre assourdissant des tirs antiaériens.

Grand-père avait raison, songea-t-elle. Il n'avait probablement pas de souci de cœur. Juste ses genoux fragiles et un rhume ordinaire qui avait quasiment dégénéré en pneumonie, au vu du bruit que produisait sa poitrine. Pourtant, le docteur Collins avait insisté pour que Bertie reste sous nitroglycérine, en plus de ses comprimés de sulfate. Mais ni les médicaments ni les heures passées la tête couverte d'une serviette au-dessus d'un bol d'eau fumante n'avaient réussi à faire diminuer ne serait-ce qu'un peu la congestion.

« Je crains qu'il ne soit pas possible d'aller à Sainte-Margaret, hélas. Les lits sont pleins. On y reçoit chaque jour de plus en plus de blessés en provenance de Londres, avait dit le docteur Collins. Il sera mieux soigné à la maison. »

Mais l'infection progressait dans sa poitrine. Armée en tout et pour tout de cachets de sulfate, de rations minables, de thé aqueux et d'une vieille huile d'eucalyptus qui avait perdu sa fragrance, Susan en venait à se demander si ses soins lui avaient seulement fait quelque bien.

Elle déposa le dernier pigeon dans un tube, vissa le couvercle et le posa délicatement sur la pile. Son esprit carburait à plein régime. Son corps la faisait souffrir tant elle doutait. Pour se rassurer, ne fût-ce qu'un instant, elle plongea la main dans son manteau et en sortit le dernier message décodé d'Ollie. Qu'elle relut pour la quatrième fois.

Susan,
Merci pour tes messages. Tu m'as dit un jour que ta mission allait nous faire gagner la guerre. Aujourd'hui, plus que jamais je crois en toi.

Elle tourna les yeux vers la pile de tubes à lâcher. Le pigeonnier, jadis rempli des roucoulements des pigeons, était silencieux, à l'exception des grattements étouffés des griffes sur le carton.

Souhaite un prompt rétablissement à Bertie. Il est entre de bonnes mains, avec toi à ses côtés.
Tes lettres me donnent de la force. J'entends ta voix en lisant tes mots. Je m'échapperai. Je te promets de revenir à Epping.

Ollie

Elle replia le message et le rangea dans son manteau. Rassemblant ses forces, elle quitta le pigeonnier.

Au cours des nuits passées, la bataille du ciel avait été acharnée. Les tirs antiaériens avaient résonné. La terre avait tremblé. La vaisselle était tombée des étagères. Et à présent, le champ des moutons était parsemé d'éclats d'obus, tels d'horribles grêlons noirs. En traversant la cour, elle remarqua un faible scintillement parmi les morceaux de métal. Elle s'immobilisa. Une douille de cuivre, de la longueur d'un bâton de chewing-gum. Elle imagina qu'elle provenait soit d'un chasseur de la RAF, soit d'un bombardier de la Luftwaffe. Et la ramassa. Le métal froid lui donna la chair de poule. Plutôt que de vérifier ce qui était gravé dessus, elle le jeta en direction de la forêt. Il atterrit à plusieurs mètres d'un bouleau en lisière.

— Je hais la guerre ! cria-t-elle.

On s'agita sous la tente de la RAF, toujours montée dans la cour. Un soldat sortit la tête.

Susan lui lança un regard furibond.

— Oui, vous m'avez très bien entendue.

Le soldat, à l'instar d'une marmotte surprise, rentra aussitôt la tête à l'intérieur. En approchant de la porte du cottage, Susan entendit un sifflement sec. Une toux grasse. Elle leva les yeux vers la fenêtre de sa chambre, qu'elle laissait toujours entrouverte pour Duchesse. Un coup de vent glacial agita le rideau occultant.

J'avais un petit oiseau, il s'appelait Enza. J'ai ouvert la fenêtre et le vent l'influença…

Elle fut parcourue d'un frisson, resserra son manteau autour d'elle et entra.

Chapitre 41

Epping, Angleterre

En entrant dans le cottage, Susan fut accueillie par une quinte de toux profonde. L'air était moite à cause des marmites d'eau bouillante qu'elle avait laissées sur la cuisinière afin d'aider les bronches de Bertie à se dégager. Les carreaux étaient couverts de buée, les tissus humides. Le premier étage ressemblait à un hôpital de campagne où l'on soignerait la diphtérie. Elle suspendit son manteau et s'approcha de Bertie, affalé dans son fauteuil sous plusieurs épaisseurs de couvertures en laine.

— Tu t'es levée de bonne heure, constata-t-il en ouvrant les yeux.

Susan acquiesça et remarqua qu'il avait la voix rauque.

— Un camion de l'armée va arriver d'ici une heure.

Il toussa et cracha dans un vieux morceau de tissu.

— J'ai bien peur d'avoir souillé tous nos mouchoirs.

Elle lui toucha le bras.

— C'est à ça qu'ils servent. (Bertie replia le sien et se renversa en arrière.) Comment tu te sens ?

Il avait du mal à se débarrasser du flegme coincé dans sa gorge. Susan ramassa sa tasse, la remplit à moitié de leur thé insipide sur la tablette et le lui porta aux lèvres.

Il sirota. Grimaça. Déglutit.

Elle reposa la tasse.

— Tu veux quelque chose à manger ?

Il secoua la tête.

— Un peu d'huile d'eucalyptus ?

Il pressa le mouchoir contre sa bouche pour étouffer une autre quinte de toux, puis rabaissa la main.

— Il faut qu'on parle.

— Il faut que tu te reposes.

Il se redressa avec peine. Les couvertures retombèrent sur ses genoux.

— Les pigeons sont prêts ?

— Oui.

Elle le dévisagea. N'ayant pas eu l'énergie de se raser, il avait laissé pousser ses moustaches blanches, qui lui mangeaient les joues. Des poches sombres pendaient sous ses yeux, et sa respiration était aigre à cause de son infection pulmonaire.

Tendant la main, il lui serra les doigts. Susan s'obligea à sourire.

Il relâcha sa main et rajusta ses couvertures.

— Tu joues un rôle important dans cette guerre, Susan. Malgré les pertes, nos pigeons rapportent des renseignements sur l'armée d'Hitler.

Elle songea aux nids vides, aux centaines de pigeons manquant à l'appel.

— Il nous en faut plus à entraîner.

— On n'en recevra pas d'autres.

Il se moucha, mais ne produisit qu'un gargouillis gras.

— Comment tu le sais ?

— J'ai parlé avec Jonathan Wallace, du National Pigeon Service.

— Ce n'est pas juste. Ce n'est pas parce que tu es affaibli que tu ne peux pas continuer Source Columba. Je vais parler à Mr Wallace, lui expliquer que je suis parfaitement capable de prendre sur moi le surplus de travail jusqu'à ce que tu guérisses.

Elle se dirigea vers le téléphone.

— Le problème, ce n'est pas ma maladie, ma chérie, lança-t-il, peinant à respirer. C'est l'endroit où nous sommes situés.

Susan s'immobilisa et se retourna pour le regarder.

— Notre ferme se trouve près d'un aérodrome de la RAF, cible de la Luftwaffe. (Il toussa, reprit sa tasse et but.) Nous sommes aussi pile sur leur fichue trajectoire de vol quand ils vont bombarder Londres. Ça n'est pas sûr.

— Qu'est-ce qu'on peut faire ?

— Le National Pigeon Service implante des fermes d'entraînement à Northampton, loin des bombardements. (Il se racla la gorge.) Jonathan te garde une place.

— Je ne partirai pas.

— La Grande-Bretagne a besoin de toi.

Il marqua une pause et fourra son mouchoir sale sous sa couverture, comme pour camoufler la preuve que son état empirait.

— On n'aura bientôt plus de pigeons. À moins que tu n'ailles à Northampton, tu ne feras plus partie de Source Columba.

Elle vint se poster à côté de son fauteuil.

— Je ne te laisserai pas.

— Je te rejoindrai plus tard, mon petit. (Il posa les yeux sur le flacon de cachets de sulfate sur la tablette.) Les McCreary viendront me rendre visite jusqu'à ce que je sois remis.

Susan croisa les bras.

— N'importe quoi.

Mrs McCreary était une gentille femme, qui ferait sans doute des pieds et des mains pour s'occuper de Bertie. Mais son mari, un bonhomme timide qui passait trop de temps caché dans sa cave, serait de peu, voire d'aucune utilité. Quoi qu'il en fût, jamais elle n'abandonnerait Bertie. Jamais. Plutôt que d'argumenter, elle se pencha sur lui et lui prit sa tasse.

— On en reparlera plus tard.

Dans la cuisine, elle leur prépara du thé. Pendant que les feuilles infusaient, elle l'entendit tousser, peiner à expectorer le flegme qui lui encombrait les poumons. Une soudaine sensation d'impuissance la submergea. Susan eut envie de pleurer. D'abandonner.

Au lieu de quoi, elle se mordit la lèvre et ravala ses larmes. *Sois forte comme un œuf.*

Alors qu'elle lui apportait son thé à la salle à manger, un bruissement lui parvint de l'étage. Elle se hâta de poser la tasse sur la tablette de Bertie, renversant du thé sur le sol. En se retournant, elle découvrit Duchesse qui volait dans l'escalier, avant d'atterrir sur le canapé.

Susan se rua vers elle et la prit dans ses bras. Ses plumes froides lui caressèrent la peau.

— Ton idée de laisser la fenêtre de ta chambre ouverte, ça fonctionne du tonnerre pour éviter les soldats, commenta Bertie.

Susan embrassa Duchesse sur la tête. Quand elle lui retira la cartouche qu'elle avait à la patte, une plume de sa queue tomba par terre. Susan s'interrompit et remarqua que les couleurs jadis fluorescentes de son pigeon avaient pris une teinte terne, comme délavée par le soleil. En plus des battements affolés de son cœur, Duchesse ne roucoulait pas. Susan souffla de l'air chaud sur ses ailes glacées. Au bout de quelques minutes, Duchesse se mit à produire un doux murmure. Susan lâcha un soupir. Elle alla chercher un pot de grains qu'elle avait rangé dans la cuisine et les éparpilla sur la table. Délicatement, elle posa son pigeon devant la nourriture. Duchesse consentit à picorer un peu, puis elle s'assit et ferma les yeux.

Susan poussa d'autres grains vers elle. Mais le pigeon ne fit pas l'effort de les manger.

— Elle ne peut plus continuer à ce rythme, confia Susan à Bertie. C'est trop.

Duchesse se coinça la tête sous une aile.

Bertie se pencha en avant, puis il ouvrit la cartouche et en sortit le message.

— Pas besoin de me le lire en entier, indiqua-t-il. Transmets-moi juste les renseignements et je les noterai sur un papier pour l'armée.

Susan acquiesça.

Bertie s'empara du flacon sur sa tablette et avala un cachet de sulfate avec une gorgée de thé. Puis il regarda Susan.

— Tu le reverras, ma chérie.

Elle s'approcha de lui et le serra dans ses bras.

— Pas trop près. Je ne veux pas que tu tombes malade.

— Je m'en fiche.

Et elle l'étreignit de plus belle, ce qui lui révéla combien il avait perdu de poids. Ses os saillaient sous son pyjama.

Duchesse releva la tête, étira les ailes et voleta jusqu'au fauteuil de Bertie.

D'un doigt, il lui caressa les plumes.

Susan alla chercher un message qu'elle avait déjà rédigé à l'intention d'Ollie. Elle s'apprêtait à le glisser dans la cartouche, puis elle hésita. Prenant un crayon et le livre de codes, elle ajouta à son message initial :

Vais peut-être devoir partir pour Northampton. Reviens-moi. Je t'attendrai.

Elle roula le papier, l'enfila dans la cartouche qu'elle accrocha à la patte de Duchesse. Le pigeon vola jusqu'à la fenêtre. Et donna du bec contre le carreau.

— Non, lui dit Susan. Tu as besoin de te reposer.

Duchesse inclina la tête, ébouriffa ses plumes, puis recommença à cogner contre la vitre avec son bec. Susan alla la chercher et lui caressa le dos.

Mais Duchesse s'agita tant et si bien qu'elle lui échappa des mains pour retourner près de la fenêtre et taper plus fort.

Bertie toussa.

— Elle veut partir.

— C'est trop tôt.

Pendant plusieurs minutes, le pigeon continua de cogner au carreau. Chaque fois que Susan essayait de la toucher, Duchesse battait des ailes et se dandinait sur le rebord de la fenêtre. Au bout de sa troisième tentative pour l'apaiser, elle s'envola même à travers la pièce. Le vent souffla sur le visage de Susan. Et Duchesse se posa sur le manteau de la cheminée.

— S'il te plaît…, tenta Susan.

Lentement, elle s'avança vers l'âtre et gratta délicatement le petit duvet sur le crâne de son pigeon.

— Juste un peu de repos.

Duchesse s'écarta. Ses serres crissaient sur le bois. Susan se tourna vers Bertie et le vit désigner le plafond.

Susan comprit aussitôt dans un sursaut. *La fenêtre de ma chambre.* Elle leva les yeux. Bertie opina du chef.

Au moment où elle se dirigeait vers l'escalier, Duchesse prit son envol et fila à l'étage. Le pouls de Susan s'accéléra. Elle courut dans ses bottes en caoutchouc, aussi pratiques sur les marches que des chaussures de plongée en haute mer.

En atteignant sa chambre, elle y trouva Duchesse perchée sur la fenêtre.

—Attends!

Mais Duchesse plongea.

Susan se pencha à la fenêtre. Le vent froid lui mordit les joues. Duchesse battait des ailes, dans un mouvement plus pénible qu'à son habitude, à croire que sa cartouche était remplie de sable. Alors que son pigeon épuisé gagnait de l'altitude, Susan frissonna. *Il n'y a nulle part où se reposer au-dessus de la Manche.*

Chapitre 42

Airaines, France

— Enterre-le dans les bois, ordonna Boar, planté au-dessus du corps. Et cache le véhicule dans la grange.

Bouche bée, Ollie posa sur Dietrich un regard sidéré. Du sang suintait de sa main écrasée.

— Non.

— Fais-le ! aboya Boar.

Ollie tourna les yeux vers Madeleine, assise près de lui par terre, une main appuyée contre sa blessure au crâne.

— On ne peut pas laisser de preuves. Les nazis doivent connaître les habitudes de ce type, ils fouilleront la ferme et accuseront Madeleine.

Boar s'approcha d'eux. La Française leva les yeux et hoqueta.

— Votre œil !

Boar porta une main à son visage, comme s'il s'attendait à tomber sur ses yeux bandés, au lieu de quoi il toucha sa cornée rabougrie. Son visage blêmit.

Madeleine tendit le bras vers lui. Boar pivota et se dirigea en trombe vers le cottage, dont il laissa la porte ouverte.

Ollie s'agenouilla auprès de Madeleine et examina sa tête.

— Faites-moi voir.

Près de la tempe, elle avait une entaille d'un bon centimètre de profondeur. Et une bosse de la taille d'un petit galet de rivière. Il lui ôta une feuille séchée des cheveux, puis sortit un mouchoir de sa poche et l'apposa délicatement sur sa blessure.

— *Merci**, dit-elle.

— Qu'est-ce qui s'est passé ?

— Herr Dietrich était venu chercher ses truffes. Il n'était pas censé se pointer avant plusieurs jours. (Elle gratta la tête de Louis. Le porc grogna.) Quand je lui ai dit que je n'en avais pas, il s'est mis en colère et a menacé de tuer mon *Schwein*.

— Bon Dieu. Comme ça ?

— Les nazis ne sont pas connus pour leur patience, dit-elle en lui prenant le mouchoir des mains pour regarder le tissu ensanglanté. Même vis-à-vis d'une femme qui a négligé la cueillette des truffes.

Ollie l'aida à se remettre debout.

— Vous étiez occupée à nous aider. Je suis désolé de vous avoir mis dans ce pétrin.

Il se tourna vers le véhicule de l'Allemand. Sa calandre rutilante et ses phares qui évoquaient des yeux d'insecte semblaient le contempler aussi. Il s'arrêta, puis enleva sa veste.

— Qu'est-ce que tu fais ? demanda Madeleine.

— Je vais m'occuper de ça.

Il ôta aussi sa chemise.

— Mais le capitaine…

— Je sais ce qu'a dit le capitaine, mais je refuse de laisser ce SS ou sa voiture sur votre ferme et risquer que les Allemands les trouvent.

En traversant son maillot de corps, le vent froid le fit frissonner. Il tendit ses vêtements à Madeleine, puis s'avança vers Dietrich et entreprit de déboutonner son uniforme.

— Non, commença Madeleine.

Ollie termina pourtant de déboutonner Dietrich, remarquant que la température du corps baissait déjà. Il tira sur les manches du nazi. Quand il tenta de lui enlever sa chemise, le vêtement resta collé au dos de Dietrich. Ollie déglutit, fit rouler le cadavre et souleva le tissu par-dessus la faucille plantée dans son dos. Ravalant une envie de vomir, il enfila la chemise souillée, puis il débarrassa Dietrich de son képi et de son pistolet. Madeleine vint l'attraper par le bras.

— Tu ne dois pas faire ça.

Ollie se dégagea, alla ouvrir le coffre de la voiture, découvrit qu'il était tout juste assez grand pour contenir un petit sac et sûrement pas le cadavre d'un Allemand. Alors, faute d'une autre solution, il attrapa Dietrich par ses bottes cavalières et le traîna vers l'auto. Avec difficulté à cause de son épaule encore fragile, il hissa le poids mort et le lâcha au sol, devant la banquette arrière. Il recouvrit le soldat d'un trench-coat en cuir noir qui était soigneusement plié sur le siège passager.

Il se tourna vers Madeleine en boutonnant le haut de sa tunique. Le col se referma étroitement autour de son cou.

— Il faut me faire confiance.

Madeleine serra son mouchoir. Louis se colla contre sa jambe.

— Assurez-vous que Boar ne commette pas de bêtise, ajouta-t-il, une main posée sur l'épaule de la vieille femme. Il vous écoutera.

À contrecœur, elle hocha la tête.

— Trouvez l'ami de Guillaume, dites-lui qu'on part demain. Si je ne suis pas de retour au matin, qu'ils s'en aillent sans moi.

Avant qu'elle ait le temps de répliquer quoi que ce soit, il monta dans la voiture et referma la portière. En tendant la main vers le démarreur, il constata que la clé n'y était pas, ce qui l'obligea à se pencher par-dessus le siège pour fouiller les poches du pantalon de Dietrich. Sa main tremblait quand il inséra la clé dans le contact.

Chapitre 43

Airaines, France

Le capitaine Boar tenta de voir son reflet dans le dos d'une cuillère, mais l'étain était trop terne. Il jeta l'ustensile dans l'évier et se dirigea vers la chambre de Madeleine. Bien qu'il quittât rarement les murs de la cuisine, hormis pour dormir sous le plancher, il savait exactement où se trouvait cette chambre grâce aux craquements que faisait le parquet sous les pas de la vieille femme. Il trouva ce qu'il cherchait au-dessus d'une bassine : un miroir ébréché dans un cadre doré. Il s'approcha de son reflet. Et découvrit un monstre.

L'œil gauche fonctionnait correctement, malgré le sourcil enflé et la sclérotique injectée de sang. Le droit, en revanche, était horrible. La paupière déformée était maintenue par des points de suture. Les cils avaient disparu. Et la cornée était enfoncée et vitreuse, comme celle d'un poisson pas frais. Il y porta la main, sursauta et grogna. L'orbite semblait gonflée par un amas de cartilage.

Boar envoya son poing dans le miroir, qui se brisa en plusieurs éclats de verre partout au sol. Il pressa la main contre son visage. *Plus jamais je ne volerai.* Son pouls s'emballa. Il ajusta sa position. Derrière le crissement du verre brisé sous ses souliers, il entendit une toux mécanique. Le démarrage d'un moteur. Il arracha le pistolet de son fourreau et courut à la porte. Depuis le perron, il vit la voiture du SS s'éloigner, le Yankee au volant. La rage monta. *C'est ta faute.* Il leva son arme.

—*Arrêtez*!* cria Madeleine, dans la cour.

Boar visa la vitre arrière. La seule raison qui l'avait empêché d'utiliser son arme contre le nazi, c'était que les détonations auraient alerté la Wehrmacht. Dorénavant, il s'en contrefichait. Son doigt se raidit sur la gâchette.

Madeleine se précipita malgré ses difficultés à marcher. Son porc couina. Elle agita les bras.

—S'il vous plaît… non!

Boar plissa la paupière. Avec un seul œil valide, sa perception des distances ne valait plus rien. Au moment où il tentait de concentrer sa vision sur la silhouette derrière le volant, Madeleine lui saisit le bras et lui fit perdre sa cible.

—Il essaie de nous aider, dit-elle.

—Imbécile.

Il baissa son arme et regarda disparaître le véhicule. Louis frôla la jambe de Madeleine. Elle caressa le porc sur la tête. Il partit se coucher sous un buisson en poussant un grognement.

Madeleine s'arrêta pour reprendre son souffle, puis elle alla ramasser le blouson et la chemise d'Ollie dans la cour et retourna à l'intérieur.

Remarquant qu'elle avait une touffe de cheveux engluée de sang, Boar rengaina le pistolet dans son holster. Il la suivit dedans et l'aida à s'asseoir. Puis il lui prit son mouchoir, dont il trempa un coin dans l'eau d'un broc pour le lui appliquer délicatement sur le crâne.

— *Merci**.

Elle leva les yeux vers lui. Boar se racla la gorge.

— Je suis aveugle de l'œil droit.

— Je vais appeler le *docteur**.

Boar secoua la tête.

— C'est trop tard.

— Je suis désolée.

Il continua à nettoyer sa blessure.

— Je crois bien que j'ai cassé votre miroir.

Elle lâcha un soupir.

— Oh, c'est aussi bien. Ça fait un bout de temps que je n'ai pas eu de raison de me regarder dans une glace.

Boar appuya sur sa blessure jusqu'à ce que le saignement cesse. Il lui nettoya les cheveux, mais une bande de racines grisonnantes resta teintée de rouge. Madeleine lui prit le mouchoir et le posa sur la table. Farfouillant dans un cendrier, elle en récupéra le reste d'un mégot, qu'elle dépoussiéra du bout du doigt. Elle l'alluma et le lui tendit.

Boar tira une bouffée. Ça avait un goût de cendres. Une minuscule quantité de tabac parvint néanmoins à ses poumons.

Madeleine se leva et s'empara de son manteau.

— Vous devriez vous allonger, dit Boar, qui écrasa le bout de papier brûlé dans le cendrier.

Sans prêter attention à son conseil, elle décrocha un chapeau de sa patère, près de la sacoche à truffes, et s'en chaussa, ajustant le bord afin de masquer la bosse à sa tempe.

— Les nazis vont se rendre compte qu'un de leurs officiers a disparu, expliqua-t-elle en boutonnant son manteau, puis en se dirigeant vers la porte pour l'ouvrir. Ils vont remonter la piste de Dietrich et seront au courant de ses visites ici pour me réquisitionner mes truffes.

Une bourrasque froide balaya le visage de Boar.

— Vous allez où ?

— Parler à mon ami. Vous partez demain, ajouta-t-elle après un regard.

Elle sortit et referma la porte.

Il envisagea de l'arrêter. Mais peu importait. En fait, plus rien ne comptait. Son cœur avait beau battre, ses poumons s'emplir d'air et ses membres fonctionner, il était brisé. Inutile. Chaque fibre de son corps voulait se battre, mais à présent, même s'il réussissait à retourner en Grande-Bretagne, plus jamais il ne commanderait un escadron. Et il ne serait pas non plus autorisé à voler avec un seul œil. Au mieux, il serait assigné à quelque tâche de bureau. *Putain de merde.* Il sortit son pistolet et fit l'inventaire de ses munitions, y compris les balles supplémentaires, contenues dans la ceinture qu'il portait à la taille. Consumé par la haine, il résolut de tuer autant de nazis que possible et de garder une balle pour lui-même. Ah oui, et peut-être une aussi pour le Yankee.

Une heure plus tard, alors qu'il attendait, assis dans un fauteuil, que Madeleine ou Ollie reviennent, un léger grattement sur le perron lui fit lever son arme. Il écouta et s'approcha sans bruit de la fenêtre. Écartant un tout petit peu le rideau, il regarda dehors. Rien.

Tac. Tac.

Il lâcha un soupir en reconnaissant le son et ouvrit la porte. Sur le seuil se tenait ce qui était sans doute le pigeon de l'Amerloque, au vu de son plumage chatoyant.

— Tu ressembles à un paon, dit-il en secouant la tête. Je suis étonné qu'ils ne t'aient pas encore abattu.

Duchesse leva les yeux vers lui et ébouriffa ses plumes. Boar s'approcha. L'animal s'écarta, déploya ses ailes, prêt à se renvoler.

Il s'immobilisa. Lentement, il glissa son arme dans son holster.

Le pigeon voleta jusqu'à la cour.

Boar grinça des dents. Il hésita, puis retourna au cottage en criant :

— Yankee, ton oiseau est revenu. Viens le chercher avant qu'il ne reparte.

Il entra, laissant la porte ouverte, et s'adossa au mur, hors de la vue du volatile. Et il attendit. Plusieurs minutes s'écoulèrent. Au moment où il allait abandonner, il entendit un bruissement, puis un grattement. L'instant d'après, l'oiseau entra de son pas tanguant.

Boar claqua la porte. Un craquement fit trembler la maisonnette. Le pigeon sauta et battit des ailes.

Il regarda l'oiseau du Yankee voler de-ci de-là dans la pièce, se cogner contre un rideau et renverser une tasse sur la table. Comprenant qu'il allait avoir du mal à l'attraper à mains nues, même dans une surface confinée, il sortit une couverture de son trou sous les planches. Il la jeta en l'air, tel un filet.

Duchesse plongea. La couverture lui effleura la queue et retomba au sol. Elle fila sur une étagère de livres.

Boar ramassa la couverture, dont il s'empara comme un toréador, et il s'approcha pour coincer l'oiseau.

Duchesse, le corps de travers, s'accrochait à l'étagère à l'aide de ses griffes.

Boar jeta la couverture. L'oiseau et plusieurs livres tombèrent par terre. Sous le tissu laineux, un petit monticule s'agitait. Il glissa la main, enroula les doigts autour de ses ailes et tira l'oiseau.

Le pigeon piquait, tordait ses pattes maigres.

Boar resserra son étreinte et remarqua la cartouche de Bakélite. Retournant l'oiseau, il détacha le tube de sa patte. Et remit l'animal dans la couverture, dont il noua les extrémités pour l'empêcher de se sauver.

Il dévissa le bouchon, sortit le message et fixa des yeux les lettres mélangées.

— Merde, marmonna-t-il.

Il était sur le point de remettre le papier dans la cartouche quand il avisa le blouson du Yankee accroché au portemanteau. Il le fouilla et trouva le livre de codes rangé dans la poche de poitrine. Quand il l'ouvrit, plusieurs feuillets s'en échappèrent. Il les ramassa au sol et, à mesure de sa lecture, une version bien différente de celle que lui avait lue ce fichu Yankee lui apparut et lui fit bouillir les sangs.

Duchesse gigota. La couverture remua.

Boar s'en approcha et plaça le pied au-dessus du monticule. Il commença à appuyer, puis s'interrompit. Malgré son envie irrépressible d'écraser le pigeon du Yankee, il s'assit à table et déchiffra le message. Une bile acide lui brûla l'œsophage. Il froissa le papier, le jeta dans la cuisinière à bois et le regarda s'enflammer. Puis il se munit d'un crayon et d'une feuille. Et grâce au livre de codes, il se mit à écrire.

Chapitre 44

Airaines, France

Le cœur battant à tout rompre, Ollie s'engagea sur la route, dans la direction opposée du village. L'habitacle du véhicule, quoique vide, sentait le fromage et la charcuterie, à croire que Dietrich passait son temps à réquisitionner de la nourriture aux villageois affamés. Madeleine, il s'en rendait compte à présent, n'était pas la seule habitante exploitée d'Airaines.

Il faisait grincer les vitesses, peu habitué au boîtier étranger. *Où je vais ? Jusqu'où vais-je parvenir sans être pris ?* Redoutant que les routes ne soient contrôlées par la Wehrmacht, il marchait toujours à travers bois lors de ses escapades pour tâcher d'obtenir des renseignements sur l'aérodrome. Au bout d'environ cinq kilomètres de route, ses soupçons se confirmèrent.

Au détour d'un virage, il vit un soldat de la Wehrmacht, qui bloquait la route avec ce qui ressemblait à un tréteau. L'Allemand pointa son fusil.

Une vague de peur submergea Ollie, au point que son pied glissa de la pédale d'accélérateur. Son pouls s'accéléra encore tandis que la voiture ralentissait. Il saisit le pistolet sur le siège passager et le coinça sous sa cuisse. Le soldat, son arme à l'épaule, avança sur la route.

Ollie se mit à réfléchir à toute allure. *Faire demi-tour? Foncer sur le barrage?* Il ajusta son képi, puis serra le volant. Au moment où il s'apprêtait à remettre les gaz, le soldat attrapa le tréteau. Ollie hésita et remarqua les petits drapeaux nazis plantés sur chaque pare-chocs. Le tissu rouge brodé de croix gammées noires battait au vent.

L'Allemand écarta le barrage, avant de se mettre au garde-à-vous. Son arme plaquée contre son flanc, raide, il effectua le salut nazi. Ollie garda le regard braqué droit devant, évitant tout contact visuel. En approchant, il leva le bras, imitant le geste du soldat, et aperçut du sang sur sa manche. Sa respiration se bloqua dans ses poumons. Il se hâta de baisser le bras en passant devant l'autre. Puis il changea de vitesse et accéléra. Dans le rétroviseur, il s'attendait à voir le soldat braquer son arme, mais il était déjà occupé à replacer le tréteau en travers de la route.

Pendant deux, peut-être trois minutes, la voie resta libre, jusqu'à ce qu'un convoi de la Wehrmacht n'arrive dans la direction opposée. Les soldats entassés à l'arrière des camions le regardèrent en le croisant.

Ollie baissa la visière de son képi sur son front en espérant qu'ils ne décèleraient pas un fermier du Maine sous l'uniforme de l'officier SS, ni ne détecteraient la masse suspecte à l'arrière de la voiture. Sur leur passage, l'appel d'air provoqué par les camions fit ballotter l'automobile. Il maintint le volant et sentit la sueur lui mouiller le dos, avant de comprendre qu'il s'agissait en fait du sang de la tunique de Dietrich qui traversait son maillot de corps. Une fois le dernier camion croisé, il baissa la vitre et aspira une bonne goulée d'air.

Quelques kilomètres plus loin, il bifurqua dans un champ vierge. La voiture cahota sur les ornières. Le corps de Dietrich poussait contre l'arrière de son siège.

Ollie roula jusqu'à l'orée de la forêt et conduisit le véhicule sous une rangée de pins. Pied au plancher, il propulsa la voiture loin sous la canopée, jusqu'à ce que les pneus s'enlisent dans la boue. Alors il coupa le moteur et sortit. Balayant la zone des yeux, il aperçut les ruines d'une maison de ferme incendiée à une cinquantaine de mètres. Le toit avait brûlé, les fenêtres étaient cassées et les murs striés de traces de suie. Il extirpa de la banquette arrière le cadavre de Dietrich, qui commençait à raidir. Incapable de redresser les jambes qu'il avait repliées contre le torse, Ollie plaça le corps sur le trench-coat et s'en servit pour le traîner à travers le champ.

En approchant de la maison, il vit la pierre d'un puits entouré de hautes herbes. Il tira plus fort. Son épaule l'élança. En atteignant le puits, il s'affala à terre au bruit d'un véhicule à l'approche. Les yeux clos, il écouta le moteur geindre, se rapprocher, puis s'éloigner.

Aspirant de longues bouffées d'air pour rassembler ses forces, il hissa Dietrich contre la margelle. Refusant de regarder le visage du SS, il le recouvrit du manteau. Son dos souffrit quand il souleva le corps. Il poussa un bon coup et fit rouler Dietrich, manteau y compris, au fond du puits. Mais au lieu de l'éclaboussure d'eau à laquelle il s'attendait, il ne perçut qu'un bruit sourd écœurant.

Il jeta aussi le képi de l'officier et sa chemise. L'air glacial mordait sa peau nue, et il regretta de n'avoir pas pris sa veste. Il retourna à la voiture, puis arracha les branches d'un pin afin de l'en recouvrir. Le véhicule et le corps finiraient bien par être retrouvés, mais avec un peu de chance, cela passerait pour l'œuvre de la Résistance et pas celle d'une inoffensive ramasseuse de truffes.

Il reprit le pistolet dans la voiture et le coinça à l'arrière de son pantalon. Alors que le jour tombait, il reprit la route à travers bois en espérant suivre la bonne direction.

Retourner à Airaines s'avéra bien plus compliqué que toutes ses précédentes excursions nocturnes. Peu après qu'il se fut débarrassé du corps de Dietrich, la pluie se mit à tomber. Ce qui commença comme une bruine légère ne tarda pas à virer au grésil. Sans pardessus, Ollie avait toutes les peines du monde à ne pas claquer des dents. De gros nuages d'orage cachaient la lune et les étoiles. Cette absence de marqueurs dans le ciel pour le guider l'obligeait à cheminer à proximité de la route et, chaque fois que des phares apparaissaient, il se jetait à plat ventre dans les sous-bois. Des flocons glacés lui piquaient le cou. Sitôt le véhicule passé, il se relevait et reprenait sa marche, sachant qu'il serait probablement à nouveau allongé par terre quelques minutes plus tard. La circulation des véhicules militaires était dense : soit les nazis recherchaient leur officier disparu, soit la Wehrmacht s'attachait à faire respecter le couvre-feu à la lettre, en dépit d'une météo peu clémente. Et loin au-dessus des nuages, les bombardiers de la Luftwaffe ronronnaient, tout à leur effort nocturne inlassable de réduire la Grande-Bretagne à néant.

Ce qui aurait dû prendre deux heures en nécessita finalement presque quatre. Il était tard dans la soirée quand Ollie atteignit la maison de Madeleine. Il tremblait de tous ses membres. Ses habits mouillés lui collaient à la peau. Lorsqu'il frappa, il ne sentit même pas le contact de ses phalanges gelées contre la porte. Au bout d'un moment, un rideau occultant bougea, révélant la lueur d'une bougie. La porte s'ouvrit en grand. Madeleine l'aida à entrer et lui posa une couverture sur les épaules.

— Tu t'es fait repérer ? demanda Boar, assis à table.

Ollie secoua la tête. Il resserra la couverture autour de lui et regarda Madeleine et sa touffe de cheveux collée par le sang séché.

— Comment ça va, votre tête ?

Elle haussa les épaules, puis s'empara d'une bouilloire pour lui verser une tasse d'eau chaude.

Ollie saisit le récipient, laissant la température lui dégourdir les doigts. Il but une gorgée et remarqua soudain la tête de Madeleine, baissée, ses yeux rivés au sol.

— Qu'est-ce qui se passe ?

La lèvre de la vieille femme trembla.

— Ton oiseau est revenu pendant que tu étais parti, dit Boar.

Ollie posa sa tasse sur la table. La couverture tomba de ses épaules.

— Où est-elle ?

Boar prit une cigarette entamée sur le cendrier.

— Je l'ai renvoyée avec un message informant la RAF de notre fuite.

Une crampe commençait à vriller le ventre d'Ollie.

— Elle portait un message ?

Madeleine prit une inspiration saccadée. Elle alla chercher un morceau de papier sur l'évier de la cuisine et le tendit à Ollie.

Dès le premier regard, il remarqua qu'il était écrit sur du papier de Source Columba. Mais n'était pas codé. Et ce n'était pas l'écriture de Susan. En lisant son contenu, il fut parcouru d'une secousse qui lui tordit les entrailles. Il se tourna vers Boar. L'orbite de son œil blessé semblait pleine de fumée.

— C'est toi qui as fait ça.

Boar fronça les sourcils.

— Va au diable, Yankee.

La colère enfla en lui. Ollie lâcha le message, se leva et attrapa le capitaine par le col. Boar sauta sur ses pieds, renversant sa chaise.

— Non ! hurla Madeleine.

Alors qu'il serrait son poing, Ollie entendit un déclic et sentit quelque chose de dur contre son torse. Il baissa les yeux sur le pistolet du capitaine.

— L'oiseau ne me laissait pas l'approcher, lâcha Boar en continuant de presser son arme sur la poitrine d'Ollie. C'est Madeleine qui l'a attrapé.

Il baissa son bras et glissa la main dans son dos pour saisir le pistolet du nazi, passé à sa ceinture.

— Assez !

Madeleine vint s'interposer entre eux, tel un arbitre de boxe interrompant un combat. Boar baissa son arme. Madeleine tourna vers Ollie ses yeux emplis de larmes.

— Quand je suis rentrée du village, j'ai trouvé le capitaine en train d'essayer d'attraper Duchesse. Elle refusait de le laisser approcher. (Avec douceur, elle posa les mains sur les épaules d'Ollie.) Elle est venue vers moi.

Ollie sentit son corps s'engourdir. Il ramassa le message. Incapable de le relire, il fourra le papier au fond de sa poche. Plongé dans un brouillard d'incrédulité, il sortit de la maison et marcha sous la pluie glacée.

Chapitre 45

Epping, Angleterre

LE SOL TREMBLA, FAISANT TOMBER L'UNE DES PIPES DE Bertie sur le manteau de la cheminée. Susan, apathique à force d'entendre les bombardements chaque nuit, alla ramasser la pipe, l'essuya contre sa jupe et la remit à sa place. Puis elle s'agenouilla auprès de son grand-père, affalé dans son fauteuil. À l'aide d'un linge trempé dans une petite bassine de céramique, elle lui essuya le visage. Il ouvrit ses yeux las.

— Il faut que tu boives quelque chose, lui dit-elle.

— Plus tard.

Pendant qu'elle humidifiait le linge, une détonation retentit et l'onde de choc secoua le cottage. Des morceaux de plâtre tombèrent du plafond. Bertie toussa, expulsant du flegme.

— Je veux que tu ailles dormir dans l'abri.

Susan entendait le sifflement de sa poitrine. Malgré le cachet de sulfate, l'huile d'eucalyptus, les visites quotidiennes du docteur Collins et des heures passées au-dessus d'un bol d'eau chaude avec une serviette sur la tête, l'état de son grand-père empirait. À mesure que les jours passaient et que les poumons de Bertie semblaient de plus en plus congestionnés, elle cachait sa peur derrière une façade optimiste, espérant qu'il ne remarquerait pas les tremblements dans sa voix.

— Non, répondit-elle en posant le linge sur son front. On est tombés d'accord pour dire qu'on n'y retournerait jamais.

— Oui, mais c'est de pire en pire, insista-t-il.

Susan songea aux bombardements. La Luftwaffe attaquait la Grande-Bretagne toutes les nuits depuis largement plus d'un mois – elle avait cessé de compter. Londres était en ruine. Les gens mouraient. Et l'ennemi ne montrait aucun signe de faiblesse. Au contraire, la violence des attaques n'avait fait qu'augmenter, en fréquence comme en intensité, à croire que les Allemands avaient une quantité illimitée d'avions et d'explosifs. Ils revenaient avec la régularité d'un métronome. Toutes les nuits. Des bombes plus grosses. Des destructions plus grandes.

Elle avait arrêté de lire les journaux, redoutant les rapports sur les victimes, dont beaucoup étaient des civils. Elle s'obligeait aussi à sortir quand Bertie écoutait les nouvelles à la radio. Les paroles qui leur parvenaient par les ondes étaient déprimantes, évoquant souvent les atrocités de la guerre et lui rappelant qu'Ollie était coincé en territoire occupé par les nazis.

Sans doute Hitler continuerait-il à bombarder le pays jusqu'à sa soumission, qui arriverait au printemps. Alors, elle le savait, leur vie changerait à jamais.

— Je ne les laisserai pas nous obliger à dormir comme des taupes.

Bertie ôta le gant de son front et le remit dans la cuvette.

— Je veux que tu ailles à Northampton, dit-il en lui prenant la main. (La faiblesse de son étreinte fit gonfler une boule dans la gorge de Susan.) J'ai toujours été fier de toi, je ne m'imagine pas meilleure petite-fille. (Elle sentit ses yeux s'emplir de larmes.) Source Columba a besoin de toi, ma chérie. Tu seras plus utile à la Grande-Bretagne en dressant des pigeons qu'en t'occupant d'un vieux bonhomme qui a attrapé un petit rhume de rien du tout.

— Je ne te laisserai pas.

Il planta sur elle ses yeux aux paupières gonflées par la fièvre.

— Ce n'était pas une question, Susan. Mais une affirmation.

L'emprise de ses doigts se desserra. Elle regarda sa main frêle, couverte de grosses veines sombres, tomber sur ses genoux. Il toussa et remonta la couverture sur sa poitrine.

— Tu tiens ton entêtement de moi, j'en ai bien peur.

Discrètement, elle s'essuya les yeux. Au cours des deux jours écoulés, il avait plus d'une fois abordé le sujet de son départ pour Northampton. Et, le connaissant, il persisterait dans sa tentative pour la mettre à l'abri. Mais comment pourrait-elle l'abandonner ? Qui s'occuperait de lui ? Bien qu'elle ait envoyé un message à Ollie grâce à Duchesse pour l'informer de ce projet d'aller à Northampton, elle n'était pas prête à partir. Ici, il y avait sa maison. Son grand-père. Ses pigeons. Au fond d'elle-même, elle savait qu'elle devrait partir. Mais pas ce jour-là. Ni le lendemain. Le mieux qu'elle puisse faire, du moins pour le moment, c'était de retarder l'inévitable.

Elle plongea la main pour récupérer le gant, l'essora et le reposa sur le front de Bertie, remarquant au passage que sa peau était chaude au toucher.

— D'accord, dit-elle. Je partirai à Northampton quand tu seras guéri.

Elle s'était attendue à ce qu'il bougonne, mais il s'adossa à son fauteuil et demanda :

— Est-ce que je t'ai raconté comment tes parents se sont rencontrés ?

Susan sourit.

— Oui, mais j'adore ta façon de le raconter.

Au milieu des quintes de toux et dans l'odeur diffuse de l'eucalyptus, elle écouta une version très raccourcie de l'histoire de Bertie. Elle l'avait entendue peut-être cent fois, mais ce soir, c'était différent. Ses paroles lui étaient précieuses, car elle avait pris conscience que le temps où elle entendrait ses belles histoires était compté.

Chapitre 46

Epping, Angleterre

Susan contempla Bertie, endormi dans son fauteuil. Sa poitrine se soulevait, s'affaissait. Une bougie, presque entièrement brûlée, projetait sa lueur terne dans la pièce. Elle poussa un soupir. Refusant de quitter son chevet, elle avait passé la nuit sur le canapé plutôt que de monter au lit. Après que Bertie avait passé la soirée à tousser atrocement, elle était contente qu'il puisse enfin se reposer. Elle espérait que le pire des bombardements nocturnes était passé.

Alors qu'elle tentait de trouver le sommeil, un bruissement, comme si un écureuil s'était faufilé dans le grenier, lui fit tendre l'oreille. En se redressant, elle fit tomber par terre un coussin qu'elle utilisait comme oreiller.

Bertie ouvrit les yeux et s'éclaircit la voix.

— Tout va bien, mon petit ?

Elle hocha la tête, alluma une autre bougie et écouta attentivement. Le grondement des explosions au loin. Une rafale de vent qui fit craquer le cottage. Quelques secondes plus tard, un battement d'ailes. Et Duchesse se posa au rez-de-chaussée. Susan se leva d'un bond, pressée d'étreindre son pigeon, de caresser ses ailes et de réchauffer ses plumes. Mais pas question de reproduire la même erreur en laissant ouverte la fenêtre de sa chambre. Alors elle courut à l'étage et baissa la vitre pour empêcher Duchesse de reprendre prématurément son envol.

Pendant qu'elle se ruait dans le couloir, la pensée des messages d'Ollie l'emplissait d'espoir. Son cœur battait la chamade. Elle redescendit et se figea en voyant Duchesse perchée sur les genoux de Bertie. Son plumage exquis, qui scintillait jadis de vert fluorescent et de mauve, était devenu terne, entaché comme du vieil argent. Malgré sa jeunesse – elle était dans la fleur de l'âge, pour un pigeon –, Duchesse semblait hagarde. Peut-être à cause de la lumière de la bougie ? Ou bien elle paraissait pâle à cause de l'état de Bertie – pas rasé, cheveux gras, épaules pointues sous son pyjama.

— Elle est épuisée, constata-t-il en l'observant, avant de tousser dans son mouchoir. Je suis mal fichu, moi aussi, dit-il à Duchesse qui clignait des paupières.

Susan vint la prendre délicatement entre ses mains, démêlant une griffe qui s'était accrochée à la couverture de Bertie. Elle embrassa son pigeon sur la tête, puis elle lui caressa les ailes. Duchesse ferma les yeux.

— Elle est gelée, commenta Susan.

Elle lui souffla de l'air chaud sur les plumes. Au bout de quelques minutes passées à la réchauffer, elle constata que Duchesse s'était endormie. Plutôt que de gêner son sommeil en déliant la cartouche de sa patte, elle en ôta doucement le message et remit le bouchon. Puis elle reposa gentiment Duchesse sur les genoux de Bertie.

— C'est trop pour elle, dit-elle.

Bertie frottait le dos du pigeon d'un doigt. Susan ne pouvait détourner les yeux de son pigeon éreinté et de son grand-père fragilisé. Bien décidée à les remettre tous les deux en forme, elle allait commencer par enfermer Duchesse pendant plusieurs jours avant de l'autoriser à voler à nouveau. Quant à Bertie, elle continuerait à le traiter à base de comprimés de sulfate et de vapeur jusqu'à ce que ses poumons infectés soient redevenus clairs.

Elle serra le rouleau de papier. Plus que jamais, elle avait besoin d'Ollie. De ses paroles qui lui rendraient l'espoir que tout finirait bien. En déroulant le message, elle fut surprise par une écriture étrange. Très vite, elle alla chercher le livre de codes et entreprit de déchiffrer les phrases.

Susan,

Ai le regret d'écrire ces lignes. Rencontré l'ennemi. Ollie enfui et pas revenu.

— Non ! s'écria-t-elle.

— Qu'est-ce qu'il y a ?

Bertie toussa. Susan secoua la tête et poursuivit son décodage. Peinant à se concentrer, elle parvint néanmoins au bout de sa traduction.

Suppose qu'il a été capturé. Trouvé livre de codes dans affaires à lui. N'écris plus. Informe RAF que je tenterai de m'échapper demain.

Capitaine Clyde Boar, RAF

— Ce n'est pas possible…

Elle respirait péniblement. Ses jambes tremblaient. Bertie enfila ses lunettes. Susan lui tendit le papier, puis elle prit Duchesse et serra le pigeon contre sa poitrine. Alors que son grand-père lisait le message, elle pria que ce soit un tour que lui jouait son cerveau, secoué telle une boule à neige par les ondes de choc des explosions, et qu'il n'interprétait pas correctement les mots. Mais elle savait ce qu'elle avait lu. Et ce que cela signifiait. Ce qui s'était passé en France avait eu des conséquences tragiques, c'était indéniable.

Non ! Pas Ollie !

L'appréhension s'agglutina en une boule au fond de sa gorge, lui donnant soudain envie de vomir. Une sueur froide se forma sur son cou. *Il est vivant*, peina-t-elle à se convaincre. *Il parviendra à rentrer à la maison.* Seulement, les révélations contenues sur ce morceau de papier étaient claires. Tout espoir qu'il lui reviendrait était vain. Ollie était parti. Un spasme – la solitude – lui vrilla le cœur. Le corps et l'esprit défaits, elle se mit à pleurer.

Bertie reposa le message et ôta ses lunettes. Puis il tendit les bras. Susan lâcha Duchesse et enfouit la tête contre le torse de son grand-père.

— Il faut garder la foi et continuer à croire qu'il va bien, dit-il.

Duchesse marchait en cercles par terre. Susan sentait la poitrine de Bertie soulevée par la quinte de toux qu'il contenait.

— Qu'est-ce qu'on doit faire ?

— D'abord, on transmet le message à la RAF.

Elle se rassit et s'essuya les yeux.

— Et ensuite ?

— On attend.

— Il faut bien qu'on fasse quelque chose.

— À ce stade, tout ce qu'on sait, c'est que notre Oliver du Maine a disparu.

En entendant ce mot, « disparu », Susan se prit le visage entre les mains. Duchesse leva la tête. Elle traversa le plancher et vint taquiner la cheville de Susan avec son bec. Susan observa sa Duchesse, qui s'était mise à gratter le sol. Elle se baissa pour la prendre dans ses bras, mais l'oiseau voleta jusqu'à la fenêtre et tapa du bec contre le rideau occultant.

— Elle veut partir, comprit Bertie.

Sauf qu'Ollie n'est pas là-bas pour réceptionner un message. Susan se tordit les mains pour les empêcher de trembler. Duchesse déploya ses ailes et s'envola. Elle dessina un cercle autour de la salle à manger et fila à l'étage. Un instant plus tard, ils l'entendirent taper au carreau de la chambre.

Susan leva les yeux vers le plafond. Quand le bruit cessa, elle crut que Duchesse s'était lassée, jusqu'à ce qu'elle la voie revenir dans la pièce avec eux. Au lieu d'atterrir, elle fonça droit contre le rideau noir.

Susan lâcha un petit cri.

Duchesse tomba sur le sol.

—Nom de Dieu! s'exclama Bertie.

Susan alla la ramasser, mais Duchesse se releva et se renvola. À nouveau en direction de la fenêtre. Au son sourd du corps du pigeon heurtant le rideau, Susan hurla. Étourdie, Duchesse battit d'une aile, se propulsant de biais contre le mur. Susan parvint à l'attraper dans ses bras. Elle lui caressa le dos, mais son contact, loin de l'apaiser, sembla au contraire aggraver son état. Elle agitait ses pattes maigres, griffant l'avant-bras de Susan.

—Qu'est-ce qui ne va pas?

Duchesse dressa la tête. Pendant une bonne heure, Susan tâcha de la calmer. Elle lui frotta les ailes, tenta de l'amadouer avec de la nourriture, qu'elle ne toucha pas, et lui souffla de l'air chaud sur les plumes. Mais chaque fois que, croyant avoir réussi à l'apaiser un peu, elle relâchait son étreinte, Duchesse repartait se cogner dans le rideau. Et tombait au sol, que Susan avait désormais recouvert d'une couverture pour lui éviter de se blesser. Elle avait même essayé de la mettre dans une panière qu'elle était allée chercher au pigeonnier. Seulement, le confinement n'avait servi qu'à lui faire battre des ailes de plus belle à l'intérieur de sa cage. N'ayant guère d'autre solution, Susan finit par l'envelopper dans une serviette.

Bertie se leva de son fauteuil à grand-peine. Ses genoux affaiblis vacillèrent. Il attrapa sa canne, couverte de poussière et posée contre la cheminée, et s'approcha en chancelant de Susan, qui emmaillotait Duchesse. Elle le regarda depuis le sol où elle s'était assise et, constatant qu'il s'était résolu à utiliser sa canne, elle sentit les larmes lui monter aux yeux.

— Elle est devenue folle, dit-il. Il faut la lâcher.

— Mais elle va s'envoler. Elle n'a pas assez de force.

Bertie toussa, puis il prit le temps de recouvrer son souffle.

— Si elle reste, elle va se détruire.

Susan sentit Duchesse s'agiter. Apparemment, la mission avait changé son animal de compagnie en oiseau sauvage. À travers ses yeux emplis de larmes, elle observa Bertie, consciente qu'ils n'avaient pas d'autre choix.

Bertie traversa la salle à manger, obligé de s'arrêter deux fois pour se reposer. En atteignant la fenêtre, il écarta le rideau occultant et défit le loquet. La fenêtre s'ouvrit dans un grincement.

L'air froid sembla apaiser Duchesse. Délicatement, Susan déroula la serviette pour découvrir qu'une des plumes de sa queue était tombée. Duchesse leva ses yeux dorés, qui scintillaient dans la lueur des bougies.

— S'il te plaît, ne t'en va pas.

Susan caressa Duchesse, qui cilla. Puis elle prit son élan, battit des ailes et s'envola dans la nuit.

Chapitre 47

Airaines, France

Le battement de la pluie sur le toit de la grange ralentit, puis finit par s'arrêter. Le souffle d'Ollie, en entrant en contact avec l'air froid, produisait de petits nuages de buée. Le soleil du matin pénétrait à l'intérieur par de petites fissures entre les planches.

Il avait passé la nuit seul dans la grange, hormis la visite de Madeleine à un moment donné. Sans parler, elle lui avait couvert les épaules de sa veste, installé une couverture à ses pieds, puis elle était retournée au cottage.

Et pendant les heures qui s'étaient ensuivies, il avait réfléchi au message. *C'est Boar qui l'a écrit*, se répétait-il. Pourtant, une voix tout au fond de sa tête continuait de lui rappeler que Madeleine, et non Boar, avait été la première à attraper Duchesse.

Son corps frissonnait à force d'angoisse. Il repoussa les images suscitées par le message et se mit à penser à Susan. Sa silhouette élégante, la courbe exquise de ses pommettes. Un bref souvenir de leur voyage à Clacton-on-Sea et de la façon dont elle l'avait éclairé sur l'histoire des pigeons en temps de guerre, lui donnant à comprendre que les pilotes en savaient bien peu sur le vol, et les épandeurs encore moins.

La façon dont leurs genoux se frôlaient quand ils étaient assis sur le canapé, comment ce contact lui envoyait de petites décharges électriques le long du dos et l'aidait à oublier, le temps d'un instant, la perte de sa famille.

Il admirait sa bravoure, alors que les bombes tombaient sur Londres, sa foi inébranlable en la mission qui permettrait à la Grande-Bretagne de remporter la guerre. Et sa ténacité, celle de toujours avancer, si dures que fussent les circonstances.

Lui, il avait du mal à garder la foi. Au moment où il plongeait la main dans sa poche pour relire le message une énième fois, il entendit un claquement de sabots. Il s'approcha de la porte de la grange et jeta un discret coup d'œil dehors, pour découvrir une grosse charrette tirée par une paire de mules au poil hirsute, de la vapeur s'élevant de leurs naseaux. Un homme tenait les rênes, un prêtre, pensa Ollie à la vue de sa robe marron foncé dont il avait rabattu la capuche sur sa tête. La porte de la ferme s'ouvrit.

— Capitaine, appela Madeleine.

Le prêtre tira sur les rênes. Les mules bramèrent et le chariot s'arrêta.

Comprenant qu'il devait s'agir du guide avec qui Madeleine s'était arrangée, Ollie sortit de la grange. Alors qu'il s'approchait, le prêtre se tourna, ôta sa capuche. Ollie ralentit le pas. Un masque couvrait la moitié du visage du curé, jusque sous les yeux. Ce qui semblait être un moulage de cuivre peint d'une couleur chair un peu trop vive, une ou deux teintes plus claire que la peau visible du front de l'homme. Des cheveux coupés, du même châtain foncé que ses favoris, étaient collés dessus pour former une moustache.

Boar sortit sur le seuil et s'immobilisa. Il jeta un coup d'œil au prêtre, puis se tourna vers Madeleine.

— C'est lui, notre homme ?

Madeleine hocha la tête et s'avança vers le chariot.

— Lucien Bellamy, l'ami de mon mari.

Boar se racla la gorge.

— Je ne m'attendais pas à voir un curé.

— Il est moine, pas prêtre, corrigea-t-elle.

Lucien lâcha les rênes, descendit de la charrette et salua Madeleine d'une main placide, posée sur son épaule. Ollie s'approcha.

— Ollie, annonça-t-il, une main tendue.

Le moine hésita, puis il la serra. Ollie remarqua de larges cicatrices squameuses sur l'avant-bras de Lucien.

— Vous avez servi dans la Grande Guerre avec Guillaume ?

Lucien acquiesça.

— C'est quoi, votre plan ? demanda Boar, qui gardait ses distances.

Le moine sortit un morceau d'ardoise, de la taille d'une carte postale, accrochée à une ficelle autour de son cou. Puis il griffonna dessus à l'aide d'une craie.

— Il a fait vœu de silence, leur expliqua Madeleine.

— Génial, grogna Boar.

Lucien retourna l'ardoise pour leur faire lire : « *Monastères** ».

— Il prévoit de vous faire passer en douce par des monastères, traduisit Madeleine. Jusqu'à ce que vous arriviez en *zone libre** et, au bout du compte, en Espagne.

— Il comprend l'anglais ? voulut savoir Boar.

Madeleine fit « oui » de la tête. Boar s'approcha de Lucien.

— Comment vous prévoyez de nous faire gagner l'Espagne ?

Lucien désigna le chariot. Boar secoua la tête.

— Même si on le remplit de paille, les Allemands le fouilleront. (Il regarda le moine, puis Madeleine.) Sauf votre respect, ce type a l'air d'aller à un putain de bal masqué. Tout ce qu'il va faire, c'est attirer l'attention sur nous.

— Il s'appelle Lucien, lui rappela Ollie. Et il risque sa vie pour nous aider.

— Il va nous faire tuer au premier poste de contrôle.

Boar frotta son œil entaillé, comme pour essayer de le remettre en marche. Lucien grimpa à l'arrière de la charrette et se dirigea vers l'avant de la remorque. Là, il saisit un panneau de bois et tira dessus. Une fausse cloison s'ouvrit, révélant un espace d'à peu près cinquante centimètres de profondeur qui courait sur toute la largeur du chariot, sous le banc du chauffeur.

— Malin, commenta Ollie.

Il contempla le compartiment caché, séparé en deux par une planche fixée à l'horizontale. L'espace était encore bien plus petit que leur trou sous le plancher, mais apparemment, il y aurait tout de même assez de place pour y caser deux hommes. Il grimpa dans le chariot et se faufila dans celui du bas, obligé de replier ses membres.

— C'est ridicule, lâcha Boar.

Ollie ressortit, non sans quelque difficulté, puis il descendit de la charrette.

— Ça va marcher.

Sur quoi, il prit le pistolet dans sa veste et le glissa dans sa ceinture, s'assurant que le capitaine le voie faire. À mi-voix, afin que seul Boar l'entende, il chuchota :

— Madeleine sera abattue si on nous trouve ici. Elle en a fait suffisamment.

Boar marqua un temps d'arrêt, puis il dit :

— Désolé pour tes messages, Yankee.

Le visage d'Ollie s'échauffa. Il s'approcha un peu plus près et planta son regard dans l'œil sans vie de Boar.

— Emmène Lucien et le chariot à la grange. Remplis la remorque de fumier.

— Espèce de pourriture, siffla Boar, je ne reçois pas d'ordres de toi.

— J'ai quelque chose à faire avant qu'on parte.

Et sans laisser à Boar le temps de répliquer quoi que ce soit, Ollie entra dans la maison. Une fois à l'intérieur, il se munit d'un marteau et puis entreprit de reclouer les lattes du parquet. Les pas de Madeleine, accompagnés par le tapotement des sabots de Louis, lui firent lever les yeux.

— Si les nazis viennent, je ne veux pas qu'ils trouvent le trou, expliqua-t-il en replaçant une planche.

Madeleine hocha la tête. Elle gratta son porc derrière les oreilles et il agita la queue.

Ollie accéléra la cadence. La dernière planche clouée, il remit la table à sa place.

— *N'abandonnez jamais**, lâcha Madeleine.

Ollie tourna la tête, et elle lui traduisit sa phrase. Il acquiesça, se rendant soudain compte d'à quel point cette femme lui rappelait sa propre mère.

— Vous pourriez venir avec nous, vous faire passer pour l'interprète de Lucien. Vous seriez plus en sécurité en zone libre.

Madeleine secoua la tête.

— S'il vous plaît, insista Ollie. Accompagnez-nous.

Elle caressa le museau de Louis.

— Je dois attendre mon Guillaume.

Il eut beau essayer et essayer encore de la convaincre de partir, elle refusa, déterminée à guetter le retour de son mari disparu. Et ce, malgré le risque élevé que les Allemands, remontant la piste de Dietrich, finissent par revenir à la ferme. Alors qu'il se dirigeait vers la porte, Ollie comprit que rien ne la ferait changer d'avis. Il ne lui restait qu'à espérer le succès de ses efforts pour se débarrasser du cadavre de Dietrich : qu'ils conduisent les nazis loin de Madeleine.

Dehors, il constata à sa grande surprise que Boar et Lucien avaient rempli l'arrière de la charrette de fumier et de quelques pommes de terre, trop pourries pour que Louis puisse encore les manger. Boar s'essuya les mains sur son pantalon et s'avança vers Madeleine.

— Nous y sommes, je le crains.

Elle dut se hisser sur la pointe des pieds, mais elle parvint à embrasser le capitaine sur les deux joues, puis elle les regarda grimper à l'arrière du chariot. Au moment où Ollie s'apprêtait à lui faire ses adieux à son tour, un bruissement l'immobilisa.

Se tournant, il vit Duchesse atterrir à ses pieds. Le pigeon leva les yeux et cilla. Boar contemplait la scène depuis l'arrière du chariot. Du pied, il écrasa une pomme de terre pourrie.

Ollie ramassa Duchesse et lui caressa les ailes. Puis, comme à son habitude, il ouvrit la cartouche attachée à sa patte. Son cœur se serra.

— Elle est vide.

Boar croisa les bras.

— On dirait que tu me dois des excuses, Yankee.

Ollie ne prit pas la peine de lui répondre. En continuant à caresser Duchesse, il remarqua qu'elle avait perdu du poids. Ses plumes, jadis chatoyantes, semblaient désormais déchiquetées. Il s'en voulait de l'avoir mise dans cet état – car oui, c'était sa faute, elle avait généreusement risqué sa vie pour transporter ses messages. Si seulement il pouvait la cacher sous son blouson et lui faire quitter la France sans danger. Hélas, il n'était pas sûr d'atteindre la zone libre, alors l'Angleterre… La meilleure chance de survie pour Duchesse, c'était de s'envoler loin d'ici, comme elle l'avait fait auparavant.

— Je ne peux pas t'emmener, confia-t-il au pigeon.

La poitrine de Duchesse palpitait tandis qu'elle inspirait de l'air. Et en la caressant, Ollie songea à Susan. Une vague de regret le submergea. De la poche de son blouson, il sortit le livre de codes, un morceau de papier, et nota rapidement un message codé, qu'il glissa dans la cartouche dont il revissa le couvercle.

— Je veux que tu te reposes avec Madeleine. Ensuite, tu retournes à la maison et tu y restes. (Duchesse baissa la tête.) Elle est faible, dit-il en s'approchant de Madeleine. Les pigeons qui voyagent dans les deux sens ne sont pas censés recevoir de nourriture et d'eau sur leur second lieu d'arrivée, mais elle a besoin de temps pour se remettre.

— Allez, Yankee ! aboya Boar depuis le chariot.

— Je prendrai bien soin d'elle, promit Madeleine.

— Je le sais.

Au moment où il la tendait à Madeleine, Duchesse s'échappa. Il tenta de la rattraper, mais trop tard, ses doigts ne firent que lui effleurer la queue. Les ailes de l'oiseau lui frôlèrent le visage. Impuissant, il la regarda s'envoler au-dessus du chariot. Elle contourna la ferme et gagna lentement en altitude.

— C'est ma faute, déplora Madeleine.

—Non, la rassura Ollie. Si elle veut voler, on ne peut rien y faire.

—Elle va revenir ?

—Je ne sais pas.

Ollie la suivit des yeux jusqu'à ce qu'elle disparaisse au-dessus des arbres, puis il s'approcha de Madeleine, l'étreignit, puis l'embrassa sur les joues.

—*Adieu**, dit-elle en s'essuyant les yeux.

—Je ne vous oublierai jamais.

Il grimpa dans le chariot et se faufila dans leur cachette. Boar se glissa sur la couchette du dessus. Ollie vit Lucien sceller le panneau devant eux, leur compartiment sombra dans l'obscurité à l'exception d'une petite fente de lumière près de ses genoux.

Le chariot tangua quand Lucien prit place sur son siège. Un claquement de cuir. Les mules se mirent à braire. Et le convoi s'ébranla.

Chapitre 48

Rouen, France

Il ne s'écoula pas plus d'une heure avant que le chariot ne s'arrête. Sans le vent, le compartiment caché commença vite à empester le fumier et les pommes de terre pourries. Un allemand guttural fit se dresser les poils sur la nuque d'Ollie. Barrage ? Wehrmacht ? Le chariot s'agita quand Lucien se déplaça sur le siège au-dessus d'eux.

Quelqu'un, sans doute un soldat selon Ollie, lança quelques mots qui firent rire ses comparses. Ollie sentit qu'on agrippait d'une main le côté du chariot, à quelques centimètres de sa tête. Il retint son souffle. À tout instant, il s'attendait à ce que les Allemands remarquent que les dimensions de la charrette étaient légèrement inadéquates et qu'ils en viennent à inspecter la zone sous le banc de Lucien.

Cependant, le chariot s'ébranla. Les mules se mirent en marche au ralenti. Et ils poursuivirent leur voyage.

Ollie sentit un gros soubresaut alors que le chariot roulait sur une ornière. Il ferma les yeux et guetta le son des lourds sabots. Plusieurs minutes plus tard, il fut surpris par la voix du capitaine.

— On savait viser, dans l'armée de mon père, marmonna-t-il.

Ollie se déplaça.

— Quoi ?

— Je comprends un peu l'allemand, chuchota Boar. Tais-toi, Yankee.

Ollie songea à Lucien. Il supposait que le masque du moine, qui sans doute cachait des blessures de guerre, était la cible des commentaires des soldats qui les avaient arrêtés. Pourtant, au fil des heures, et tandis qu'ils franchissaient avec succès deux autres barrages, il commença à se demander s'il y avait autre chose que le masque de leur conducteur pour les aider à passer. Chaque fois qu'ils étaient obligés de s'immobiliser, Ollie entendait des voix allemandes. Puis un silence. Puis une secousse, quand les mules repartaient. Seulement une fois, il entendit un officier inspecter l'arrière du chariot. Et au son qui ressemblait à celui d'un bâton métallique contre du bois, il soupçonnait l'Allemand d'avoir uniquement tapé sur l'extérieur du chariot de la pointe de son fusil, au lieu de salir son arme ou ses bottes en les couvrant d'excréments.

Ayant fait route pendant une bonne partie de la journée, s'il se fiait à ses estimations, Lucien arrêta la charrette. Mais là, au lieu des ordres en allemand, il entendit Lucien grimper à l'arrière du chariot. Le panneau de bois fut retiré. Ollie se frotta les yeux – même si le soleil était déjà couché – et rampa hors de son trou. Son épaule avait beau être en partie guérie, elle le faisait encore souffrir. Il craignait que sa cheville s'y mette aussi dès que la circulation reprendrait dans ses membres.

Ollie descendit du chariot et manqua de tomber. Ses jambes étaient flageolantes, comme engourdies par une anesthésie. Il se frotta les cuisses, tâchant de raviver l'afflux de sang, et aperçut un grand bâtiment en pierre de deux étages, dont il présuma qu'il s'agissait d'un monastère. À l'arrière, un petit cimetière avec des pierres tombales de guingois.

Des fourmis dans les jambes, il suivit Lucien et Boar vers le monastère. Lucien s'approcha de l'entrée, une vaste porte voûtée constituée de vieilles planches retenues ensemble par des barres d'acier rouillé. Il frappa, puis jeta un coup d'œil vers la route.

Ollie se tourna aussi. Au bord de la chaussée, un ciel crépusculaire dessinait le contour d'une rangée d'arbres aux branches dénuées de feuilles. Il nota un mouvement. Une rafale de vent apportant une odeur putride de décomposition, bien plus horrible que celle du fumier et des pommes de terre pourries, l'aida à voir plus nettement. Deux hommes et une femme, trois corps bouffis et mutilés, pendaient aux branches d'un gros chêne. Cordes tendues. Cous brisés.

— Oh non, chuchota Ollie.

Un souffle de vent les balança. Les branches craquèrent. Boar se tourna vers Lucien.

— Résistance ?

Lucien hocha la tête. Alors qu'il se préparait à frapper à nouveau, une lamelle de métal au centre de la porte coulissa. Un homme à lunettes regarda par le judas. Ollie en déduisit que l'homme reconnut Lucien, sans doute à son masque de cuivre, car il referma brusquement la trappe. Une seconde plus tard, la serrure cliqueta et la porte s'ouvrit. Un moine, habillé comme Lucien, mais bien plus vieux à en juger par ses cheveux gris et son visage ridé, les fit entrer et reverrouilla la porte. Sans un mot, ils le suivirent dans un étroit escalier de pierre, à peine assez large pour accueillir les épaules imposantes de Boar.

Une fois au sous-sol, le moine alluma une lanterne à l'aide de la bougie qu'il portait. La pièce, probablement une cave à légumes, était vide à l'exception d'une pile de sacs en toile de jute. Après un coup d'œil vers Lucien, le moine se hâta de remonter.

Leur guide sortit son ardoise et traça un dessin à la craie.

— Vous devez soigner les mules ? demanda Ollie.

Lucien opina du chef. Il rangea son ardoise et s'en alla.

Boar saisit la lanterne, passa la cave en revue et s'éloigna au fond de la pièce. Ils avaient à peine échangé quelques mots de toute la journée. Mais cela ne dérangeait pas Ollie. Et à en juger par la manière dont Boar avait élu domicile dans le coin à l'opposé de la pièce, le bonhomme n'avait aucune envie de rester à ses côtés, lui non plus.

Alors Ollie empila plusieurs sacs de jute vides et s'assit pour se reposer.

Une heure plus tard, Lucien revint, porteur d'une petite baguette et d'un pichet en terre cuite rempli d'eau. Boar prit le pot et but, avant de le reposer au sol. Ollie le ramassa et se désaltéra à son tour, d'une eau froide au goût minéral. Quand il eut fini, il remarqua que Lucien avait partagé le pain en trois tiers.

— On est où ? voulut savoir Boar.

Lucien secoua la tête.

— C'est mieux si on ne sait pas ? devina Boar. (Lucien acquiesça.) Ça se tient.

Boar mordit dans sa ration de pain. Alors qu'il mâchonnait son repas, Ollie se rendit compte que Lucien ne mangeait pas. Au lieu de quoi, le moine fourrait sa nourriture dans sa poche, avant de se préparer une couche avec les sacs de toile de jute restants. Ollie s'était attendu à ce qu'il dorme en haut, mais peut-être les cadavres suspendus à l'arbre, à deux pas du monastère, servaient-ils de rappel quotidien de la manière dont les nazis punissaient les combattants de la Résistance. Il était donc probablement plus sûr pour les habitants de cette abbaye de s'isoler de Lucien autant que possible ou d'exiger de lui qu'il reste à proximité de leurs invités clandestins.

Boar termina son pain, choisit un espace au sol où il s'allongea et ferma les yeux. Lucien éteignit la lanterne. La pièce fut plongée dans le noir. Ollie se recroquevilla sur le sol et tenta de s'endormir, mais alors qu'il s'allongeait sur le flanc, le livret contenant les messages de Susan lui rentra dans les côtes, faisant resurgir les pensées de ce qui aurait pu advenir. Il passa les heures suivantes à délibérer : aurait-il pu faire quoi que ce soit pour changer le cours des événements ?

Plus tard dans la nuit, le craquement d'une allumette l'alerta. Il rouvrit les yeux sur Lucien en train d'allumer la lanterne, dont il baissa aussitôt la flamme au plus bas. Le moine sortit alors son morceau de pain, l'imbiba de l'eau du pichet et l'écrasa au creux de sa paume. Ollie songea qu'il était bien tard pour manger, sans compter que c'était une drôle de manière de préparer sa nourriture. Alors qu'il était sur le point de rouler sur l'autre flanc, Lucien ôta son masque, et Ollie fut sous le choc. La mâchoire inférieure du Français n'était pas seulement marquée, elle avait disparu. Explosé. À l'endroit où sa bouche aurait dû se trouver s'ouvrait un trou béant. Pas de langue. Quelques dents inutiles pendaient de sa mâchoire supérieure. Ollie le regarda mettre un morceau de pain dans le trou, prendre le pichet d'eau et renverser la tête en arrière. L'eau descendit le long de son œsophage dans un gargouillis.

À cause du masque de cuivre, Ollie avait deviné que Lucien cachait des blessures de la Grande Guerre. Des brûlures, peut-être. Un visage mutilé. Mais jamais il n'aurait pu imaginer qu'il était possible de survivre à des blessures aussi atroces. Et soudain, il comprit : selon toute probabilité, Lucien retirait son masque aux barrages, usant de son visage mutilé pour détourner l'attention. Il se rappela le commentaire du soldat, que lui avait répété Boar : *« On savait viser, dans l'armée de mon père.* » La colère lui brûla le ventre.

Lucien ingéra une autre poignée de pâte de pain. Des bruits de déglutition humides emplirent la cave. Ollie se tourna discrètement de l'autre côté pour accorder à Lucien un peu d'intimité et remarqua que Boar était éveillé et que lui aussi fixait le moine du regard, le front plissé dans une expression incrédule.

Chapitre 49

Epping, Angleterre

SUSAN POSA LA PAUME SUR LE FRONT DE BERTIE. LA chaleur qui émanait de sa peau était telle que ses jambes faiblirent. *J'avais un petit oiseau, il s'appelait Enza.* Avec difficulté, elle ouvrit son flacon de cachets, renversant les pilules de sulfate par terre.

Bertie, trop faible pour se couvrir la bouche, fut pris d'une toux grasse. Son mouchoir, tel un napperon souillé, gisait sur la tablette.

J'ai ouvert la fenêtre et… Susan se mordit la lèvre pour faire taire l'horrible comptine dans sa tête. Elle ramassa les comprimés et lui en mit un dans la bouche. D'une main tremblante, elle lui porta le verre d'eau aux lèvres. Bertie eut un haut-le-cœur. De l'eau lui dégoulina sur le menton. À la seconde tentative, il réussit à avaler les médicaments.

Susan le contempla, son grand-père trop malade pour rester assis et confiné à son lit de fortune sur le canapé. Si seulement elle pouvait faire davantage. Trouver un remède miracle. Autre chose que les visites quotidiennes du docteur Collins qui écoutait sa poitrine. Chaque fois qu'il ôtait son stéthoscope, il expliquait que tous les lits d'hôpitaux étaient occupés par des blessés de Londres et que Bertie était mieux à la maison, où il recevait les soins personnalisés dont il avait besoin. Le docteur était animé de bonnes intentions, seulement, en voyant l'état de son grand-père décliner, elle commençait à douter de son jugement. Et regrettait de ne pas en avoir fait plus.

— Les soldats ? souffla Bertie.

Sa voix était si frêle…

— Ils ont remballé leurs affaires cet après-midi.

Elle prit un linge et le plongea dans la bassine en céramique. En lui lavant le visage, elle se remémora les soldats en train de charger leur tente et leur équipement, puis de faire démarrer leur véhicule et s'en aller. On les avait assignés à une autre tâche. Et elle n'en était pas surprise. Après tout, ils n'avaient plus rien à faire ici, vu que les pigeonniers étaient déserts et qu'aucun pigeon n'était revenu de France depuis plus d'une semaine. Pas même Duchesse.

— Elle ne reviendra pas, hein ? demanda-t-elle, incapable de contrôler le fil de ses pensées.

Bertie sortit la main de sous sa couverture. Elle exerça une pression sur ses doigts. Cela faisait neuf jours que Duchesse était partie. Après des années à élever des pigeons avec Bertie, Susan savait qu'au-delà d'un jour ou deux de disparition, un pigeon ne revenait jamais.

— Northampton, chuchota-t-il d'une voix quasi inaudible.

— Je ne te laisse pas. Le National Pigeon Service peut attendre.

Il cligna ses paupières enflées sur ses yeux injectés de sang.

— Je ne guérirai pas. (Susan devint glacée.) Promets-moi que tu iras.

Il s'arrêta pour reprendre son souffle, passa la langue sur ses lèvres plissées et gercées.

— D'abord, on te remet sur pied.

Il toussa et secoua faiblement la tête. Les yeux de Susan s'emplirent de larmes. Elle lui caressa le bras, maigre et fragile comme la branche d'un saule. Bertie prit une inspiration difficile.

— Sois forte comme un œuf, ma chérie.

Chapitre 50

Epping, Angleterre

Susan décrocha le téléphone et constata que la ligne était toujours inactive, comme elle l'avait été les trois jours précédents.

Derrière les rideaux, le soleil s'était couché, peignant le ciel en indigo. Une dernière lueur ambrée dessinait l'horizon. Le couvre-feu avait commencé. Il était trop tard pour s'aventurer dehors, mais elle s'en fichait. L'état de Bertie avait empiré et elle avait décidé de prendre les choses en main.

— Je vais préparer le camion, annonça-t-elle en décrochant son manteau. On va à Sainte-Margaret.

Bertie entrouvrit les yeux. Il tenta de parler, mais ne produisit qu'un sifflement.

Au moment où elle boutonnait son manteau, les sirènes retentirent. L'horrible hurlement lui donna des frissons dans le dos. Elle courut dehors, sans prendre la peine de refermer la porte. Atteignant la camionnette, elle baissa le hayon arrière, sachant que Bertie serait trop diminué pour s'asseoir dans la cabine. Les sirènes rugissaient. Elle leva les yeux en quête des projeteurs lumineux qui zébraient le ciel, puis reporta son attention sur la camionnette.

Les idées se bousculaient dans sa tête : comment aménager une couchette à l'arrière ? Des couvertures ? Des coussins ? Soudain, elle se rappela les lits de camp qu'ils avaient installés dans leur abri souterrain. Alors qu'elle pivotait dans sa direction, les tirs antiaériens retentirent. Elle sursauta et se couvrit les oreilles.

Les explosions secouèrent le sol. Elle leva les yeux. Des éclairs allumèrent le ciel, révélant des bombardiers de la Luftwaffe à l'approche. Le grincement métallique des moteurs allemands s'intensifia. Elle déglutit, puis courut jusqu'à l'abri. Des obus explosèrent. Ses tympans vibrèrent. Elle accéléra. Atteignant l'abri, elle ouvrit la porte et se rua à l'intérieur. Dans le noir, elle trébucha sur quelque chose qui traînait par terre et tomba les mains en avant. Elle fouilla le sol de terre battue et trouva le pied en bois d'un lit, utilisé pour la dernière fois des mois plus tôt, quand la Luftwaffe avait commencé ses bombardements nocturnes. Elle le tira dehors et se figea.

Quinze mille pieds au-dessus d'Epping, un pilote allemand bataillait pour stabiliser la culasse de son bombardier Heinkel. Six mois auparavant, il avait terminé sa formation de vol à la base aérienne de Fürstenfeldbruck.

À peine six minutes plus tôt, il avait pris la position de chef d'escadrille après que le bombardier de tête avait été touché et explosé en mille morceaux au moment où ils abordaient la côte.

Une série d'explosions secoua son avion. Des éclats d'obus perforèrent les ailes. Un faisceau lumineux fouilla le cockpit. Le pilote avait le front humide d'une sueur glacée. Effrayé et perdu, il croyait que les tirs antiaériens venaient de Londres ou était pressé de lâcher ses bombes et de fuir. Quoi qu'il en fût, il donna ses ordres. Les bombes quittèrent son appareil. Le reste de l'escadron lâcha son chargement. Vingt-deux tonnes d'explosifs plongèrent vers la terre.

Ce fut un hurlement suraigu qui, perçant le chœur menaçant des tirs antiaériens, obligea Susan à s'immobiliser. Des centaines de sifflements assourdissants. Elle en avait déjà entendu, mais toujours dans le lointain. Là, l'intensité était différente. Plus forte. Plus proche. Son corps entier trembla. À bout de forces, elle lâcha le lit et tomba à genoux. En une fraction de seconde, les images d'un avenir qui jamais n'adviendrait défilèrent fugacement dans son esprit. Elle joignit les mains et se prépara à l'impact.

Chapitre 51

Ascain, France

Ollie s'éveilla. Il prit une profonde inspiration, la relâcha et observa la cellule autour de lui. Un clair de lune argenté filtrait à travers une fente entre les rideaux, illuminant les murs de plâtre nus. Un petit bureau de bois, vierge de tout objet, était posé dans le coin. Les pieds d'Ollie dépassaient au bout du petit lit. L'odeur de vieux bois et de cire à bougie emplissait l'air. Boar et Lucien se reposaient quelque part le long du couloir de ce dortoir d'église. Il ferma les yeux et tenta de se rendormir, mais une drôle de sensation, comme un malaise, le dérangeait.

Ils voyageaient depuis deux semaines et trois jours. Pendant la journée, Boar et lui se cachaient, serrés comme des contorsionnistes, derrière la fausse paroi du chariot. De nuit, Lucien les faisait entrer en douce, raides et endoloris, dans un monastère, une église ou une abbaye. La plupart des soirs, ils dormaient dans une grange ou une cave. Cette nuit-là, cependant, constituait une exception, une occasion rare où Ollie bénéficiait du confort d'un lit ainsi que d'une chambre individuelle où il faisait chaud. Malgré ce luxe, il était agité. Peut-être à cause du grondement des patrouilles allemandes à travers le village ou de la perspective de leur embarquement prochain pour l'ultime et la plus dangereuse étape de leur périple. Tout au fond de lui, néanmoins, il connaissait la véritable raison de son insomnie. Alors il s'assit, enfila ses chaussures et se faufila hors de sa chambre.

Sans bruit, il s'avança dans le couloir sombre, prenant bien soin de ne pas déranger les membres du clergé enfermés dans leur cellule pour la nuit. Il s'immobilisa en atteignant la lueur du cloître, un couloir qui reliait les dortoirs au sanctuaire de l'église elle-même. L'arche d'un plafond d'époque médiévale s'élevait au-dessus de sa tête, un mur de vitraux déployait son rougeoiement luminescent. Il s'assit sur le sol de pierre et contempla le mur de verre teinté de rouge, de vert, d'or et de pourpre. Le vitrail dépeignait une scène du jardin d'Éden. Sans doute la figure des anges et le jardin luxuriant servaient-ils de rappel journalier aux prêtres et aux moines : une promesse de paradis au terme de leur vie terrestre.

— Le monde s'écroule. Et vous ne faites rien.

La voix d'Ollie résonna dans la salle. Il dévisageait les anges qui détournaient les yeux, comme pour mépriser ou s'offenser de ses propos. Baissant la tête entre les genoux, il passa les mains dans ses cheveux gras, puis il resta immobile dans le cloître pendant plus d'une heure, à espérer recevoir une révélation. Mais rien ne vint. Retournant au dortoir, il trouva Lucien et Boar éveillés.

— On s'en va, Yankee, annonça le capitaine, planté devant sa porte. Mieux vaut démarrer avant le lever du soleil.

Ollie alla chercher son manteau dans sa cellule et retourna dans le couloir. Il s'approcha de Lucien, qui leur montrait son ardoise où une carte était dessinée à la craie. Une ligne dentelée symbolisait la chaîne de montagnes qui servait de frontière entre la France et l'Espagne. Un trait ondulé – probablement une rivière, devina Ollie – était assorti du nom de « Bidassoa ». Deux points étaient matérialisés : Ascain, le village où ils étaient actuellement, et Ergoien, en Espagne, où Lucien avait dû prévoir de les cacher dans une autre église, jusqu'à ce qu'ils puissent être mis à l'abri dans un consulat britannique ou, en ce qui concernait Ollie, une ambassade américaine. Il hocha la tête afin de signifier au moine qu'il comprenait.

— Bien joué, Lucien, dit Boar.

Les yeux clignèrent derrière le masque de cuivre. Lucien effaça la craie d'un revers de manche, puis il rangea l'ardoise à l'intérieur de sa cape.

Alors qu'ils partaient, Ollie constata que tout restait silencieux dans l'église. Quand ils étaient arrivés la veille, les moines, quoique volontaires pour les héberger, avaient détalé comme des souris. Dès qu'ils seraient loin, sans doute les hommes de Dieu sortiraient-ils discrètement de leur chambre pour reprendre leur routine quotidienne. *Mieux vaut faire semblant de n'avoir pas collaboré avec les ennemis de l'Allemagne.*

Dehors, l'air froid piqua le visage d'Ollie. Il souffla sur ses mains et jeta un coup d'œil au chariot dételé. Les mules avaient accompli leur devoir et se trouvaient désormais à l'abri dans une grange. À partir de là, ils marcheraient. Tournant les yeux vers le sud, il vit la silhouette des cimes, surmontées d'une éclaboussure d'étoiles. Les Pyrénées.

Alors qu'ils quittaient discrètement le village, il se remémora leur voyage. Lucien avait effectué de grands détours afin d'éviter les barrages, empruntant des routes peu fréquentées. Mais plus leur chemin les rapprochait de la côte, plus la présence des troupes allemandes se faisait pressante, avec le claquement des tanks et le bourdonnement des avions. Ils avaient viré au sud, hébergés chaque fois grâce au réseau catholique de Lucien, passant par Tours, Poitiers, Bordeaux, Dax, Anglet et, pour finir, le village d'Ascain. À présent, ils ne jouissaient plus de la protection de l'Église. Ce qui les attendait, c'était une harassante ascension des Pyrénées, dernier rempart entre eux et la liberté, à supposer qu'ils évitent les patrouilles espagnoles qui, selon Boar, les jetteraient en prison pour traversée illégale de la frontière.

Quand ils atteignirent le pied de la montagne, l'air avait viré à l'humidité. De gros nuages s'étaient accumulés et leur cachaient la lune. Ils entamèrent leur ascension à travers une épaisse forêt de pins. L'odeur des épines écrasées sous leurs pas rappela à Ollie son Maine natal et lui donna un bref regain d'énergie. Ils poursuivirent la montée dans un brouillard dense. Lucien, qui ouvrait la route, apparaissait et disparaissait dans la brume, comme un spectre.

Au bout de deux heures de périple, il se mit à pleuvoir. Les pins disparurent et ils n'eurent plus grand-chose pour les protéger du vent. Des rafales humides fouettaient le visage d'Ollie, l'eau s'insinuait à travers son blouson. Il fut pris de frissons. De lourdes mottes de terre boueuse lui collaient aux bottes et, avec l'air qui se raréfiait, il peinait à lever les pieds et à suivre le rythme imposé par Boar et Lucien. Les semaines passées dans le confinement d'un chariot, sans parler de sa cheville qui n'avait pas complètement guéri, tout cela l'épuisait.

—Accélère, Yankee, lui lança Boar avec un coup d'œil en arrière.

Ollie s'arrêta, inspira plusieurs fois et reprit l'ascension.

En quelques minutes à peine, la montagne se fit plus abrupte encore. Le sentier jusqu'alors large devint étroit. La cheville d'Ollie enflait, à force de frotter contre sa chaussure. Et avec le jour arriva une pluie torrentielle. D'énormes gouttes qui piquaient les morceaux de peau exposée. N'ayant plus le couvert des arbres pour les protéger, Lucien s'arrêta sous un surplomb rocheux et se débarrassa du paquetage qu'il transportait.

Boar s'assit à même le sol et essuya son visage mouillé par la pluie.

Ollie s'installa à son tour et plongea les yeux vers la vallée. Ils avaient grimpé des heures sur des pentes sinueuses, pourtant ils n'étaient qu'à la moitié du flanc de la montagne. Il serra sa cheville enflée et tâcha de dissiper son anxiété. *Je supporterai la douleur. Je ramperai s'il le faut. Quels que soient les efforts, j'arriverai à rentrer à la maison.*

Lucien vida le contenu de son sac, ouvrit une gourde et la tendit à Ollie, qui prit une gorgée d'eau avant de passer la gourde à Boar.

Le moine sortit ensuite de son paquetage un morceau de viande emballé. Il le posa sur un roc et le coupa en trois à l'aide d'un petit couteau pliable. Il en tendit un morceau à Ollie et Boar. On aurait dit du mouton bouilli, avec la laine encore dessus. Vu la couleur grisâtre de la viande, on pouvait supposer que les religieux d'Ascain, ou peut-être ceux de Dax, l'avaient préparée à la hâte. Pourtant, même révulsé, il avait besoin de manger s'il voulait récupérer assez d'énergie pour grimper pendant encore une dizaine d'heures. Alors qu'il s'apprêtait à mordre dans sa nourriture, il remarqua que Lucien s'était éclipsé, comme à son habitude, pour manger en solitaire.

Boar poussa un soupir, reposa sa viande et sortit sous la pluie. Il s'approcha de Lucien, assis sur un rocher avec sa capuche rabattue sur sa tête.

— Mangez avec nous. (Lucien leva les yeux.) Vous n'allez pas encore m'obliger à manger seul avec l'Amerloque, si ? (La pluie battait sur son visage.) Vous êtes de bien meilleure compagnie. (L'eau dégoulinait sur le masque de cuivre de Lucien.) Ça ne me dérange pas, finit par insister Boar en frottant son œil aveugle.

Lucien hésita, puis il se mit debout et suivit Boar. Ollie les vit revenir à leur abri ensemble.

— J'ai demandé à Lucien de se joindre à nous, expliqua Boar.

Ollie hocha la tête. Deux semaines plus tôt, le geste de Boar l'aurait surpris. Mais ce voyage aux côtés de Lucien avait radouci le capitaine, peut-être parce qu'il s'était fait une raison : un œil en moins, bien que rédhibitoire en termes de carrière pour un pilote, ce n'était pas grand-chose par comparaison avec une mâchoire arrachée. Plus important, Lucien avait montré à Boar – et à Ollie par la même occasion – que l'on pouvait participer au combat quelles que soient ses limitations physiques.

Boar arracha un poil sur son morceau de mouton et mordit dedans.

Leur tournant le dos, Lucien ôta son masque. À l'aide de son couteau, il coupa la viande en minuscules morceaux, qu'il mit ensuite dans ce qui lui restait de bouche et fit descendre avec de l'eau. Longtemps après que Boar et Ollie avaient terminé de manger, il œuvrait encore à ingérer son repas par toutes petites rations, tel un patient avalant sa dose de cachets.

Une fois le mouton fini, il remit son masque en place.

— Vous n'avez pas besoin de porter ça, lui dit Ollie. À moins que ça ne vous tienne chaud.

Lucien lui jeta un coup d'œil par-dessus son épaule.

— Pas besoin, confirma Boar.

Lucien hésita, avant de ranger le masque dans son barda.

Ils ramassèrent les restes du repas, y compris la peau du mouton qu'ils avaient mâchée, et mirent le tout dans le sac de Lucien. Manifestement, comprit Ollie, le moine ne comptait pas laisser la moindre trace de leur passage.

Ils repartirent pour une heure encore. Ollie avait l'impression que la pente devenait de plus en plus abrupte à chacun de ses pas. Les muscles de ses cuisses le brûlaient. Son pied l'élançait. Malgré la douleur, cependant, il continua. Pas à pas, il s'obligea à monter. Alors que la pluie diminuait et que le brouillard commençait à se dissiper, il fut soulagé de voir Lucien s'arrêter avant d'attaquer une pente raide.

Boar, devant Ollie, s'immobilisa aussi pour reprendre son souffle.

Lucien tourna les yeux vers Ollie, plus bas, puis il leva une main. Ollie se frotta les cuisses et regarda vers le sommet. Il sentait une forme de paix émaner de Lucien, qui n'avait plus à cacher ses blessures de guerre. Son strabisme donnait l'impression d'un sourire victorieux, malgré son absence de mâchoire. Ollie inspira. Puis il hocha la tête et leva le bras à l'intention de leur guide.

Une explosion sonore retentit. Ollie sursauta.

Lucien porta les deux mains à son torse. Du sang jaillit à travers ses doigts.

Ollie grimpa vers lui, mais un autre coup de feu l'obligea à se laisser tomber à terre. La décharge résonna à travers toute la vallée.

Déjà sur le dos, Boar ouvrit son pardessus et sortit son pistolet.

Lucien s'effondra.

Une balle ricocha près du visage d'Ollie, lui envoyant des éclats de calcaire dans la joue. Il rampa en direction de Lucien.

Boar tira deux coups dans la vallée.

Ollie traîna Lucien, inerte, jusqu'à un talus. Alors qu'il l'installait derrière un gros rocher, il vit une patrouille de la Wehrmacht, à peu près six ou sept soldats, à moins de cent mètres en contrebas. Il tira le pistolet qu'il avait volé au SS de sa poche, se leva et appuya sur la gâchette, pour se rendre compte que la sécurité était enclenchée. Une balle lui siffla près de l'oreille. Son pouls s'emballa. Il ôta la sécurité, tira et rata.

Boar se précipita derrière le talus, ramenant des morceaux de rocher. Il tira un coup. Puis un autre. Une balle lui explosa la rotule. Il poussa un hurlement et sa jambe droite céda.

Un soldat allemand escaladait la pente, désormais à quarante mètres d'eux. Ollie le visa et tira. Le soldat cambra le dos et tomba en arrière. Les casques allemands pivotèrent vers le camarade qui dégringolait la pente.

Ollie se précipita vers Boar. Pendant qu'il le tirait par son manteau, une balle transperça la cuisse du capitaine. Boar hurla. Ils tombèrent derrière le remblai. Ollie tira et la patrouille dut se mettre à couvert. Il en profita pour faire rouler Lucien sur le dos, sachant déjà qu'il n'y avait rien à faire. Ses pupilles étaient dilatées. Un trou, de la taille d'une prune, lui avait ouvert le sternum.

— Salauds, grogna Boar.

Il agrippa Lucien par sa cape et Ollie remarqua que du sang s'échappait du genou du capitaine.

— Combien ? haleta Boar.

Ollie jeta un coup d'œil par-dessus le talus. Une balle glissa sur une pierre. Il se baissa aussitôt.

— Six ou sept.

Les doigts couverts de sang, Boar vérifia le nombre de balles qu'il avait encore dans son arme. Il sortit un nouveau chargeur de sa ceinture.

Ollie déchira un morceau de tissu au bord de la cape de Lucien et en enveloppa la jambe de Boar. À cet instant, il vit les morceaux d'os sanguinolents sur le pantalon du capitaine. Boar lui arracha le tissu des mains et, grimaçant, serra le garrot.

Rampant jusqu'au bord du rocher, Ollie entendit des ordres donnés en allemand. Il scruta le terrain en contrebas et découvrit une autre patrouille en train de grimper la montagne. Son adrénaline monta en flèche.

— Il en arrive d'autres.

— Combien ? demanda Boar en se traînant vers l'extrémité de leur rocher.

— Dix.

Ollie regarda son pistolet et se prit à regretter de n'avoir pas fouillé le véhicule de Dietrich en quête de munitions.

Boar observait le flanc de la montagne en contrebas.

— Putain de merde.

Ollie leva les yeux vers la cime enneigée.

— Le seul moyen de leur échapper, c'est de monter et de franchir le sommet.

À grand-peine, Boar se mit debout sur une jambe et tira deux coups. Ollie entendit un cri. Puis un tir de mitraillette crépita contre leur rocher. Boar s'affala. À bout de souffle, il tendit un doigt sanguinolent vers Ollie.

— Donne-moi ton arme.

— Non, répondit Ollie. Je n'ai plus que quelques balles et j'ai l'intention de les utiliser.

Un coup d'œil derrière le rocher lui permit de voir des Allemands de part et d'autre d'eux. De plus en plus près. Trente mètres au plus.

— Je crois que tu ne comprends pas bien, Yankee, lâcha Boar entre deux respirations saccadées, tel un chien haletant. (Ollie se prépara à tirer de nouveau.) Ollie…

Entendre le capitaine l'interpeller par son prénom le fit hésiter. Il regarda Boar, son pantalon trempé de sang.

— Je t'offre une chance de te tirer d'ici, dit-il en resserrant encore son garrot. Je vais les retenir.

Ollie se tourna, prêt à viser l'ennemi, et entendit un cliquetis métallique.

— Donne-moi ton arme, ordonna Boar, le pistolet collé contre sa tempe.

Ollie se figea. Les tirs de mitraillette cognèrent contre le rocher, envoyant des bris de pierre dans ses cheveux.

— Toi et moi, nous savons pertinemment que je ne m'en sortirai pas, reprit Boar. Si tu choisis de rester, j'appuie sur la gâchette. De toute façon, tu seras mort avant d'arriver au bout de tes munitions.

— Pourquoi tu fais ça ?

Boar se pencha et lui arracha le pistolet des mains. Il vérifia le chargeur et le renfonça dans l'arme.

— Il y a un truc que je dois rétablir.

Ollie entendit des pierres rouler sous les pas des Allemands.

— De quoi tu parles ?

Boar grimaça en se hissant contre le rocher.

— Tu comprendras si tu t'en sors.

— Ce n'est pas juste.

Le capitaine enleva ses plaques d'identification, accrochées à une cordelette autour de son cou, et les jeta à Ollie.

— File avant que je change d'avis.

Sidéré, Ollie le vit s'appuyer au rocher et tirer. Un soldat poussa un hurlement de douleur. Comprenant que c'était là sa seule chance, Ollie se débarrassa de ses dernières hésitations et grimpa sur le talus. La douleur lui vrillait la cheville. Ses chaussures dérapaient sur les cailloux. Des balles ricochaient contre le calcaire. Pourtant il monta, en s'arrachant la peau de ses paumes.

Boar tira un autre coup.

Les Allemands vidèrent leur arme en guise de réponse, leur groupe se refermant autour de leur cible. Ollie plongea derrière un gros bloc, prit quelques goulées d'air, puis repartit. Chaque fois que Boar tirait, il lui accordait quelques secondes d'ascension. Il répéta l'opération quatre fois avant d'atteindre un sentier pentu qui, en tournant, le mettait hors de vue de la Wehrmacht.

Il poursuivit sa montée, trébucha, tomba, respirant difficilement dans l'atmosphère de moins en moins oxygénée. Il haletait. La température commençait à chuter. Pourtant, inébranlable, il continua de monter jusqu'à ce que la pluie vire au grésil et, enfin, à la neige.

Arrivé au sommet, il s'effondra. La glace lui écorcha le visage. En roulant sur le flanc, il entendit un coup de pistolet, suivi d'une longue rafale de mitraillette. Puis le silence.

Chapitre 52

Les Pyrénées

La descente s'avéra encore plus difficile que la montée. Persuadé que la patrouille allemande continuerait à le pourchasser, Ollie oublia toute précaution en dévalant la montagne. Suivant un rebord calcaire, il glissa sur la glace et chuta. Comme s'ils avaient été enduits de lubrifiant, ses vêtements mouillés le propulsèrent au bas de la pente couverte de neige fondue. Battant des jambes, il roula sur le ventre en tentant frénétiquement de s'agripper à quelque chose. Mais son corps ne faisait que prendre de la vitesse. Les éboulis lui égratignaient les mains. Il enfonça les orteils, sentit ses lacets craquer. Et soudain il s'immobilisa dans un dernier dérapage. À bout de souffle, il se remit debout sur des jambes flageolantes, juste au bord d'une falaise. Son pouls battait contre ses tympans. En jetant un coup d'œil par-dessus l'arête, il constata qu'il avait deux doigts repliés. D'une main engourdie, il les remit en place d'un geste brusque et une vague de douleur lui remonta le long du bras.

Incapable de trouver une piste, Ollie traversa des pans entièrement empierrés et descendit des pentes abruptes. En quittant les sommets, il gagna en oxygène et commença à mieux respirer. Mais son corps était dans un état lamentable. Ses muscles, atrophiés par des semaines de confinement, l'élançaient. Obligé de se reposer en route, il s'adossa à un rocher. En reprenant son souffle, il leva les yeux vers le sommet et remarqua du mouvement. Il se concentra et distingua deux soldats de la Wehrmacht qui escaladaient l'arête et entamaient la descente. Ils étaient encore à plusieurs centaines de mètres, bien trop loin pour pouvoir tirer avec précision. En revanche, ils avançaient vite, presque deux fois plus que lui. Il s'accroupit en espérant ne pas avoir été repéré. Quelques secondes plus tard, un tir retentit à travers la vallée, qui le fit bondir sur ses pieds.

Pendant les deux heures qui suivirent, Ollie s'efforça de rester hors de portée des tirs ennemis. Alors que les Allemands réduisaient la distance, les coups de feu, d'abord à peine plus forts que de distants échos, devinrent des claquements secs. Les balles ricochaient sur les rochers. En courant sur le gravier, il tordit sa cheville fragilisée et roula au sol. La douleur lui enflamma le pied. Il se releva et tenta de courir, mais son corps ne parvint à produire qu'une marche boitillante. Ce n'était qu'une question de secondes avant que les soldats allemands le rattrapent.

Le terrain pierreux se changea en forêt clairsemée, puis plus épaisse, qui le plaça temporairement hors de la vue de ses poursuivants. Grâce à la température plus douce, il sentit à nouveau ses mains, et ses doigts se mirent à palpiter. Épuisé, il se cacha dans la cavité d'une souche pourrie, en priant pour que les soldats ne passent pas par là. Il peinait à contrôler sa respiration, tant il redoutait à tout instant d'entendre le pas sourd des bottes allemandes. Au lieu de quoi, il ne perçut que l'écoulement de l'eau. *La rivière Bidassoa*, songea-t-il en se rappelant la carte de Lucien. À sentir la frontière entre la France et l'Espagne aussi proche, il devint la proie d'un dilemme qui lui déchira les tripes : sa tête lui ordonnait de rester caché, mais un désir profond de rentrer chez lui le poussa à ramper hors de sa tanière.

Un tir retentit. La branche la plus proche de sa tête fut fendue en deux. Les battements de son cœur s'emballèrent, et il se tourna. À cinquante mètres, les soldats de la Wehrmacht étaient là, l'un agenouillé avec son fusil pointé, l'autre armé d'une mitraillette calée contre sa hanche. Ollie plongea derrière un arbre. Des balles aspergèrent la forêt.

Malgré la souffrance, sa cheville qui l'élançait comme jamais, il tenta de courir. Alors qu'il trébuchait entre les pins, de nouveaux tirs explosèrent. Une vive douleur lui transperça le bras, sa manche devint aussitôt tiède et visqueuse. Il continua à cavaler à travers les buissons dont les épines lui griffaient le visage. Pourtant il accéléra encore, attiré par le gargouillis de l'eau, de plus en plus prégnant. Les soldats se rapprochaient. Il atteignit la rivière et s'immobilisa.

L'eau, marron et chargée de débris, coulait furieusement. Les fortes pluies avaient fait déborder la rivière de son lit. Il scruta la zone. Pas de pont. Nulle part où se cacher. Il plongea le regard dans l'abysse boueux. Le sang dégoulinait de ses doigts.

Une branche craqua.

— *Dort!*

Ollie vit les soldats émerger entre les pins. Sourcils froncés. Front plissé. Ils levèrent leur arme. Faute d'autre choix, il sauta.

L'eau glacée le surprit. Il remonta à la surface et aspira de l'air, en même temps qu'une gorgée de limon boueux. Il s'étrangla. Les tirs retentirent. Les balles sifflèrent tout à côté de sa tête. Il plongea sous l'eau et battit des jambes. Le courant s'enroulait autour de ses membres. Il tenta de nager, malgré son blouson imbibé qui lui faisait une couverture de plomb. Sa poitrine se soulevait, recyclant l'air usagé de ses poumons. Quand il fut forcé d'émerger à nouveau, d'autres coups de feu retentirent. Alors il avala une goulée d'air et se laissa submerger.

Sitôt qu'il remonta, il vit un soldat courant le long de la berge, sa mitraillette levée. Ollie redescendit. L'Allemand déversa le contenu de son chargeur. Les balles firent onduler la surface de l'eau.

Ollie agita plus vite les jambes, cherchant à se propulser plus loin au milieu de la rivière. Incapable de retenir son souffle plus longtemps, il remonta et vit le soldat enfiler un nouveau chargeur dans son arme. Trop éreinté pour replonger, Ollie regarda le bord de l'eau défiler à toute allure, mélange indiscernable de boue et de bois. Le soldat courait, son arme pointée, et le courant emporta Ollie dans un virage.

Il entendit l'Allemand crier, puis tirer en l'air. L'eau gicla. Alors que le courant l'emmenait hors de portée de la Wehrmacht, il batailla pour nager. Mais son corps, submergé par la fatigue et le froid, s'affaiblissait à chaque mouvement. Au milieu de la Bidassoa, il parvint à passer un bras autour d'un tronc qui flottait.

Ses dents claquaient sans qu'il parvienne à les contrôler, ses articulations gelées étaient pareilles à des pistons coincés, il avait même du mal à garder la tête hors de l'eau. Ses chances de traverser la rivière et d'en sortir vivant s'amenuisaient avec chaque souffle. Avant que l'hypothermie lui vole le peu de chaleur corporelle qui lui restait, il réussit à glisser une main à l'intérieur de son blouson. Avec ses doigts engourdis et cassés, il trouva la poche. Au milieu de la douleur et des regrets, une vision restait immuable : Susan. Ses paupières se firent lourdes. Et la rivière l'emporta.

Chapitre 53

Epping, Angleterre

Le sable brouillait la vue de Susan. Ses canaux lacrymaux étaient encombrés de suie. Le poids des briques lui appuyait sur la poitrine. Difficilement, elle prit une inspiration, mélange épais de poussière et de l'odeur âcre de cordite.

— Grand-père, souffla-t-elle entre deux accès de toux.

Ses oreilles sifflaient si fort qu'elle entendait à peine sa propre voix. Elle se débattit pour se débarrasser des gravats, puis roula sur les genoux. Ses côtes la faisaient souffrir, comme si elle avait été frappée avec une matraque. De grosses bosses enflaient sur son crâne. Au goût de cuivre qu'elle avait dans la bouche, elle comprit que sa langue saignait ou bien qu'elle avait le nez cassé. À l'aide de la doublure de son manteau, elle s'essuya les yeux. Lentement, sa vue redevint claire. En même temps qu'elle recouvrait aussi ses esprits, elle se rendit compte que la force de l'explosion l'avait propulsée dans l'abri antiaérien. Le plafond, en partie effondré, révélait des nuages de fumée qui s'élevaient vers les étoiles. Au-delà de la porte de l'abri, suspendue de travers sur ses gonds tordus, elle vit scintiller une lueur d'ambre.

Elle rampa vers le seuil. La première chose qu'elle remarqua, ce fut le cratère puant. Un énorme trou, de la taille d'un étang, avait remplacé ce qui était jadis un bosquet touffu.

— Non !

S'aidant de la poignée de la porte, elle se leva à grand-peine, puis sortit en redoutant ce qu'elle allait découvrir.

À l'endroit où s'élevait le cottage, il n'y avait plus désormais qu'un puits fumant. Des flammes éparses, un mélange de résidus d'explosifs et de bois en lambeaux entouraient le cratère. La cheminée était de guingois, comme les pierres d'un cairn malmené.

— Grand-père !

Sans chaussure au pied gauche, elle se précipita en boitant. Le clou d'une planche brisée lui perça le talon et elle tomba. Oubliant la douleur qui lui remontait le long du mollet, elle se débarrassa de la planche, arracha le clou planté dans son pied et rampa sur l'herbe brûlée. Tout en priant, les mains pressées contre le sol chaud, que Bertie ait échappé à la déflagration.

Elle atteignit le trou, cône profond dans la terre. En dessous, des monticules de bois calciné. Le pied cassé d'une chaise. Et ce qui était la cuisinière, la porte arrachée de ses gonds.

— Non ! hurla-t-elle, à s'en rompre les cordes vocales.

Elle se laissa tomber au fond de la cavité et creusa dans les décombres. Des échardes acérées lui arrachaient la peau des mains. La terre collait à son talon ensanglanté. Elle fouilla les débris en appelant, encore et encore.

Elle le trouva sous ce qui avait été une commode. Quand elle eut ôté les restes du meuble, elle tomba à genoux et lui caressa les joues. Délicatement, elle essuya la poussière des crevasses de ses paupières.

— Réveille-toi, sanglota-t-elle.

Elle déterra ses jambes molles, enfouies sous un mélange de pierre, de plâtre et de bois brisé.

— Réveille-toi !

Le son distinct d'un camion de pompiers approchait, mais fut recouvert par le hurlement d'une nouvelle sirène antiaérienne. Susan posa la tête contre le torse immobile de Bertie et pleura.

Chapitre 54

Epping, Angleterre
21 mars 1941

La pluie de printemps dégoulinait sur la terre battue. Susan leva les yeux vers la toile de goudron qui recouvrait un vaste trou dans le toit de l'abri antiaérien et remarqua qu'un angle s'était décroché. Elle tira une bobine de ficelle de sous son lit de camp et en coupa une longueur à l'aide d'un couteau à éplucher rouillé qu'elle avait sauvé des décombres. Et elle sortit. La ficelle s'agitait dans le vent humide. Tout en remettant la bâche en place, elle jeta un coup d'œil en direction de ce qui avait jadis été son joli cottage.

Les débris avaient été retirés et le trou remblayé se remarquait désormais distinctement à l'herbe fraîche qui y avait poussé – fine, vaporeuse et deux teintes plus claire que le reste de la cour. Bien que les parterres de fleurs aient été soit détruits par l'explosion, soit piétinés par les villageois volontaires pendant la démolition hâtive, quelques touffes de crocus et de jonquilles avaient repoussé, décorant désormais la pelouse. La parcelle restait toutefois encombrée par un tas de pierres et de bois, près des toilettes.

Quelques mois s'étaient écoulés depuis les funérailles de Bertie et plus de six depuis que la Luftwaffe avait commencé ses raids aériens, qui continuaient presque toutes les nuits. Le temps qui passait n'avait que peu œuvré à soulager sa peine. Et la solitude, pensa-t-elle, ne faisait qu'exacerber ses regrets, tant l'horreur de cette terrible nuit restait profondément gravée dans son âme.

Refusant de quitter Epping – et la ferme de sa famille, par ailleurs –, elle avait décidé de vivre temporairement dans l'abri antiaérien, de survivre plutôt, à coups de rations froides : pain, œufs, navets et chou fanés. Elle allait chercher son eau, pour boire et se laver, à un tonneau de collecte d'eau de pluie. Elle dormait sur un lit enfoui sous des montagnes de couvertures moisies, qui lui tenaient à peine chaud et étouffaient bien mal la guerre nocturne qui faisait rage dans le ciel. Elle restait dans l'abri, hormis les nuits les plus froides où elle acceptait de temps en temps un lit et un bain chaud chez les McCreary. Mrs McCreary lui avait d'ailleurs offert d'emménager chez eux, proposition que Susan avait poliment déclinée, arguant que sa situation n'était que temporaire. Mais une journée s'était changée en une semaine, et puis en un mois. Et l'hiver en printemps.

Susan termina d'attacher la bâche, puis elle balaya du regard le vert pâturage. Les moutons, et même les agneaux, avaient été réquisitionnés par le gouvernement afin de vêtir et de nourrir les militaires. Son grand-père, qui adorait ses moutons, se contentait de les tondre pour la laine. Ça l'attristait de songer que, même si c'était nécessaire pour la survie de la Grande-Bretagne, les chers agneaux de Bertie étaient désormais devenus de la viande en conserve.

Elle se dirigea vers un pigeonnier. En plus du cottage, la plupart d'entre eux avaient été détruits. N'ayant plus que quelques pigeons désormais, Susan avait employé les débris pour reconstruire un pigeonnier unique. En ouvrant la porte, elle posa les yeux sur le râtelier à grain, jadis le perchoir préféré de Duchesse. Ses espoirs de la voir revenir s'étaient éteints des mois plus tôt. Tout ce qui lui restait de son pigeon apprivoisé, c'étaient ses souvenirs. Et les messages d'Ollie que Duchesse avait si courageusement rapportés de la France occupée.

Chaque matin, Susan relisait les fameux messages. Avant les repas, avant de dormir, elle priait pour qu'il soit en vie. Mais à mesure que les mois passaient, son espoir de le voir revenir disparaissait lentement. À présent, plusieurs mois après le dernier message, elle s'était résignée à l'idée de ne plus jamais le revoir. Et que tous ceux qu'elle aimait avaient été emportés par la guerre.

Elle versa du grain dans la mangeoire. Les pigeons s'agglutinèrent et picorèrent. Il lui en restait moins de cinquante, soit rien par rapport aux presque mille qui avaient jadis peuplé leurs pigeonniers. La plupart étaient vieux ou trop jeunes, inaptes au service. Mais elle se fichait pas mal que ces pigeons ne soient pas utiles au National Pigeon Service. Au moins, ils étaient en vie. Et pour l'instant, c'était tout ce qui comptait.

En quittant le pigeonnier, elle ramassa une poignée de jonquilles et les plaça dans le panier de son vélo. N'ayant pas l'utilité de la camionnette, elle l'avait vendue pour acheter un vieux poêle à bois et une mangeoire pour les pigeons. Elle pédala en direction du village sous la pluie froide qui martelait son manteau. Dans le virage qui conduisait au cimetière d'Epping, les pneus de sa bicyclette sautèrent sur le gravier. Les bras encore secoués, elle freina près d'un lopin de terre retournée et appuya son vélo contre un aulne orné de longs cônes marron. Elle rassembla le contenu de son panier et se dirigea vers un monceau de calcaire nouvellement taillé. La pluie traversa sa jupe lorsqu'elle s'agenouilla et fixa des yeux la tombe de Bertie. Une pierre jumelle, à un mètre ou deux, portait le nom de sa grand-mère : Agnes Shepherd. Ses parents, victimes de l'épidémie de grippe espagnole, étaient enterrés à l'autre bout du cimetière.

Susan déposa la moitié des fleurs sur la tombe de ses grands-parents et garda le reste pour ses parents, quand elle aurait terminé sa ronde. Les yeux rivés sur la pierre gravée, elle sentit sa culpabilité enfler et la submerger comme des vagues dans la tempête.

— Pardon, dit-elle, la voix étouffée par la pluie battante. J'aurais dû insister pour qu'on dorme dans l'abri. Je préférerais de loin vivre comme une taupe plutôt que sans toi. (Elle posa les doigts sur la pierre tombale.) Tu me manques tellement.

Avec minutie, elle arrangea les fleurs entre les tombes, prenant bien soin de les répartir équitablement. Après avoir aussi rendu visite à celle de ses parents, elle remonta sur son vélo, essuya un mélange de pluie et de larmes sur ses joues et pédala.

Sur le trajet du retour, la pluie se fit plus lourde, transformant le chemin en gadoue. Impossible de pédaler dans l'allée. Elle poussa donc sa bicyclette dans les nids-de-poule boueux jusqu'à l'abri. Une fois à l'intérieur, elle jeta d'anciennes planches de bois, autrefois scellées dans le plâtre des murs du cottage, dans un poêle à bois rouillé, afin d'y allumer un feu. Les narines peu à peu emplies par l'odeur du bois brûlé, elle sortit les messages de sa poche et étala son manteau sur une corde à linge de fortune au-dessus du poêle. Bon sang, ses vêtements empesteraient-ils toujours la fumée ?

En dépliant délicatement les messages, elle se rendit compte que leur papier était humide et que l'encre avait commencé à baver. *Quelle idiote de les avoir gardés dans ma poche.* Elle les posa sur son matelas pour les faire sécher, bien décidée à les conserver désormais dans une boîte à thé vide.

Refusant de sombrer dans la mélancolie qui l'envahissait toujours après ses visites au cimetière, elle sortit le panier à couture emprunté à Mrs McCreary et entreprit de rafistoler ses vêtements en lambeaux. Elle recousit les boutons, reprisa les trous. Et alors qu'elle réparait un ourlet défait, elle entendit des pas dans la gadoue. Elle s'interrompit aussitôt et posa son aiguille. La pluie fouettait la toile de goudron qui lui servait de toiture. Par une fissure dans le mur, elle aperçut un manteau sombre. On frappa à la porte.

Les cheveux à la base de sa nuque se dressèrent. Elle hésita, déstabilisée : elle recevait rarement des visiteurs.

On frappa de nouveau.

Elle jeta un coup d'œil aux messages. Le pouls déchaîné, elle se leva et ouvrit. Aussitôt, son cœur se serra.

— Monsieur Wallace, dit-elle en tâchant de masquer sa déception.

— Bonjour, Susan.

Le menton dégoulinant de pluie, le vieil homme ôta son chapeau.

— Puis-je entrer ?

Susan hésita.

— C'est d'un confort assez sommaire, j'en ai peur.

— Ce temps-là ne me réussit guère, répliqua-t-il en tournant sa paume vers la pluie. J'élève des pigeons, pas des canards.

Susan se sentit rougir de honte. Elle détestait être vue ainsi, surtout par un membre respecté du National Pigeon Service et, pire encore, un ami de Bertie. Mais enfin, elle ne pouvait tout de même pas le laisser planté sous la pluie, elle s'écarta alors pour le laisser entrer. À la hâte, elle ramassa ses affaires de couture et rangea les messages dans une boîte à thé, puis elle lui fit signe de prendre place sur le matelas.

Jonathan Wallace balaya l'abri du regard.

— Comment vas-tu, Susan ?

— Bien, mentit-elle.

— Tu n'as pas répondu à mes lettres.

Susan tourna la tête vers une pile de lettres non ouvertes. Incapable de trouver quoi répondre, elle fut soulagée quand il changea de sujet.

— Ton grand-père et moi étions très bons amis. (Il lui adressa un sourire.) Même si ses pigeons de course étaient toujours plus performants que les miens.

Susan essaya de sourire aussi, mais ne parvint pas à en trouver la force.

— D'après ce que je sais, tu es une super dresseuse de pigeons et tu étudiais la zoologie avant la guerre.

— La seconde partie est vraie, répondit-elle.

— Je suis venu te proposer un travail. J'élève des pigeons à Northampton, loin des bombes. Ma ferme est plutôt grande, assez pour pouvoir y dresser des pigeons à aller simple et à aller-retour. (Il marqua une pause, essuya la pluie sur son chapeau.) J'aurais besoin de ton aide.

Susan secoua la tête.

— Je ne peux pas partir.

Jonathan prit une longue inspiration et soupira.

— Combien de temps comptes-tu vivre comme ça ?

La franchise du bonhomme rappela à Susan qu'elle n'avait ni travail, ni argent. Et bien peu de chances d'entretenir la ferme, sans parler de la restaurer. Peut-être était-ce son entêtement, le choc post-traumatique, voire une forme de folie, qui lui avaient permis de continuer à vivre sous les bombardements de la Luftwaffe. Mais au fond, elle savait que c'était autre chose qui l'enracinait ici.

— Jusqu'à ce que je reconstruise, dit-elle.

— Tu n'as pas le temps. L'invasion pourrait avoir lieu à tout moment.

Susan se remémora les affreuses affiches placardées partout au village, illustrations de soldats et parachutistes allemands, sans doute destinées à aider la population à repérer l'ennemi. Depuis des mois, on ne sonnait plus les cloches des églises, afin de les réserver à l'éventualité de l'invasion ennemie. Même la Home Guard, ces vieux soldats lents mais pleins de courage, avait entrepris de fixer des plaques protectrices à ses automobiles.

— Je n'ai jamais oublié comment tu t'étais rebiffée face à nos militaires, à la réunion de Source Columba, à Londres, reprit-il. Quand les membres du National Pigeon Service, y compris moi, n'avaient pas osé dénoncer des erreurs manifestes, tu as eu le courage de t'insurger toute seule.

Susan repensa à cette réunion à Londres. Une image d'Ollie venant à sa rescousse dans le train. Jonathan soupira, puis il la regarda dans les yeux.

— Bertie t'adorait. (Entendre le prénom de son grand-père lui fit monter les larmes aux yeux.) Il souhaiterait que tu passes à autre chose.

Susan hésitait, déchirée à l'idée d'abandonner la ferme et son tout dernier espoir. Mais Jonathan l'avait touchée au plus profond d'elle-même. *Il ne reviendra pas.*

— Viens avec moi, insista-t-il.

Elle s'essuya le visage.

— J'ai les pigeons.

— Nous les emmènerons. J'ai apporté des nasses. Mon camion est garé au bout de l'allée, c'était trop boueux pour avancer plus près. Il nous faudra les transporter.

Susan ne savait plus. Son corps et son esprit étaient vidés. Son cœur empli de remords. Elle n'avait jamais rien abandonné de sa vie, du moins rien qui compte. Mais comment continuer ? Fatiguée, affamée et dépitée, elle ferma les yeux.

— Très bien.

Tout l'après-midi, sous une pluie battante, ils chargèrent les pigeons dans le camion de Jonathan. Susan rassembla ses affaires – une brassée de vêtements et la boîte à thé. Elle demanda à Jonathan de la conduire chez Mrs McCreary, à qui elle rendit le panier à couture. Elle l'embrassa sur la joue et remercia la brave femme pour tout ce qu'elle avait fait. Avant de partir, elle lui donna l'adresse de Jonathan à Northampton, où elle pourrait être jointe.

Tandis qu'ils s'en allaient, Susan avait les mains qui tremblaient. *Sois forte comme un œuf.* Elle enfouit sa peur, déterminée à revenir à Epping un jour – si la Grande-Bretagne n'était pas occupée par l'armée d'Hitler.

— Je reviendrai après la guerre, se promit-elle à voix basse.

Chapitre 55

Epping, Angleterre
18 juillet 1996

— Dix-sept, dix-huit, dix-neuf, compta Susan.

— Pas le droit de regarder ! cria un petit garçon.

— Oui, pas le droit de regarder, grand-mère ! ajouta une fillette.

— Vingt et un, vingt-deux, vingt-trois…, poursuivit Susan, les mains sur les yeux.

Un placard s'ouvrit dans un grincement et se referma aussitôt. La porte moustiquaire claqua contre son cadre. Et le bruit des petits pas sur le plancher s'estompa.

— Quatre-vingt-dix-huit, quatre-vingt-dix-neuf, cent. Prêts ou pas, me voilà.

Susan baissa les mains. Et plissa les yeux, le temps qu'ils s'ajustent au soleil qui baignait la cuisine par la fenêtre. Elle se leva de sa chaise en espérant que ses douleurs aux genoux lui permettraient de tenir assez longtemps pour terminer le jeu. La semaine précédente, ses vieilles jambes ne lui avaient permis de tenir que deux parties de cache-cache, au grand dam de ses petits-enfants – Hugh, cinq ans, et Evie, sept ans.

Alors ce jour-là, elle avait choisi d'utiliser sa canne, ou plutôt un machin moche en métal à quatre petits pieds trapus. « Pour vous donner plus de stabilité », lui avait indiqué son médecin. Mais elle détestait cet objet. Et l'utilisait rarement, hormis quand elle avait besoin d'endurance, comme lorsque sa fille, Clover, passait lui déposer les petits.

Susan se déplaça en boitillant sur le parquet. Une brise tiède entrait par une fenêtre ouverte près de la cheminée, seule partie originale de la maison, même si les pierres étaient désormais toutes remises au mauvais endroit. Elle avait reconstruit le cottage cinq ans plus tôt, au grand désarroi de Clover. « Il vaudrait peut-être mieux envisager une maison de retraite », avait suggéré sa fille. Mais elle avait beau respecter l'opinion de Clover, c'était de sa vie qu'il s'agissait. Or la plus grande partie de son existence, du moins jusqu'à présent, s'était centrée sur Londres.

Pendant le reste de la guerre, Susan avait continué de dresser des pigeons à Northampton. Après l'armistice, elle avait terminé ses études pour devenir professeur d'ornithologie à l'université de Londres. Elle s'était mariée à l'âge très mûr de trente-trois ans. Avait élevé un enfant. Pris sa retraite. Et enterré un époux, Duncan, à l'issue d'une longue et pénible bataille contre un cancer du côlon. La marque qu'elle laisserait en ce bas monde, pensait-elle, était presque complètement dessinée.

« Je retourne à Epping », avait-elle annoncé à Clover alors qu'elles débarrassaient l'armoire de Duncan. Sa fille n'avait pas compris. Comment l'aurait-elle pu ? Bien que Susan ait conservé la propriété du terrain, elle n'y avait emmené sa fille que dans sa petite enfance, pour des pique-niques en famille à la ferme. Le pâturage était envahi par le chardon. Les pigeonniers étaient détruits, l'abri effondré. Et Clover, qui n'était pas une enfant très attirée par les jeux extérieurs, n'avait pas voulu faire pipi dans les bois… et encore moins dans des cabinets infestés par les araignées. Les pique-niques se trouvaient souvent raccourcis, quand ils devaient courir à la station-service la plus proche pour qu'elle soulage une vessie sur le point d'exploser.

Un an après le décès de Duncan, Susan avait entamé la reconstruction du cottage. De mémoire, elle avait travaillé avec un entrepreneur local pour fabriquer une réplique de la structure d'origine. Le résultat ressemblait beaucoup à ce qu'avait été le cottage avant la guerre, avec une exception notable : il était de plain-pied plutôt qu'à un étage. « Tes genoux, maman », lui avait dit Clover tandis qu'elles passaient en revue les plans de l'architecte. Et malgré ce sacrifice de l'escalier sur l'insistance de sa fille, le cottage s'avérait superbe.

Susan avait commencé par y passer les week-ends, mais, en l'espace d'un an, elle avait vendu son appartement à Londres et emménagé à Epping. Elle avait acheté des moutons et, avec leurs ventres qui grossissaient, le champ était redevenu verdoyant et fertile. Et bien que Clover n'aime pas trop la ferme, les petits-enfants de Susan s'étaient attachés à leur retraite provinciale.

— Je vais vous trouver, promit-elle en traversant la salle à manger.

Un bruissement dans le couloir. Souriante, elle se dirigea vers une chambre d'amis.

— Hum-hum, chuchota une petite voix.

Susan se tourna et vit dépasser la pointe d'une chaussure d'enfant sous le lit.

— Je me demande bien où il peut être…, dit-elle en tâtant le sol de sa canne.

Le pied s'agita. Susan se baissa, malgré la douleur dans ses rotules, tira sur la chaussure et chatouilla le pied du garçonnet.

— Hi-hi-hi ! gloussa Hugh.

Susan saisit les mollets potelés du gamin et le tira de sous le lit. Hugh l'enlaça.

— Tu as triché !

— Jamais de la vie, dit-elle en l'aidant à renfiler sa chaussure.

— C'est moi le chat ! proclama-t-il.

Susan s'émerveillait de le voir aussi ravi d'avoir été attrapé. Et de sa ressemblance avec Bertie. Silhouette trapue, petit torse rond et des jambes adorablement arquées, comme des pattes de roquet.

Hugh courut dehors et s'écria :

— Montre le bout de ton nez !

Retournant à la salle à manger, Susan regarda par la fenêtre et vit Evie, petite fille menue et élancée, les cheveux châtain bouclés, qui sautait par-dessus des rangées de lavande de mer. Elle marcha sur les asters, foulant leurs tiges au pied, et courut à toute allure jusqu'au perron. Susan sourit. Le jardin, où jadis ils faisaient pousser du chou et des tubercules, contenait à présent toutes sortes de fleurs. Après la guerre, elle avait perdu tout goût pour la nourriture cultivée de façon domestique et préférait acheter ses provisions au magasin, sans avoir besoin d'un carnet de rationnement.

Ils firent encore deux parties de cache-cache. Puis Susan prépara le déjeuner – un reste de soupe aux lentilles, des biscuits et un grand verre de soda.

— Maman ne nous autorise pas à boire du soda, commenta Evie en trempant un biscuit dans son verre.

Hugh en but une longue rasade et rota.

— Hugh ! le gronda sa sœur avec un coup de coude.

— Pardon.

Susan but une gorgée de son soda – un mélange sucré aux agrumes. Elle aurait largement préféré un verre d'eau ou une tasse de thé noir. Mais elle était contente de son achat, ne fût-ce que pour le souvenir qu'il représenterait.

Ils passèrent l'après-midi, comme toujours lors des visites des enfants, avec les pigeons. À l'instar des toilettes extérieures, le pigeonnier était l'une des seules structures de la propriété qui avait persisté. Bien qu'il ait été réduit à un tas de planches pourries et tordues, Susan l'avait fait retaper par un artisan local. Si ce n'était la mangeoire désormais en plastique et le fait que les pigeons étaient réduits à une dizaine seulement, le pigeonnier ressemblait beaucoup à ce qu'il était avant la guerre.

Contrairement à leur mère – Clover semblait avoir une peur innée des bêtes à plume – Hugh et Evie adoraient les pigeons. Souvent, pendant leurs visites, ils choisissaient un pigeon chacun, lui attachaient un ruban coloré à la patte et faisaient le voyage jusqu'à Clacton-on-Sea. Sans l'aide de cages, il y avait parfois eu des accidents de déjections sur les sièges et plusieurs épisodes où les pigeons s'étaient envolés librement dans l'auto. Ils devaient donc conserver les vitres fermées. Une fois arrivés à Clacton-on-Sea, ils lançaient leur pigeon respectif en l'air, se précipitaient dans la voiture et rentraient à la maison en quatrième vitesse. Mais ils ne savaient jamais qui avait gagné. Les pigeons étaient toujours arrivés les premiers. Pourtant ni Evie ni Hugh ne s'en formalisaient, car Susan s'arrêtait en route pour leur offrir une glace.

— Tu es joli, Timide, chantonna Evie en caressant le dos d'un pigeon.

L'animal roucoula.

Hugh sortit un pigeon assez costaud de son nid, le leva au-dessus de sa tête tel un trophée et s'écria :

— Buzz l'Éclair est le plus rapide.

Susan pouffa. La plupart des pigeons tenaient leur prénom des Sept Nains et les autres étaient nommés d'après divers personnages de films d'animation. Elle songea à son grand-père. Bertie, qui aimait donner à ses pigeons le nom de lointaines terres écossaises, où il n'avait jamais mis le pied, et aurait été écœuré par ces baptêmes dérivés de la société de consommation. Pour sa part, ces noms idiots ne la dérangeaient pas. Après tout, elle avait fait pareil jadis. *Il y a une éternité.*

Ils passèrent l'après-midi dans le pigeonnier, jusqu'à ce que retentisse le Klaxon d'une voiture. Les enfants reposèrent les pigeons dans leur nid et coururent dehors. Susan sortit à leur suite, laissant volontairement sa canne à l'intérieur, et s'approcha d'un pas vacillant de la berline noire rutilante de Clover, garée au bout de l'allée.

Clover vérifia son rouge à lèvres dans le rétroviseur, puis elle baissa sa vitre.

— Tu es en avance, lui fit remarquer Susan.

Le moteur de la voiture ronflait toujours.

— J'ai une réunion ce soir, tu te rappelles ?

— J'ai dû oublier, répondit Susan, remarquant la robe bleu marine et les boucles d'oreilles en nacre de sa fille.

Ses cheveux bruns étaient soigneusement peignés. Clover, avocate et mère célibataire divorcée élevant deux enfants, semblait toujours pressée.

— Oooh, geignit Evie. On ne peut pas rester ?

— Pas ce soir, répondit sa mère. J'ai prévu une baby-sitter.

— Je pourrais les garder, moi, proposa Susan.

— S'il te plaît, supplia Hugh.

— La prochaine fois. Allez, il faut qu'on y aille.

Susan étreignit Evie et Hugh, puis elle les aida à grimper dans la voiture et à attacher leur ceinture. Elle s'approcha ensuite de la portière conducteur.

— Ils se sont bien amusés ? demanda Clover.

Susan hocha la tête. Elle se pencha pour embrasser sa fille, en prenant bien soin de ne pas abîmer son maquillage. Clover attrapa une pile de lettres et de journaux sur le siège passager.

— Tiens, ça s'entassait dans la boîte aux lettres.

Susan saisit le tout.

— J'ai entendu un collègue qui parlait d'un article sur des pigeons dans le journal, dit Clover. J'ai été trop occupée pour lire la presse, malheureusement. Sinon, je te l'aurais découpé.

Susan fit passer son poids sur son autre jambe et grimaça en sentant un pincement.

— Tes genoux ? demanda Clover.

— Ils vont bien.

Susan se rappelait comment sa fille, quasi quotidiennement pendant deux ans, n'avait cessé d'insister pour qu'elle se fasse opérer des genoux. Elle n'était pas disposée pour autant à admettre que ses longues promenades dans l'allée afin d'aller chercher le courrier achevaient de fatiguer ses articulations fragiles.

— Tu pourrais peut-être rester avec Evie et Hugh, quand tu les amèneras le week-end prochain, suggéra Susan pour changer de sujet.

— Ou tu pourrais venir à Londres.

Susan désigna le pigeonnier d'un geste du menton.

— Les pigeons.

— Emmène les pigeons ! lança Hugh depuis le siège arrière.

Clover regarda dans le rétroviseur.

— Non, grand-mère ne peut pas prendre les pigeons à Londres.

— On devrait construire un pigeonnier, intervint Evie.

Clover poussa un soupir et posa les mains sur le volant.

— Je verrai avec mon planning, promit-elle à Susan. En attendant, vois si tu peux trouver quelqu'un pour s'occuper des pigeons.

Susan opina du chef et les regarda s'éloigner, Evie et Hugh agitant la main par la vitre arrière. Elle aimait Clover. Et savait que sa fille tenait à elle. Mais elles étaient, tout simplement, deux personnes très différentes. En retournant au cottage, elle songea aux baskets de marque de Hugh et Evie, sans doute achetées par leur mère chez *Harrod's* ou *Selfridges*, et désormais couvertes de caca de pigeon.

Elle sourit.

Une fois à l'intérieur, elle se fit une tasse de camomille et alluma la télévision, dans l'espoir d'éloigner le sentiment de solitude qui accompagnait toujours le départ de ses petits-enfants. À contrecœur, elle entreprit de trier la pile de prospectus – sollicitations pour des crédits et montagnes de coupons de réduction – qu'elle jeta à la poubelle. Puis elle s'installa dans son fauteuil avec les journaux. Les jambes remontées sur une ottomane rembourrée, elle enfila ses lunettes de lecture et feuilleta le plus ancien numéro, en quête de l'article mentionné par Clover. Au bout de plusieurs pages, son attention fut attirée par un titre inhabituel, sur lequel elle s'arrêta.

Des restes d'un pigeon voyageur découverts
dans une cheminée de Rochford

Il a enduré un dangereux vol au-dessus de la Manche, parcourant des kilomètres depuis l'Europe occupée par les nazis. Le pigeon de guerre épuisé, porteur d'un message secret dans une capsule attachée à sa patte, a dû se poser sur une cheminée de Rochford, peut-être pour se reposer ou pour se réchauffer. Sans doute étouffé par la fumée, le pigeon est tombé de son perchoir et a péri. Les restes de son squelette n'ont pas été remarqués pendant plus de cinquante ans jusqu'à ce que Niles Googins achète la propriété et entreprenne des rénovations.

Susan se redressa et ajusta ses lunettes.

« Je nettoyais la cheminée, l'âtre était encombré de déchets, a-t-il expliqué lundi. J'étais en train de retirer des débris quand j'ai cru apercevoir de petits os. Au début, j'ai cru que c'étaient des os de corbeau, et puis j'ai découvert une capsule rouge attachée à une patte. »
Mr Googins, professeur de mathématiques à la retraite, a ouvert la capsule et trouvé le message codé qu'elle contenait, écrit sur un morceau de papier. Le message

a été transmis aux conservateurs du musée de Bletchley Park, où les efforts produits afin de déchiffrer le fameux code Enigma des nazis finirent par changer le cours de la guerre. Le Government Communications Headquarters (GCHQ), à Cheltenham, travaille aussi assidûment au décodage de ce message.

— Pauvre bête, chuchota Susan pour elle-même.

En passant, elle se demanda si ça pouvait être Duchesse ou l'un de ses pigeons, soit de la ferme de Bertie, soit de Northampton. Mais sachant que l'armée avait utilisé plus de deux cent cinquante mille pigeons voyageurs pendant la guerre, c'était peu probable. Elle jeta le journal par terre et feuilleta rapidement les éditions plus récentes, dans le but d'y trouver la suite de l'histoire. Elle repéra ce qu'elle cherchait dans l'édition de la veille.

Bletchley Park et le GCHQ
mis en échec par un message secret

Les experts de Bletchley Park et du GCHQ restent impuissants face au message codé retrouvé sur un pigeon espion de la Seconde Guerre mondiale, en début de semaine, dans une cheminée à Rochford. Ils pensent que la capsule rouge découverte par Mr Googins, un professeur à la retraite qui rénovait sa maison, est d'un type utilisé pendant les premières opérations de renseignements. Mais à ce jour, le code reste indéchiffrable.

Susan expira. Son pouls s'accéléra.

« La communication que transportait ce pigeon devait être des plus confidentielles, croit savoir Alton Ross, spécialiste des renseignements au GCHQ. Des milliers de pigeons ont été utilisés pendant la guerre, mais les messages que contiennent nos dossiers historiques sont rédigés en écriture ordinaire, pas en langage codé. La capsule rouge indique qu'il s'agit d'un pigeon allié, probablement de 1940. Le message crypté nous laisse perplexes. Mais je suis certain que nous réussirons à le décoder sous peu. »

Susan se leva et constata que la douleur au niveau de ses genoux s'était étendue à son ventre. Elle prit plusieurs inspirations profondes, qui ne firent pas grand-chose pour calmer son appréhension. Elle redoutait de rouvrir ses souvenirs de la guerre, mais elle devait savoir. Lentement, elle s'approcha du téléphone et composa le numéro de l'opérateur.

— Pourriez-vous me connecter à un certain Niles Googins à Rochford ?

Un instant plus tard, la voix d'un vieil homme lui répondit.

— Monsieur Googins ?

— Oui.

— Je m'appelle Susan Shepherd. Je viens de lire l'histoire des restes d'un pigeon que vous avez découverts.

— J'ai assez parlé aux journalistes, ronchonna Googins. Il n'y a plus rien à dire.

— Je ne suis pas journaliste, répliqua Susan, étonnée que Mr Googins n'ait pas perçu son âge dans sa voix. Je dressais des pigeons pour le National Pigeon Service, pendant la guerre.

— Ah. Vous comprenez, je reçois des coups de fil incessants depuis la parution du premier article dans le journal. Des reporters. Des journalistes. Des passionnés d'histoire. Des vétérans de la guerre. Tout le monde appelle. Même une voyante autoproclamée de Cambridge, qui s'est affirmée en mesure de déchiffrer le message du pigeon. Pour une somme symbolique, bien sûr.

— On dirait bien que votre découverte a déclenché une sacrée réaction, commenta Susan.

— Comme vous dites.

— Puis-je vous poser quelques questions, monsieur Googins ? (Elle entendit le vieil homme soupirer.) Je vous promets d'être brève.

— D'accord, d'accord.

— L'article faisait référence au pigeon en disant « il ». Comment savez-vous qu'il s'agissait d'un mâle ?

— Tous les oiseaux de guerre ne sont-ils pas des mâles ?

Les « pigeons », voulut corriger Susan, mais elle s'abstint.

— Non, nous utilisions des mâles et des femelles. Est-ce que quelqu'un a essayé de vérifier le sexe ?

— Non, je ne crois pas, répondit-il, l'air un peu embarrassé.

— Avez-vous, par hasard, pu noter la forme de la tête du pigeon ? Celle des mâles est plutôt ronde, alors que le crâne des femelles comporte une zone plate en son sommet.

— Ne quittez pas.

Susan entendit le « clac » du combiné que l'homme avait posé. Elle grimaça à la pensée que, selon toute probabilité, on conservait un pigeon de guerre dans une boîte à chaussures ou un Tupperware.

— C'est une femelle, annonça Googins en reprenant l'appareil. Vous êtes la première personne à me questionner là-dessus. Tous les autres étaient intéressés uniquement par le message.

Susan marqua une pause.

— En parlant du message, est-ce qu'il contenait une série de mots de cinq lettres ? Sans chiffres ?

— Oui, confirma Googins. Vous l'avez vu ? Bletchley Park et le GCHQ n'étaient pas censés publier le message aux journaux tant qu'il n'a pas été décrypté.

— Non, je ne l'ai pas vu, répondit Susan. Est-ce que par hasard vous en auriez gardé une copie ?

— J'ai mieux que ça. J'ai l'original.

Chapitre 56

Rochford, Angleterre

Le lendemain matin, Susan prit la route de Rochford, à un peu plus d'une heure d'Epping. Sur le siège passager se trouvait la petite boîte à thé ternie qu'elle gardait depuis plus d'un demi-siècle. Ça n'aurait servi à rien, pensait-elle, de révéler à son mari ou à sa fille qu'elle avait jadis éprouvé des sentiments pour un autre homme. Alors, elle l'avait cachée dans un coffret. C'était et ça resterait son secret, pour toujours, soigneusement conservé dans cette boîte à thé. Ainsi que dans un petit, mais impénétrable, compartiment de son cœur.

Elle avait à peine dormi. De peur de ce qu'elle risquait de trouver. Ou de ne pas trouver. Tout cela bouillonnait dans son cerveau, ravivant de vilains souvenirs de la guerre. Les sirènes. Les explosions. L'odeur écœurante de la poudre. Les membres sans vie de Bertie sous les décombres. Pour tenter de se débarrasser de ces visions d'horreur, elle s'était décidée à mettre un disque, *The Lark Ascending*, de Vaugham Williams, sur sa vieille console stéréo. Elle l'avait écouté en boucle, au fil des années. Une pièce de un penny, scotchée à la tête de lecture, empêchait l'aiguille de sauter. Hélas, la musique angélique n'avait pas réussi à apaiser les blessures du passé. Ni à dissiper l'anxiété de ce qu'apporterait peut-être la journée du lendemain.

Suivant les instructions que lui avait données Mr Googins, elle arriva devant une maison mitoyenne de briques couleur sable, avec de petites fenêtres et une antenne de télévision tordue qui émergeait du toit. Elle gara la voiture dans la rue et sortit. Sa boîte à la main, elle s'avança vers la porte d'entrée. Les douleurs dans ses jambes ne tardèrent pas à lui rappeler qu'elle avait oublié sa canne à la maison. Ses articulations craquèrent quand elle monta les marches du perron. Elle frappa. Son pouls s'accéléra. Une serrure cliqueta, et la porte s'ouvrit sur un homme aux cheveux gris en pantalon kaki et chemise à carreaux, qui lui tendit aussitôt la main.

— Susan ? Niles Googins.

Elle serra la main de l'homme.

Niles se tourna vers une femme, plantée à ses côtés, vêtue d'un pull-over bleu et portant de grandes lunettes rondes. Ses joues ridées étaient poudrées de rose.

— Mon épouse, Lydia.

— Enchantée, dit celle-ci.

Susan entra dans la maison, remarquant au passage des moulures de plafond empilées au sol. L'odeur de peinture fraîche flottait encore dans la pièce.

— Ne faites pas attention au bazar, s'excusa Mr Googins. Nous faisons des travaux.

Il conduisit Susan à la salle à manger, où il désigna la cheminée.

— C'est là que je l'ai trouvé.

Susan regarda l'âtre à charbon, mais elle remarqua surtout les objets sur la table basse. Une petite boîte en plastique transparent. À l'intérieur, posés sur une mince couche de mousse, les restes d'un pigeon. Un crâne. Des morceaux d'ailes. Et deux os de pattes, dont un avec une cartouche rouge attachée dessus. Les mains tremblantes, elle s'avança. Près de la boîte, un petit morceau de papier. Le temps l'avait bruni, pourtant elle reconnut immédiatement le code et l'écriture. Ses yeux s'emplirent de larmes.

— Oh, mon Dieu, dit Lydia, qui sortit de la pièce et revint avec un mouchoir.

— Merci.

Susan l'accepta et s'en essuya les yeux, avant de contempler attentivement les restes dans la boîte de plastique.

— Duchesse.

— Qui ? demanda Mr Googins.

— Mon pigeon. C'était un animal de compagnie, en réalité.

— Un animal de compagnie ? répéta-t-il, le front plissé par l'incrédulité. Vous voyez la capsule ? C'est un pigeon de guerre.

Susan secoua la tête.

— Elle a été embarquée par erreur dans un avion à l'automne 1940. C'était l'une des premières missions de largage de pigeons sur la France occupée pour récupérer des renseignements. L'avion a été abattu avec un Américain à son bord.

Elle jeta un coup d'œil au message codé et songea à Ollie. D'une manière ou d'une autre, il avait dû réussir à échapper aux Allemands assez longtemps pour lui envoyer un autre message. Elle prit une profonde inspiration, tâchant de contenir le chagrin qui lui gonflait la poitrine.

— Ce message vient de lui.

— Voilà qui est assez inhabituel, commenta Mr Googins en croisant les bras. Les États-Unis n'étaient pas en guerre en 1940.

— Ollie, si.

— Ollie ?

Susan hocha la tête. *Oliver du Maine.* Elle essuya ses larmes. Googins prit une profonde inspiration et soupira.

— Comment savez-vous qu'il s'agit de votre Duchesse et d'un message de cet Ollie ?

— Niles, intervint sa femme, sévère.

— Je ne fais que poser la question, Lydia, dit-il, la tête baissée.

Susan leur montra sa boîte en aluminium. Elle en ouvrit le couvercle et versa son contenu – des messages codés et déchiffrés – sur la table basse.

Lydia prit l'un de ses messages codés et le compara à celui qu'ils avaient trouvé dans leur cheminée. Elle observa tour à tour les deux morceaux de papier.

— C'est le même code, Niles. Et la même écriture.

Le mari examina les messages à son tour, plus longuement que sa femme, puis il acquiesça.

Susan vit que Lydia contemplait les messages déchiffrés. Cette femme comprenait que leur échange allait bien au-delà d'une histoire de renseignements, Susan le sentait. Son intuition fut confirmée quand son hôtesse lui toucha le bras et dit :

— Ollie était votre mari ?

La poitrine de Susan lui faisait mal, comme si sa cage thoracique était comprimée par un étau.

— Non. Il n'a pas réussi à s'échapper de France.

— Je suis vraiment désolée.

Au bout d'un long moment de silence, Niles se tourna vers Susan.

— Vous sauriez interpréter le message ?

— Je ne sais pas, admit Susan. Je possédais le livre de codes, à l'époque, mais il a été détruit pendant le Blitz.

Elle prit une profonde inspiration, la relâcha.

— Enfin, je pourrais essayer de le décoder en utilisant les autres messages.

— On va devoir en informer le GCHQ, dit Niles.

— Jamais de la vie, s'insurgea Lydia.

Elle tourna les yeux vers les restes du pigeon, sur la table basse, puis entreprit de replacer soigneusement les messages dans la boîte de Susan, en y incluant celui trouvé dans la cheminée. Niles écarquilla les yeux.

— Lydia…

Elle regarda son mari.

— Tu n'es pas convaincu qu'il s'agit du pigeon de Susan et que ce message lui est destiné ?

Niles hésita, puis finit par répondre :

— Si, mais…

— C'est à vous, ma chère, dit Lydia, interrompant son époux.

Et elle tendit à Susan sa boîte et celle en plastique. Susan la regarda.

— Merci.

— Mais Lydia…, tenta Niles.

L'interpellée se tourna vers son mari.

— Tu te rappelles les lettres que tu m'écrivais quand tu faisais ton service militaire ?

Niles s'agita.

— Tu aimerais que le monde entier puisse les lire ?

Le visage du vieil homme s'empourpra, des taches rouges lui couvrirent le cou. Lydia tapota la jambe de son époux.

— Et si tu parles de ça à quiconque, je m'assurerai qu'une copie de l'une de ces jolies lettres que tu m'envoyais jeune homme finisse entre les mains de tes copains du golf.

Chapitre 57

Epping, Angleterre

SUR LE TRAJET DU RETOUR, SUSAN S'ARRÊTA DEUX FOIS pour essuyer ses yeux larmoyants. Garée sur le bas-côté de la route, elle fixait des yeux les ossements sur le siège passager. Dans sa boîte à thé, un message d'Ollie. Sa tête et son cœur vacillèrent tandis que le passé entrait en collision avec le présent.

Elle arriva chez elle, mue par l'intention de donner à Duchesse une sépulture décente. Pourtant, ayant emporté les restes et une binette de jardin dans la forêt, elle ne put se résoudre à creuser le sol. Le moins qu'elle puisse faire, avant de mettre son pigeon en terre, c'était de déchiffrer le message qu'elle transportait. Afin d'en finir avec la mission pour laquelle Duchesse avait sacrifié sa vie. Alors elle retourna au cottage et se mit au travail.

Pendant un mois, elle œuvra sans relâche à décoder le message. Elle passait ses jours et ses soirées à comparer les codes. Pressée de traduire le message d'Ollie, elle en oubliait presque de manger et de dormir. Épuisée, elle commença à s'assoupir à la table de la cuisine. Et décida d'installer un sablier afin de s'obliger à prendre des pauses. Mais soit son cerveau lui faisait défaut – l'âge, sans doute –, soit Ollie avait choisi des mots différents. En tout cas, au bout de plusieurs semaines à se creuser la cervelle sur ces codes, elle n'avait réussi à déchiffrer qu'un seul mot, « Susan », qui revienne dans les autres messages. Elle craignait de ne jamais parvenir à décoder le message d'Ollie et que Duchesse ne reste au purgatoire, enfermée dans son sarcophage de plastique au fond de son armoire.

Alors qu'elle réfléchissait sur cette énigme, une douleur endormie depuis longtemps en elle se réveilla. Son cœur brisé, raccommodé par le temps, avait recommencé à se fissurer. Et, en plus de ce pincement dans la poitrine, une étrange impression d'infidélité. Car ses pensées allaient vers Ollie, pas vers Duncan.

Elle avait rencontré Duncan cinq ans après la guerre, alors qu'elle venait de terminer ses études et d'accepter un poste de professeur d'ornithologie à l'université. Le professeur d'ingénierie l'avait courtisée en dépit de l'absence d'intérêt manifeste qu'elle lui montrait. Mais il était obstiné, doté de très bonnes manières et représentait, selon ses collègues, un agréable soupirant. Au bout d'une année à décliner ses invitations à dîner, elle avait fini par accepter. *Ollie n'est plus*, s'était-elle dit en face de Duncan qui mangeait son poulet rôti aux petits pois.

Elle l'appréciait, malgré son physique banal et sa nature prévisible. Et qui était-elle pour critiquer un prétendant ? Après tout, certains de ses étudiants l'appelaient parfois « la drôle de dame aux pigeons », quand ils apprenaient qu'elle avait dressé des pigeons pendant la guerre. Après un an d'une cour en sens quasi unique, Duncan l'avait demandée en mariage. Et elle avait accepté. Peut-être pour ne pas vivre sa vie en ermite. Ou bien, le temps passant, elle avait cédé aux règles sociales qui voulaient qu'une femme se marie, ait des enfants et laisse sa trace dans l'univers. Mais tout au fond, elle en était simplement venue à accepter qu'on ne connaissait qu'un seul véritable amour au cours d'une vie. Et que le sien, Ollie, n'était plus.

Elle avait eu une belle vie, sans doute. Et puis, il lui restait Clover et ses petits-enfants, Evie et Hugh, pour la conforter dans l'idée qu'elle avait pris la bonne décision. Au fil des années, Susan s'était attachée à Duncan. Il était gentil, doux et paternel, lui rapportait toujours des fruits frais. « C'est bon pour ton potassium », lui répétait-il en lui tendant un régime de bananes. Bref, Duncan était un homme bon et correct. Mais plus jamais elle n'avait senti voleter ces adorables papillons dans son ventre, ceux qui avaient migré à l'automne 1940. Pour ne jamais revenir.

En septembre, Susan finit par baisser les bras : elle ne réussirait pas à lire le dernier message d'Ollie. Sans le livre de codes, il était impossible à déchiffrer. Bletchley Park et le GCHQ l'avaient sans doute décodé depuis longtemps, désormais, et ils étaient trop gênés pour faire état de leur découverte. Cependant, un nouvel article paru dans le journal lui prouva qu'elle se trompait. Similaire aux précédents, il répétait simplement la trouvaille de Googins dans sa cheminée, pour conclure que Bletchley et le GCHQ restaient démunis face au message. Sous l'article, ils avaient imprimé une copie du message codé d'Ollie.

QUYTV SODLC SKDFN SKLFE ZIEPQ DJRNV
SKWNF DOIWV JLDWP AWXPD MCJKW
RSUEW
WQXZX YMSQR PLNVX SQMCI QYDSX POLRT
SKFRY XVCTR LKJHG SDFGH OIUYT QWEDR
KNVDG WDCVG ZDTUO

— Grand Dieu ! s'exclama-t-elle sur sa tartine beurrée.

Elle relut l'article deux fois, incapable de se faire à l'idée que SON message était imprimé là, aux yeux du monde. Non seulement Bletchley et le GCHQ travaillaient encore au déchiffrage, mais désormais, des amateurs de messages codés et autres fans d'histoire allaient se précipiter dessus, chacun voulant être le premier à percer le mystère.

Susan replia le journal, se dirigea vers le téléphone et appela Clover.

— Tu pourrais venir à Epping, ce soir ? (Elle marqua une pause, peinant à trouver les mots.) J'ai quelque chose d'assez important à te dire.

Clover avait quitté le travail de bonne heure, s'arrêtant seulement pour prendre les enfants à la garderie. Pendant qu'Evie et Hugh jouaient au pigeonnier, Susan alla chercher sa boîte à thé et les coupures de journaux, puis elle rejoignit sa fille, assise à la table de la cuisine.

— Tu vas bien ? demanda Clover en tripotant ses boucles d'oreilles.

Elle se touche toujours les lobes quand elle est inquiète.

— Oui, ça va, tenta de la rassurer Susan. Je ne suis ni mourante ni atteinte d'une maladie gériatrique invalidante.

— De quoi est-ce qu'on ne pouvait pas discuter au téléphone alors ?

Susan nota l'inquiétude dans la voix de sa fille.

— Je tiens à ce que tu apprennes ça de moi, plutôt que d'une autre source. Et puis, j'ai quelque chose à te montrer.

Elle lui tendit l'article de journal le plus récent. Clover le lut.

— Ça a quelque chose à voir avec toi ?

Susan acquiesça.

— Je savais que tu avais élevé des pigeons de guerre, mais tu ne m'as jamais parlé de messages secrets. (Nouveau coup d'œil à l'article.) Tu travaillais à Bletchley ? Je croyais que tu dressais des pigeons à Northampton. Je n'avais aucune idée que tu étais impliquée dans le renseignement…

Susan secoua la tête.

— Non, c'est personnel, je le crains.

Elle ouvrit sa boîte à thé et en versa le contenu sur la table. Clover en resta bouche bée.

Susan observa sa fille.

— Avant de rencontrer ton père…

Elle lui tendit un vieux morceau de papier. Clover lut le message, puis dévisagea sa mère.

Susan songea en la regardant que Clover ressemblait beaucoup à son père – pommettes hautes, petit nez, et cet épi dans sa frange. Le constat de cette ressemblance et ce qu'elle s'apprêtait à lui avouer firent gonfler une boule dans sa gorge. Elle déglutit. Et pendant l'heure qui suivit, elle lui raconta tout. Sur Source Columba. Duchesse. Bertie. Et comment, pendant le Blitz, elle avait communiqué avec un Américain coincé dans la France occupée par les nazis.

— Mon Dieu, maman…, conclut Clover sur un long soupir.

Susan s'attendait à ce que sa fille soit bouleversée. Perdue. Peut-être même qu'elle se sente trahie par le fait que sa mère avait jadis éprouvé des sentiments pour un autre homme. Mais Clover la surprit.

— Vous teniez beaucoup l'un à l'autre, conclut-elle avec un énième regard vers les messages déchiffrés.

Susan hocha la tête. Et Clover porta la main à sa boucle d'oreille, comme si le fermoir venait de se détacher.

— Tu étais amoureuse de lui ?

Susan ne répondit pas tout de suite, étonnée par la franchise de sa fille. Puis elle hocha la tête.

— Et Ollie n'est jamais revenu ?

Entendre son prénom raviva la douleur dans le ventre de Susan. Elle fit « non » de la tête.

— C'était il y a longtemps, ma chérie.

— Pourtant, tu tenais à ce que je sois au courant ?

— Oui. Je suis lasse de garder ce secret. Et je voulais que tu le saches, pour le cas où ils déchiffreraient le code et remonteraient à moi. Il n'y avait pas beaucoup de femmes dans le National Pigeon Service. Et je suis probablement la seule à m'appeler Susan.

Clover regarda la coupure de journal.

— Je suis sidérée que ni Bletchley ni le GCHQ n'aient réussi à le déchiffrer.

— Le livre de codes de mon grand-père datait de la Première Guerre mondiale. Ils se concentrent peut-être sur les codes de la mauvaise guerre.

— Maman, ils ont craqué le code Enigma des nazis, tout de même. Ils déchiffreront ce message. (Clover lâcha la main de Susan et sourit.) Ils seront stupéfaits quand ils le liront.

Susan gloussa et s'essuya les yeux.

— Tu n'as pas envie de savoir ce qu'il dit ? demanda Clover. Ces autres messages pourraient les aider à percer le code.

— Certes, seulement je ne suis pas prête à les leur donner.

— Pourquoi ?

Susan se rappela leur décision, à Bertie et à elle, de ne pas transmettre les messages d'Ollie à la RAF. Même après un demi-siècle, les paroles de son grand-père résonnaient encore dans ses souvenirs : *« Nos militaires vont récupérer leurs renseignements. En revanche, ils ne verront pas ce qui t'est adressé. »*

— Ollie voulait que ces mots ne soient lus que par moi, pas par notre gouvernement, se justifia-t-elle. Plus que tout, je veux savoir ce qui est écrit sur ce morceau de papier. Mais mon cœur me dit que je dois y parvenir par moi-même.

— Et moi, je peux faire quelque chose ?

— Tu as toujours été très douée pour les mots croisés, répondit Susan en lui tendant le message codé. Que dirais-tu de m'aider à résoudre une énigme ?

Chapitre 58

Epping, Angleterre

Clover et les petits passèrent le week-end suivant à Epping avec Susan. Pendant la journée, la mère et sa fille jouèrent avec Evie et Hugh, entre parties de cache-cache et voyage à Clacton-on-Sea pour lâcher des pigeons. Hugh, enfant obstiné, avait même convaincu sa mère, qui redoutait les fientes et encore plus d'attraper la grippe aviaire, de tenir un pigeon dans ses mains. Les bras tendus, Clover hurlait tandis que l'oiseau battait des ailes.

—On dirait la reine à qui l'on ferait porter un tas de caca, commenta Susan.

Les enfants gloussèrent.

Le soir venu, après leur avoir lu une histoire dans leur lit, Clover et Susan travaillèrent sur le message – même si, en réalité, elles passèrent plus de temps à discuter. Susan nota l'intérêt sincère de Clover, curieuse d'en apprendre plus sur Ollie, Bertie et son rôle à elle au sein du National Pigeon

Service. Au cours des deux soirées, elles veillèrent tard, à boire du thé et à manger des biscuits. Et le dimanche soir, elles n'avaient pas progressé d'un iota. Pourtant, et ce pour la première fois en des années, Susan avait tissé un vrai lien avec sa fille. Malgré leurs progrès nuls quant au déchiffrage du code, elle était ravie du temps passé avec Clover et ses petits-enfants.

— Maman, que dirais-tu d'embaucher un cryptanalyste ? suggéra Clover en posant les bagages dans le coffre de la voiture.

Susan se gratta la tête.

— Un décodeur, quoi, précisa Clover alors qu'elle attachait la ceinture de sécurité des enfants. À l'aide des autres lettres, un expert pourrait peut-être déchiffrer le dernier message. Bien entendu, je m'assurerais qu'un accord de confidentialité soit signé, ajouta-t-elle en se rapprochant de sa mère.

— Je vais y réfléchir, répondit Susan. (Clover hocha la tête.) Ça m'a fait plaisir qu'on passe du temps ensemble.

Clover sourit.

— À moi aussi.

Sur quoi elle monta au volant et fit démarrer la voiture.

Alors qu'ils s'éloignaient, Susan envoya des baisers à ses petits-enfants, puis retourna au cottage. Le silence y était assourdissant. Une fois seule, la pression revint, comme si elle avait été placée à l'intérieur d'une chambre hyperbare. Épuisée, elle s'endormit dans son fauteuil.

Chapitre 59

Epping, Angleterre

Susan se réveilla le dos aussi raide que si sa colonne vertébrale avait été remplacée par une tige d'acier. Elle prit trois aspirines et étira ses vertèbres pour tâcher de recouvrer un peu de souplesse malgré ses articulations percluses d'arthrite. Tout juste capable d'atteindre ses genoux, alors autant oublier les orteils, elle se jura de ne plus jamais s'endormir dans ce fauteuil.

Une fois que la douleur fut canalisée dans une sorte de bourdonnement diffus, elle se rendit au pigeonnier. Comme elle était en retard pour leur petit déjeuner, la plupart des pigeons traînaient déjà autour de la mangeoire. Par habitude, elle tapa contre le conteneur à grain à l'aide d'une cuillère en bois, avant de verser la nourriture. Elle observa les pigeons picorer et gonfler le jabot, gratter le sol de bois synthétique avec leurs griffes. Leurs roucoulements et l'odeur musquée si familière du pigeonnier la réconfortèrent. Hélas, cette consolation temporaire s'effaça bien vite dès qu'elle songea à nouveau au message indéchiffrable enfermé dans sa vieille boîte à thé. Un fantôme du passé, prisonnier tel un génie. *Clover a peut-être raison. Je devrais engager un décodeur.*

Alors qu'elle remplissait une gamelle d'eau, elle entendit le grondement d'un moteur. Les pigeons voletèrent. Le son mécanique s'approcha, puis finit par s'arrêter.

Elle s'étira le dos en grimaçant. Une portière grinça, se referma. En sortant du pigeonnier, elle découvrit une voiture bleue. Et un homme aux cheveux gris qui contemplait le cottage.

La porte à ressort claqua derrière elle.

— Bonjour, lança-t-elle.

L'homme se retourna.

Susan plissa les paupières, regrettant d'avoir laissé ses lunettes à la maison.

— Je peux vous renseigner ?

Il se racla la gorge.

— Susan.

Le son de sa voix la fit sursauter. Elle se figea, persuadée que ses oreilles l'abandonnaient, à l'instar de ses genoux.

Il s'avança vers elle.

Les jambes de Susan, en revanche, refusaient de bouger, comme si ses pieds s'étaient vu pousser des racines. Peu à peu, le visage du visiteur se fit plus net. Malgré ses joues et son front très ridés, elle reconnut la fossette au menton, les yeux caramel, ternis par l'âge. Ses cheveux, jadis bruns et ondulés, étaient désormais blancs et effilochés.

— Ollie ?

Il hocha la tête.

— Oh, mon Dieu.

Il ne la quitta pas des yeux.

Elle sentit sa respiration s'arrêter. *Tu es en vie !* Une partie d'elle brûlait de nouer ses bras autour de lui. De l'étreindre. De le serrer fort. Mais le choc de le voir l'envahit en un mélange d'émotions floues. Son cerveau se mit à tourner à plein régime. *Pourquoi n'es-tu pas revenu ? Où étais-tu ? Que s'est-il passé ?* Alors elle le dévisagea, incapable de parler.

Lentement, il tendit la main.

Elle recula. Le cœur battant d'incertitude. *C'est vraiment toi ?*

Ollie baissa le bras et s'immobilisa.

Tu as survécu et pourtant tu n'as pas pris la peine de me contacter, songea-t-elle encore, épaules baissées, tandis que sa joie initiale virait à l'aigre.

— Je peux entrer ? demanda-t-il.

Elle hésita. *Tes promesses n'étaient-elles qu'un symptôme de la guerre ? Ne ressentais-tu donc pas la même chose que moi ?* Et elle comprit que ses précieux souvenirs, bâtis pendant l'atrocité des bombardements allemands, n'étaient peut-être que des rêves déformés. Des mensonges. Soudain, sa joie se trouva enfouie sous une avalanche de chagrin. Elle avait envie de pleurer. Mais malgré combien la vérité pouvait faire mal, elle devait savoir ce qui s'était passé. *Sois forte comme un œuf*, s'encouragea-t-elle. Sur une profonde inspiration, elle s'efforça de rassembler son courage et le conduisit à l'intérieur du cottage.

Quelques minutes plus tard, ils étaient assis dans la cuisine, devant une théière bien remplie. La main tremblante, Susan touillait du lait et du sucre dans sa tasse.

— Merci, dit Ollie, qui but une gorgée avant de reposer sa tasse sur la table. Tu n'as pas changé.

Assise de l'autre côté de la table, elle baissa les yeux vers son thé. Le reflet d'une vieille femme lui renvoya son regard.

— Je te croyais mort.

La dureté de ses propos trancha l'air. Ollie baissa la tête. Incapable de s'obliger à le regarder, elle fixa des yeux une entaille profonde sur la table.

— J'ai lu un article dans le journal, reprit-il, brisant le silence. J'ai parlé avec Lydia et Niles Googins, ce sont eux qui m'ont indiqué où te trouver.

Susan se força à prendre une gorgée de thé, chaud et amer.

— Tu aurais peut-être dû appeler.

Ollie se racla la gorge.

— J'avais peur que tu ne veuilles pas me voir, je pense.

Susan ajouta un morceau de sucre dans son thé. Et remua. La cuillère cliqueta contre la porcelaine.

Ollie balaya l'intérieur du cottage d'un regard, puis il désigna une photo encadrée au mur.

— C'est ta famille ?

Sans lever les yeux, Susan répondit :

— Ma fille, Clover, et mes petits-enfants, Evie et Hugh.

— Ils sont magnifiques. Et ça, ajouta-t-il, ayant repéré une autre photo, c'est ton mari ?

Susan hocha la tête. Son ventre se serra.

— Duncan. Lors de sa fête de départ à la retraite. Il est mort il y a cinq ans, précisa-t-elle après une pause.

Ollie serra sa tasse.

— Je suis désolé. Est-ce que tu as eu une belle vie ?

Susan leva les yeux. Croisant les bras, elle opina du chef.

— Je suis content, dit-il.

Ne sachant trop comment réagir, elle demanda :

— Tu as des enfants ?

— Non, malheureusement.

— Marié ?

— Une fois. (Silence.) Anna est décédée d'une leucémie en 1952.

— Je suis désolée.

— C'était il y a longtemps.

Elle déglutit.

— Tu ne t'es jamais remarié ?

Ollie secoua la tête.

— Tu vis où ?

— À Portland, dit-il, prenant une gorgée de thé. Dans le Maine.

« Oliver du Maine », croassa la voix de Bertie dans un coin de sa tête.

— J'y ai pris ma retraite après avoir travaillé à Boston pour une compagnie aérienne régionale.

— Tu as pu devenir pilote ?

Ollie acquiesça.

Une foule de questions se bousculèrent dans la tête de Susan. Elle tripota sa cuillère. Incapable de contrôler ses émotions plus longtemps, elle se leva et versa son thé dans l'évier. Lui tournant toujours le dos, elle lâcha ce qu'elle brûlait de lui demander depuis l'instant où elle l'avait vu.

— Comment as-tu pu me laisser croire que tu étais mort ? En cinquante ans, tu n'as pas trouvé le temps de m'appeler ou de m'écrire une lettre ?

Ollie allait répondre, mais il s'interrompit. Elle s'appuya au plan de travail pour soulager la douleur qui s'intensifiait dans ses genoux.

— Qu'est-ce qui s'est passé ?

Il prit une profonde inspiration.

— Par où commencer ? chuchota-t-il comme pour lui-même.

— Peut-être par le commencement.

Ollie passa une main dans ses cheveux dégarnis. Au bout d'un long moment, il commença son récit.

— Pendant l'hiver 1940, on a tenté de fuir la France. En traversant les Pyrénées, on est tombés sur une patrouille de la Wehrmacht. Notre guide, Lucien, ainsi que le capitaine Boar ont été tués. (Il se frotta le bras.) Moi, je me suis fait tirer dessus en tentant de traverser une rivière pour gagner l'Espagne. (Susan se tourna : Ollie avait les yeux fermés, fouillant ses souvenirs.) J'ai été sauvé de la noyade par deux gars. Ils m'ont tiré de la rivière et enveloppé dans leur manteau. Autrement, je serais mort d'hypothermie.

Au lieu de me livrer aux autorités douanières, ils m'ont emmené dans un monastère. Où j'ai passé deux mois de convalescence.

—Et ensuite tu es retourné aux États-Unis ?

Il secoua la tête.

—En Grande-Bretagne.

Elle sentit sa bouche s'assécher.

—Avec l'aide du clergé, j'ai transité par le Portugal, où j'ai embarqué à bord d'un bateau pour l'Angleterre. Je suis arrivé à Epping en mai 1941.

Susan se couvrit la bouche.

Ollie désigna la pièce autour de lui.

—J'ai trouvé le cottage détruit.

Susan repensa au bombardement. Une image lui revint de son grand-père enfoui sous les décombres.

—Bertie a été tué.

—Je suis tellement désolé, Susan. C'était un homme merveilleux, commenta-t-il en frottant le rebord de sa tasse. Je n'ose même pas imaginer ce que tu as vécu pendant le Blitz.

Elle s'approcha de la table et prit place à ses côtés.

Il s'éclaircit la voix.

—Je suis allé à Church Fenton et j'ai intégré l'escadron des Eagles. Après le Blitz, la RAF cherchait désespérément des pilotes bénévoles, y compris un épandeur tout juste capable de lever le bras assez haut pour réussir l'examen physique, ça leur allait. J'ai piloté un Hurricane pour eux jusqu'au bombardement japonais sur Pearl Harbor, ou un peu après. Quand les États-Unis se sont engagés dans la guerre, j'ai été transféré vers la US Army Air Force.

— Pourquoi est-ce que tu ne m'as pas cherchée ? J'avais prévenu les voisins que j'allais à Northampton.

Lentement, Ollie plongea la main dans la poche intérieure de sa veste et en tira un petit livret, usé et salement taché par l'eau.

Susan écarquilla les yeux en reconnaissant le livre de codes de son grand-père.

Il l'ouvrit. À l'intérieur, des petits morceaux de papier jaune, pressés les uns contre les autres telles de vieilles fleurs. Il prit le premier et le fit passer à Susan.

— Voici le message que Duchesse m'a apporté.

Susan frissonna en entendant le nom de son pigeon. Elle s'empara de ses lunettes de lecture et constata immédiatement qu'il ne s'agissait pas de son écriture. Et le message n'était pas codé. Les mains tremblantes, elle lut.

J'ai le regret de vous informer de la mort de Bertie Shepherd et Susan Shepherd, du National Pigeon Service, survenue à Epping, Angleterre, le 27 novembre 1940.
Cause de la mort : bombardement.
Mission terminée.

Caporal S.L. Williamson, RAF

Les yeux rivés au message, Susan tremblait de tous ses membres.

— Tu pensais que j'étais…

— Oui.

Elle serra le papier. Un mélange de choc et de colère la secoua.

— Qui est ce caporal Williamson ? Pourquoi t'a-t-il envoyé ce message ?

Elle peinait à se rappeler le nom des soldats jadis stationnés sur la ferme.

— Il n'y avait pas de caporal Williamson, répondit Ollie en déglutissant.

Elle le dévisagea. Et puis elle comprit. Rapidement, elle alla chercher sa boîte en aluminium et en vida le contenu sur la table. En comparant l'écriture du message reçu par Ollie à celle d'un autre message, signé « Capitaine Clyde Boar, RAF », elle constata qu'elles étaient identiques.

— Mon Dieu.

— Il a dû mettre la main sur Duchesse et échanger les messages, suggéra Ollie.

— Pourquoi ? demanda Susan, les yeux brouillés de larmes.

— Peut-être parce qu'il méprisait les Américains, et moi en particulier. Ou alors, il était jaloux de nous. (Il se pencha en avant.) Je pense que le point de bascule a été le jour où il a appris qu'il avait perdu un œil. Il est devenu amer en comprenant que plus jamais il ne pourrait voler. Je suppose que je suis alors devenu la cible de sa rage et que le message était d'abord censé être une blague cruelle, que je comprendrais une fois m'être échappé de France. (Ollie prit une profonde inspiration, puis la relâcha.) Le plus perturbant, reprit-il, c'est que Boar m'a sauvé la vie en deux occasions.

— Je le déteste, maugréa Susan. Il nous a volé notre avenir.

Ollie lui prit doucement les mains.

— J'ai passé le trajet qui me conduisait ici à essayer de trouver un sens à tout ça. Et me suis surpris à regretter ce que j'avais fait. Ou pas fait. Ça a été le voyage en avion le plus long de ma vie.

Susan renifla. Une larme coula sur la main d'Ollie, et elle remarqua qu'il ne fit aucun effort pour l'essuyer.

— Au départ, j'ai refusé de croire que Bertie et toi aviez été tués. J'étais absent quand Duchesse est revenue, et l'idée m'est venue que Boar avait rédigé le message, bien qu'il ait nié catégoriquement. Mais quand je suis revenu, au printemps 1941, et que j'ai découvert la ferme détruite, le champ troué de cratères, j'ai abandonné mes doutes. En cet instant, et chaque jour depuis lors, j'ai cru que tu étais effectivement morte.

Susan ne le quitta pas des yeux. Elle vit trembler sa lèvre inférieure.

— Je n'ai pas pu me rendre sur ta tombe, je m'en sentais incapable. J'avais cueilli des fleurs sauvages dans le champ, je les ai déposées dans un pigeonnier. (Il baissa la tête.) Si seulement j'étais resté à Epping, je t'aurais trouvée.

— Ce n'est pas ta faute, pleura-t-elle. C'est *lui*, qui nous a fait ça.

Ollie prit une inspiration saccadée.

— Quand j'ai appris que tu étais en vie, j'étais fou de joie. Et en même temps dévasté à la pensée de ce qui aurait pu être. (Elle s'approcha un peu plus.) Moi aussi, je hais ce que Boar a fait, ajouta-t-il. Et je pense que je pourrais passer le restant de mes jours en vieil homme aigri. Sauf que s'il ne t'avait pas importunée, dans ce fameux train bondé au départ de Londres, jamais on ne se serait rencontrés. Tu serais descendue à Epping, j'aurais poursuivi ma route jusqu'à Church Fenton. Nos chemins ne se seraient jamais croisés. (Il lui caressa la main.) Et malgré le peu de temps que nous avons passé ensemble, je n'imagine pas ma vie sans toi.

Elle exerça une pression sur ses doigts, sentant le temps qui les avait séparés commencer à se dissoudre.

— Ça n'était pas assez.

Il plongea dans ses yeux.

— Je n'ai jamais cessé de penser à toi.

Un tiroir secret de son cœur, celui qu'elle gardait fermé depuis plus d'un demi-siècle, s'ouvrait peu à peu.

— Moi non plus, chuchota-t-elle.

— Tu as toujours été avec moi.

Les larmes coulaient sur les joues de Susan. Des vagues d'émotion déferlaient en elle.

— Ce sont tes paroles, ton inspiration qui m'ont donné la force de m'enfuir. De ne jamais abandonner.

Ensemble, ils pleurèrent. La digue qui retenait les années passées s'effondra.

Ollie lui essuya ses larmes.

Susan le regarda dans les yeux et lui toucha délicatement la joue.

— J'ai quelque chose à te montrer.

Chapitre 60

À la maison

SUSAN ET OLLIE CONTEMPLAIENT UN TROU fraîchement creusé dans la terre, en lisière de la forêt d'Epping. Une brise tiède filtrait à travers les arbres, agitant les branches et les faisant craquer, plus fort que les pépiements des moineaux. L'odeur de terre humide et de mousse emplissait l'air. Ollie appuya la pelle contre le tronc d'un arbre, dont l'écorce s'écaillait tel un vieux papier peint. Lentement, il s'agenouilla.

Dans une main, Susan tenait la boîte en plastique contenant les restes de Duchesse ; dans l'autre, un petit morceau de papier.

Ollie leva les yeux vers elle. Ses cheveux clairsemés dansaient dans le vent.

— Elle était un pigeon remarquable, dit Susan en lui tendant la boîte.

— Un ange.

Elle sourit.

Ollie posa les restes au fond du trou, avant de le remplir de terre. Puis il tassa le monticule à l'aide de ses mains. Ayant repéré une pierre plate, de plusieurs centimètres de diamètre et en partie émergée du sol entre les racines d'un grand aulne, il l'arracha et la nettoya de la terre qui la couvrait. Comme elle était trop lourde à porter, il la fit rouler, péniblement, jusqu'à la butte de terre.

Pendant qu'Ollie installait la pierre tombale, Susan déplia le message déchiffré. Et le lut pour la seconde fois.

Susan,
S'il y a un paradis et que je suis digne d'y entrer, je promets de t'y retrouver.
À toi à jamais,

Ollie

Ollie se releva et passa un bras autour d'elle.

— Après toutes ces années, Duchesse a réussi à nous réunir.

Susan se pelotonna contre lui.

— Elle est rentrée à la maison.

Il la serra un peu plus fort.

— Moi aussi.

Note de l'auteur

En effectuant mes recherches pour ce livre, j'ai été fasciné par un article paru dans la presse anglaise en 2012 concernant la découverte des restes d'un squelette de pigeon de guerre dans une cheminée du Surrey, plusieurs décennies après le conflit. À la patte de l'animal était attaché un message crypté qui résisterait aux spécialistes du renseignement pendant des années. Le mystère de ce pigeon et de son message indéchiffrable a servi d'inspiration à la rédaction de ce récit.

Durant mon enquête, je me suis aussi intéressé de près à l'usage des pigeons durant la Seconde Guerre mondiale. Le National Pigeon Service, organisme civil et bénévole britannique, a livré environ deux cent cinquante mille pigeons de guerre à l'armée britannique entre 1939 et 1945. Source Columba était le véritable nom de code de la mission consistant à lâcher seize mille pigeons voyageurs sur la France occupée et sur les Pays-Bas, une méthode grâce à laquelle les habitants ont pu fournir de précieux renseignements à la Grande-Bretagne, notamment concernant le mouvement des troupes. J'ai imaginé Susan et Bertie en membres dévoués du National Pigeon Service, qui croyaient leurs extraordinaires oiseaux capables d'aider l'Angleterre à survivre à cette guerre.

Outre les pigeons, j'ai été intrigué d'apprendre que plus de deux cents pilotes américains avaient volontairement rejoint les escadrons dits des Eagles de la Royal Air Force, et ce, avant que les États-Unis n'entrent en guerre, en décembre 1941. Ces hommes courageux se sont rendus en Grande-Bretagne, en général via le Canada, au mépris des lois sur la neutralité de leur pays. Charles Sweeny, un riche Londonien, et Billy Bishop, un as de l'aviation canadienne de la Première Guerre mondiale, ont joué un rôle significatif dans le recrutement de ces pilotes au sein de la RAF. J'ai imaginé qu'un personnage comme Ollie, pilote d'un avion-pulvérisateur aux racines britanniques, aurait les capacités et la motivation pour se joindre au combat.

Au cours de mes recherches, en particulier sur les débuts de la Seconde Guerre mondiale, je suis tombé sur de nombreux événements historiques captivants, qui composent la trame de ce récit. Ainsi, la maternité de Sprigg's Oak, à Epping, a effectivement été bombardée le 9 octobre 1940, ce qui a coûté la vie à huit femmes enceintes en quête d'un lieu sûr en dehors de Londres où donner naissance à leur bébé. Les scènes de destruction qu'Ollie décrit en arrivant sur le sol britannique sont le résultat des bombardements de Liverpool, en particulier celui de l'abri de Cleveland Square qui a été directement touché, entraînant la mort d'au moins seize civils. Par ailleurs, la Luftwaffe a mené de nombreux raids sur l'aérodrome de North Weald en 1940, dont un que j'ai utilisé pour envoyer Ollie en France occupée. De plus, j'ai tâché de refléter avec précision les divers types d'appareils pilotés par les forces britanniques et allemandes aux débuts de la guerre, ainsi que les équipements et méthodes d'élevage de pigeons utilisés par le National Pigeon Service. Toutes les inexactitudes historiques présentes dans cet ouvrage sont de mon fait uniquement.

Si plusieurs figures historiques apparaissent dans ce livre, il est important de bien garder à l'esprit que *Nos lendemains retrouvés* est une œuvre de fiction et que j'ai pris des libertés créatives dans son écriture. Par exemple, j'ai inventé la réunion secrète à Londres, au cours de laquelle Susan reçoit ses ordres pour Source Columba. Il existait sans doute un protocole de communication très strict entre le National Pigeon Service, les services de renseignements britanniques et la Royal Air Force, et lors de mes recherches, je n'ai trouvé aucune trace d'éleveurs de pigeons du NPS assistant à une quelconque réunion dans les Cabinet War Rooms. Autre point, les itinéraires de fuite à travers la France occupée étaient moins organisés en 1940. Par conséquent, j'ai basé l'évasion d'Ollie sur une variante du réseau Comète, un groupe de la Résistance qui a opéré plus tard. En outre, Ollie et Boar trouvent refuge chez Madeleine et son cochon truffier, Louis, à Airaines, dans le nord de la France. Si c'est plutôt dans le sud-ouest du pays que le cavage est répandu,

je n'ai pas pu résister au plaisir d'inclure dans mon histoire un cochon truffier.
De nombreux livres, articles de journaux et autres publications historiques m'ont été d'une aide majeure au cours de mes recherches. *The Eagle Squadrons: Yanks in the RAF, 1940-1942*, de Vern Haugland, m'a été particulièrement utile pour comprendre la motivation des pilotes américains qui se sont engagés dans la RAF, et leur voyage. *WW2 People's War*, archive de souvenirs de la Seconde Guerre mondiale – rédigée par le public et compilée par la BBC – s'est avérée une immense source d'inspiration et de compréhension des peurs et des peines des Londoniens pendant le Blitz.
J'ai écrit ce livre avec amour. La résilience du peuple britannique, qui a enduré huit mois de bombardements impitoyables – de septembre 1940 à mai 1941 – causant la mort de quarante-trois mille civils force l'admiration. J'ai l'espoir que mon histoire rendra hommage à la mémoire des hommes, des femmes et des enfants qui ont péri pendant le Blitz.
Ce livre n'aurait pas vu le jour sans l'aide de beaucoup de gens. Je suis éternellement reconnaissant envers les personnes suivantes, pour leur travail et leur talent.
Je suis honoré et touché que John Scognamiglio ait choisi cet ouvrage pour sa collection. J'apprécie énormément la sagesse éditoriale de John et l'enthousiasme avec lequel il a voulu que cette histoire prenne vie.
Un grand merci à mon merveilleux agent, Mark Gottlieb, pour son soutien et ses conseils dans la quête d'une maison

pour son soutien et ses conseils dans la quête d'une maison pour ce livre. J'ai de la chance d'avoir Mark dans mon camp.
Mes profonds remerciements au Akron Writers' Group et à mon réseau de partenaires critiques : Betty Woodlee, Becca Orchard, Ken Waters, Karl Ziellenbach, David Rais, Krissie Lynch, Dani Turos, John Stein, Sharon Jurist, Conrad Detweiler, Rocky Lewis, Suzanne Hodsden, Christine Wright, Shannon Waller, Carisa Taylor, Cheri Passell, Anna Bialik, Kat McMullen, Kristen Weber et Valerie Brooks. Et un merci particulier et sincère à Betty : sans son intuition et ses encouragements, cet ouvrage n'aurait peut-être jamais vu le jour.
Enfin et surtout, cette histoire ne serait pas née sans l'amour et le soutien de ma femme, Laurie, et de nos enfants, Catherine, Philip, Lizzy, Lauren et Rachel. Laurie, tu es, et tu seras toujours, l'amour de ma vie.

Si vous avez aimé ce livre,
découvrez également…

Camille Di Maio

Le Parfum de nos souvenirs

« Un roman historique d’une puissance foudroyante sur le destin d’une jeune femme pendant, mais surtout après la guerre. »
Marie France

Dans l’Angleterre d’avant-guerre, Julianne Westcott enchaîne les bals et ne manque pas de prétendants. Lors d’une visite à son frère placé en institut, elle rencontre Kyle McCarthy, un jeune séminariste irlandais. Malgré les réserves de ses parents qui désapprouvent cette folle passion, Julianne s’éprend de Kyle et ils quittent tout pour se marier. Mais tandis que la guerre ravage le monde et que le Blitz décime le pays, un tragique accident contraint Julianne à se forger une vie nouvelle faite de mensonges. Des années plus tard, une seconde chance de vivre le bonheur lui sera accordée. À elle de ne pas refaire les mêmes erreurs…

Disponible dans toutes les bonnes librairies et en numérique.

Aubin
IMPRIMEUR

IMPRIM'VERT
Votre imprimeur agit pour l'environnement

Achevé d'imprimer en août 2019
par Aubin Imprimeur à Ligugé
N° d'impression 1905.0212
Dépôt légal, septembre 2019
Imprimé en France
81122189-1